国家出版基金项目
NATIONAL PUBLICATION FOUNDATION

文化自信与中国散文丛书
吴周文 王兆胜 陈剑晖 主编

散文文化与中华民族精神

SAN WEN WEN HUA YU ZHONG HUA MIN ZU JING SHEN

陈剑晖 著

SPM 南方出版传媒
广东人民出版社
·广州·

图书在版编目（CIP）数据

散文文化与中华民族精神 / 陈剑晖著. —广州：广东人民出版社，2020.3（2023.1重印）

（文化自信与中国散文丛书）

ISBN 978-7-218-13936-4

Ⅰ. ①散…　Ⅱ. ①陈…　Ⅲ. ①当代文学—散文—文学研究—中国　Ⅳ. ①I207.67

中国版本图书馆CIP数据核字（2019）第236023号

SANWEN WENHUA YU ZHONGHUA MINZU JINGSHEN

散文文化与中华民族精神

陈剑晖　著

出 版 人：肖风华

责任编辑：古海阳
特约编辑：沈晓鸣
责任校对：黄炜芝
排　　版：奔流文化
装帧设计：礼孩书衣坊
责任技编：吴彦斌　周星奎

出版发行：广东人民出版社
地　　址：广州市大沙头四马路10号（邮政编码：510199）
电　　话：（020）85716809（总编室）
传　　真：（020）83289585
网　　址：http://www.gdpph.com
印　　刷：永清县晔盛亚胶印有限公司
开　　本：787毫米×1092毫米　1/16
印　　张：19　　插　　页：2　　字　　数：271千
版　　次：2020年3月第1版
印　　次：2023年1月第2次印刷
定　　价：58.00元

如发现印装质量问题，影响阅读，请与出版社（020-85716849）联系调换。

总 序

散文在中国源远流长、历史悠久、积累丰厚。它不仅博大精深，是中国的特产，是受西方文艺思潮影响最小的文体，而且是中国人的文化读本，也是中华民族精神的主要载体。可以说，中国散文在中国文化中占有重要的地位，是中国最大的一笔文学遗产。但是，过去我们对散文研究不够，更没有从民族复兴、当代文化建设，尤其是从国家文化战略、文化自信的高度来研究散文。有鉴于此，丛书立足于传统与现代、历史与现实，将散文看作一种精神纽带，将其同当代文化建设、民族复兴、文化自信，以及整个中华民族国民素质、精神文明水平的提高联系起来。

本丛书的理论起点，是基于中国散文与中国文化的一种内在逻辑关系。这种关系主要体现在三个层面：一是中国文化为散文的发展提供了丰厚的土壤，而中国散文则是中国文化的组成部分，是中国文化的一种载体；或者说，是将中国文化具体化、书面化和审美化的一种文体。二是散文与文化处于一种共构共荣、相长相生的状态：它们既共同承载着一个国家、一个民族的精神追求，体现了一个社会共同的价值标准，又是现代人的精神、感情和心灵的栖息地。三是中国文化和中国人文精神唯有在散文这种文体里，才能得到最为充分、扎实的传承和发展，这是其他文体所无法比拟的。

当前的中国已进入商业和高科技主导的信息时代，在文化转型的时代急变中，特别在物质文明取得高速发展的同时，要保证国民的精神不空虚、价值不迷失、道德不沦丧、理想不失落、审美不麻木，就必须重新发现中国散文的价值，发掘中国散文丰沃的思想文化和审美资源，以此助益当代文化建设。因此，本丛书的学术价值与现实意义主要体现在：其一，在中国传统散文中挖掘文化的价值。其二，塑造一种新的、符合现代性要求的文化人格，在反思文化中激发对文化生命理想的追求。其三，建构一种适合时代要求，能有效提高国民精神和审美感知水平的审美文化。其四，拓宽散文研究视野，改变传统散文研究就散文论散文的狭小格局。

同时，本丛书还具有较强的创新意识和体系意识。这主要从五个维度的展开与“散文文化”的提出这两个方面体现出来。

五个维度，指的是传统散文的维度、社会性的维度、中西文化融合的维度、国家文化战略的维度、精神建构与审美感知互补的维度。

“散文文化”概念是第一次提出，此前国内尚没有人提出这一概念。在此，我们有必要对“散文文化”进行一点阐释。

以往我们一般提“诗文文化”，但由于我国有强大的诗歌写作传统，且诗歌一直被视为最高级的文学样式，所以在许多研究者那里，诗被抬到了至高无上的地位，而“文”却越来越边缘化。事实上，自唐代举行科举考试后，人们便越来越重视“文”，由是散文的作用也就越来越大。及至“桐城派”，散文更是影响了一个时代的文风。所以，从文学史的演进发展来看，“文”对中国文化和人们日常生活的影响最大，它比小说、诗歌更全面、更深刻地影响着当代文化。尤其在信息化的互联网时代，因全民性的网上写作，散文更是全方位地影响着当代的日常生活。

中国“散文文化”的价值，首先体现在它与普通人的日常生活的关系上。散文既是一种文学写作，又是一种文化操作实践，一种面对现实生活和广大民众的独特发言。从古至今，散文都是从中国文化最根基性的部位，真实记录历史、社会和普通人的日常生活的。散文作为一种根基性写作，作为中国文化的一部分，已渗透进每一位中国人的精神血脉之中。它在不同的领域被应用，并以其潜在、缓慢又富于韧劲的特有气质参与到当代文化建设中。

其次，“散文文化”是中华民族情感的结晶。我们看历史上那些优秀的散文，无不体现了中华民族的感情结构和心理结构，正所谓：“读诸葛孔明《出师表》而不堕泪者，其人必不忠。读李令伯《陈情表》而不堕泪者，其人必不孝。读韩退之《祭十二郎文》而不堕泪者，其人必不友。”可见，散文这种文学形式在整个中国文化当中占据非常重要的地位，它凝结着中国人的思想价值、文化理想，渗透进了中华民族浓浓的情感基因。从这个意义上说，我们研究中国散文就不仅仅是研究一种文字的写作，而是探究一种深植于文化中的大爱和人文情怀。我们的散文研究，要尽量透过散文作品的表层文字，挖掘出深藏于文字背后的民族情感原型和精神原型，使其更好地融入当代文化建设中。

再次，“散文文化”还凝聚着中华民族的智慧。中国的散文里充满了一种东方式的智慧，这种智慧有两个特征：一是“以寓言为广”。如《庄子·养生主》中的“庖丁解牛”，就相当典型地体现出庄子诗性智慧写作的特色，这个寓言主要通过庖丁高超的解牛技巧来隐喻某种生存之道。二是倾心于“平常心是道”的禅风与“以心传心，不立文字”的直觉思维方式。柳宗元的《始得西山宴游记》、苏轼的《记承天寺夜游》都是颇具“禅味”的散文小品。

中国的“散文文化”犹如一条大河，它时而波涛汹涌，时而涓涓细流，时而泥沙俱下，时而明净清澈。但不管如何曲折和难以辨析，“散文文化”都是中国人不容忽视的一笔精神财富和文学遗产。梳理、辨析“散文文化”传统的同时，再看看中国当代文学，我们深感中国当代文学从新时期之初开始，骨子里就缺乏一种文化自信和文化自觉。由于缺乏文化的主体性，才会一切唯西方马首是瞻，抱着如此矮化自己的奴性心态，中国当代文学怎么有可能进入“世界文学之林”？所以，在当下这样一个互联网、新媒体和传统文化相碰撞、相融会的时代，中国当代文学的确有必要回归到产生诗性的原初之处，回归到我国“散文文化”的伟大文学传统中。我们当下的文学创作与研究只有从“散文文化”中获取营养，才能使自己孱弱的身体强壮起来，在实现中华民族伟大复兴的新时代中精神饱满地再出发。本丛书的出版即是在这方面作出的有益尝试和探索。

吴周文　王兆胜　陈剑晖

2019年10月20日

目录

contents

导 言

中国是一个诗文的大国，散文的传统可以追溯到先秦诸子，而更早的源头则是《尚书》中的部分篇章。这个文体一出现就具有了双重意味：区别于来自民间的原始神话、诗歌与歌舞，作为官方的文献被纳入经的范畴；区别于集体的口头文学，它是文人个人创作的文字形式。这两个特点相互作用，就形成了几千年来悠久深厚的散文传统。从文体演变角度看，从先秦文史哲不分的“杂文学”，到汉代的《史记》、唐宋八大家和明清小品，再到“五四”时期的白话散文，20世纪90年代的“文化大散文”，中国散文不仅源远流长，积累丰厚，而且成绩辉煌，不容忽视。可以说，中国散文既是中国文化的具体书面化，也是中国文化的一个组成部分；或者说，中国文化和中国人文精神是在散文这种文体里得到传承和发展的，这是其他文体所不能胜任的。

如果我们视野放宽一点，将中国散文与西方散文作比较，我们看到，西方并没有将散文作为一种独立的文体来看待，更缺少散文方面的专门研究。西方的文学史是“三分法”，我们是“四分法”。所以，散文是中国地地道道的“特产”，我国最重要的写作方式就是散文写作。而在西方，散文却是一种可有可无的写作样式。因此，我们必须充分认识到中国散文的价值。遗憾的是，对于中国散文提供的这份宝贵遗产，特别是对于中国散文的思想和美学价值，以及其对于中国当代文化建设的意义，至今仍未得到充分有效的挖掘。

从文化诗性的角度来研究散文，不难发现，中国散文与中国文化有着比其他文类更为密切的联系。这种联系主要体现在三方面：首先，中国是一个崇尚实用理性的国家，儒学从一开始就是一种“经世致用”的生活哲学，它首先是一种伦理学和政治学体系。孔子提倡君子要“立德、立功、立言”，他不仅强调“士”要有责任感，笃信道德规范无处不在，并要求他们要“修身齐家治国平天下”。中国正统文化哲学的这些功能和特征，在中国历代的散文中都有着极为充分的体现；换言之，散文在中国古代的出现，首先不是审美的需要，而是因为它是一种实用性很强的文体。这就是为什么我国第一部散文集《尚书》的内容，大部分是布告、公告、请示报告之类的缘故；也是为什么在古代，举凡哲学、政治、经济、史地的著作，只要不是用韵文写的，都可归进散文范畴的道理之所在。至于源于孔子，后经韩愈进一步倡扬的“文以载道”的为文传统，主要也是坐实于散文身上。也就是说，散文在“兴”“观”“群”“怨”各方面都有着远胜于其他文类的功用，也许正是这个缘故，散文才被视为中国文学的“正宗”，盖因其是中国正统“经世致用”文化的文学化和通俗化的表述。

但是，如果仅仅说中国散文是中国实用文化的文学化、通俗化的记载转述，那显然是不够全面的。实际上，中国的传统文化中除了占主流地位的儒家哲学外，还有以“道”为核心的老子、庄子的哲学文化和体现这种“无为”“无争”“无待”思想境界的大量散文。在批评观念方面，除了儒家的“文以载道”外，还有道家的“文以气为主”的“气韵说”，等等。此外，我们还应注意到，中国文化强调“中庸之道”，推崇“中和之美”，注重整体结构的和谐与均衡，追求“真善美”的人生境界，这种颇具东方色彩的价值取向和审美趣味，也在中国散文那里引发了绵延不绝的回声。唯其如此，中国散文虽然在探索宇宙、思索人生、灌注生命意识和理性精神上不及西方散文，但中国散文由于源远流长，又兼承了中国文化的精神，故而它虽然发展缓慢，却平稳扎实，不仅时有高潮，而且经久不衰。

除了上述两方面，中国文化和中国散文的密切关系，还体现在人的情感和心灵的层面上。辜鸿铭说过，中国人因其黏液质而不善思辨穷理，这使得中国人有着赤子之心和成年人的智慧，他们倾向于过一种情感的和心灵的生活。[①]中国人的这种轻理性思维，重感性、心灵

---

① 参见辜鸿铭：《中国人的精神》，海南出版社1996年版，第32、383页。

和顿悟的文化心理特征，在庄子、苏轼那些纵横捭阖，想象瑰丽的散文中已表现得大气淋漓，而在被称为“独抒性灵”的晚明小品那里，这种散文与文化的融合又得到了发展。晚明小品虽有对现实黑暗的揭露，但更多的是闲适恬淡的人生况味和幽静淡远的田园自然风光的描绘。晚明的散文家崇灵尚趣，追雅求幽，总的创作倾向是由“文以载道”转向自适消遣。晚明性灵小品的这种美学风范，一方面受到当时日益奢侈的城市风俗和日常生活中追求繁华享乐倾向的影响；另一方面也打上了当时士大夫隐逸与参禅，即借求佛问道，游山玩水，以及清谈人生达到明心见性、自觉自解的情感和心灵的烙印。由此可见，中国的文化和中国散文有着一种奇妙的契合：中国文化在很大程度上决定了中国散文的内容和艺术特征，中国散文反过来又传达了中国文化的精神。所以我赞同这样的一种说法：中国散文“是中国文化在我们民族精神产品中的一种‘有意味的形式’……是中华民族在其特定的文化历史中积淀成的一种经验形式”①。

以上侧重从哲学思想、文化取向和心灵感受等方面来考察古代散文和中国文化的联系，如果我们的眼光后移，考察自“五四”以来中国散文的发展历程，我们会进一步发现一个有趣的现象：在20世纪中国散文的发展史上，无论哪一个时期，只要散文与文化结了缘，则这一时期的散文一定兴旺发达；反过来，只要哪一个时期的散文与文化脱节，那么这一时期的散文便难逃苍白浅露乃至肃杀凋零的厄运。“五四”时期的散文为什么会那么繁荣，各种样式、各种流派齐备，即朱自清先生说的有记述，有描写，有讽刺，有劲健，有绮丽，有含蓄，还有中国名士风，有外国绅士风，有隐士，有叛徒……盖因为“五四”散文小品与传统文化有着极为深刻的渊源关系，它继承和借鉴了古代散文特别是晚明小品的养料，又有所突破和发展。同时，那时的散文家又接受了西方的文化包括西方的现代意识，他们在“人的文学”的大旗下，通过散文（当然还有其他的文学样式）重铸民

① 汪帆：《新时期散文论集》，河北人民出版社1990年版，第2—3页。

族的文化精神和文化性格。正是在“双重文化”的渗透下，“五四”的散文才成为中国现代散文的第一个高峰。而20世纪30年代后期到70年代这段时间，中国的散文却每况愈下，最后几乎走进了死胡同。有的人认为是严峻的现实生活扼杀了散文的生命，有的认为是“写中心”“赶任务”“歌颂新的生活和新的人物”使散文偏离了本体，有的则将当代散文走下坡路归咎于当年倡导“诗化”和“形散神不散”的理论主张。对当代散文的这些诊断都不无道理。但在我看来，当代散文在很长时间里整体思想质量的下滑，最根本的原因是失去了文化的根性。由于没有文化的强大依托，缺少文化血液的涵泳滋润，散文自然也就没有内蕴，便不可能走向精神上的开阔与深沉。试看被一些文学史誉为当代散文“三大家”的杨朔、秦牧、刘白羽的散文，因为他们散文的总体基调与文化本体相背离，所以尽管他们的散文在记叙描写中不乏艺术性，甚至还透出一种“诗意”的美，却因内容的失真和欠缺文化的内蕴，最终受到了读者的非议与弃置。与此相反的情况是：进入20世纪90年代，中国的散文又出现了“五四”散文那种“乱花渐欲迷人眼”的繁荣景象。这其中有经济转型、社会心理和审美风尚转变等原因，但不容忽视的一个事实是，90年代当代散文的文化品位提高了，文化内涵比以往丰厚了，这种文化“增值”的结果是，当代散文相应地增加了思想艺术魅力。这一点不仅从余秋雨的《文化苦旅》广受欢迎中得到印证，也可以从所谓“老生代”散文的走俏中获得启示。由于以张中行、金克木、季羡林为代表的老一辈学者先天带有中国传统文化的因子，加之他们独特的人生经历和丰富的人生智慧，而为文时又能摆脱“文以载道”的束缚，以自适随意和平实恬淡的语体表达他们对于现实的褒贬和人生的感悟，这样他们的散文随笔自然也就为读者所钟爱。“老生代”和余秋雨等的“大散文”启示我们：散文要丰厚，不能没有文化；散文要耐读，不能没有文化；散文要摆脱庸俗浅陋，更需要文化的定力。

为什么文化在散文中如此重要，甚至于可以说文化是散文的根本？从文化哲学的角度来看，散文是人的精神创造的产物，而人则是文化的动物。人的身上如果没有文化或者说人失去了创造文化的能力，人就不能成为真正意义上的人。而从散文与文化的关系而言，文化对于散文的重要性至少可以在如下几个层面得到体现：其一，散文的文类的包容性特征，决定了它离不开文化。因为散文不仅是最自由自在地抒发作家的感情和思想的文体，而且散文的题材领域十分广阔，正所谓“苍蝇之微，宇宙之大”尽收散文作家眼底笔下。不仅如此，散文还往往喜欢“跨文体”，举凡文学、艺术、历史、哲学、经济、地理人文，都可以到散文的“客厅”中做客，同时，散文还常常逸出本位与小说、诗歌和戏剧交融。正是文体的巨大包容性和类别边缘的模糊性为文化的介入提供了便利；或者说，因散文本身的触角十分阔大，所以它自然成为整个人类心灵活动的记载，因其跟“整个人类的生活和思考方式都保持着密切的关系，这样从文化学的角度来说它也就不能不具有重要的意义了”①。其二，衡量一篇散文的优劣，散文作家人格的文化构成是一个重要参数。由于散文家是一种文化的存在，他创造文化，同时也为文化所规范。故此，优秀的散文家，一般来说都是自己民族在特定时期的文化精英。这就从创作主体的角度启示我们：散文要有效地拒绝俗化，要贴近文化的本体，成为创作主体人格智慧的艺术体现，散文作家就不能不强化自身的文化素养。事实上，“五四”时期那批散文大家和20世纪90年代“老生代”学者型散文家的成功，就从正面证实了文化功底、文化感悟力和传统文化因素对于散文，尤其是当代散文创作的重要性。其三，散文是整个人类心灵活动的真实记录。因此，一个民族散文品位的高低，其实也反映了这一民族整体素质的高低。我们读中外优秀散文家的散文，它们无不体现出作家宽阔的情怀、广博的知识；同时，又善于从个体的角度思考人类的命运。正是由于作家们的努力，散文才能成为民族和人类文化建设的基石，成为一个民族的心灵写照和人类文化进程的最为真实的见证。

---

① 林非：《林非论散文》，江西高校出版社2000年版，第269页。

上篇

第一章

“散文文化”的内涵与诗性品格

第一节　“散文文化”的内涵界说

关于文化，正如人们所知，这是一个无所不包的概念。它一方面具有历史性和传统性，另一方面又包含着当代性，同时又有继承性、发展性和创造性的特点。伯明翰学派的理论奠基人雷蒙·威廉斯认为，从文化本体角度来说，文化有三种：一种是“理想的”文化，在这一指向下，文化指的是那些最优秀的思想和经典，这是人类不断完善自己的过程或状态。第二种是“文献”意义上的文化，这种文化是知性和想象作品的整体，这些作品以不同的方式详细地记录了人类的思想和经验。还有一种是“社会”意义上的文化，在这一层面上的文化是对一种特殊生活方式的描述，这种描述不仅表现艺术和学问中的艺术价值和意义，而且也表现制度和日常行为中的某些意义和价值，是理解某一种文化中“共同的重要因素”。[①]而我国的学者庞朴先生的见解与威廉斯又有所不同。他认为广义的文化概念应包括物质文化、制度文化和精神文化三个层面的内容。在他看来，“文化的里层或深层，主要是文化心理状态，包括价值观念、思维方式、审美

① 参见雷蒙·威廉斯：《文化分析》，罗岗、刘象愚主编《文化研究读本》，中国社会科学出版社2000年版，第125页。

趣味、道德情操、宗教情绪、民族性格等等”[①]，这是文化中最有价值的方面。当然，关于文化概念的定义还有很多，此处没有必要一一罗列。笔者想说明的主要有两点：首先，文化与人的本质问题是紧密联系在一起的。按卡西尔的说法，一方面是人创造了文化，另一方面是文化使人成为人。也就是说，文化在一定意义上就是“人化”。其次，文化是人的一种整体的生活方式。它既包含人类社会共同的理想意向、生活规范和价值范式，又体现了无数独立个体的精神性创造。下面要探讨的散文文化，正是建立在这样的文化认同上。

“散文文化”，是一个需要重新定位和重新释义的概念。这一概念过去虽有散文研究者提及，[②]却未能对“散文文化”丰富的蕴含作进一步的挖掘，也没有从学理上对其论证界说。在笔者看来，中国文化为散文的发展提供了丰厚的土壤；而中国散文则是中国文化的组成部分，是中国文化的一种载体，或者说是将中国文化具体化、书面化和审美化的一种文体。因此，“散文文化”应包括以下的内涵：第一，它从中国文化最根基的方面，记录了中国的历史和最为日常化的现实生活。它既是中华民族情感的结晶，也是中华民族智慧的凝聚。第二，它是中国最大的一笔文体遗产。中国散文不但是一座中国思想文化的富矿，而且是最为成熟、形式最为丰富和最具民族特色的一种文体。第三，从散文所体现的实用价值和政治功利性方面的内涵看，“立意为宗”“忧患意识”“家国情怀”，以及“知”与“行”的一致，“文”与“用”的统一，还有以孝、悌、慈、仁、信为基础的伦理要求等，构成了中国散文文化“文以载道”的传统；而以“道”为最高准则的“天人合一”理念，则从另一个精神维度丰富了“散文文化”的内涵。“散文文化”是我们民族文化精神的重要载体，甚至是民族文化精神最后的栖居地。因此，我们有充分的理由认为：中国文

① 庞朴：《文化结构与近代中国》，《稂莠集——中国文化与哲学论集》，上海人民出版社1988年版，第6页。

② 参见王聚敏：《散文情感论》，中国文联出版社2008年版，第85页。

化和中国人文精神唯有在散文这种文体里，才能得到最为充分，最为扎实的传承和发展，这是其他文体所无法相比的。这是提出“散文文化”的前提。

“散文文化”是与“诗文文化”相联系又相独立的范畴。以往研究中国古代文学的学者推崇的是“诗文文化”，很少提及“散文文化”。他们虽然也注意到“文”在我国悠久的历史，但实际上，由于我国有强大的诗歌写作传统，且诗歌一直被视为最高级的文学样式，所以在许多研究者那里，诗被抬到了至高无上的地位，而“文”却大可忽略不计。正是因此，我认为有必要独立提出“散文文化”这一概念，以彰显散文的地位及其与当代文化建设的密切关系。同时，还要看到，“散文文化”并不等同于“文化散文”。“散文文化”萌发于我国散文的发生期，即在先秦时期就已经存在。以后随着散文的发展，“散文文化”也不断地积累和丰厚，并参与到人们的日常生活以及不同的经验表达和道德建设中。而“文化散文”则是20世纪90年代以后，由余秋雨的写作而引发的一种散文写作潮流或写作模式。从概念的时间和内涵看，“散文文化”历史悠久，内容更丰富，涵盖面较广；而“文化散文”产生时间较短，它只是散文中的一个品种，其范围也较小。

“散文文化”的提出，还基于这样的前提：诗与文在我国虽然都有着深厚的文化传统，但事实上，自唐代举行科举考试后，人们越来越重视“文”，即文章。由是，散文的作用也就越来越大。及至清代“桐城派”，散文更是影响了一个时代的文风。所以，从文学史的演进发展来看，“文”对中国文化和人们日常生活的影响最大，它比诗歌更全面、更深刻地影响着当代文化。尤其在信息化、互联网时代的当下，因全民性的网上写作，散文更是全方位地影响着当代的日常生活。

第二节 “散文文化”的诗性品格

站在传统文化的立场上来解释“散文文化”，还应看到这种“散文文化”所包含的特有诗性品格。这种诗性特质，一是表现为对人类的生存状态、生存理想和生存本质的探询，并在这种追问探询中体现出诗的自由精神特质；二是在散文中注入诗的元素，使散文达到诗、史、思的交融贯通的境界。

关于人的生存的问题，以往一般只在小说、诗歌和戏剧中作探讨，而散文因被视为是“小摆设”“轻骑兵”一类的“美文”或小品文而极少涉及，这在很大程度上影响了散文表现生活的深度和广度。其实，散文作为一种人类的文化事业，作为一种最贴近心灵的写作，它一刻也离不开对人类存在问题的垂询。离开了对人的生存状况，特别是对人类生存意义和生存现状的追问，散文便只能面对虚无和空洞，最后变成纸做的花朵。而“散文文化”正是为了弥补上述的不足而出现的一种研究散文的思路，它将在人类生存的根基上，在对历史文化的思考中发现人的存在意义和生存的理想，并在多重性、多角度的阐释中使文化更具诗性的因素，也使散文更好地成为审美的生存和诗意的栖居的理想处所。而就自由精神特质来说，它更是散文的题中之意。这首先是因为散文天生就有自由自在的本性，这种本性就像宋代大文豪苏轼在《文说》中所形容的那样：“吾文如万斛泉源，不择地而出，在平地滔滔汩汩，虽一日千里无难，及其与山石曲折，随物赋形而不可知也。所可知者，常行于所当行，常止于不可不止，如是而已矣。”这是一方面。另一方面，散文的自由精神还表现在它的视域特别宽广。它常常越过文学的篱笆，而把思考的触角伸向艺术、经济、哲学、历史、文化乃至整个宇宙间的许多问题，这就要求我们以更大的视野，即从“散文文化”的多维视角来研究散文的自由精神，这样也许会有新的收获。

当然，由于“散文文化”具有广阔的背景和巨大的理论阐释空间，因此尽管我试图从两个方面来概括“散文文化”的诗性内涵，但这也仅仅是管窥蠡测而已，远未能全部揭开“散文文化”的奥秘。事实上，文化诗性的内涵和外延远不止这些。比如，“散文文化”与文学语言在诗性解释上有何不同？它与原始神话有什么共同的思维特征？它在人类文化研究中处于何种地位？再如，“散文文化”与西方“文化诗学”有没有可能构成一种交流的语境，它在当前颇为时兴的“中国现代诗学”的建构中可以扮演什么样的角色，或者说，它是否有可能做出自己的贡献。凡此种种，都需要我们作更为深入的思考，进行更为切实的研究。

如果进一步深究，还要探讨“散文文化”与文化研究和“文化诗学”的关系。

必须承认，进入20世纪90年代以后，随着商业经济的繁荣和大众传媒的发展，文化研究已逐渐取代传统的文学研究而成为文学批评的主流，甚至有可能发展成为一种压倒其他批评模式的批评潮流。文化研究与传统文学研究的不同之处在于：它对精英文化以及文学史上公认的文学经典没有太大的研究兴趣，而对后殖民主义、东方主义、女权主义、新历史主义、大众文化等新思潮和范式却表现出极大的兴趣。像环境污染、性爱、网络热、广告设计、模特表演，乃至装饰热、手机热、小轿车热等，也都是文化研究的解读对象。总之，文化研究关注当代社会文化，提倡一种跨学科，甚至是反学科的研究态度与研究方法。这对于以往那种书斋式、象牙塔式的传统文学研究是一种反拨和补充，它有可能使文学研究走向阔大，并更具现实的针对性。然而，从目前我国的情形来看，由于文化研究越来越脱离文本且有无限膨胀的趋势，加之不注重艺术的感受和审美的把握，所以文化研究已变成一种没有诗性甚至是反诗性的机械僵硬的批评概念或批评模式。至于以巴赫金为代表的文化诗学研究，在我看来是一种较文化研究更有生命力，也更加符合中国文学语境的研究范式。因为文化诗学不似文化研究那样无限地扩张和忽视文本的阐释。文化诗学既关注历史，关注形成历史的各种文本之间的复杂关系，又注重文本的审美阐释，特别是注重对人类生命情感的理解同情并由此对诗学的历史进行重写。比如，巴赫金由陀思妥耶夫斯基的小说升华出“复调小说”的理论，又将拉伯雷的创作与中世纪和文艺复兴的民间文化结合起来，并创造性地提出“节日”“狂欢化”“仪式游戏”“广场语言”“文学性戏仿”“诙谐的自由”等重要的诗学概念。无疑，巴赫金是20世纪最为成功的文化诗学理论家，他的成功在于他建构了一个既富思想洞察力，又丰富多彩、具体可感动的文化诗学体系，而他所创设的对话性、狂欢性、戏谑性和开放性等理论，至今仍然是最富生命活力、最具启示性的文化诗学的宝贵成果。

很显然，我在这里提出的“散文文化”，与文化研究和文化诗学有着密切的联系；也就是说，它们都是从文化的立场出发去解释文学作品的生成、特质和功能，并对其进行综合性的思想内涵和审美价值的评判。但是，它们之间也存在着明显的区别。这种区别在于西方的文化研究主要致力于现代社会的阶级、种族、性别、文化霸权、意识形态理论以及现代人的精神状态等方面的研究；而巴赫金的文化诗学尽管在研究旨趣上与“散文文化”十分接近，但文化诗学的研究对象主要是小说和神话传说，其研究带有浓厚的文化人类学的色彩。而我在这里所倡扬的“散文文化”的研究对象首先是散文。同时，“散文文化”的思想资源不是来自亚里士多德的“理性诗学”，也不是建立在巴赫金的“文化诗学”或文化人类学的地基上，它更与后现代主义的文化研究有着本质上的不同。概言之，这里的“散文文化”是一种十足中国式的文化诗性。这种“散文文化”与我们源远流长、博大精深的传统哲学，与民族的文化精神有着内在的联系。同时，由于中国是一个诗的国度，诗在中国几千年的文化史上，散发着经久不息的芳香；而散文则是诗的延伸，是人类灵魂面对现实人生、面对自然、面对家园的真情流露和生命投入。因此，“散文文化”往往追求一种诗、史、思的交融贯通，即通过“以诗证史”或是“以诗言思”，通过感性而具体的历史还原和诗意沉思，去建构一个“文化诗性”的范本，并由此体现出民族文化生活的性灵，去激活一种自由浪漫的人格精神。应当说，在这方面，我们的前辈如王国维、陈寅恪、钱锺书等，已经为我们开辟了一个优秀的传统，他们无论是“以诗证史”或是“以史证诗”，都试图以诗去构筑历史的氛围和再现历史人物的心灵世界，或从历史出发去建构诗的文化精神范式。由此可见，“散文文化”事实上有着极为丰富的本土思想资源，它既是一种面向当前的即时性解读，同时也是一种面向历史，面向传统文化的文化精神活动和生命感受。

“散文文化”之所以不同于文化研究，不仅在于它的逻辑起点是建立在本土的思想资源之上，还在于它特别重视对研究对象进行审美性的文学阐释。“散文文化”的文学阐释主要从两方面展开：一是诗的体验。诗的体验就是从生活着的个体出发去感受现实和历史，去把握生活的意义和价值。诗的体验一方面具有内在性、直觉性和穿透性的特征；另一方面又需要生命的灌注，需要心灵的感悟。这就为文化的多重理解提供了可能。也就是说，通过诗性体验，我们有可能从深层揭示出文化的本质，使文化更具有诗的色彩。二是文化与审美的交融。“散文文化”的底座是历史和文化，然而倘若没有审美的温润，历史和文化可能只是一些干巴僵硬的死的材料，而有了审美，历史和文化就活了起来，不但能给人以美感，而且可以深入人心，给人以智性的启迪。因此，真正具备“文化诗性”的散文，它一定具有诗一般的生命激情和难以拒绝的美感。它不仅以一种美学的眼光进入文化的迷宫，用诗性的智慧去探测历史的真相，而且饱含着作家的真情实感，洋溢着作家心灵的跃动。同时，它的意象、语言和表达必然也是优美的。总之，诗、思、史三者的深度交融，应是“文化诗性”的一种有意识的追求。当然，“散文文化”的文学阐释还需要借助文化的想象，即通过文化想象将逝去或被人们遗忘的历史文化复活，或通过文化想象去重建一种诗性的文化空间，从而使“散文文化”更加具体可感，更能体现出诗的创造的自由与浪漫的精神特质。概言之，文化和诗性并不是老死不相往来的独立存在物，也不是一种单向度的运动，它们是互相渗透、互相援引的。因此，“通过文学去观察一个时代的文化风貌与文化精神，同时又通过文化去探究一个时代的文学精神的内在生成过程，这是一种互动的文化与文学解释方式，它可以使文化解释与文学解释具有一种诗意文化氛围，保证思想的灵性与自由启示”[①]。

倘若说，自由浪漫的人格精神和诗、思、史三者的深度交融给散文以无尽的滋润，使散文更能触动读者那条最柔软、最温馨和纯真的神经，那么，宗教的关怀则是从人类普世关怀的角度折射出创作主体的心灵质量和精神向度。众所周知，中国并非一个宗教氛围十分浓厚的国度，但这并不表明中国的文学与宗教没有密切的联系。远的姑且不论，仅就“五四”时期的作家而论，鲁迅、周作人、郑振铎、许地山、郁达夫等作家，都或多或少在作品中涉及宗教性体验。而就散文创作来说，现代文学史上也同样留下了不少带有佛意禅理的散文名篇。比如郑振铎的《大佛寺》，叶圣陶的《两法师》，俞平伯的《独语》，郁达夫的《花坞》，弘一法师的《最后之忏悔》，丰子恺的《还我缘缘堂》《无常之恸》等，这些散文，或以宗教故事作为散文创作的题材，或以佛教文化作为参照来思考中国新文化的建构，或借助故事与人物渗透进某种宗教性的体验。但不管如何，作家在创作这类散文时都有一种平和与宽容的心态，因此我们阅读这类作品时也就有一种亲近和纯净之感。遗憾的是，当历史进入到20世纪中叶之后，在“大一统”意识形态的规范之下，散文中的宗教文化意识几乎丧失殆尽，直到80年代中后期到90年代初，宗教文化意识才又在散文中复苏。其代表作家是贾平凹、张承志和史铁生。贾平凹的散文之所以在20世纪80年代拥有大量的读者，甚至连颇为挑剔的三毛也为之倾心，这其中一个重要原因，就是他的散文中透出一股佛境禅味。他的散文喜欢选择月、石、水作为描写对象，这里既有作家审美的偏爱，更有他对禅宗的虚、静、空境界的追求。在《夜游龙潭记》里，他写道：“四面空洞，月光水影，不可一辨。桨起舟动，奇无声响，一时万籁俱寂，月在水中走呢，还是舟在湖山移，我自己早已不知身到了何处，欲成仙超尘而去了。”贾平凹的《月迹》《月鉴》《坐佛》《钓者》等一大批散文，大抵都有佛教的空灵超脱和禅宗的幽趣。与贾平

① 李咏吟：《诗学解释学》，上海人民出版社2003年版，第356页。

凹在散文中追求“平常心”，寄情于山水不同，张承志散文中的宗教情绪是狂热、孤傲和偏激的。这种决绝的“精神圣战”虽能给人以心灵的震撼，但其破坏性也显而易见。因此，我更欣赏史铁生散文中的宗教。那是一种从个体的苦难和人类的困境出发，在沉思冥想中将自我融进天地万物，同时能够与上帝对话宗教的精神：一方面，他认同宿命，听从上帝的安排，并由此产生了深深的感伤迷茫；另一方面，他又渴望在精神上超越苦难，希望通过感悟能“识破”上帝的诡计，并在“识破”即追求和创造的过程中体现人生的价值。于是，在史铁生的散文中，宗教感既是使人类摆脱困境，激发人的情感和创造力的心理和精神依托，也是他的散文之所以通脱和深沉阔大的主要思想资源。

应当承认，在表现宗教文化方面，台湾的散文要比大陆的散文自觉和广泛。比如20世纪五六十年代以来，台湾就出现了林清玄、林新居、黄靖雅、王静蓉、李瑛棣等一批自称佛家弟子的散文作家，还有琦君、张秀亚、张晓风的散文也常透出宗教的情怀。他们提倡宽恕精神，主张回归自然，心系菩提，以东方的爱心和诗性去洞照人生，洗涤心灵的尘埃。举例说，在林清玄的《佛鼓》中，作者见到燕子礼佛、游鱼出听，于是参悟到众生皆有灵性，它们懂得“时时惊醒”。那么人作为万物的灵长，理应更注重内心的磨洗修炼，使心境空灵澄明，摆脱各种名绳利锁的羁绊。在这里，作者关注的不仅是自我心灵的净化，而且深深为一个个在现代都市中活着的“死魂灵”而惋惜。事实上，台湾的许多宗教文化散文都不约而同地关注这样一个现实问题：在现代工业文明的冲击下，在人的主体价值被肢解、精神家园荒芜的严峻时刻，人类如何保持心灵的安定与人格的圆融？而宗教，它从来就是人类精神的守护者，是支离破碎、机械单一的当代生活的黏合剂。正是因此，台湾的散文作家将宗教作为拯救自我，进而普度人类的良方，这固然多少有点无奈，但它确实使台湾的散文创作获得了较深广的文化意义。

正如神话、传说、历史等都是文化诗学的题中之意一样，散文的

“文化诗性”也不应排斥宗教。宗教特有的那种象征性与神秘性，那种专注于心灵的纯净和澄明的渴求，那种宁静从容的诉说，那种“飘飘何所似，天地一沙鸥”的境界，都显示了一种“文化诗性”的旨趣。它可以使散文的创作和研究更贴近现代人的心灵，也更具古典主义的意味。事实上，散文不是一种单独的存在。它要获得一种深度的解释，就必须与历史、哲学和宗教结合起来，唯其如此，散文才能展示人类文化的深层结构，成为一个民族、一个时代文明的标志和审美的探测仪。

“散文文化”打破了原有的散文研究边界，使散文研究摆脱了以往那种既没有理论、研究格局又逼仄窄小的尴尬局面。“散文文化”一方面关注现实生活，关注当下的文化脉动，并对其进行审美的价值判断；另一方面，它又反观古典与传统，将文学和历史、哲学乃至宗教结合起来，同时还注意各学科间的交叉与整合。这样，“散文文化”便不仅开阔了散文的创作和研究视野，使散文有可能在广阔的时空背景下，展示它的生命本质精神和自由自在的个性。而且，由于跨越了原有的散文界限，加之研究视野开阔了、观念更新了，因此散文的创作和研究自然也就更具现代的意识，更有可能向整个社会和读者开放。正是基于这样的认识，我认为“散文文化”的建构不但是有意义的，而且可以说是21世纪中国散文的必然选择。

第三节 “散文文化”的价值再造

中国“散文文化”的价值，首先体现在它与文人、普通人的日常生活的贴近上。它既是一种文学写作，又是一种文化实践，一种面对现实生活和广大民众的独特发言。我国最早的散文集《尚书》，就客观真实地记叙了虞、夏、商、周四代社会发展状况和人们的日常生活。先秦时期的诸多散文体式，如颂、赞、祝、封禅之类的祭祀文，铭、诔、碑、吊之类的哀悼文，以及书信体之类的书牍文，一方面与其时的社会、哲学、政治、历史密切相关，体现出文章为“经国之大业，不朽之盛事”的思想文化内涵；一方面由于散文与诗歌相比，具有更为鲜明的实用性特征，所以散文与古代文人和普通人的日常生活关系更为密切，并在不同的阶层、不同的经验表达中发挥出广泛而巨大的实用功能。晚明的小品文，同样散发出浓厚的日常生活气息。张岱的《西湖七月半》，把杭州鬼节时的热闹气氛渲染得淋漓尽致，还描述了五种人的举动和情态。他的《方物》《茶史》《蟹会》等小品，则写尽了俗世人间的衣食住行、琴棋书画。晚明的其他散文作家，其写作倾向和审美趣味也大体与张岱相近。及至“五四”时期，周作人、林语堂、梁实秋、张爱玲一路的“聊天式”散文，写的也大抵是带着烟火味的日常生活。可见，散文是从中国文化最根基性的部位，真实记录了中国的历史以及中国文人、知识分子和普通人的日常生活。从这一点看，中国最重要的写作方式就是散文写作。只不过“五四”以后，随着各种新思潮、新观点特别是西方文学理论的大规模引进，散文日渐由中心退向边缘，从“主要文体”变成“次要文体”。所以，今天我们要振兴中华文化，就必须振兴散文和“文”论的传统，恢复散文在我国文学创作中的正统地位。因为散文与中国的文人、知识分子和民众有一种天然的血亲关系。实际上，散文作为一种根基性写作，作为中国文化的一部分，已渗透进每一位中国人的日常生活和精神血脉之中。它在不同的领域、不同的地方被应用，并以其潜在的、缓慢然而富于韧劲的特有气质参与到不同质的当代文化建设中。

散文不但最贴近日常生活，是我们中华民族文化的根基，它还是中华民族情感的结晶。我们看历史上那些优秀的散文，无不体现了中华民族的感情结构和心理结构，正所谓：“读诸葛孔明《出师表》而不堕泪者，其人必不忠。读李令伯《陈情表》而不堕泪者，其人必不孝。读韩退之《祭十二郎文》而不堕泪者，其人必不友。”[1]这里的《出师表》《陈情表》《祭十二郎文》都是我们民族散文的瑰宝，在

① 赵与时：《宾退录》卷九，上海古籍出版社1983年版，第116页。

这里面就有着我们民族情感的密码。可见，散文这种文学形式在整个中国文化当中占据非常重要的地位，它作为一种生活方式和文化传承方式，和中国人的生命活动密切联系。它凝结着中国人的思想价值、文化理想，渗透进了中华民族浓浓的情感基因。从这个意义上说，我们研究中国散文就不仅仅是研究一种文字的写作，而是探究一种深植于文化中的大爱和人文情怀。比如朱自清的名篇《背影》，作者采用长镜头聚焦的方法，集中浓缩了父亲的“背影”。这个“背影”实际上已成了一个情感的原型，一个民族的文化代码。《背影》感人的秘密，不在于它的文字，而在于感情与文字之间，有一个文化结构——民族的集体无意识的感情沉淀。正由于《背影》中父子的感情都浓缩在这个情感原型中，这样“背影”也就成了一种“有意味的形式”，成了一个苏珊·朗格所说的“生命的投射”。像《背影》这样蕴含着民族的感情密码的作品，在中国散文史上还有许多。因此，我们的散文研究，要尽量透过散文作品的表层文字，挖掘出深藏于文字背后的民族情感原型和精神原型，使其更好地融入到当代文化建设中。

我国的“散文文化”，还凝聚着中华民族的智慧。中国的散文里充满了一种东方式的智慧。这种智慧有两个特征：一是“以寓言为广”。庄子在《庄子》一书的序言《天下》中说道：“以卮言为曼衍，以重言为真，以寓言为广。”从《庄子》的文本看，庄子实际上就是借助丰富的想象，通过对人、事、物进行形象化的描述，来表达自己对宇宙自然的认知，以及对生于其中的社会人际关系的把握和对人生的感悟体验。如《养生主》中的“庖丁解牛”，就相当典型地体现出庄子这种诗性智慧写作的特色。这个寓言主要通过庖丁高超的解牛技巧来隐喻某种生存之道。二是倾心于“平常心是道”的禅风与“以心传心，不立文字”的直觉思维方式。柳宗元的《始得西山宴游记》、苏轼的《记承天寺夜游》都是颇具“禅味”的散文小品。

在现当代散文中，也有不少闪烁着民族智慧的优秀作品。比如林语堂倡导“智者的微笑”，强调“自由”和“性灵”，他的散文既有幽默调侃，又有心灵的放纵，有人性的温厚、善意的理解与宽容，真正达到感性与智性的深度交融。贾平凹的散文，有不少带有禅宗式的诗性智慧。他的这类散文，或寄情于山水，或感悟于生活，或发掘沉积于秦砖汉瓦下的文化，但他落笔的中心不在于临摹山水的形态，不在于如实记录各种生活的琐事或借文化思考民族和文人的命运。对贾平凹而言，他追求的是一种天地人贯通的大境界，一种物我合一，主客体相融的生命顿悟。这样，在他的散文里，荒凉、寂寞的大戈壁是一块“难得糊涂的、大智若愚的地方”，而且，由于戈壁经历了由荒凉、繁荣到单纯的变化，所以它又是一幅“现代艺术的画，画中一切生物和动物都作了变异，而折射出这个世界的静穆，和静穆中生命中的灿烂”（《戈壁滩》）。在《夜游龙潭记》中，这个龙潭“四面空洞，月光水影，不可一辨。桨起舟动，奇无声响，一时万籁静寂，月在水中走呢，还是舟在湖山移，我自己早已不知身到了何处，欲成仙超尘而去了”。像这样神秘、幽静和空灵的散文，还可举出《三目石》《树佛》《生佛》《月迹》《月鉴》《钓者》《冬花》等。从以上的“禅思美文”中可以看出，贾平凹的诗性智慧的确秉承了中国传统的艺术精神，同时又是道家思想、魏晋玄学和禅宗的人生哲学的圆融。因此，研究贾平凹的散文不能拘泥于从文字的字面意义来领会其内涵，而是要透过文字，从整体上把握他作品中的诗性智慧，要在纯净、幽静、空灵的境界中体会其“韵外之致”和“言外之意”。这正是贾平凹散文的诗性智慧的特色和魅力之所在。可见，禅宗不仅对我国的思想、文化发展产生了深远的影响，它对我国的散文尤其是小品的渗透，使我国的散文呈现出了一种绝不同于西方散文的诗性智慧。

“散文文化”的民族性还表现在：散文是一种文体种类、文体形式众多的“杂文学”。中国古代文人很早就有相当自觉的文体意识，他们十分重视散文的写作体制和分类。他们强调“文辞以体制为先”[①]，不同的散文体式，有不同的体制规范；不同的内容、场合、读者对象，应有不同的语体和风格。比如曹丕的《典论·论文》，

① 吴讷：《文章辨体序说》。

首先就对文体进行分类，他将“文”分为四种八体：“夫文本同而末异。盖奏议宜雅，书论宜理、铭诔尚实，诗赋欲丽。”[①]陆机则将“文”分为赋、碑、诔、铭、颂、论、奏、说等十体，并对各种类型的散文特点做了精要的分析。而《文心雕龙》“论文叙笔”20篇，详尽分析了诗、乐府、骚、赋、颂、赞、祝、铭等34种文体的体制特点和源流演变。及至明代吴讷的《文章辨体序说》、徐师曾的《文体明辨序说》，骈散文的文体更是发展到127类。总体看来，我国古代不但文体理论方面著作众多，而且对散文体制、文体规范、语体风格的辨析十分精到。这样的盛况，的确是别的国家的文体研究所无法比拟的。正是因此，童庆炳先生才敢于断言：“中国是一个十分讲究文体的国度。……文体的大国必然也是文体论的大国。”[②]作家韩少功则认为：“中国最大的文体遗产，我觉得是散文。”[③]中国散文遗产里不但包含了丰富的写作经验，还包含了优良的、富于民族特色的人文传统，我们不能随意把它抛弃。

还应注意到，散文文体和文体论本身便包含着十分丰富的文化内涵。比如先秦的盟誓之文，便是我国历史悠久、文化内涵极其丰富的文体。唐代政治色彩较浓的判文，也有其特别的文化内涵与文学意义。即便是八股文，也是古代知识分子生存状态的直接写照，能折射出一种特有的文化氛围和人文景观。由此可见，文体不是纯粹的语言现象，它是社会的进步、语言的发展、人类的生存环境与精神需求共同作用的产物。因此，“文体形态具有深广的语言学和文化学内涵，作为语言存在体，文体形态是依照某种集体的特定的美学趣味建立起来的具有一定规则和灵活性的语言系统的语言规则”[④]。也就是说，文体的历史是人类感受世界、把握世界的历史。它积淀着深厚的文化

---

① 曹丕：《典论·论文》，萧统《文选》卷五十二。

② 童庆炳：《文体与文体的创造》，云南人民出版社1994年版，第8—9页。

③ 韩少功：《进步的回退》，上海文艺出版社2012年版，第245页。

④ 吴承学：《中国古代文体形态研究》，中山大学出版社2000年版，第3页。

内涵，且与特定时代的社会心态、审美选择和文化精神是同一的。正是在这个意义上，我们说中国的散文文体具有极大的包容性，它既是世界文体学中的一份宝贵财富，也是当代文化建设中迫切需要的文化资源。

第二章

回到“文”的传统

中国当代散文给人的整体印象是“无根”，既缺乏深邃博大的思想，缺乏社会时代担当和理想的文化生命人格，也缺乏对现实生活的充分展示和厚重的文化底蕴，而内涵苍白、浅薄浮躁、陈陈相因、模仿重复却常常成为当代散文的表征，成为人们诟病当代散文的口实。究竟是什么原因造成中国当代散文如此的局面？我认为重要的一点，就是中国当代散文作家不太重视中国的文学传统；或者说，他们对我国伟大的文学传统既隔膜，也缺乏应有的敬意，这样自然便与传统渐行渐远。因此，要振兴中国当代散文，要提升当代散文作家内心深处的文化自信和文化自觉，使中国当代文学在中华民族伟大的复兴中发挥更重要的作用，关键之点是要回到伟大的文学传统，回归到我们曾经强健充沛、元气淋漓的源头上去。

第一节　尚“文”的传统

中国散文不但最贴近日常生活，是中华民族文化的根基，同时还是民族精神的凝聚和民族情感的结晶。中国散文还有一个伟大的“文”的传统，以及由此氤氲出来的“散文文化”。而我国这一尚“文”的伟大传统，又与中国特有的文治制度、哲学思想、地理和自然环境有关。在这方面，钱穆先生有过深入的研究。

在《国史新论》《国史大纲》等书中，钱穆认为在人类数千年的历史中，有两种完全不同的立国精神，并形成两种不同的政治文化传统，一种是尚“武”的精神传统，另一种是尚“文”的精神传统。前者以欧洲为代表，它起始于马其顿，中经罗马帝国，再经拿破仑依仗武力向外扩张。欧洲面向大海的地理自然环境以及各种古堡、斗兽场，形成了一种尚“武”的民族心理和精神导向。后者以中国为代表。它开始于先秦，及至两汉，偏重以文治国，崇尚文化，是重在征服人心的精神路向。正是这种尚“文”传统，使中华民族生生不息、绵延不绝，虽历经磨难和挫折，仍然能浴火重生。

中国尚“文”的历史传统并非凭空产生，而是有着坚实深厚的地理学、哲学和制度的依据。从地理学上看，我国是一个农业发达的大国，有广阔的土地和适宜的气候环境，中间又有几条大河，这就容易产生“天人合一”“天人感应”和安分守己、知足常乐的人生观。从哲学层面上说，中国的尚“文”传统在先秦诸子时期就已成熟。如老子提倡“不争之德”，指出“善为士者不武，善战者不怒”。[①]又说，“是以兵强则灭，木强则折。强大处下，柔弱处上”[②]。孔子讲“仁爱”，主张“和为贵”。墨子崇尚“兼爱”“非攻”。孟子提倡以德怀人的“王道”，反对“以力服人”的“霸道”，还把“不忍之心”视为人与禽兽的根本区别。上述诸子的思想和说法虽有不同，但大的精神路向都是尚和、尚合、尚自然和尚仁义。再从制度上讲，我国从秦汉开始便确立了文治制度，而科举制度的兴起和完善，又进一步强化了尚“文”的传统。当然，中国的尚“文”传统，除了自然地理环境、哲学思想和制度方面的原因外，还有文化心理、宗教、审美趣味以及生活方式等方面的因素，这里不展开论述。

中国散文的“文”的传统，正是建立于中国特有的文治制度、哲学思想和地理自然环境之上。或者说，上述的诸多因素，正是中国散文的“文”的传统得以产生和发展的文化土壤和背景。

---

① 张玉良：《老子译解》，中国社会科学出版社2008年版，第278页。

② 张玉良：《老子译解》，中国社会科学出版社2008年版，第301页。

第二节　“文”的传统的四个层面

中国“文”的传统，细分起来又有几个层面的内涵：

“文”的传统的第一个层面，是“大文学”，或叫“杂文学”传统，即文史哲三位一体。这个传统的黄金时期是先秦散文。先秦诸子散文的基本文体形态，一是以论说为主，如《春秋》《老子》《庄子》《孟子》等含哲学、政论在内的文章。二是以记叙历史事件和历史人物为主，如《左传》《国语》等记叙和议论相结合的文章。这两种文体形态交相辉映，不仅成就了一个大时代里散文的辉煌，而且先秦散文还开创了中国的“杂文学”传统，其文体特征则是自然朴素、边界模糊，且具有广泛的包容性。即是说，先秦时期文史哲没有分家，实用文章和非实用文章混杂，文学与非文学交织。我们今人确实很难用“五四”新文学建构起来的小说、诗歌、散文、戏剧的“四分法”加以分类，也无法以“虚构”或“非虚构写作”名之。总而言之，它们既是体也是用，既是道也是器。这些产生于大时代的原典，不但是中华民族的精神和情感的结晶，是高贵文学的理想和路标，而且是当代文学取之不尽、用之不竭的思想文化资源。

“文”的传统的第二个层面，是中国古代的散文家都有着强烈而自觉的文体意识。诚如章学诚所言，“至战国而文章之变尽，至战国而著述之事专，至战国而后世之文体备”[①]。章学诚的说法在学界虽有争议，但鲁迅认为，至魏晋南北朝时期，我国的文学已进入到“自觉时代”应属不虚。关于这一点，我们还可拿西方的文学作比较。西方的文学以戏剧、小说和诗为主，散文从古代到现代都没有独立成体，所以不论是长篇论著或是短篇小品，其文体基础都十分脆弱。即便“五四”时期热闹一时的英美“絮语散文”，其实真正上佳的作家和作品并不是很多。而能够像中国散文那样融记叙、抒情、议论于一

① 转引自黄保真、蔡钟翔、成复旺：《中国文学理论史》（四），北京出版社1987年版，第326页。

炉的优秀之作更少。质言之，与中国散文相比，西方的散文随笔重“笔路”，重纪事说理、个人性和科学精神，但在“文章”，即抒情性、音乐性、语言韵味，乃至“文气”等更能体现文体意识的各个方面，则远远逊色于中国古代散文。正因“文”比其他文体有更为自觉的文体意识，所以“文”从最早发端于记言记事，从实用文到美文，从“殷盘周诰”的“佶屈聱牙”，到后来的“情动而言形，理发而文见”[①]，如果没有“美因”，即自觉的文体意识作支撑，是很难想象的。

在文体意识的自觉方面，“文”的传统主要体现在这几方面：其一是对文章的分类；其二是对文章的体式即表现功能和表现手法的重视；其三是对语体即语音、语义、句法的敏感，特别值得注意的是，古代散文家在崇“道”、“尚简”、求“雅洁”的前提下，也追求辞采声律，讲究排比、对偶和用典，有时则是散体中夹用骈句。如丘迟的《与陈伯之书》本是一封劝降信，但作者却写得情真意切，文采斐然：“暮春三月，江南草长，杂花生树，群莺乱飞。见故国之旗鼓，感平生于畴日。抚弦登陴，岂不怆悢！所以廉公之思赵将，吴子之泣西河，人之情也；将军独无情哉！”[②]像这样的散文，在唐宋时期还可举出许多，如欧阳修的《醉翁亭记》、范仲淹的《岳阳楼记》、苏轼的《前赤壁赋》等。若从文体意识的角度看，这些作品一方面瓦解了“骈四俪六”的形式主义樊篱，体现出古代散文家的文体自觉；另一方面，骈文的优美文辞，又吸引后代作家竞相效仿，这同样体现出一种文体的自觉。正是在这种散骈互用的过程中，散体的自由无拘、记事简洁、便于抒情议论，骈体的“焰焰烺烺，务彩色，夸声音”的特长获得了最大限度的发挥，从而拓展了散文艺术的表现手段。

---

① 刘勰著，范文澜注：《文心雕龙注》，人民文学出版社1958年版，第505页。

② 转引自郭预衡：《中国散文史》（上），上海古籍出版社2000年版，第509页。

反观中国当代的文学创作，其中一个不容忽视的问题，就是作家大多缺乏文体意识，这样称得上文体家的当代作家自然也就不多了。当代作家一开始普遍地将文学视为传达某种意识形态的“工具”，重内容而轻形式、轻语言。而后是追逐西方时流，热衷于讲故事，或玩一些现代先锋派的小聪明，语言上则是由原来的“土腔”变为“洋腔”或“油腔”，这样的作品，自然没有自己的个性、风格和本土经验。因此，当代文学要摆脱粗鄙的文风，就必须贯通先秦以来的文脉，增强文体意识。事实上，文体意识是文学最为直观的表现。文学观念的变迁往往表现为文体的变迁，文学的探索归根结底是文体的革新。当代作家只有拥有强烈而自觉的文体意识，才有可能创作出既具现实的质感与生命的痛感，又有自己的语言个性和审美情调的美的文学，并在此基础上成为一个真正的文体家。

“文”的传统的第三个层面，是叙事学方面的丰富资源。很长一段时间以来，中国的作家一直以马尔克斯、博尔赫斯、海明威、福克纳等西方小说家的叙事为圭臬；另一方面，研究叙事学的学者，一般也离不开托多罗夫、热奈特、布斯、巴特等的叙事学理论，而对中国的叙事学特别是对我国的历史叙事要么视而不见，要么评价极低。其实，这是一种偏见或误解。中国的叙事传统同文体传统一样源远流长、积累丰厚，且有自己鲜明的民族特色。在这方面，司马迁的《史记》代表了中国历史叙事的最高成就，堪称叙事文本的典范。司马迁在《报任安书》中说，他修史的宗旨是：“究天地之际，通古今之变，成一家之言。”[①]司马迁通过《史记》探寻天地间万事万物的规律，同时表达自己的治世理念和人格理想。为了完成这一宏愿，他在前代史书体制和叙事的基础上，创立了纪传体。全书由十二本纪、十表、八书、三十世家、七十列传组成。虽然五种体例各有侧重，但它们互相联系和呼应，构成了一个有机的整体。其中，十二本纪是

---

① 司马迁：《报任安书》，钟基、李先银、王身钢译注《古文观止》（上），中华书局2016年版，第406页。

纲领，统摄上自黄帝、下至西汉武帝时代三千年历史的兴衰沿革。十表排列帝王诸侯间的大事，八书是关于经济、文化、天文、历法等方面的论述，它们作为十二本纪的补充，形成纵横交错的叙事网络。而三十世家主要记叙贵族之家的历史，七十列传则是不同阶层、不同类型的人物传记。它们犹如二十八宿环绕北斗运行，或如会集于车毂上的辐条生生不息、运行无穷。《史记》这种由五种体例相互补充呼应而形成的结构框架，既勾连天人，又贯通古今，在设计上可谓独具匠心。同时，这种结构框架又使它的叙事灵活机动，富于弹性，不仅可以客观展示波澜壮阔的社会生活画面，又可以微观叙述历史的细部和刻画人物。此外，司马迁还善于运用多种叙述手法来写人记事。比如《淮阴侯列传》，司马迁主要运用第三人称的叙述方法，叙述了韩信作为平民时的三件小事。接下来仍用全知的客观叙述视角，记叙战争的场面和蒯通劝说韩信谋反。但到了文章结尾，作者又改用第一人称叙事，对韩信其人其事进行品论。不独叙述视角不拘一格，在《淮阴侯列传》中，司马迁还采用了“互见法”的叙述方式，让各种人物穿插其间。这种灵活多变的叙述方式，再加上精彩的战争场景，丰满的细节描写和心理剖析，以及对比、排比、铺陈、烘托等修辞手法，如此一来，《淮阴侯列传》便既具震慑人心的思想力量，又体现出了一种叙事之美。需要指出的是，像《淮阴侯列传》这样的篇章，在《史记》中还可以举出许多。如果我们将视野再下移到《汉书》《后汉书》《资治通鉴》等史著，以及四大古典名著，我们会发现，中国其实有着十分优良的叙事传统可供我们学习和借鉴，当代作家大可不必言必称西方，一切“以西方之标准为标准，以西方的是非为是非”。

“文”的传统的第四个层面，是诗性文化或诗性精神方式的渗透与积淀。这一点过去的研究者并没有清晰的认识。由于我国有强大的诗歌写作传统，诗歌一直被视为最高级的文学样式，所以在许多研究者那里，诗歌被抬到了至高无上的地位，而“诗文文化”的“文”却常常被忽略不计。举例说，在《中国诗学精神》中，刘士林就认为：

“中国传统文化是以中国诗词为文本形式，以‘中国诗学’为理论系统，以及以‘诗性智慧’为哲学基础的一种诗性文化形态。”[①]在近年的一篇文章中，他又进一步强化了这一观点：“中国文化的本体是诗，其精神方式是诗学，其文化基因库是《诗经》，其精神峰顶是唐诗。一言以蔽之，中国文化是诗性文化。”[②]刘士林认为中国文化本质上是以主“情”为主的诗性文化，这一总体观点笔者是赞同的，但他心目中只有诗歌，而对以散文为代表的“文”的传统视而不见，则是我不敢苟同的。我们看先秦时期的那些经典，不论是《春秋》《左传》《国语》《战国策》，还是《庄子》《列子》，它们或浩瀚，或笨拙，或奇崛，或犀利，文体内部流淌的高贵气质、精神方式和生命理想，其本质就是诗的。一部卷帙并不浩繁的《古文观止》，却使人感到它的重量和坚实。如果说，“鹏之徙于南冥也，水击三千里，抟扶摇而上者九万里”[③]是诗，那么唐雎怒对秦王时的“若士必怒，伏尸二人，流血五步，天下缟素”[④]的慷慨赴死气概同样是诗；如果说宋玉的“上击九千里，绝云霓，负苍天，足乱浮云，翱翔乎杳冥之上”[⑤]的“瑰意琦行，超然独处”是诗，那么王羲之的“仰观宇宙之大，俯察品类之盛”[⑥]的天地感悟同样是诗。至于柳宗元的《始得西山宴游记》、苏轼的《记承天寺夜游》一类的小品，则是通过对禅的“妙悟”达到一种人与自然交感的诗性境界。纵观中国的古代散文，我们看到，我们的祖先没有使用“诗化”“诗性”之类的文字，也没有西方那种体系周全完备的“诗学”范畴，但他们以其特殊的诗性智

---

① 刘士林：《中国诗学精神》，海南出版社2006年版，第3页。

② 刘士林：《诗性文化的使命》，《学习时报》，2014年11月3日。

③ 邵汉明注译：《庄子》，长春出版社2011年版，第1页。

④ 钟基、李先银、王身钢译注：《古文观止》（上），中华书局2016年版，第284页。

⑤ 钟基、李先银、王身钢译注：《古文观止》（上），中华书局2016年版，第312页。

⑥ 钟基、李先银、王身钢译注：《古文观止》（下），中华书局2016年版，第516页。

慧和诗性感悟，在文字中注进了想象、感性和生命观念，而当这种想象、感情和生命理想从大背景、大胸臆中流出来，并与写作的硬质使命相结合时，生命的激情便喷薄出最鲜亮、最纯粹、最炽热的诗性文化的朝霞。

以上所描述的，便是笔者理解的中国"文"的传统的四个层面。中国"文"的传统犹如一条大河，它时而波涛汹涌，时而涓涓细流；时而泥沙俱下，时而明净清澈。但不管如何复杂曲折和难以辨析，中国"文"的传统都是中国人不容忽视的一笔精神财富和最大的文学遗产。从总体上看，中国"文"的传统是混沌、博大、厚重和内敛的，它所创造和呈现的精神历史天空也是无比丰富广阔的。它不但是中华民族对世界文化的伟大贡献，是我们民族与其他民族相区别的标志，也是中华民族自我认同的证明。梳理、辨析中国散文"文"的传统，再看看中国当代文学，我们深感中国当代文学从新时期之初，骨子里就缺乏一种文化自信和文化自觉。由于缺乏文化的主体性，才会一切以西方马首是瞻，抱着如此矮化自己的奴性心态，中国当代文学怎么有可能进入"世界文学之林"？中国当代文学的路子越走越窄，许多作家一方面是写作越来越技巧化，越来越精致化；另一方面却变得越来越小气和匠气。所以，在当下这样一个互联网、新媒体和传统文化相碰撞、相融会的时代，中国当代文学的确有必要回归到产生诗性的元初之处，回归到我国"文"的伟大文学传统中。只有从"文"的传统中获取营养，使自己孱弱的身体强壮起来，而后才谈得上打点行装，在新世代文化复兴的大合唱中精神饱满地再出发。

第三节　"文"的传统与散文文体的现代建构

中国有一个伟大的"文"的传统，这是我们引以为傲，且无法绕过的一笔文体遗产。但我们毕竟生活在当下，存活在全球化的时代。所以，我们一方面要继承"文"的传统，要表达现代人复杂的生活经验；一方面又要面向世界，重构"文"的传统，让"文"的传统与现代接续，让古典精神在当代中国复兴。应该说，在这方面，梁启超为我们树立了一个榜样。

不少人认为现代散文始于"五四"时期。其实，在散文的古代形态向现代形态转变以前，还有一个不容忽略的过渡。这个过渡的关键人物就是梁启超。他于1899年前后就写过《夏威夷游记》《新大陆游记》等域外游记，但他对后代影响最大的，还是他创立的"新文体"散文。戊戌变法后，作为资产阶级新思维的杰出宣传家，梁启超不仅创办了《新民晚报》，还在《时务报》《清议报》等报刊上发表了大量文章。他用浅显平易、煽动性极强的新体散文取代僵化刻板的桐城古文和骈文等传统，并逐渐形成了独具一格、文体特征很明显的新的散文体——新文体，也称为"报章体""新民体""时务体"。

梁启超的"新文体"有着鲜明的特征：一是以欧西文思入文；二是平易畅达的文风；三是条理明晰，笔锋常带情感。"新文体"对"五四"时期胡适、陈独秀、李大钊、钱玄同、刘半农等的"论说体"散文产生了很大的影响。但如果我们将梁启超的"新文体"放在中国散文发展的长河中，尤其是放在中国散文新与旧的交叉点上来考察，我们看到，梁启超的"新文体"散文仍属于旧文学的范畴。一方面，他将我国"杂文学"传统的优势和缺点发挥到极致；另一方面，他启迪了中国散文的新变，促成了现代散文格局的重构。而这正是梁启超"新文体"散文的巨大历史贡献。

"五四"散文创作不仅文体品种丰富多彩，风格流派各领风骚，而且题材范围之广、作品数量之巨、名家之多，都是前所未有的。曹聚仁先生在复旦大学的一次讲演中，曾提出这样的观点："由五四运动带来文学革命的大潮流……弥天满地，都是新的旗帜，白话文代替古文站在散文的壁垒中了。就当时的情况来看，与其说是文学革命，还不如说散文运动较为妥切。"朱自清对"五四"散文也有过描述："或描写，或讽刺，或委曲，或缜密，或劲健，或绮丽，或洗练，或流动，或含蓄，在表现上是如此。"朱自清所列举的方方面面的景观，可看作对"五四"散文品种的多样、风格流派的各领风骚，以及艺术方法丰富多彩的充分肯定。

若从文体的角度看，中国现代散文与小说、诗歌和戏剧相比，一开始就表现出了文体上的自觉与成熟。当时的新文学建设者一方面为现代散文进行文体上的溯源，一方面又认为应“彻底打破‘美文不能用白话’的迷信”。于是，在这种双向的选择和创造中，建构起了现代散文的基本框架。

中国现代散文的开拓者，从一开始就注意到了语体文体对于现代散文发展的重要性，并为建构一种既符合“五四”自由精神，又贴近散文本体的散文话语而不懈努力。具体而言，“五四”至20世纪30年代前期的散文家和理论家对语体文体的选择与创造，主要表现在如下几方面：

其一，“新而不乱，奇而不黩”，在“文言合一”，中西结合中探索现代散文语体文体发展的可能性。其二，在“化传统”过程中，追求语体的“漂亮”和“缜密”，打破“美文不能用白话”的迷信。其三，“言与意”“形与心”的和谐组合，构成独具东方情调的语体文体特征。现代散文在文体上的选择与创造，除了体现在文类文体、语体文体等方面，在散文体式的选择与完善上也有建树，并形成了抒情独语体、闲话聊天体、幽默谐趣体等多种文体体式。

文体是文学最为直观的表现，也是作家心智的外化形式。因此，文学观念的变迁往往表现为文体的变迁，文学革命离不开文体的变革。而所谓散文的现代性，除了郁达夫所说的“自我”“表现个性”外，主要还是体现在散文文体的变化上。遗憾的是过去的散文研究者并没有看到这一点。他们过于强调散文学的“工具性”，过于注重作品的内容和社会功能，忽视了文体和文体探索的重要性，同时对我国古代丰富的文体资源也挖掘总结得很不够，这在很大程度上阻碍了中国当代散文的发展。

因此，散文文体的现代建构，应在自由与节制间寻找一种平衡。我们过去对文体的概念理解得过于狭隘、过于机械。比如，国内的教科书将文体分为小说、诗歌、散文、戏剧的“四分法”，国外则没有散文这个文类，仅有小说、诗歌、戏剧的“三分法”，这实际上只是从文学体裁的层面来理解文体，这是远远不够的。至于“广义散文”与“狭义散文”之分，也未能真正进入散文的本体。相反，过于僵硬、过于简单化和绝对化的理论有时反而成为创作的障碍。在今天，我们有必要重新对“文体”进行界说。我曾经在一篇论散文的文章中谈到，文体不仅仅是文学体裁、语言、风格和结构，文体更是时代、作家、文学体裁、语言风格的综合体。

散文文体的现代建构，既要有边界，也应有弹性。以往，在讨论散文文体的边界和内涵时，几乎所有的论者都认同散文是一个兼容并包、诸体俱在的大家族，笔者也不例外。但我认同散文是一种边界模糊、宽泛驳杂的文体存在这一事实，并不是要散文回到“文史哲”不分家的“杂文学”时代，也不似古耜先生那样要取消散文作为一种独立纯粹文体的存在。在笔者看来，每种文体都应有它的边界和文体底线，这是该文体区别于其他文体的印记。具体到散文，它当然应有属于自己的边界，只不过相比起小说和诗歌来，它的边界较为模糊宽泛，因此我们说散文的边界是一种相对的边界。举例说，散文的取材基本上来自真实，小说则没有这样的要求。再如虚构，散文是在真实基础上的“有限的虚构”，小说则可以天马行空，不受任何真实性的约束。此外，散文在表达思想，在叙事用笔等方面与小说也有很大的不同。这就是散文文体的边界。它虽“定体则无”，但“大体须有”（见王若虚《文辨》）。一般来说，一个对文体怀有敬畏之心的作家都会遵循这种“大体须有”的文体边界，而不会任性使才，胆大妄为，视文体边界为“无物”。

散文文体的边界是随着时代的发展而不断变化的。就现代散文来说，“五四”前后至20世纪30年代散文的边界范畴较为宽泛，那时的时评、杂记、杂文、传记、报告文学、通讯特写等都属于散文大家族中的成员。到了20世纪50年代，杂文、报告文学相继从散文家族中剥离出去，抒情叙事散文则一枝独秀，成为散文中的唯一文体。而到了20世纪90年代以后，散文又从杨朔的“诗化唯一论”中解放出来，以随笔小品为主体的思想散文取代抒情散文成为主潮。从上述的粗线条勾勒，我们看到散文的文体实际上处于模糊、流动和变化之中，因此不能机械、简单地将散文定于一尊。但是，有一点必须明确，不管散文的边界如何变化，散文的审美性即诗性，散文的艺术创造却是永恒的。从这样的立场出发，我认为“在场主义散文奖”曾将金雁的《倒转“红轮”——俄国知识分子的心路回溯》评为头奖未必是正确的选择。不可否认，这本书有较强的可读性，有不少新鲜材料，感性色彩较浓，文字也漂亮，但它的整体框架、论证方法，包括资料的处理都是学术的而不是散文的。因此，我们可以说这是一本有独到见解，具有一定审美性的学术著作，但不能说它是一部优秀的散文。因它完全突破了散文的边界，即便在散文观念十分开放的今天，也无法将其划入散文的范围。当然，反过来，我也不赞同刘锡庆先生的“文体净化说”。因刘先生的理论存在两个明显的漏洞。其一，他无视20世纪90年代的散文创作态势是“思想散文凸现”，“抒情散文淡出”这一事实，一厢情愿地开出“艺术散文”的药方，而按照他的“文体净化”标准，90年代以来许多优秀散文都将被逐出散文的领地；其二，若按艺术散文的路子走下去，当代散文的天地将变得十分单一和狭窄，甚至有可能回到“杨朔模式”的老路上去。这显然不利于当代散文的发展，也是文体的一种倒退。

由上可见，散文既要有边界，也应有弹性，不能定得太死板。换言之，在理论上，我们可以有各种各样的散文观念，可以有“广义散文”和“狭义散文”的划分，但落到创作实处，往往又难以一言以蔽之。举例来说，一篇思想含量丰富，同时具备了审美艺术性的论文，与一篇思想平庸、艺术表达上又陈旧老套的散文相比，到底哪一篇更属于优秀散文？恐怕不太好说。由此类推，我以为在散文分类上，同样要有弹性。散文的范畴除了记叙性散文、抒情性散文、思想性散文、说明性散文和游记外，具备审美性的序、跋、日记、书信、回忆录和传记文学也可视为散文。而时评、政论、历史论文、经济论文等因缺乏审美性，不应列入散文行列。至于杂文、报告文学、散文诗，在20世纪50年代就被剥离出散文家族，实在没有必要再拉进来。倒是一些“非虚构”的纪实性作品，在21世纪颇受读者欢迎，显示出极强的生命力。这类作品如果有较强的审美性，也应划入散文的版图。

第三章
“文以载道”与“道法自然”

从散文所体现的实用价值和政治功能方面的内涵看，“立意为宗”“忧患意识”“家国情怀”，以及“知”与“行”的一致，“文”与“用”的统一，还有以孝、悌、慈、仁、信为基础的伦理要求等，构成了中国散文文化“文以载道”的传统。它主要是从“入世”、追求社会功用的精神维度，确立了中国传统散文的价值。

第一节 “文以载道”的历史演化

“文以载道”是一个汉语成语。“载”即装载，引申为阐明。“道”本应指道路，后引申为道理，泛指文章中的思想。据现有资料记载，最早提出文与道问题的，是先秦时期的荀子。荀子在《荀子·正名》中说：“辨，说也者，心之象也。心也者，道之工宰也。”“心合于道，说合于心，辞合于说。”[①]不过荀子在这里所说的“道”，主要指的是“不为尧存，不为桀亡”的天道与自然的大道。到了汉代独尊儒术时，荀子的天道、自然之道变成了儒家之道，即经国之方略大道。在大儒董仲舒看来，天道和圣道既不是整合在一起，也不是二元的对立，而是同一不可分割的。天道就是圣道、王道、儒道、至道。及至南北朝，著名文论家刘勰在《文心雕龙·原

① 杨柳桥：《荀子诂译》，齐鲁书社2009年版，第449页。

道》中也指出：“道沿圣以垂文，圣因文而明道。”[①]而中唐韩愈、柳宗元发起古文运动时，更是以“文道合一”“以文明道”作为散文创作的基本纲领，要求文章反映现实生活，注重内容的充实，反对空洞无物的形式主义和陈词滥调。这种注重“道”的社会功用，强调“文”应有益于世、有利于民的观念，与董仲舒、刘勰的“文道”同一观念是一脉相承的。

不过，尽管在我国很早就已涉及“文道”问题，但将“文以载道”作为一个文学命题正式提出来，则应归功于宋代的周敦颐。他在《通书·文辞》中说：“文所以载道也。轮辕饰而人弗庸，徒饰也，况虚车乎！文辞，艺也；道德，实也。笃其实，而艺者书之，美则爱，爱则传焉。贤者得以学而至之，是为教。故曰：‘言之无文，行而不远’。然不贤者，虽父母临之，师保勉之，不学也；强之，不从也。不知务道德而第以文辞为能者，艺焉而已。”[②]在这里，我们看到，“文道”问题由荀子提出，中经董仲舒、刘勰等人的强化，再经韩愈、柳宗元“文以明道”的发展，最终在宋代理学家周敦颐的阐释中得以完善和定格，并成为一种至道，一种传统的主流散文观念，渗透进历代的散文创作中。

“文以载道”为什么会有如此深广的影响，并在散文这种文体中得到最为充分的体现？我认为这是由“散文文化”所决定的。由于中国散文对中国政治和社会生活的广泛参与，并在实际的社会运行中发挥重要的作用，而这种作用主要是依靠其“载道”功能来实现的。也就是说，在我国的传统文化观念中，“文”像车，“道”则是车上所载之货物，通过车的运载，才能到达目的地。因此，读中国散文，不但能从中获得经邦济世、治国安民的政治观念，还能在传统仁学的基础上，把治国平天下与修身齐家统一起来，从而确定个人在社会生活

---

① 刘勰著，范文澜注：《文心雕龙注》，人民文学出版社1958年版，第3页。

② 周敦颐著，梁绍辉、徐荪铭点校：《周敦颐集》，岳麓书社2007年版，第78—79页。

中的位置，树立和完成自己的精神人格和道德人格，这正是以儒家的“道”为核心的中国文化传统在散文中的体现。它在中国散文的发展中延绵不绝，并形成了以“文统”来传承“道统”的独具特色的中国散文文化形态。

需要指出的是，中国散文中的“道”，并不是抽象的哲学命题，也不是空洞无物，千篇一律的儒家教义的僵化演绎。事实上，在中国古代那些优秀的散文中，不论是议论、叙事，还是抒情、说明，“道”一方面十分具体化，常常与事、与景、与情水乳交融；一方面又常常化为一种生动独到的见识。这正是中国散文人文精神的体现，也是它的创造性之所在。举例说，在贾谊的《过秦论》中，他站在维护汉朝新政权的立场，以纵放的笔势，严密的逻辑力量和优美的辞章，以及富于形象性的宏观概括力，指出秦之过失，主要在于“仁义不施”，不懂得“攻守之势异”。而从始皇的“遂过而不变”，二世的“因而不改，暴虐以重祸”，到子婴的“孤立无援，危弱无辅”。总之，“三主惑而终身不悟，亡不亦宜乎”，这是历史经验的全面总结，申述的是“治国之道”，是史的教训。诸葛亮的《出师表》吐词恳挚，意味深长，既叮咛劝告后主要亲贤臣，远小人，又追述了刘备对自己的知遇之恩。最后表达了为复兴汉室，“鞠躬尽瘁，死而后已”的期待和忠诚。这里不但有治国的经验总结，更有作为一个贤臣良相“忠君之道”的情真意切的表达。正是因此，《出师表》虽不务文采而文采自显，文章的“载道”取向与诸葛亮的人格魅力相得益彰。以上“载”的是“治国之道”和“忠君之道”，在孝悌方面，最著名的是李密的《陈情表》，晋武帝召征李密任太子洗马，李密以自己身世的凄苦和奉养祖母为由，婉言辞谢：“但以刘日薄西山，气息奄奄，人命危浅，朝不虑夕。臣无祖母，无以至今日。祖母无臣，无以终余年。母孙二人，更相为命，是以区区不能废远。”[1]文章虽是

① 钟基、李先银、王身钢译注：《古文观止》（下），中华书局2016年版，第514页。

以书信形式陈述理由，但写得恳切深挚，“孝慈之道”在“乌鸟私情”中体现得淋漓尽致。这种“孝慈之道”，在夏完淳的《狱中上母书》也有真切的表现：“不孝之罪上通于天”。“淳死之后，新妇遗腹得雄，便以为家门之幸。”[①]文章将“孝慈之道”与国家的危难、民族的大义紧密相连。这样全忠全孝的情感，既流露出民族英雄内心深处的家族情结，也是民族的文化心理的深层体现，而这正是中国散文的共性和特点。也就是说，中国散文从一开始就具有广泛参与社会生活，关注国计民生，思考和探索社会、政治、历史、经济、文化等重大问题的传统。即便是一些抒情性的散文，也都以借景抒情，借物言志，感时抒愤，陈古刺今，指奸斥佞为主要内容和情感形式，表现出古代知识分子以社稷为怀的家国意识，充分地阐释了“文以载道”的真义。

从上述分析可见，“文以载道”是散文的核心观点，也是中国散文的灵魂。但为什么自北宋大儒周敦颐将其正式定格后，这一散文观念便一直遭人诟病，甚至被贬为文学功利主义的代表性学说，而坚持“文以载道”的散文家则被指斥为“伪君子”“伪道德”“卫道士”呢？细究起来，“文以载道”被诟病和抵制主要有几个原因。其一，“文以载道”过于强调“道”的第一性，而“文”仅仅被视为负载传递信息的工具，加之在向“载道”倾斜的同时，又矫枉过正，不适当地夸大了文章的地位，将文章看作“传先王之道，论圣人之言”的工具，这自然便引发了一些崇尚老庄哲学“无为而治”的士人的反感。其二，是晚明小品的反动。晚明文人素以狂放、清高、淡远、倜傥著称，他们重“性灵”“气”“趣”“格调”，文章不以“庄重”“高大”为荣，而以“灵巧”“短小”为美，这样晚明小品自然就逸出了古文体制，也不循“文以载道”的轨辙。值得注意的是，晚明文人的人生态度和心态，晚明小品的“性灵”和悠然自得的笔调，

① 转引自郭预衡：《中国散文史》（下），上海古籍出版社2000年版，第291页。

在“五四”的散文家那里获得了广泛的共鸣回响，于是有了以鲁迅为代表的“载道派”，以周作人、林语堂为代表的“言志派”或称“闲适派”。应该说，“言志派”散文小品的出现并广受欢迎，甚至被一些人视为散文的正宗，在很大程度上消解了“文以载道”的地位和影响。其三，是对“文以载道”的理解过于机械化、狭隘化和庸俗化。比如，20世纪五六十年代，“文以载道”被高度意识形态化和浅表化，于是“文以载道”演化为写蜜蜂必联想到像蜜蜂酿蜜一样辛勤劳作的农民，写雪浪花会联想到共产党领导中国人民打江山的困难和韧劲，写登泰山看日出会情不自禁歌颂起人民公社和全民炼钢的高炉，甚至有的散文将“文以载道”等同于宣扬“以阶级斗争为纲”。所有这些，都严重影响了“文以载道”的声誉，也从根基上深深伤害了散文。

因此，在散文被许多人误解和贬低，在复兴中华传统文化，重塑中国当代文学的当下，有必要重新诠释“文以载道”的内涵和价值，使其在当代文学创作中发挥更大的作用。笔者认为，首先应辩证地看待“文”与“道”的关系。比如刘勰在《文心雕龙·原道》中，一方面推崇“道之文”，认为圣人所垂之文即经，是至高无上的道；另一方面又没有极力去宣扬儒家之道的深旨，而是强调“写天地之辉光，晓民生之耳目”。写文章既要“金声而玉振”，又要善于“雕琢性情”。[①]同时，刘勰还十分看重圣人之文的充实内容与形式的完美结合，即所谓“衔华而佩实”。在我看来，这正是值得我们借鉴的，看待“文以载道”的辩证态度。只有“义理”与“文辞”并重，同时不过分抬高文学的地位，夸大“道”的功利作用，“文以载道”才能深入人心，传之久远。其次，在辩证地看待“文”与“道”关系的前提下，应理直气壮地重申：当代文学创作离不开“道”，也必须“载道”。“载道”，正是当代作家的社会责任感、道义心和人文情怀的

① 刘勰著，范文澜注：《文心雕龙注》，人民文学出版社1958年版，第2—3页。

体现和实践，也是对中国优良散文传统的承续。的确，当代文学如果离开了“道”，没有忧患意识和家国情怀的担当，没有将个人的命运与国家民族，乃至全人类的命运联结在一起，那么，作家创作出来的必然是一篇篇缺乏钙质、没有灵魂的作品。这样的作品，不管形式多么完美，文辞多么华丽优雅，也是没有价值的。所以，对于优秀的当代作家来说，不是要不要“文以载道”的问题，而是如何“载道”和“载”什么“道”的问题。当然，要达到“载道”的目的，作家要自觉地去追求“文”与“道”的统一，讲求内容与形式、人品与文品、道德与文章的完美结合。

第二节　“道法自然”的当代意义

中国散文的另一个内在价值，或者说优良传统，是“道法自然”“万物并作”“天人合一”。老子说：“道生一，一生二，二生三，三生万物。”[①]在这里，道是万物的总根源和总依据，但“人法地，地法天，天法道，道法自然”。“道”要效法“自然”，崇尚“自然”，所以“自然”是最重要的。在“道法自然”的基础上，老子又提出“万物将自化”的理念：“道常无为而无不为。侯王若能守之，万物将自化。”[②]老子从“道生”的哲学观念出发，倡导“无为而不为”，认为这是“万物将自化”的前提条件，而“万物自化”其实也就是“物化”。这里的“万物”与“物化”，既指人，也指物。“物化”既包含人的变化，也包含物的变化，同时也是人与物的互化。

庄子承继了老子“道法自然”“万物自化”的思想哲学思想而又有所发展。庄子的思想资源最有价值的一点，是他发现了人以自我为中心对“道”与“物”的遮蔽，意识到了功利的人生态度和知性工具的危害性，所以他主张“丧我”“弃知”“物化”，以“物我同一”

① 卢育三：《老子释义》，天津古籍出版社1987年版，第191页。
② 卢育三：《老子释义》，天津古籍出版社1987年版，第167页。

的自我体验来处理人与自然的关系。这种万物深融为一的“物化”体验，按今人陈鼓应的解释是：“以与外物相互会通交感，而入于凝神的境界之中，物我的界限便会消解而融和，然后浑然成一体。”[①]如在《齐物论》中的庄周梦蝶寓言：“不知周之梦为蝴蝶与，蝴蝶之梦为周与？”[②]昔为蝴蝶，乃周之梦；今复为周，却是蝴蝶之梦。在这里，蝴蝶是一个象征，是一种客体，同时也是一种主体的存在。所以，庄周梦蝶在寓言化“魂交”和“形接”的生命和情感交融中实现了“物化”和“齐一”，达到“天地与我并生，而万物与我为一”的最高境界。当然，“物化”是在“道法自然”“天人合一”大理念下实现的审美创造的移情，要达到这一境界，首先，必须“独与天地精神往来而不敖倪于万物”；其次，是“其应于化而解于物也”；再次，应彻底“忘我”，达到“心斋”静虚的心理状态。庄子对“道法自然”“天人合一”“物化”以及人生与人心的思考，不但内涵丰富，博大精深，而且体现出表达上的焦虑，富于现代的反思批判精神。正因如此，如何将庄子的散文和他散文中蕴含的哲学思想与时代相融合，并创造性地加以传承发展，使其成为“人类共同价值”，便成为当下必须面对的一个重要课题。

先秦散文中的“道法自然”“天人合一”以及“物化”“物我合一”等哲学思想，在后来的散文中得到了充分的继承和发展。如汉代董仲舒在他的文章中，就十分强调“天人感应”的作用。而在南朝的《世说新语》中，这种源于“道法自然”的“天人感应”思想更是带有“物化”的审美特征：“简文入华林园，顾谓左右曰：‘会心处不必在远，翳然林水，便自有濠濮间想也。不觉鸟禽兽鱼，自来亲人。’”[③]显然，简文的“濠濮间想”主要是受到庄子的影响。刘义庆从“齐物”立场出发，将“物”看作一种主体存在，并将情思

---

① 陈鼓应：《庄子浅说》，三联书店2012年版，第22页。
② 邵汉明注译：《庄子》，长春出版社2011年版，第27页。
③ 刘义庆：《世说新语》，重庆出版社2007年版，第79页。

移至审美对象，于是鸟兽禽鱼都有情思；正因有情思，才会与人相近相亲，融为一体。在中国古典散文中，像这样的例子还很多。比如欧阳修的《秋声赋》：“欧阳子方夜读书，闻有声自西南来者，悚然而听之，曰：‘异哉’！初淅沥以萧飒，忽奔腾而砰湃，如波涛夜惊，风雨骤至。其触于物也，鏦鏦铮铮，金铁皆鸣，又如赴敌之兵，衔枚疾走，不闻号令，但闻人马之行声。”欧阳修先从听觉上写风声，感知中的风声先是由小到大，继而又由大到小，最后消失不闻。文中还用一连串的比喻，将无形的风声描摹得具体生动，可感可触。接下来再描摹“秋之为状”：“其色惨淡，烟霏云敛，其容清明，天高日晶，其气栗冽，砭人肌骨，其意萧条，山川寂寥。”正因秋天其色惨淡，其气栗冽，其意萧条，这才引发了作者的“悲秋”之慨，并将思绪从物转到人身上:“嗟夫！草木无情，有时飘零。人为动物，惟物之灵，百忧感其心，万事劳其形，有动乎中，必摇其精。”草木虽无情，但它们飘零之后很快又复苏。人虽是万物之灵，但人长期操劳，心志又常受到磨难，这样自然就衰老得快，而且人的衰老是不可挽回，无法复苏的。因此，人“奈何非金石之质，欲与草木而争荣”[①]呢？欧阳修《秋声赋》的精妙和价值，不仅仅在于他对“秋声”的精准描摹和渲染，也不仅仅在于他从“有声之秋”写到“无声之秋”，从自然界延展到社会人生，以及秋之文化内涵。从“道法自然”的“物化”观来看，《秋声赋》已达到了一种“神与物游，神居胸臆”[②]化我心于物心的境界。这个“化境”有四个层次：一是“物我一体”与“物我互化”，即物既是主体也是客体。物就是人，而人有时也是物，人与物之间没有明确的界限。二是将生命、情感渗透到物中，于是没有生命情感的物也获得了生命和情感。三是对话的模式。这一层次既有人与物的对话，也有欧阳修与童子之间的问答。这一对

---

① 钟基、李先银、王身钢译注：《古文观止》（下），中华书局2016年版，第829—831页

② 刘勰著，范文澜注：《文心雕龙注》，人民文学出版社1958年版，第493页。

话模式在庄子的散文和汉赋中经常出现，宋明的不少文赋也继承了这一传统。如苏轼的《赤壁赋》、张岱的《湖心亭看雪》等，也都采用了主客问答的对话形式。四是心灵的超越。由于天地间有“大美”，当人进入自然的内部，神游于天地间，不纠结于日常的利益关系，不作功利性的价值判断，如此一来，在天地的化育包孕下，人与万物各安其所，各守其性，和谐相处，其乐融融。这样，人的心灵自然也就超越了社会和物质，变得更为纯净和富于诗性意味了。

这就是中国散文的另一个伟大传统，它一方面强调“文以载道”，一方面又崇尚“道法自然”。“文以载道”主要从“入世”方面，追求文学作品“有用”的社会功能，要求作家创作时要有“家国情怀”，要有社会责任感和时代使命感，要“修身齐家治国平天下”，将个人的“小家”和民族的“大家”统一起来。“道法自然”则从“出世”“无为无不为”的“无用”角度，强调作家要尊重自然，敬畏自然，要在“道”的笼罩下，达到天、地、人的和谐相融。中国传统散文正是沿着这两个精神方向前进，所以中国散文不但内涵深厚，具有极大的包容性和内敛性，而且呈现出一种汪洋恣肆、浩浩荡荡、气象万千的大格局。而中国当代文学，应该说在这两个方面都有所缺失或者说存在着严重的不足。就“文以载道”方面来说，自20世纪90年代我国转型市场经济以来，随着人的欲望的膨胀，人文理想的失落，多元价值观的出现，作家的写作立场也发生了转变：从80年代的“大叙事”变为个人的“小叙事”；从过去高扬理想主义、爱国主义和英雄主义转变为犬儒主义、物质主义和享乐主义。不少作家失去介入现实和时代的激情和勇气，而忧患意识、责任感和使命感也逐渐离他们远去。在这样的写作方向和世界观、文学观的影响下，他们的写作自然不可能载国家之道、人民之道、时代之道和人类之道。当代文学之所以受到诸多诟病，之所以配不上当今的时代，我想其中一大原因，就是我们失去了“文以载道”的伟大传统。再从“道法自然”方面看，当代文学同样问题多多。事实上，自新文学之后，中国文学已在很大程度上丢掉了中国古代散文的这一优良传统。诚如王兆胜所说：“中国现代文学过于夸大‘人’的地位、作用和力量，从而导致对天地自然之道的忽略甚至无知，也导致了人的欲望无限膨胀，这样的例子举不胜举。”[①]而在现实社会中，随着工业社会的到来，商业社会的推进，人的物质欲望的无限度膨胀，以及“人定胜天”思想观念的不断强化，现代人逐渐失去了对天地自然的敬畏之心，其结果是社会生态，特别是自然生态遭到了空前的破坏，而人也因此遭到了大自然的惩罚。所以，中国当代文学创作有必要调整立场和视角，即站在天地自然的角度，思考“天人失衡”的根源以及如何平衡的问题。而在这方面，中国散文同样有大量有价值的思想养料可供当代作家发掘。比如，向中国古典散文学习遵循天地自然的法则，克服人类至上的立场，将人与自然同一化，即承认：“无论如何，人都是天地自然的一分子，都不能无视天地自然的存在和先验限制。”所以，在强调“天地之道”的同时，“要着意于‘人’，尤其是人‘心’的力量”[②]。即在理解和顺应“天地之道”，在天地的化育中将自己的心灵培育得臻于完美。在我看来，这些都是当代文学的要义，而在过去，我们恰恰是将这些要义忽略了。

在21世纪，当代文学既要理直气壮地倡扬“文以载道”的理念，又要让作家树立“道法自然”“天人合一”的天地意识。因为“文以载道”与“道法自然”既是对立的，又是互补的。倘若当代文学能从这种“对立”与“互补”中获得滋养，则当代文学一定能一扫以往内涵苍白、精神缺钙、心浮气躁、格局逼仄的弊端，而呈现出精神旺健、元气淋漓、开阔大气的新局面。

第三节 在“入世”与“出世”中再造文化生命理想

中国散文的整体审美建构始终表现出对“文化生命”的积极建设

① 王兆胜：《文学的命脉》，华东师范大学出版社2005年版，第1页。
② 王兆胜：《天地人心》，山东文艺出版社2006年版，第2—3页。

的热情，它逐渐形成了作家主体向内发展、注重内在生命体验的价值取向，而这种“文化生命理想”，其实是在“入世”与“出世”的互补中完成的。同时，我们也注意到，自“五四”以后，由现代新闻传媒所建立的公共空间，西方外来的文学文化思潮，尤其是英美“絮语散文”的引进，其中的人本主义和理性精神对现代散文的巨大刺激，以及对现代散文的精神要求与文体创造的具体影响，这使现代散文内隐地呈现出不同于古典散文的精神倾向，一种渗透进现代意识的“文化生命理想”。

“文化生命理想”，是在文化的框架中更符合现代文化精神和现代人格的一种文化建设。它既重视人的生命体验的价值取向，也具有比较清醒的层级文化价值目标，即重建中华文化价值体系和实现全人类文化价值的终极目标。因此，它既是个人的、民族的，也是一种人类的终极关怀，是复杂文化心理内容的核中之核。因为现代社会文明越是发达，人的生命的文化那一部分就越重要。我们看到，中国现代散文作家都明确地以文学与文化的建设为基点，并以各自不同的创作追求与创作实绩标示出作家不同的“文化生命理想”。鲁迅杂文以社会批判和文明批判的犀利与辛辣，构成了他独具一格的“文化生命理想”，它一方面呈现了生命价值被现代文明所深度污染的各种异化的生存形式，一方面体现了鲁迅对知识分子怎样担当历史使命的独特理解。周作人在寻求社会文化建设的理想框架时，更多钟情于对历史文化、传统精神的想象与依持，突出作家自我本真原初的人生体验。他不是从当前现实需求的逼迫出发，而是从非实用的更加内在的基因传承的高度，去把握人们当前精神上急需解决的问题。何其芳的散文在象征人生里往往表现自我的“美，思索，为了爱的牺牲”的文化追求。炽热地爱恋人生、清醒地理解人生的梁遇春的散文始终追求着一个可以理解的人类生存，他以“快谈、纵谈、放谈”的方式探求着“建在理智上面的天真的”生活艺术。李广田的散文则以叙事的方式传达了他关于“人的改造”的本质和意义。这些散文家的创作广泛联系着社会发展进程中各种复杂的文化现象，其潜在的文化价值是不容忽视的。他们的散文不仅揭示了新旧文学转换的重要意义，而且代表了新型社会文化的基本精神追求，反映出现代知识分子相对成熟的“文化生命理想”。

与“文化生命理想”相联系的，是中国散文对民族文化人格的塑造。一部中华民族散文史，其实就是一部民族文化性格的演变史。所以，散文创作和研究的一个任务，便是通过对中国散文的文化诠释，去把握传统散文中文化人格的延续性与变动性，不仅再现知识分子在时代变革中的内心冲突，同时还要通过文化人格的发掘，去再现一种灵性与浪漫，去探测一种社会文化心理和生命价值取向。在这方面，《史记》堪称典范。在当代散文家余秋雨在《遥远的绝响》《一个王朝的背影》《风雨天一阁》等散文中，塑造了三种不同的文化人格类型：一是追求自由独立但又多少有些神秘乖戾的文化人格，二是强健开放、积极进取的文化人格，三是具有圣洁和崇高的文化良知的文化人格。《一个王朝的背影》之所以是文化散文中的精品，就在于它在广阔恢宏的文化背景下建构了一种强健开放的文化人格。作品中的康熙虽是一个皇帝，但他同样是一个历史之子，是文化中人。在他身上固然有一代帝王的标志，但更重要的是知识分子的人格气质的流露。在作品中，我们看到，这个少数民族出身的皇帝不仅比明代历朝皇帝更热爱和精通汉族传统文化，更主要的是，它具有强壮的体魄、健全进取的精神和超乎寻常的生命力，他“把生命从深宫里释放出来，在旷野，猎场和各个知识领域挥洒，避暑山庄就是他这种生命方式的一个重要吐纳口站”。他勤奋好学，视野开阔，有刚毅的性格和开放的胸襟，因此他请来了大批西方传教士，向他们学习西方数学和欧几里得几何学，甚至还认真研究天文学、历法和医学、化学，这确实超越了历代的帝王，也使当时一大群冷眼旁观的汉族知识分子大为震惊。不仅如此，在《一个王朝的背影》中，作者还深刻地反映了政治和文化的冲突以及展示了文化的巨大力量：“一切斗争都是浮面的，而事情到了要摇撼某个文化生态系统的时候才会真正变得严重起来。一个民族，一个国家，一个人种，其最终意义不是军事的、地域的、政治的而是文化的。”正因为文化太有吸引力，它的力量实在是太巨大，所以，连大学者王国维最后也要以生命来祭奠它。在这里，我们看到，文化事实上变成了生命、变成了诗性。

如果说，《一个王朝的背影》展示的是一种强健开放的文化人格以及文化的力量和韧性，那么《风雨天一阁》探讨的是与此相关的一个命题：基于健全人格的文化良知。作品中的天一阁的创建者范钦正是这样的文化人。他的官不大，但他敢于顶撞当时的权贵郭勋，甚至连严世藩也不放在眼里。当然，他的文化良知，主要体现在他创造了天一阁藏书楼及对藏书楼的管理和保护上，他以一种超越意气、嗜好和才情的意志力，以一种冷峻得不近人情的理性提炼了文化良知，使藏书变成一种清醒的社会行为，一种文化的传承和民族精神的凝聚。由于余秋雨将文化人格的建构和升华作为他的文化散文创作的一个中心，而这种文化人格的建构又以现代性的文化价值观作参照，同时以中国传统文化的独特认知和情感体悟为依托，在此基础上，再配之以诗性的生命激情和文化想象。此外，还有一套属于“余秋雨式”的个体的话语，这样，余秋雨文化散文中的文化人格的建构自然便比以往散文中那种纯粹从政治层面或道德层面的人格建构要开阔得多，也复杂和深刻得多。

在如何塑造理想的文化人格方面，当代不少散文家都做过努力。除了余秋雨之外，王充闾、梁衡的散文也值得一提。比如在王充闾的《青山魂》中，作者以“现实存在的李白”和“诗意存在的李白”这两个角度来展示李白的存在状态，并通过他们之间的巨大反差，“形成了巨大的内在冲突，表现为试图超越却又无法超越；顽强地选择命运却又终归命运所选择的无奈，展示着深刻的悲剧精神和人的自身的有限性”。李白的个人际遇和他对个体的自由独立的向往，包括他的佯狂痛饮，其实在很大程度上反映出了几千年来中国文人的围困与突围的心路历程。在以曾国藩为主角的《用破一生心》中，王充闾展示的是另一类知识分子的生存状态。曾国藩追求的是“内圣外王”，即一方面要建立非凡的功业，一方面又要做天地的主人。这就注定了他的一生只能在战战兢兢、如临深渊，如履薄冰中度过。尽管他以匡时济世为人生旨归，以修身进德为人生之本，特别是尽管他为了建立功名，流芳百世而不惜“用破一生心”。然而因为失去了存在的本原，失去了自然本真、自由活泼的自我，所以，“他的生命乐章太不浏亮，在那淡漠的身影后面，除了一具猥猥琐琐、畏畏缩缩的躯壳之外，看不到一丝生命的活力，灵魂的光彩”。王充闾在《渴望超越》中认为散文创作说到底是“生命的转换，灵魂的对接，精神的契合”。他的《两个李白》《用破一生心》，在剖析展示李白、曾国藩复杂人格的同时，也肯定了传统文化和价值观对塑造“理想文化人格”的作用。由于王充闾从人性的角度来解读李白和曾国藩，并充分展示了他生命个体存在的全部复杂性和特殊性，这样，尽管在他之前已有很多人写过这两个人，但王充闾仍能写出新意和深度。这里的奥妙在于王充闾有深厚丰富的文化底蕴作依托，同时又将诗性、将生命意识和心灵体验投注于描写对象中，于是，王充闾的散文创作也就获得了某种超越。

梁衡在《大无大有周恩来》中，从多个角度描写了周恩来既“大无”又“大有”的伟大文化人格，这种理想的文化人格是历史与现实，人与自然，理性思辨精神与生命文化感悟，总之，是“入世”与“出世”的完美融合。显然，这样的理想文化人格正是当前深受后现代主义和消费主义冲击的社会现实所缺乏的，也是当代的文化建设所迫切需要的。可见，在消解了深度模式的当下，文化散文以其启蒙现代性的思想价值取向和对独立人格与理想精神的探求，不仅奠定了其不可取代的文学史价值，也为当下的文化建设提供了有益的思想养料。

第四章

中华民族诗性智慧的结晶

也许我们处于一个缺少诗意的时代，然而我们置身其间的国度却从来不缺少诗。我们姑且不论使每个中华子民引以为豪的唐诗宋词，就拿古代那些经典来说，哪一部不是诗、思、史三位一体？哪一部不是大气磅礴、诗性淋漓？我们的先辈没有使用“诗化”“诗性”之类的字眼，也没有西方那种体系备全的“诗学”范畴，但他们以其特殊的艺术知觉和不同于西方的逻辑思维，在文字中注进了情感、智慧与想象，而当这种情感、智慧与想象同写作的硬质使命相结合，自然便产生了一种特殊的诗性。在我看来，这就是中国悠久、丰饶和深厚的散文传统，也是我要建构新的散文理论的诗性之源。

第一节　道、汉字及禅的诗性资源

黑格尔曾经批评中国是一个“不含诗意的帝国”。其依据是中国的国家政体是建筑在儒家学说之上，强调的是人道伦理和现实伦理，所以中国的所谓诗性“往往是形式性的，仅具有文体学和言说方面的意义”[①]。然而考察我国的传统文化，我们会发现黑格尔的论断带有极大的片面性。事实上，黑格尔只看到儒家学说关注现实的一面，而

---

① 刘成纪：《青山道场——庄禅与中国诗学精神》，东方出版社2005年版，第35页。

忽略了道家哲学中强调天道伦理即“天人合一”的一面。这样，他自然就得出了中国是一个“不含诗意的帝国”这样十分离谱的武断结论。

那么，中国传统文化中的诗性的立足点究竟在哪里呢？

很显然，中国早期诗性的立足点便是道家哲学，而产生于三千多年前的“群经之首”——《周易》不但是我国最古老的经典，而且是我国早期诗性的最为具体和直观的体现。《周易》与古代其他经典一样，都具有“象思维”的思维特征。所谓“象思维”，也就是艺术性思维，其特征是注重整体性和直观性。所以，《周易》是用寓言和诗的形式，来阐释天地的大道理和人生的大道理。这正如有的研究者所说：“《周易》从原始诗性思维生发成为充满诗性智慧的‘天人合一’精神。在理解世界的生成和变化方面，它表现为二项生成的诗性哲思；在人与自然的关系方面，它表现为让物性保持本真、充分自我呈现的诗性直观；在处理人间秩序方面，它表现为以天道提升人道，以人道顺应天道的诗性伦理。这种诗性智慧的本质正是中国传统文化所固有的对‘生’的深深眷顾。”[①]这段话可以说是对我国早期诗性智慧的十分到位的概括。《周易》这种仰观天文、俯察地理，中通万物之情，在重天人之际，探索宇宙中的人生的必变、所变和在变的大法则，正体现出了中国的传统思维特征及其奥妙，这就难怪后世对其推崇备至，尊其为“群经之首”了。至于以老子、庄子为代表的道家文化，同样体现出了独特的中国诗性特色。比如，老子的“一生二，二生三，三生万物”，以及“大白若辱，大方无隅，大器晚成，大音声希，大象无形，道隐无名”。[②]庄子的“俗”与“无辱”，“无用”之“用”，还有“庖丁解牛”“庄生梦蝶”等，都体现出了一种合于“道”与“德”的中国式的大智慧。这种立足于天地之变的“象思维”，再配之以“手挥五弦，目送归鸿，俯仰自得，游心太玄”的

① 王茜：《〈周易〉的诗性智慧》，《商丘师范学院学报》2004年第3期。
② 《老子》第四十一章。

浪漫情怀，自然便产生了一种难以抗拒的诗性文化传统。由此可见，作为人类文化精神状态的表征，中国古典精神的价值和核心便是诗性，它以整体性的直观思维与智慧的表达，将“道”的建构、艺术的人生和诗意的生命融合为一。

中国早期诗性的生成，除了在《周易》，在老子和庄子的道家文化中有着集中而充分的体现外，在汉字的字形结构上，也可看出诗性的凝聚。众所周知，汉字是一种表意的象形文字，它不是由一系列的拼音文字系统构成，而是以象征为其核心的语言符号构成。从汉字生成的早期形态看，不论是象形、指事、会意和形声，其间都隐藏着十分丰富的早期诗性的密码。比如汉字的“首”字，在最初的甲骨文中是一个人头的形状，后来造字的在人头加上几根头发，用一只眼睛代表脸部，后来再经过演变，人头上剩下两点，头皮渐渐拉平，眼睛也垂直了，于是成了现在的“首”字。而“黑”是一个表示颜色的字，最早是“炎”字之上加上一个圆的烟囱，表示火在燃烧，从烟囱里冒出点点煤烟，以此来表示“黑”的颜色。这样的例子在汉字中可以说是不胜枚举。由此可见，汉字和西方纯粹符号性的拼音文字不同，它的关系模式是“散点透视”，是“空间性”和“场型”的，而不是“时间性”和“序列性”的。汉字的这种“物相”和“心向”相交融的特点，根本就不是某些西方学者所说的“低级语言”，而是一种更接近人的心灵和感觉，因而更能引起联想，更具隐喻性和抒情性的诗性语言。关于这一点，当代著名学者鲁枢元在《超越语言》一书中曾举过一个精彩的例子，他说“暮色苍茫”与“晚色苍茫”只一字之差，但韵味大不相同。究其原因，还是和“暮”字的形义、渊源有关。“暮”字的原意为“莫”，而“莫”的初始写法为“茻”，即日落草莽之中。只说“暮色”，便已呈现出雄浑苍茫之象，给人以诗的含蓄，韵的混融，气的氤氲之感。从鲁枢元所举的例子，不难看出汉字从开始构造就是一种诗性的语言，智慧的语言。可惜这种诗性、智慧和高贵的语言质地在当代的散文创作中已越来越少见，这就不能不引起我们的警惕和深思。

在论及中国早期诗性的生成时，我们还要简单谈谈禅悟所体现出来的诗性。我们知道，禅并非中国的特产，它的源头在印度。但当菩提达摩将禅传入中国后，经六朝的发展到达唐代，便出现了禅宗。禅宗的原则是教外别传，不立文字，直指人心，见性成佛。在参禅的过程中，则主张“渐悟”和“顿悟”。何谓渐悟和顿悟？渐悟指的是坐禅，即把修佛分成若干个阶段，强调的是循序渐进。顿悟则是通体的瞬间之悟，是一种透视一切的创造性和生命活力。它的要义是自信、见信与佛理的交感相容，透露出的是人性中一种特殊的性灵，不但具有非分析、非理性思维和超越文字与逻辑的特性，而且它的表达又是艺术化乃至诗性的。比如，赵州从谂禅师的答问就是如此。

> 问：“承闻和尚亲见南泉，是否？”
> 师曰：“镇州出大萝卜头”。
> 问：“如何是祖西来意？”
> 师曰：“庭前柏树子”。
> 问：“万法归一，一归何所？”
> 师曰：“老僧在青州作得一领布衫，重七斤。”①

再如：

> 问：“如何是禅？”
> 师曰：“碌砖”。
> 问“如何是道？”
> 师曰：“木头。”②

上述两偈，其表达就像猜谜一样，若从理性思维的逻辑角度看，

① 普济著，苏渊雷点校：《五灯会元》（上），中华书局1984年版，第200页。
② 普济著，苏渊雷点校：《五灯会元》（上），中华书局1984年版，第256页。

禅宗的这种答问，显然是答非所问，是含糊不清的。但对于禅来说，唯有这样的答问方能传达出禅理和禅趣。

因为禅宗的不立文字、直指人心是拒绝言说的。它所要破坏的正是常人习惯性的逻辑思维，所以破译禅意不能拘泥于文字的表面，而要靠顿悟来体会其文字以外的“韵外之致”和“言外之意”。禅宗的这种拒绝言说和分析，靠感悟来直抵事物核心的思维方式，正是中国式诗性智慧的典型体现。它对我国的哲学、文学包括散文创作均产生了深远的影响。

总而言之，在我国的传统文化中，诗性主要由以《周易》为代表的“象思维”，以老庄为代表的道家哲学，以表意和象形为特征的汉字，以及禅宗的顿悟构成，以上几方面典型地体现出了中华民族的文化精神和艺术思维特征，它们既是中国文化的诗性之源，同时也是诗性散文之源。

第二节　庄子：“以寓言为广”

上面我们从我国早期的文化视野中探讨了诗性的成长，下面我准备换一个角度，从中国古代的散文入手，来看看诗性是如何渗透、融合进我国的散文创作中。在我看来，古代散文的文化诗性因素，主要体现在如下几个方面：一是“以寓言为广”，二是禅宗的妙悟，三是性灵的归潜和飞扬。

“以寓言为广”出自《庄子·天下》，它既表明了庄子对其言说方式的选择，也是庄子的诗性智慧在散文中的具体体现。所谓寓言，即有所寄托，有所兴会和有所隐喻之言，其寄寓的方法就是“藉外论文”。从《庄子》文本看，庄子实际上就是借助丰富的想象，通过对人、事、物进行形象化的描述，表达自己对宇宙自然的认知、对生于其中的社会人际关系的把握和对人生的感悟体验。庄子的寓言往往不是空洞直露的概念和意义，而是超越现实生活和逻辑束缚，甚至是超越语言的“道”与“意”的合一，是把自己的人生态度和审美理想寄寓于具体形象的一种“心与物游”。如《养生主》中的“庖丁解牛”，就相当典型地体现出庄子这种诗性散文写作的特色。这个寓言主要通过庖丁高超的解牛技巧来隐喻某种生存之道。作品先写庖丁的解牛动作。庖丁的解牛技艺高超无比，“手之所触，肩之所倚，足之所履，膝之所踦，砉然向然，奏刀騞然，莫不中音，合于桑林之舞”。庖丁解牛时手、肩、足所形成的有如舞蹈般的姿态，以及刀在运行时发出的和谐悦耳的节奏与旋律，简直达到了出神入化的境地，这样自然就引出了文惠王的发问。作品接下来写庖丁解释自己获得高超技艺的原因：“始臣之解牛之时，所见无非全牛者。三年之后，未尝见全牛也。方今之时，臣以神遇而不以目视，官知止而神欲行。”由于庖丁经过长期的实践摸清了牛的内部结构，所以他能做到“以神遇而不以目视”，能在经络相连、筋骨纠结的复杂牛体中“恢恢乎其于游刃必有余地”，甚至十九年“而刀刃若新发于硎”。这里，庖丁实际上借刀（个体生命的隐喻）与牛（复杂险恶的社会环境的隐喻）的关系，阐明了这样一个哲学道理：社会中的各种人际关系就如牛的骨骼筋脉一样复杂，个体的生命若想在其间优游自在地生存，就必须摸清社会环境的全部秘密。如果不掌握“牛”的内在肌理，胡乱碰撞，个体生命就会像刀一样折断。不仅如此，寓言的最后，庄子还情不自禁地描述了每次解牛后的精神状态：“提刀而立，为之四顾，为之踌躇满志，善刀而藏之。”多么悠然自得的神态，多么心满意足的情怀！而这一切，都生动形象地体现出了庄子那种“游乎万物之，物物而不物于物”的人格色彩和诗性智慧。

倘若进一步追问，我们还可发现“庖丁解牛”所蕴含的诗性内容还不止这些。比如从庖丁解牛的高超技艺，我们可以获得这样的认知：一切客观事物都有它自身的内在规律，人们只有掌握事物的客观规律，按客观规律办事，才有可能取得成功。而美学家李泽厚却由“道”与“技”联想到生命的自由和美的创造。他认为：“‘道’与‘技’的关系即是‘道’与艺术的关系。……由于庄子学派所说的‘道’其实质在于自由，而‘技’作为艺术创造的活动，其实质也在于它是一种自由的创造活动，所以‘技’和‘道’可以相通，在‘技’中可以看出‘道’。”[①]可见，散文中一旦注进了以“寓言为广”的诗性，它便具有了多重阐释的阔大空间。

庄子散文的诗性，还表现在它具有诗歌的跳跃性。跳跃性本是诗歌的重要特征之一，它为读者留下了极大的想象空间。但在庄子的散文中，这种诗歌的跳跃性文字也随处可见。比如著名的《逍遥游》就是如此：“北冥有鱼，其名为鲲。鲲之大，不知其几千里也；化而为鸟，其名为鹏。鹏之背，不知其几千里也；怒而飞，其翼若垂天之云。”先以丰富夸张的想象，极写鲲和鹏的巨大，以及“水击三千里，抟扶摇而上者九万里”的气势，再写到蜩、学鸠、斥鴳，再到“小知不及大知，小年不及大年”之辩，其意象鲜明奇警，其想象飞腾跳跃，其文气波澜起伏、跌宕多姿，而其论辩则是“吐峥嵘之高论，开浩荡之奇言”（李白《大鹏赋》）。这就大大拓展了庄子散文的想象空间，使庄子的散文带上了浓厚的诗性品格。

除了跳跃性的思维方式外，诗性的意境和超常规配搭的诗性语言，也是构成庄子散文诗性品格的重要方面。正因庄子散文有上述的特色，我认为庄子的散文正如《离骚》之于诗歌一样，是中国诗性散文的重要源头之一。所以，我们今天的散文若想有厚重阔大的气魄和优美蕴藉的美学风范，就应当老老实实回到原典，向庄子的散文学习，向伟大的传统致敬，舍此别无他途。

第三节　悟：禅与散文的不解之缘

在本章第一节，我们谈到了禅宗“以心传心，不立文字”的直觉思维方式。在这一节，我将进一步分析禅宗与散文的关系。在我看

---

① 李泽厚、刘纲纪主编：《中国美学史》第一卷，中国社会科学出版社1984年版，第276页。

来，禅宗不仅对我国的思想、文化发展产生了深远的影响，而且它对我国的散文尤其是其中的小品的渗透，使我国的散文呈现出了一种绝不同于西方散文的诗性特色。所以从某种意义上说，禅与文的互通互证，也是诗性散文的另一个源头。

我们知道，禅从印度传入中国后，很快便渗透到中国文化的各个层面，特别是文学艺术的层面。从魏晋南北朝到隋、唐、宋、明、清，许多著名的文人雅士都好佛习禅，他们不仅熟悉禅的思维方式，倾心于“平常心是道”的禅风，而且在诗文中追求一种禅意、禅趣和禅境。举例说，柳宗元的《始得西山宴游记》就是这样一篇颇具“禅味”的散文小品。作品的第一段写道：“自余为僇人，居是州，恒惴栗。其隙也，则施施而行，漫漫而游。日与其徒上高山，入深林，穷回溪，幽泉怪石，无远不到。到则披草而坐，倾壶而醉。醉则更相枕以卧，卧而梦。意有所极，梦亦同趣。觉而起，起而归。以为凡是州之山水有异态者，皆我有也，而未始知西山之怪特。”由于作者谪居远郡，形单影孤，加之此时作者是戴罪之身，时时记着自己是“僇人”，且“恒惴栗”。这样，尽管“入深林，穷回溪，幽泉怪石，无远不到”，也只是“施施而行，漫漫而游”，没有特别的感觉和意趣，那些林木溪水与泉石总是与作者隔着一层。它们不但无法使作者摆脱苦闷与忧愁，甚至还使他觉得“山水有异态者，皆我有也”。这是一种典型的物境，是禅的“见山是山，见水是水”的第一个阶段。

不过，游西山却另有一番情趣。当作者与仆人“过湘江，缘染溪，斫榛莽，焚茅茷，穷山之高而止。攀援而登，箕踞而遨”时，他完全进入了一种新的境界，他感到“凡数州之土壤，皆在衽席之下”，大有“一览众山小”的气概。不但如此，当他纵目远眺时，但见“萦青缭白，外与天际，四望如一”，于是，“悠悠乎与颢气俱，而莫得其涯；洋洋乎与造物者游，而不知其所穷”。显而易见，这是上一个境界的升华，即进入了“见山不是山，见水不是水”的忘境。忘境是“空”，是对第一阶段的物境的超越，在禅悟的过程中可谓前进了一步。

然而“空”并非完全是“空”，进入忘境后还有牵挂，还有执着。必须再破这种执着，直至一切执着破尽，才真正到达一种“天地与我并生，万物与我为一”的化境，达到禅的不可言说的“妙悟”。于是我们看到，在文章的最后，作者索性“引觞满酌，颓然就醉，不知日之入。苍然暮色，自远而至，至无所见，而犹不欲归。心凝形释，与万化冥合”。行文至此，他终于大彻大悟，“心凝形释，与万化冥合”，真正进入了忘却自我、超越功利的自由自在的境界，而这也是禅悟的“见山只是山，见水只是水”的第三阶段。的确，这样的愉悦，这样的境界，是禅外之人难以体会到的。所以在此文结尾，柳宗元还特意加上一句：“然后知吾向之未始游，游于是乎始。”柳宗元说游西山是“始游”，也就是说，以前的“游”都是不算数的，只有这次游西山才是“游”的真正开始。而对于我们来说，欣赏这样一篇妙文其实就是逐步领悟柳宗元禅悟的过程，他所悟出的是什么呢？也许，我们不得而知，也难以说清，但有一点可以肯定：禅渗透进散文之后，散文的诗性显得更加空灵洒脱、内蕴丰厚，同时也更加自由自在和多义了。

苏轼的《记承天寺夜游》也是一篇富于禅意的作品。这篇散文虽只有八十三个字，却十分耐人寻味：元丰六年十月十二日夜，作者“解衣欲睡”，但见“月色入户”，于是“欣然起行”，到承天寺找老朋友张怀民一同赏月。恰巧张怀民“亦未寝”，这样两人便“相与步于中庭”。这时“庭下如积水空明，水中藻荇交横，盖竹柏影也”。月光如水一样，清澈透明，微微涌动。而水本是无色之物，看似无，实却有，所以用“空明”。此处的“空明”，既是写月，也是作者那种“念无与为乐者”的精神状态的真实写照。不仅如此，在寺院里还有疏朗的竹柏摇曳生姿，就像随波涌动的水草一样，这更显出了月夜的幽静迷离。值得指出的是，此句无一处写月，却又使人感到处处在写月，在欣赏月的清澈透明，又略带朦胧的空灵幻境，这样就透出了禅味。至于尾句的“何夜无月，何处无竹柏，但少闲人如吾两人者耳”同样包含着不尽的意味。这里固然有借“闲”反衬心中的不平和无奈的意思，但更主要的是“月夜妙悟”之后的自许自得，是作为“闲人”的“我”与天地万物的忘我交融，所以从本质上说，苏轼在这里所展示的是一种虚灵化了的禅境。

苏轼之后的许多散文家也写出了许多颇具禅味的散文小品，如黄庭坚，他出自禅门“五宗七家”的黄龙派门下。他的散文也充满禅机，与苏轼的散文有异曲同工之妙。如《写真自赞》一文，在内容上便充满禅意，在写法上则不拘一格，自由随意，自然质朴，真正是当行即行、当止即止，从中可以明显看出禅宗的痕迹。

从上面的考察可以得出这样的推断：禅不仅从题材、语言、意境等方面影响了古代的诗歌，同时也与散文结下了不解之缘。可以这样说，从禅形成之日起，它就与散文互通且共生共长。禅是一种艺术化的宗教，它表现出人性中一种特殊的感悟能力，而散文是一种表达真情和性灵的无拘无束的文体，两者的确存在着许多内在的相适性与共通性。也正因此，禅和散文自然而然地走到一起了。

禅和散文的融合，使中国古代散文体现出一种中华民族特有的诗性智慧，而这种诗性智慧正是中华民族文化精神的凝结。值得注意的是，散文的这种诗性智慧，在中国现当代的散文家如许地山、废名、丰子恺、汪曾祺、贾平凹、韩少功、南帆等的创作中都有所体现。他们的作品，无论在题材、表达方式和对待事物的态度上，都可以看到来自庄禅的诗性智慧。下面，拟以贾平凹、韩少功、南帆三人的散文为例略作分析。

贾平凹的散文，有不少带有禅宗式的诗性智慧。他的这类散文，或寄情于山水，或感悟于生活，或发掘沉积于秦砖汉瓦下的文化，但他落笔的中心不在于临摹山水的形态，不在于如实记录各种生活的琐事或借文化思考民族和文人的命运。对贾平凹而言，他追求的是一种天地人贯通的大境界，一种物我合一、主客体相融的生命顿悟。这样，在他的散文里，荒凉、寂寞的大戈壁是一块“难得糊涂的、大智若愚的地方”而且，由于戈壁经历了由荒凉、繁荣到单纯的变化，所以它又是一幅“现代艺术的画，画中一切生物和动物都作了变异，而折射出这个世界的静穆，和静穆中生命中的灿烂”（《戈壁滩》）。

而在《夜游龙潭记》中，这个龙潭“四面空洞，月光水影，不可一辨。桨起舟动，奇无声响，一时万籁静寂，月在水中走呢，还是舟在湖山移，我自己早已不知身到了何处，欲成仙超尘而去了”。像这样神秘、幽静和空灵的散文，还可举出《三目石》《树佛》《生佛》《月迹》《月鉴》《钓者》《冬花》等。从以上的“禅思美文”中可以看出，贾平凹的诗性智慧的确秉承了中国传统的艺术精神，同时又是道家思想、魏晋玄学和禅宗的人生哲学的圆融。因此，研究贾平凹的散文不能拘泥于从文字的字面意义来领会其内涵，而是要透过文字，从整体上来把握他作品中的诗性智慧，要在纯净、幽静、空灵的境界中体会其“韵外之致”和“言外之意”。这正是贾平凹散文的诗性智慧的特色和魅力之所在。

在当代散文家中，韩少功也是一个以智慧著称的作家。但不同于贾平凹的“禅宗式诗性智慧”，韩少功的诗性智慧主要不是来自中国的传统文化，而是更多地带着西方思辨哲学的特征。这种以理性思维为基础，从现象出发而后直逼事物核心的阐释方式，一旦与智性的大脑、丰沛的心灵相结合，自然会带来一派散文的新景观。这一点，我们可以在韩少功的一系列《词语新解》中得到印证。《词语新解》与其说是韩少功在散文形式上的独创，不如说是他的智慧的集中呈现。他根据社会生活的不断演进，跟踪动向，搜奇抉怪，对现实生活中的各种词语进行解释，既直击社会世态人心，颠覆了人们的思维习惯，又有深刻独到的见解，加之笔调的调侃幽默，读来确实令人捧腹。而在《夜行者梦语》这篇杰出的文化散文中，他更是将诗性智慧发挥到极致：

> 人类常常把一些事情做坏，比如把爱情做成贞节牌坊，把自由做成暴民四起，一谈起社会均富就出现专吃大锅饭的懒汉，一谈起市场竞争就有财迷心窍唯利是图的铜臭。思想的龙种总是在黑压压的人群中一次次收获现实的跳蚤。或者说，我们的现实本来就有太多的跳蚤，却被思想家们一次次说成龙种，让大家听得悦耳和体面。

作品不仅批判社会的弊端、人性的弱点，嘲笑“后现代”及其信奉者，也同样表现出韩少功超人的诗性智慧：

> 萨特们的世界已经够破碎了，然而像一面破镜，还能依稀将焦灼成像。而当今的世界则像超级商场里影像各异色彩纷缤的一大片电视墙，让人目不暇接，脑无暇思，什么也看不太清，一切都被愉悦地洗成空白。……
>
> “后现代”正在生物技术领域中同步推进着。鱼与植物的基因混合，细菌吃起了石油，猪肾植入了人体，混有动物基因或植物基因的半人，如男猪人和女橡人，可望不久面世，正在威胁着天主教义和联合国人权宣言。到那时候，你还能把我当人？

撇开那些精妙的比喻、奇警的意象、简洁老辣、炉火纯青而又富于生活质感的语言，以及沉静客观、举重若轻的叙述不论，仅就智慧的层面来说，韩少功的散文无疑已达到了极高的水准。那是一种不以高度的技巧化，不以修辞的新颖甚至怪异为最终目的的写作，也不是以猎奇笔调展示个人的隐私以吸引读者，或以夸张的姿态横扫一切、否定一切的写作；自然，这种写作也不可能来自象牙塔和书斋里。因此，韩少功的散文写作既是智慧的，也是诗性的。他的诗性智慧的源头活水来自现实生活的启示与激发，来自他的既出世又入世的人生态度，更来自他的生命感悟和对事物的洞彻。唯其如此，韩少功的散文才有可能成为“智慧的独语”。①

相较于贾平凹的“禅宗式诗性智慧”和韩少功的“哲思型诗性智慧”，南帆散文随笔中的诗性智慧又别有一番风采，我将其称之为“解构式诗性智慧”。关于南帆的散文，批评名家孙绍振先生曾撰

---

① 参见陈剑晖：《智慧的独语——关于韩少功散文随笔的札记》，《当代作家评论》1994年第4期。

写过几万字的长文加以评述。[①]孙先生认为，南帆的散文是一种“审智”的散文，“它并不依赖于感情，而是诉诸于智性，从感觉世界做智性的、原生性的命名，由此衍生出多个层次的纷纭的观念来，在概念上作语义的颠覆，在逻辑上作审美的走私”[②]。南帆的许多散文随笔，的确都有着罗兰·巴特、德里达式的解构的特征。比如《一握之间》，作者从多个角度对“手”进行了解构：拳击场上手与手的对话，绘画或摄影中手与手的相握，维纳斯断了双臂的手，茨威格小说《一个女人一生中二十四小时》中那双赌徒的手，杜拉斯《情人》里那对恋人的手，还有恩格斯对人类的手的感叹……当然，如果只是表面化地写出了各种各样的手，那么南帆还不能算是一个具备了诗性智慧的优秀散文家。南帆的智性表现在，他不但解构了手的神圣性，还解释了手隐含着的无穷的精神意味。比如由手来重新解释“盲人摸象”现象。对同一头大象，盲人为什么会得出如此不同的结论，因为“手的动作使大象和盲人躯体产生了真实的联系”，因此，“手的动作使人们的环境成为一个实践的世界”。再如，手的出现改变了“占有”的概念。动物使用嘴对付世界，所以它们的占有即吞咽，而人用的是手，“手使占有形式成为抓、握、拥，同时，占有对象超越了食物范畴而出现了精神旨趣”。由此类推，作者又从“占有”引到社交活动，并将其区分为两个阶段：面容阶段和手的阶段。手的有意触摸带来了亲密，手比面容更多地表明躯体的意愿。正由于手与手之间的接触、相抚、相握、相拥，一种亲密的意味出现了。在这里，我们看到，“手不仅是躯体赖以操作的一个器官，手同时还成为展示躯体性格的代表符号，甚至凝缩为躯体的简洁象征”。正是通过这样正向、逆向甚至反向的多向思维，通过层层的推理演化和话语的建构，手最终与躯体、与世界构成了一个内涵丰富的整体。应当承认，在对人们

---

① 参见孙绍振：《当代智性散文的局限和南帆的突破》，《当代作家评论》2000年第3期。

② 孙绍振：《当代智性散文的局限和南帆的突破》，《当代作家评论》2000年第3期。

习以为常的事物和概念进行解构和重新命名，在表达的机智和逻辑推理的细致严密等方面，南帆的智性是一流的。但同时，理性话语的过分膨胀，抽象逻辑的过于发达，有时也会削弱乃至扼杀散文中的诗性激情，使散文变成可敬可畏而不可亲可爱，令读者望而却步的智力游戏。南帆的散文随笔之所以既是独创的，富于个性色彩且是不可模仿的，又曲高和寡，缺少广泛的读者基础，我想与其缺乏诗性激情有很大的关系。尽管孙绍振先生认为这是南帆为当代散文开辟的一条新路并给予极高的评价，但这条路能否走得通，我十分怀疑。

质言之，散文尤其是散文中的随笔是一种需要智慧的文本，但智慧不是聪明的滑头和技巧，不是知识的炫耀和卖弄，也不是冷冰冰的理性推理和演绎。智慧从根本上是一种生活态度，一种精神的境界和心血的燃烧，一种带着生命体温的可触可感的文字。散文中的诗性智慧，只有具备了上述的品格，它才能真正燃烧起来；相反，有“智”而没有“诗”，或者只有一味的抒情而缺少智慧的穿透力，这样的散文从本质上都不能称之为具备了“诗性智慧”的散文。

第四节　灵：文化诗性的归潜与飞扬

我们知道，庄子的散文常常是通过寓言的形式，借助丰富的想象和“技”或“艺”来说明“道”，从而形成了他的散文的诗性特质，并成为中国散文的重要源头。而中国诗性散文的另一个源头是禅与散文的渗透融合，它的特征是由“妙悟”达到一种人与自然交感的诗性境界。除此之外，我认为中国的诗性散文还应有其他一些特质，比如“灵”这一概念，在中国的诗学中就十分重要。它的诗性的归潜与飞扬便一直影响着中国散文的流向，只不过它的作用和价值似乎一再被散文研究家所忽略。

“灵”的产生和我国的散文一样源远流长，不过就文学作品来说，较集中和明显地体现出“灵”的特性的作品，应是屈原的《九歌》。《九歌》借助对巫、神的舞乐的描写和想象，表现了生命与宇宙融合为一体的内在律动，透露出了灵的神秘的艺术力量。诚如钱锺书所说："《九歌》则'灵'兼巫与神两义……时而巫语称'灵'，时而灵语称'予'交错以出。"[①]钱锺书以他学者的睿智，敏感地把握住了"灵"的诗性本源。《九歌》以后，"灵"的含义随着时代的更迭也不断地变异演化。特别到魏晋南北朝，"灵"已由春秋时代的灵、巫、神合一的本源性演化成一种体验性的对象。比如当时的一些诗人和艺术家，就认为在山水中有一种"灵"的存在，这种"灵"不是一般人能够体验和把握的。而到了明清，则有袁宏道等的"性灵说"。袁氏的"性灵说"大概包含了几方面的意思：一是文学创作须出于自己的"胸臆"与"手眼"，方能有自己的特色和个性，即所谓"俱从灵源中溢出，别开手眼，了不与世匠相似"[②]。二是真。真是"独抒性灵"的核心，是审美感受和审美判断的前提，也是文学创新的基础。三是求趣。袁宏道说："夫诗以趣为主，致多则理诎。"[③]其弟袁中道又说："凡慧则流，流极而趣生焉。天下之趣，未有不自慧生也。山之玲珑而多态，水之涟漪而多姿，花之生动而多致，此皆天地间一种慧黠之气所成，故倍为人所珍玩。"[④]这说明"趣"既属于性灵的范畴，是性灵的不可缺少的元素；同时，"趣"还是一种自然的禀赋，是由"慧黠之气"的流动而产生的。晚明公安派"三袁"对"性灵"的倡导，固然有将"性灵"世俗化、趣味化的倾向，但它对后世的散文创作无疑产生了不容忽视的影响。比如周作人就将晚明小品看作现代散文的源头。他在为俞平伯的散文集《燕知草》所写的"跋"中说："中国新散文的源头，我看是公安派与英国的小品文两者的合成。"[⑤]又说："我们读明清有些名士派的文章，觉得与现代

---

① 钱锺书：《管锥编》，中华书局1986年版，第600页。

② 袁中道：《吏部验封司郎中中郎先生行状》。

③ 袁宏道：《西京稿序》。

④ 袁中道：《刘玄度集句诗序》，《珂雪斋集》卷一。

⑤ 周作人：《〈燕知草〉跋》，《知堂序跋》，岳麓书社1987年版，第318页。

文的情趣几乎一致，思想上固然难免有若干距离，但如明人所表示的对于礼法的反动则又很有现代的气息了。”[①]周作人在他的一系列序跋中，主要从“独特性灵，不拘格套”和“反功利性”两个方面来审视晚明的散文观念和创作，而这也是当时许多散文创作者的共识。正由于高扬性灵，反抗载道，追求自由自在的表达，“五四”时期的散文才有可能取得那样的辉煌。

当然，上面只是从散文史的角度对由《九歌》肇始的“灵”到公安派的“性灵”作了一个简单的回顾，并肯定了其作为现当代散文创作源头的意义。而在事实上，我心目中的“灵”与《九歌》中的“灵”、公安派的“性灵”是有所区别的。在我看来，“灵”作为诗性散文的源头，它应有几个层次的内涵：

第一层次是与巫、神的对象同一的“灵”，即《九歌》中的“灵”。这一层次的“灵”与神巫有着密切的联系，其带有原始的蛮力和宗教的神秘色彩，同时又含纳世间万象与生命的无尽力量，因此它是属于宇宙本源性的“灵”。

第二层次是山水化和情致化了的“灵”，也即魏晋文人画家笔下的“灵”。在这方面，美学家宗白华有过十分精辟的阐释：“晋人艺术境界造诣之高，不仅是基于他们的意趣超越，深入玄境，尊重个性，生机活泼，更主要的还是他们的一往情深！无论对于自然，对探求哲理，对于友谊，都有可述。……晋人向外发现了自然，向内发现了自己的深情。山水虚灵化了，也情致化了。”[②]此处的重点是向外发现了自然，向内发现了自己的深情，即主观之精神与客观之灵的水乳交融，超越并举。

第三层次是表现了个体生命存在的某种状态的“灵”。这种状态其实就是诗者的灵感状态，即率性纯真、自由自在的人生态度，甚至

① 周作人：《〈陶庵梦忆〉序》，《知堂序跋》，岳麓书社1987年版，第327页。

② 宗白华：《论〈世说新语〉和晋人之美》，《艺境》，北京大学出版社1987年版，第130—131页。

是狂歌醉舞之态。唯其如此，为文者才能写出既“出自灵窍，吐于慧古”，又富于生命力和创造力的美文与真文。

第四层次是指一种与生俱来的“灵机”或“灵心”。这种灵心与世人之耳目所及、习以为常的观念与意识处于一种对立的地位。这一层次的“灵”的妙处在于可使文章不在步趋形似之间，而是宛若自然之气恍惚而来，不思而至。虽奇怪莫名可状，却是富于生机灵气的创造。这正如明代戏剧家汤显祖所说：“天下文章所以有生气者，全在奇士。士奇则心灵，心灵则能飞动，能飞动则下上天地，来去古今，可以屈伸长短，生灭如意，如意则可以无所不知。”①

总体来看，“灵”是与“情”“童心”等相对应的一个范畴。它是天地万物的氤氲，是作家心物融汇的结晶。“灵”，一方面具有归潜，即回归本体，回归存在，潜藏于自然山水之中的特性；一方面又形神飞动、激情澎湃、摇曳多姿。“灵”的这种本质特征，决定了它无论从形式到内容都是反世俗、反传统的，同时又是具有创造性和自由的。因此从诗性的意义上讲，我认为“灵”比人们广为认可的“意境”等范畴更有研究的价值。

① 徐朔方笺校：《汤显祖全集》，北京古籍出版社1999年版，第114页。

第五章

散文的家园意识

自人类历史出现以来，家园即是人类生命物质与精神的栖居之所，家园意识也随之产生。简而言之，家园意识是对家园有意识的、热切的关注和表达。它是人类精神性的一种表现，是人类普遍存在的心理记忆与情感原型，是一种泛文化现象。家园意识既是一种文化积淀，又是作家一种重要的创作动因，在人类精神活动之一的文学世界中，家园意识常常作为母题或原型出现。作家作为人类生活的观察者、记录者和文化的传承者，他们比普通人具有更强烈更持久的家园意识，甚至“表现为一种难以释怀的文化情结”[①]。文学中的家园意识具有复杂多样的形态，不同时期有不同的内涵和表现。人从出生到成长，离不开家园的庇护与滋养，人类的家园意识是生命的必备品。“中国传统文化如果从整体上来把握的话，那么人文精神可说是它的最主要和最鲜明的特征。”[②]作为中国文化重要载体之一的散文，源远流长，内蕴丰厚，十分珍贵。它以其真挚、朴实的生命体验，记录了不同时代作家笔下的家园意识，是“以人为本”的中华文化精神的具象化，家园既成为中国文化的一部分，同时传承和发展了中国文化和中国人文精神。

---

① 张全廷：《家园意识与中国作家的创作》，《三门峡职业技术学院学报》2008年第2期。

② 楼宇烈：《中国文化的根本精神》，中华书局2016年版，第221页。

家园包括生活家园与精神家园，它是人类生命开始与延续的场所，也是人类精神的归属地。家园意识是人类本真生存的诉求，具有文化的本源性特点。家园意识的呈现与追寻使得中国散文成为展示人类日常生活诗性的审美所在，成为承载人类精神生命中最柔软的需要。自先秦散文到唐宋八大家散文、明末性灵小品文，到"五四"白话散文，再到新时期以来的文化散文、学者散文、新散文，以及港台散文，散文无不忠实记录着作家对家园的虔诚追寻，不管是哪种方式和形态，都思考着人类的存在与精神，带给人们平和温暖的感动或激荡痛苦的超越。

家园意识具有浓烈的理想主义情怀，最终追寻与坚守的更多的是精神上的家园，但是不管在何时何地，人们都需要这种心灵的休憩与理想的烛照，这是人类永远满怀激情并乐此不疲之所在。所以说，家园意识具有深厚的哲学内涵，"意味着人的本真存在的回归与解放，即人要通过悬搁与超越之路，使心灵与精神回归到本真的存在与澄明之中"①。在中国散文的历史长河里，家园意识是对故土的深切热爱与怀念，是对家人亲情的无比牵挂与想念，是对民族团结复兴、国家繁荣昌盛的热切希冀与责任的承担。"散文既是现代人感情和心灵的栖息地，同时也担负着守护中国文化和中国人文精神高地的使命。"②挖掘散文中的家园意识，肯定其思想和美学价值，有利于传承中国文化，高扬文化自信，促进当代文化建设。

第一节　故土情结中的中华文化认同

在散文的花园中，作家以审美的方式观照和反映家园，以具象化的形象来表现家园意识。家园意识首先是指作家对曾经生活过之故土

① 曾繁仁：《试论当代生态美学之核心范畴"家园意识"》，《温州大学学报》（社会科学版）2010年第3期。

② 陈剑晖：《散文价值的发现与中国当代文化建设》，《学术研究》2015年第6期。

故乡的深情赞美与绵绵思恋，以及抽刀断水水更流的汩汩离愁，表现出浓郁的故土情结。在中国文学的宝库里，历来闪耀着作家对故土难舍的情怀，有吟咏“思旧故以想象兮，长太息而掩涕”的屈子，有慷慨“狐死归首丘，故乡安可忘”的曹操，有感叹“故人故情怀故宴，相望相思不相见”的王勃，也有叹息“离别后，乡愁是一棵没有年轮的树，永不老去”的席慕蓉，有悲吟“乡愁是一方矮矮的坟墓”的余光中。可以说，故土情结来源于生于斯长于斯的地域文化对作家的影响，反映了人类共同和永恒的感情，属于人类的一种集体无意识，离乡、恋乡、怀乡、思乡等都是其相关情感表现，它是日常生活中“常回家看看”的坚持，是文学审美世界中永不消退的热情。

中国散文与中国人的现实生活关系最为密切，最能直接反映人们的思想情感，热土难离是中国人素来的情结，散文中多有表现作家对自己的故乡或者曾经生活过的第二、第三故乡深情的依恋。特别是现当代散文，如沈从文对湘西，鲁迅对绍兴，贾平凹对商州，迟子建对北极村，余光中、张晓风对祖国大陆。这些散文记录下了作家身为游子而对故土魂牵梦绕的思念之情。

一、“独在异乡为异客”的创作心理机制

“独在异乡为异客，每逢佳节倍思亲”“少小离家老大回，乡音无改鬓毛衰”。从创作心理的角度来看文人的故土情结，“离乡”“在路上”的共同经历，“异乡人”的共同心理是其产生的重要基础。故土情结的情感表现就是“乡愁”，作家因各种原因离开自己的家乡或者居住多年的那片土地，内心却深怀眷恋，时时回望。

中国古代文人表达乡思情感的外部原因大致有：“一为征戍徭役，二为求仕求学，三为战乱（灾荒）流离，四为迁徙移民，五为经商远行，最后是现实坎坷导致的失意无着。”[①]这些原因的共同点即是背井离乡的游子形象的凸显。中国社会历来有安土重迁的社会心

① 王立：《中国古代思乡文学主题的历时性检视》，《大连大学学报》2003年第3期。

理，传统社会尤其注重对自己乡土的坚守，所谓“父母在，不远游”的训言要求每个家族成员紧密团结在一起。同时，读书人科举取士、“好男儿志在四方”的理想追求也导致更多人离开自己的故乡。离乡之后的“异乡人”人生道路或曲折落魄或扶摇直上，不管是何种生活状态，恰如刘邦《大风歌》中所唱“大风起兮云飞扬，威加海内兮归故乡，安得猛士兮守四方”，人们衣锦还乡式思维也是根深蒂固的。在离开家乡后，古代文人往往“登高而赋”，将对故土深厚的情感转而变为各式各样的诗文书画，以纾解心中难以忘怀的郁结之情。

古代散文之概念内涵包含甚广，也经历了一个悠久的发展过程。不管是哪个阶段，古代散文始终具有较强的实用性，不忘追求“经国之大业，不朽之盛事”的社会功用。这样的散文具有“杂”的特点，审美性显得不够纯粹。古代文人的故土情结常常借用诗词形式来表达。在众多类型的散文中，较少直接抒发对故土的情思，偶有零散表达作者心怀的文章，不同历史时期故土情结的具体内容也稍有不同。比如在《永州八记》《记承天寺夜游》等游记散文，以及《陈情表》《出师表》《祭十二郎文》等抒情文中，作者倾注了对故土亲人的深厚情感；江淹的《别赋》《去故乡赋》《哀千里赋》，张岱的《陶庵梦忆》《西湖梦寻》等文也表现了故土之怀。需要注意的是，古代文人忠于的“国”是王朝共同体，每当王朝更替，都有许多散文表达他们浴血奋战、救亡图存的骨气与哀悼先烈悲叹故国的血泪。如南宋岳飞、辛弃疾、陆游等人的文章，表达了非常深厚的故土—故国情结。

“五四”以来的现代散文冲破了“文以载道”的束缚，极力表现作家的个性情思，作家的故土情结更得以充分淋漓地释放。随着时代与社会的发展，现代作家与古代作家所面临的生存环境有了重大的改变，而离乡漂泊的异乡人身份与心理却同样存在。恰如当年鲁迅小说创造的情节结构模式“离乡—归乡—再离乡”一样，现代作家在新时代的感召之下离开故土去求“异路”、寻“异声”，最后因为时局的动荡，往往寓居故乡以外的城市，成为永远的“异乡人”。当他们回想故乡时，或不得回乡，或原初的故乡已经不再，而故乡的人事却一直萦绕于心，心中永怀一种故土情结，常借助文学书写来加以排解。散文自古以来因作家的精诚之情感动读者，这也使得作家在抒怀故土情结时往往用散文的形式来娓娓述说。鲁迅《朝花夕拾》中的众多篇章、老舍的《忆北平》、周作人的《故乡的野菜》、沈从文的湘西散文、郁达夫《故都的秋》等都是经典之作。

随着新时代的到来，当代作家“异乡人”的身份与心态并没有因为物质文明的进步与通讯的发达而消失，为了追求现代化的生活与理想，当代文人更多的是主动离开他们的故土——多为相对落后的乡村，而去到城市。他们在建设城市的同时发现城乡巨大的落差甚至是矛盾，于是将两者互相对照，既发现故乡的落后与城市的发达又发现故乡人性的纯美、人与自然的和谐与城市人性的异化与生态的破坏。他们的故土情结同样深沉刻骨，而创作心理更加复杂多样。正如韩少功所解释的：“故乡存留了我们的童年，或者还有青年和壮年，也就成了我们生命的一部分，成了我们自己。它不是商品，不是旅游的去处，不是按照价格可以向任何顾客出售的往返车票和周末消遣节目。”[①]韩少功的《山南水北》，莫言的《会唱歌的墙》《写给父亲的信》，迟子建的《北方的盐》《故乡的吃食》，贾平凹的《秦腔》等都是书写作家故乡情结的美文。

由于历史的原因，还有一部分离开大陆辗转定居香港、台湾或者海外的中国作家，他们在散文中也常常表现出难以忘怀故土故国的情结。他们的离乡时间更久、空间更远，既是离开自己的小家，又是离开祖国大陆之大家，这份故土情结更显浓郁、悲壮。王鼎钧曾说：“故乡是一个人童年的摇篮，壮年的扑满，晚年的古玩。”[②]他的散文《碎琉璃》即是对家乡的追寻与回味。写作著名乡愁诗歌《乡愁》的余光中更是其中之代表。他的散文《四月，在古战场》《地图》等

---

① 韩少功：《访法散记》，《漫长的假期》，上海文艺出版社2017年版，第81页。

② 王鼎钧：《碎琉璃》，尔雅出版社（台湾）1987年版，第10页。

文即是他故土情结最直接的裸露。被誉为“中国当代散文八大家”之一的林清玄也以其清丽而充满智慧的散文抒写出饱含浓浓乡愁的散文，如《期待父亲的笑》《比云还闲》就是他回忆美好童年生活的至情之文。还有张晓风的散文也散发出强烈浓郁的故土情结，她说：“故土的记忆朦胧恍如隔世，但不知为什么，这种怀乡的症候竟是潜伏的——越过我的童年和少女时代，在某个宜于赋归的秋日突而发作，并且时时复发，是不能也不屑治愈的痼疾。”[①]这些作家的游子身份永远刻入了他们的骨血中，更多的是属于文化层面的乡愁。

另外，还存在一种“在而不属于”式的“离乡”现象，作家并未真正离开故土，然而精神上的“异乡感”“漂泊感”使得他们能够站在远距离的视角观照、审视家乡，表达对理想家园的追求。

总之，散文因其表达感情的真挚与直接，非常清晰地记录下了去乡之后身怀漂泊感的作家面向故土既美好又痛苦的回忆，表现出中国作家精神世界的丰富与中国文化的多样。

二、“月是故乡明”的故土之美

“乡情落汾河，无日不悠悠”“露从今夜白，月是故乡明”。散文世界里留下了作家故土情结的各种印记，他们满怀深情、饶有趣味地回忆奇趣欢快的幼年生活，记录父母亲友乡邻爱的点滴，描画故土的自然山水，记叙故土的民俗风情，吟咏故土的文化韵味。他们将内心郁结的故土情结物态化、具象化为一个人、一件事、一片风景、一个文化符号，极力表达对故乡的赞美与热爱，以及坚决守护故土的誓愿。就如林海音在《苦念北平》中诉说的：“不能忘怀的北平！那里我住得太久了，像树生了根一样。童年、少女，而妇人，一生的一半生命都在那里度过。快乐与悲哀，欢乐和哭泣，那个古城曾倾泻我所有的感情，春来秋往，我是如何熟悉那里的季节啊！”[②]而且，距离

---

① 张晓风：《遥寄》，《余光中、张晓风散文精品》，漓江出版社1999年版，第176页。

② 林海音：《林海音作品精编》，漓江出版社2004年版，第12页。

产生美，当作家成为漂泊的“异乡人”，饱尝人生的况味之后，对故土的回忆重构往往首先跳出他们笔端的就是“谁不说俺家乡好”式的颂扬故土之美。

首先，表现为对过往美好生活的回忆与感念。作家的童年、青少年往往都在故乡度过，在散文里回忆过往的美好成为他们纾解心中离愁的重要一环。

明末清初之际，因有感于国破家亡，无所归止的张岱披发入山，专心从事著作写下了代表作散文集《陶庵梦忆》与《西湖梦寻》。其所忆所寻之“梦”是美丽而难以忘怀的，是他早年在西湖畔寓居的情景。他无论是回忆西湖边繁华热闹的世俗场景还是描绘清风凉夜中的当空皓月，都表达了他对昔日西湖生活经历刻骨铭心的眷恋。而又因为身处朝代更替的剧变时期，张岱将记忆中的西湖与现实的西湖相比，前者的美好更加衬托如今的破败，表达了他对故主故国之思。

现当代作家笔下的散文世界也表现出作家在故乡往昔生活的种种乐趣与美好。鲁迅先生选择童心视角回忆当年充满各种趣味的百草园与三味书屋，淳朴可爱的童年玩伴，细心又鲁莽的长妈妈。他借用儿童的思维、心理、语言表达对当年故乡生活的眷恋，将这种对童年故乡的追忆作为“对抗‘绝望’的‘希望’的源泉”[①]。周作人的散文也记录了故乡生活的独特趣味，如《乌篷船》《故乡的野菜》等文，明显可以感受到他对水乡生活的深深怀恋。迟子建那些描写故乡家庭日常生活的散文如《女孩们》《邻里间的围栏》等，展示出平常日子里人性人情的美，营造出充满温情的诗意美。余光中在离开大陆以后心心念念的是儿时的天井，母亲做的月饼，表达了他对血脉亲情的挚爱。张晓风散文也多有捡拾童年时期大陆生活的缕缕痕迹，温情脉脉地表达她那份“超载的乡愁”。还有老舍的《忆北平》，丰子恺的《黄金时代》，郭沫若的《芭蕉花》，萧红的《永远的憧憬和追

---

① 汪晖：《天地彷徨：“五四”及其回声》，浙江文艺出版社1994年版，第391页。

求》，沈从文的《从文自传》，贾平凹的商州系列，莫言的《童年读书》《我的中学时代》等文。这些散文或聚焦往日生活的种种乐趣，或展示亲人对自己的种种关爱，或描写故乡人性人情之美，让读者能够感受作家曾经鲜活的人生，了解不同时期乡村生活的真相。其中虽不乏生活贫困带来的困窘，但都表现出作者对逝去生活的深刻记忆，成为中国散文园地独特的一角。

其次，表现为对故土自然与人文景观的描绘与赞美。祖国拥有万里河山、五千年的文化历史，遍地都是靓丽风景。作家们在散文写作时注重对故乡独特景观的描写，使得整个中国散文像一帧帧清晰的风光照，像一幅幅多彩的山水画，展示出中国大地的辽阔与勃勃生机，展示出中国文化的博大精深，给人以美的享受。这种散文文化也是中国文化中"天人合一"思想的具体化、审美化，营造了中国人精神、情感和心灵的栖息地。这些景观有极具中国标志的如长江、黄河、长城、故宫，也有作家故乡极具乡土气息的山南水北、田间地头，总之都是作家心间无法忘怀的记忆。随意翻检这类散文，都能发现其中的亮点：鲁迅笔下光滑的石井栏、王献之的"山阴道"，周作人笔下江南水乡的石拱桥、乌篷船，沈从文笔下独具湘西特色的沱江、山寨，贾平凹笔下的商州清泉小溪、黄土高原，迟子建笔下北国漫天的风雪、神奇的北极光，韩少功笔下汨罗江边八溪峒的月亮与乡间各种天籁之声，余光中笔下的嘉陵江、万里长城，张晓风笔下南京城的古城墙、雨花石，林清玄笔下家乡的香椿树、遍地蔓生的野花。无论是哪种景，都能让人体察到作家回忆故土的深情，都成为具生命律动的图景，成为中国各地鲜活的文化氛围，闪烁出美的光芒。正如贾平凹谈及故乡商州所言："对于商州的山川地貌、地理风情我是比较注意的，它是构成我的作品的一个很重要的因素。一个地区的文学，山水的作用是很大的。"①

再次，表现为对故乡民俗风情的有趣呈现。民俗即民间风俗，

---

① 贾平凹：《贾平凹答〈文学家〉》，《文学家》1986年第1期。

“风俗一词指人民群众在社会生活中世代传承、相沿成习的生活模式，它是一个社会群体在语言、行为和心理上的集体习惯”[①]，是一种深层的民族集体心理，是广大民众精神、文化生活的形象化呈现。浏览中国散文，犹如闯入一个中华民俗博览会，可以说，对故乡民俗风情的描述是作家故土情结的一个重要载体。散文中的民俗风情描写十分具体生动，如描写各种节日、地方建筑、民间技艺、生活习惯等，展示出中国文化的丰富多样。如张岱对江南地区、苏杭一带风土人情的书写，有《扬州清明》《越俗扫墓》等篇就记录了故乡扫墓习俗的变化过程。鲁迅描写浙东乡间的“社戏”、赛会、活无常、私塾的拜师礼、儿时在故乡所食用的蔬果、民间的鬼神信仰、美女蛇的怪异传说等，表达了他不仅仅有对传统文化之陋习的批判，还有对丰富淳朴的民间风俗的美好记忆与认同。周作人诸多散文名篇如《故乡的野菜》《关于祭神迎会》《野草的俗名》也记录了家乡许多民俗风情，表现出他对乡土民俗文化的鉴赏趣味。散文集《雨天的书》中还有许多篇什描写了他的第二故乡——北京的许多民俗，如北京的茶食，从中发现生活的趣味。所以说，“对他来说，生活中的精神家园即在于民间的日常习俗”[②]。向来以“乡下人”身份为豪的沈从文散文中也有众多生动有趣的民俗叙事，穰土酬神还愿的锣鼓声，盛满水手和妓女深情的吊脚楼，雪天四处寻找屏障泊岸的大小船只，无不勾勒出一张张湘西鲜活的“风俗画”。还有老舍通过民俗书写描绘的幅幅北京风情画，都表达出散文作家对故土民俗文化的美好记忆。

即便是远离祖国大陆的作家的散文，也有丰富有趣的故土民俗记忆。当余光中驻留异域新大陆时，他感慨：“异国的日历上没有清明、端午、中秋和重九，复活节是谁在复活？感恩节感谁的恩？情人节，他想起天上的七七，国殇日，他想起地上的七七。为什么下一站

① 钟敬文：《民俗学概论》，上海文艺出版社1998年版，第1页。

② 高亚斌：《现代作家的家园意识及其民俗呈现——以鲁迅、周作人、废名、沈从文和老舍等人为例》，《海南师范大学学报》（社会科学版）2014年第9期。

永远是东京是芝加哥是纽约，不是上海或厦门？”[①]他念念不忘曾经的凉茶、酸梅汤、绿豆汤、冰杏仁，认为每一次出国都是一次剧烈的连根拔起，而自己的根永远在中国的泥土里。

民俗是一个民族千百年来积淀的共同生活习惯，对民俗的书写反映了作家对曾经故土生活期间生命体验的珍惜与难舍，也借此构筑了他们理想的家园景象，表现出深厚的故土情结。

最后，表现为对故土文化之大美的积极传承。“游子”作家的乡愁最根本的还是对中华民族的文化乡愁，中华文化的博大精深让他们在精神上永远归属于故土，对中华文化有一种宿命般的认同心理。正如余光中所说：“我常常比喻自己是在参加接力赛，这个赛跑呢，从屈原就开始了，一路这个棒子递来，经过李杜啊，苏东坡啊，陆游啊，一直到我们这一代的手里，不能让这个棒子掉在地上，所以我有一种历史感，有一种文学的使命感，我再怎么学外文，再怎么读西洋文学，翻译西洋作品，基本的精神还是一贯的，还是中华文化的本位，希望借这些来发扬、来壮大我们自己的传统文学。”[②]余光中确实做到了对故土文化的传承，面对一个灿烂悠远的文化传统，他表现出充分的自信与宏大的抱负与坚定的责任感。他的散文有直接表达对中华文化强大生命力的赞美与眷恋，也有将中国文化传统中优秀的因子倾注笔端，如散文中随处可见的诗词意象、文人形象等。张晓风也表现出其深入骨髓的中华文化血脉，如她散文对中古诗词的化用，对中国文化中玉文化、颜色文化的细腻描写都让人感受到她对中国文化的深情。沈从文对湘西世界的描绘呈现的是他对湘西民族原始文化的坚守与传承，丰子恺散文中也有对江南水乡文化根深蒂固的挚爱。

不管是对某一民族还是对整个中华民族文化的乡愁，不仅反映了作家对本民族文化的深情依恋，还表现了他们对民族文化兴衰的历史

① 余光中：《蒲公英的岁月》，《余光中、张晓风散文精品》，漓江出版社1999年版，第76页。

② 江堤编选：《湖南卫视访谈录》，《余光中与永恒拔河》，湖南大学出版社2001年版，第69页。

感，凝结了他们深深的忧虑和复兴民族文化的责任感与担当意识。

三、“此心安处是吾乡”之精神家园

“试问岭南应不好？却道，此心安处是吾乡。”“容膝非无地，安心即是家。”当漂泊离散的作家在人生的窘途回望故土时，乡愁如影随形。于是他们在文中毫不吝惜地表达对故土炽热的情感，以此抵御异乡带给他们的不适，从而构建起中国各地鲜活靓丽的文化风景。然而，理智的作家又清醒地发现，现实中的故土是变动不居的，或者亲人离散、故土难回，或者故土已是面目全非。他们清晰地意识到了故土的变形，但其心中的情结亦难纾解。在种种挣扎过后，他们选择了继续漂泊，而故土不再仅仅是具体的实在的某个空间，他们已将之转化为心灵深处的精神家园，乡愁不再是对自己故乡的思恋，而是对精神家园的追寻。若再问日暮乡关何处是，则是此心安处是吾乡了，“故土”已然成为一种理想的象征，心灵的归宿，时时想望，永远追寻。

当年的苏轼屡遭贬谪，几番沉浮，归乡已是不能。然而最终他选择的归宿是自己自由宁静的心灵，无论天涯海角，自己心灵的安宁就是自己精神的家园。不同于古代作家笔下对故土单纯的歌咏式记忆，现当代作家以更具理性批判精神的眼光来审视故乡，对家园的态度呈现两难的复杂形态，从而将故土情怀转化为对精神家园的追寻。在对精神家园的求索中，现当代散文一面满怀诗意地书写记忆中故土之美，一面满怀沉痛地对表达对故土的反思与解剖。鲁迅先生在散文中时时回望年少时充满童趣的故乡，但非常清醒地选择“过客”的身份不断远行，远离那毫无生机、令人绝望的现实中的物质化的“故土”，追寻生命存在真正的理想之“原乡”。沈从文的湘西世界现实中亦不是一个纯美的桃源梦，那里有让他无言的湘西人的种种哀乐，还有让他印象异常恶劣，“可以溃烂这乡村居民灵魂的人物”[①]。但

① 沈从文：《箱子岩》，《沈从文全集》第十一卷，北岳文艺出版社2002年版，第283页。

是他描绘的湘西那优美、健康、自然，而又不悖乎人性的人生形式却是他永久追寻的精神家园。余秋雨的《牌坊》《庙宇》《夜航船》等散文就在对故乡的审视中表达出作家对故乡农村千百年来因袭的丑陋，对人性的束缚的深厚批判。韩少功回归民间，迁居当年下放的农村，那里是他的第二故乡，是他思想重新开始的地方。长篇散文《山南水北》除了生动地表现出乡民的淳朴、乡间的清幽，还表现出一个知识分子对某些乡民迷信、愚昧、自私等的理性反思。他并没有将故土乡村生活理性化、浪漫化，秉持着“现实主义、理性主义的姿态，对中国乡村由于传统的因袭和现代文明的挤压所造成的双重困境，有着清醒的认识与适度的揭示”①。这也是许多现当代作家所具有的理性精神，可以看出他们对故土的爱更加清醒、理智、深沉，使得散文的乡愁主题更具丰厚的审美内蕴。作家这样的故土情结更显其情感的深化，故土不再局限于出身或成长的故乡，而是作家“想象的共同体”，是四海为家处处家。故土是人类最终的归宿，是可以诗意地栖居，可以安顿人类身体与心灵的精神家园。

四、“故园渺何处，归思方悠哉”之审美趣味

散文中浓郁的故土情结使得作品呈现出多样的审美趣味，在叙写幼年生活时常采用儿童视角，充满童趣；在表现故乡各地景观风情时，蕴含鲜明的地域特色；在回忆故土亲人乡情、反思乡土时，充满诗意美、感伤美。

鲁迅散文中的故土记忆是“我”儿时深感趣味的百草园与三味书屋，是儿童眼里寡言、粗心又热情的长妈妈，是在故乡所吃的各种蔬果，是儿时的堆雪人、扎风筝。这些散文常记录的是儿童的思维、眼光与行为，当写到“我”感叹“Ade，我的蟋蟀们！Ade，我的覆盆子们和水莲们”②时，摇头晃脑读古书时，属于孩童特有的纯真童趣顿

① 龚政文：《从〈山南水北〉看韩少功的人生取向与艺术追求》，《中国文学研究》2008年第2期。

② 鲁迅：《鲁迅全集》第二卷，人民文学出版社2005年版，第289页。

时洋溢开来，把鲁迅心灵深处对故乡的爱与依恋表现出来了。正如他自己所说，这些儿时的味道就是他思乡的蛊惑，“它们也许要哄骗我一生，使我时时反顾”[①]。苏雪林在回忆故乡的新年时，也念念不忘孩子们最喜欢的“做糖”“拜祖”等新年习俗。在《童年琐忆》一文中更是非常精细地回忆了“黄金”般的童年时种种乐趣，有各种野外的游戏，有养猫狗、玩“洋团团”的乐趣，还有哑子伯伯讲的民间传说。回忆之余，作者总结了孩子们生活趣味的富足，是因为“儿童任作何事，皆竭尽整个心灵以赴，大人们觉得毫无意义的事，儿童可以做得兴味淋漓，大人觉得是毫无价值的东西，儿童则看得比整个宇宙还大”[②]。这其实也是作家们在表现故土情结时每每不忘对童年生活进行描摹的原因，离乡的成人大都难以继续葆有曾经的童心童趣，逐渐陷入污浊的世俗之中。于是，童年情结自然满怀于心，可以说，它就是作家胸中故土情结的重要起因。当读到这类散文时，读者也会被勾起童年回忆，重新回望初心。

如前文所述，一方水土养一方人，散文非常真实地反映了作家故土的地方风光、习俗、文化，展示出极强的地方特色，各自具有独特的审美趣味。如鲁迅、周作人、郁达夫笔下的江南水乡，沈从文散文里的湘西风情，韩少功散文中的洞庭湖山水风光，莫言散文里山东高密东北乡的风俗人情。这些散文具有标志性的地域文化，它们组成了丰富多彩的中国文化，也能够激发读者的民族自豪感与自信心。

此外，散文故土情结的书写常采用回忆的形式，时空的双重距离一方面加深了作家对故土的思恋，使得他们在描摹故土时充满诗意美；另一方面传达出无法重新拥有的遗憾，甚至还有对故乡失望之后的深沉悲痛，使得散文具有浓郁的感伤美，也表达出作家对故土未来新兴之路的忧患意识。余光中在《高速的联想》一文中深情写道：“更大的愿望是在更古老更多回声的土地上驰骋，中国最浪漫的一条

① 鲁迅：《鲁迅全集》第二卷，人民文学出版社2005年版，第236页。
② 苏雪林：《苏雪林散文》，浙江文艺出版社2001年版，第146页。

古驿道应该在西北。最好是细雨霏霏的黎明，从渭城出发，收音机天线上系着依依的柳枝。”[①]他的思绪已经飞回故土，诗意深重的思念和强烈的伤感同时充溢其笔下。

散文中的故土情结不但是对家国故土的思念和对家庭亲情的重温，是属于全人类共有的思乡恋乡之情，更是对中华文化的认同，它是最能触动读者心弦的一种集体无意识。总之，“人情同于怀土”，在散文中将所有心声裸露无遗的作家用自己生命的色彩直接感染读者，这恰是中国散文最动人之处。

第二节　修身齐家与家国情怀

孟子曾言：“天下之本在国，国之本在家，家之本在身。”（《孟子·离娄上》）他明确表达了家国乃至天下一体的中国传统社会结构特点。钱穆先生认为中华文化之一大长处是“完整性”，如中国人讲“修身、齐家、治国、平天下，一以贯之”。他还认为“士”是这种完整性人格的代表，他们坚持“穷则独善其身，达则兼济天下”，身上集中体现了中华文化的这一精神。他说：“有家而有国，次亦是人文化成。中国俗语连称国家，因是化家成国，家国一体，故得连称。”[②]因而，在此基础上也自然形成了中国式的家国情怀。从根本上来说，家国情怀表现出的是个人对家国以及整个天下、世界的关系，即个人对亲人和国家的认同、热爱和关怀，并怀有促进家国发展壮大、世界和平共荣的意识。“它是对自己国家一种高度认同感和归属感、责任感和使命感的体现，是一种深层次的文化心理密码。”[③]家国情怀是中国优秀传统文化的一个重要范畴，家国情怀表现出的是“修身、齐家、治国、平天下”的知识分子之精神追求，它

① 余光中：《高速的联想》，《余光中、张晓风散文精品》，漓江出版社1999年版，第277页。

② 钱穆：《晚学盲言》，广西师范大学出版社2004年版，第112页。

③ 徐文秀：《多一些“家国情怀”》，《人民日报》，2012年1月20日。

强调个人对家国的责任，特别是突出个人的社会良知、社会担当和社会责任，强调个人价值与社会价值的结合，使得个体突破个人利益的局限，追求国家富强、民族振兴、人民幸福的宏大理想。所谓“中国一人，天下一家”，故土情结是中国地域文化的充分表现，其中的家园意识关涉个人、小家；家国情怀表现出的则是中国文化之完整性的巨大力量，是国人在“士”精神影响下对家国一体，天下一家的理想追求，其家园意识更显文化的生命性，境界高远。因此，家国情怀充分体现了中国知识分子的精神境界，是当前实现民族伟大复兴的重要精神来源。

受儒家思想影响，中国文学创作中有着表现作家家国情怀的现实主义优良传统，特别是偏于实用性的散文文体，无论是传统时代“文以载道”还是现代社会“人的文学”的创作理念，都表现出了中国文人的人品和思想风貌。他们在散文中书写强烈的家国情怀，具体表现为：“自强不息，刚健有为”的人格塑造；“百行孝为先”的爱家孝亲之情；心系黎民、国家、天下，忧国忧民的忧患意识；批判社会黑暗现实，满怀政治情感与抱负的事功精神；积极进取、勇于担当的责任意识、牺牲精神；“文必有补于世”的散文创作观。家国情怀是他们跨出“小我”局限，精神追求更高远的家园意识。中国文化常讲“不为良相，便为良医”的人生理想，他们从爱“小家”出发，怀着对国家和人民乃至整个天下的大爱，追求家国共同的理想家园。

一、修身而齐家的理想追求

注重个人品性的修养是中国文人家国情怀的基础。“古之欲明明德于天下者，先治其国；欲治其国者，先齐其家；欲齐其家者，先修其身；欲修其身者，先正其心；欲正其心者，先诚其意；欲诚其意者，先致其知，致知在格物。物格而后知至，知至而后意诚，意诚而后心正，心正而后身修，身修而后家齐，家齐而后国治，国治而后天下平。”①这段话十分明确地提出了个人、家庭、国家、天下的紧密

① 朱熹集注：《四书集注》，岳麓书社1985年版，第6页。

联系，是“传统文化中家国情怀的实质”[1]。这里首先强调的是个人的自我修养，个人是家庭与国家最基础的组成要素，个人修身之后才能实现齐家、治国、平天下的理想。

中华散文史上注重修身的作家犹如夜空闪光的星子，永远闪耀出晶亮的人格光芒。如发奋忘食，视富贵为浮云的孔子；坚持“独与天地精神往来”（《天下》），“彷徨乎尘垢之外，逍遥乎无为之业”（《大宗师》）的庄子；认为“人之死，骨肉臭腐，蝼蚁之食尔。其贵乎万物者，亦精气也”（《杂说三首·其二》）的欧阳修；自幼就“奋然有当世志”的苏轼；高呼“宁鸣而死，不默而生”（《灵乌赋》）的范仲淹；为救治国民精神弊病而弃医从文的鲁迅；一生信仰“生命”，表现理想人性的沈从文；历经苦难，始终保持豁达乐观的老舍；年少瘫痪而执着思考生命意义的史铁生；拷问中国传统文化，经受文化苦旅的余秋雨；积极提倡“向内看”的反思精神和内省态度的韩少功；在日军炮火声中默念“中国不亡，有我”的齐邦媛……这些人名可谓数不胜数，无论是受传统儒家思想的影响还是近现代注重个体思想的浸染，他们都自强不息，刚健有为，注重慎独修身的价值，强调个人对他人、国家的责任。除此以外，他们在散文中也描写、颂赞了许多或平凡或伟大的优秀人格，如天真纯洁的孩童，家庭生活中无私的母亲，为教育事业奉献一生的师长，为民族贡献灿烂文化成果的诗人、学者。这些优秀人格通过自身的健全为家庭为国家贡献了力量，相应地，散文作家选择他们作为表现对象也体现了他自己的价值等级体系，从而使得中国散文表现出明确的家国情怀。

中国文化以家族为本位，注重个人对家的职责和义务。“其家不可教而能教人者，无之”，“一家仁，一国兴仁；一家让，一国兴让；一人贪戾，一国作乱”。[2]这说明身修之后首先要做到的是齐

---

① 刘紫春、汪红亮：《家国情怀的传承与重构》，《江西社会科学》2015年第7期。

② 郑玄注，孔颖达疏：《礼记正义》，阮元校刻《十三经注疏》，中华书局1980年版，第1674页。

家，家庭关系处理不好就无法实现治国、平天下的宏愿。无论是古代集文史哲于一身的杂散文，还是现代写人记事抒情散文，都为我们提供了许多爱家、孝亲的典范，这些散文细腻深情地记叙了家庭亲情、爱情的动人点滴，表现出强烈的感恩情怀，显示出家庭在人们心目中的重要地位。除此以外，还有众多文人通过家规、家书的形式来维护家庭的稳定、壮大。

先秦散文大致可以分为历史散文与诸子散文，它们都记录了许多孝敬父母宣扬孝道以及父母晓理明义，见识卓著的事例。如《左传》中记叙的颍考叔舍肉遗母，南宫长万单车护母，与子相依，义不受禄的介之推之母；《战国策》中有冯谖谋食贡母，聂政拒财孝母的故事；诸子散文也有许多受到儿子孝敬的父亲的事例，如《论语·学而》记录孔子说的“父在，观其志；父没，观其行。三年无改于父之道，可谓孝矣”。这些散文在简明流畅的记叙中表现出中国古人孝亲，注重家庭伦常的故事。后来李密的《陈情表》、韩愈的《祭十二郎文》、归有光的《项脊轩志》等文都表现出作者对亲人的深情，行文朴实流畅，感情真挚动人。钱基博先生曾评价归有光：“至有光出，而专致力于家常琐屑之描写；其尤恻恻动人者，如《先妣事略》《归府君墓志铭》《寒花葬志》《项脊轩志》诸文，悼亡念存，极挚之情，而写以极淡之笔，睹物怀人，此意境人人所有，此妙笔人人所无，而所以成其为震川之文，开韩、柳、欧、苏未辟之境也。”[①]现当代散文也有许多表现浓浓亲情、家庭和睦的作品，如冰心的散文集《往事》，朱自清的散文《背影》《给亡妇》，鲁迅的《风筝》《狗·猫·鼠》，史铁生的《秋天的怀念》，莫言的《写给父亲的信》《从照相说起》《厨房里的看客》，余光中的《我的四个假想敌》，张晓风的《我们》《娇女篇》，等等。不管是回忆父母、兄弟，还是记叙爱人、儿女，这些散文平实而热烈，无不表现作家对亲人的至情，反映出作家对家庭关系的重视与营造和谐家庭生活的努力

① 钱基博：《中国文学史》下册，中华书局1993年版，第253页。

与用心。

相对古代散文中浓厚的儒家思想，现当代散文在描写家庭关系时更具备现代意识，既表现爱家爱亲人的重情思想，又具备反思家庭关系中对个体的束缚，宣扬个体的独立地位以及现代家庭伦理观念的理性认识，具有启蒙效果。如关于表达儿女对父母家人的亲情，除了强调孝顺、关爱之外，他们又对家族礼教对年轻人的伤害，父母长辈的落后观念进行揭露。巴金感慨家门上刻着的“长宜子孙”四个字：“我恨不能削去这四个字！许多可爱的年轻生命被摧践了，许多有为的年轻心灵被囚禁了。许多人在这个小圈子里面憔悴地挨着日子。”[①]这表达了他对旧式家庭既热爱又反叛的态度。鲁迅先生关注旧时代儿童教育的落后与枯燥，认为中国儿童“可怜”，同时对经久流传的孝子故事进行质疑、嘲讽，反思旧式家庭中的种种“罪恶”。张爱玲年少经历许多曲折坎坷，当她回忆当年问父母要钱的难堪窘迫，父亲为一点小事打弟弟嘴巴时，她咬着牙说：“我要报仇。有一天我要报仇。”她甚至认为孩子是“不幸的种子，仇恨的种子”[②]。她的散文真实甚至残忍地记录下了自己的亲身经历，表达出对家庭对父母悲观的认识，认为“真的家应当是合身的，随着我生长的”[③]。一生艰辛悲苦的萧红也在散文中表达过自己无爱与落寞的童年。这些散文都表现出作家对儿童作为主体的现代体认，显示出现代作家对儿童教育对家庭伦理的清醒认识。龙应台的散文集《目送》则通过记录自己与父母、儿子的生活琐事，表达出她对亲情、对家庭关系的旷达认识：“我慢慢地、慢慢地了解到，所谓父女母子一场，只不过意味着，你和他的缘分就是今生今世不断地在目送他的背影渐行渐远。你站立在小路的这一端，看着他逐渐消失在小路转弯的地方，而且，他用背影默默告诉你：不必追。”“所谓父女母子一场，只不过

---

① 巴金：《爱尔克的灯光》，严家炎等主编《中国现代文学作品精选》，北京大学出版社2001年版，第120页。

② 张爱玲：《张爱玲文集》，安徽文艺出版社1992年版，第93页。

③ 张爱玲：《张爱玲文集》，安徽文艺出版社1992年版，第119页。

意味着，你和他的缘分就是今生今世不断地在目送他的背影渐行渐远。”[①]她的这种思考具有了人类的终极关怀意识和心灵高度，显得分外深刻感人。

二、“穷年忧黎元，叹息肠内热”之忧患意识

“文艺决不是俗众的玩弄物，乃是该严肃而且沉痛的人间苦的象征。”[②]散文中的家国情怀最感人且值得倡扬的是作家对国家民族的关爱，他们满怀“先天下之忧而忧，后天下之乐而乐”的忧患意识，对百姓安宁、国家前途、民族兴衰等持有一种强烈关注与担忧。

中国传统文化中宣扬“生于忧患死于安乐”的士人精神，体现了他们的主体意识，就是要求他们要具备为国家民族命运、百姓生活而考虑的忧患意识。“忧患意识是一种社会意识，是一种理性的、批判的思想意识。”[③]这种意识强调个人对社会的责任感和使命感，强调悲悯情怀与人道精神，并不是指对一己得失的忧患，而是对国家民族命运兴衰、黎民百姓生存境遇的高度关注。忧患意识是中国传统文化的优秀精神之一，是中华民族应该继承发扬的宝贵精神财富，早在《诗经》《周易》《论语》《孟子》《离骚》中就记录有许多忧国忧民的优秀榜样。战国时期高唱“无己、无功、无名”之“无用”处世理论的庄子，其散文中也明确透露出他忧世愤世的忧患意识。庄子所谓“忘亲易，使亲忘我难；使亲忘我易，兼忘天下难；兼忘天下易，使天下忘我难”（《天运》），“意，甚矣哉！其无愧而不知耻也甚矣”（《在宥》）等都说明他也有所牵挂有所愤慨，无法完全“无我”。可以说，“在庄子那里，寻求清净独立的‘避世’与因关怀

① 龙应台：《目送》，三联书店2013年版，第4页。

② 厨川白村著，鲁迅译：《苦闷的象征　出了象牙之塔》，人民文学出版社1988年版，第26页。

③ 陈国质：《论士人的家国情怀》，《衡阳师范学院学报》2017年第2期。

世事而来的‘愤世’是并存的”[①]。也正如李泽厚所说的，庄子“道是无情却有情，外表上讲了许多超越、冷酷的话，实际里却深深地透露出对人生、生命、感性的眷恋和爱护”[②]。范仲淹的散文名篇《岳阳楼记》则是古代文人忧患意识的一次集中闪光，其“先天下之忧而忧，后天下之乐而乐”的主题思想奠定了范仲淹的思想高度，也使其成为中国散文史上一颗耀眼的明珠，千古不朽。年轻时就坚持“宁鸣而死，不默而生”的范仲淹为官几十载，历经沉浮。其文集里处处可见他忧国忧民的情怀，如“不以一心之戚，而忘天下之忧”“观民患，不忍自安”[③]。无论身处何种境遇，他都不忘百姓安危，国家兴亡。《岳阳楼记》借描绘岳阳楼独特的风光景色，表达了他真正的创作意图是强烈的忧患意识：“不以物喜，不以己悲；居庙堂之高则忧其民；处江湖之远则忧其君。是进亦忧，退亦忧。”此文明确宣扬了范仲淹的民本思想，他常怀忧民之心，并在为官路上体恤民情，为民谋利，实践自己的理念，同时也表现了他对国家前途的关注与努力。与范仲淹同时代的散文家、政治家欧阳修也同样表现出对百姓与国家命运强烈的忧患意识，他的《原弊》《送徐无党南归序》《准诏言事上书》《本论》《论乞止绝河北伐民桑柘札子》等文，都表现出其忧虑民生、关心国事的忧患意识。此外，欧阳修的忧患意识还体现在他对生命短暂的哀伤上，“予尝有幽郁之疾，退而闲居，不能治也”（《送杨寘序》）。他对这种忧患的纾解之途就是珍爱生命，珍惜时间，及时为国为民建功立业。正如论者所言：“传统文化中所确立的立德、立功、立言的‘珍惜生命’准则，将死的哀伤化成了‘不朽’

① 边家珍：《论庄子散文的愤世倾向及讽刺特色》，《文学评论》2015年第3期。

② 李泽厚：《中国古代思想史论》，天津社会科学院出版社2004年版，第179页。

③ 范仲淹：《范仲淹全集》，四川大学出版社2007年版，第211、264页。

的辉光，从而构成了‘生命忧患’的全部内容。”[①]

古代散文中的忧患意识主要是受儒家思想的影响，儒家“仁”的精神核心使得传统文人关爱民众，兼济天下，富有浓郁的忧患意识；此外强调“文以载道”的散文因实用性强而更具现实主义创作特征，与社会的思潮、时代的变迁关系非常紧密。现当代散文中也呈现出鲜明的忧患意识。社会动荡年代里的散文从“启蒙”到“救亡”，都充分表现出作者的人文精神，他们热切关注民生疾苦，苦苦思索国家民族未来。如声明文学创作意图为“揭出病苦，引起疗救的注意”的鲁迅和有着强烈政治追求，深受俄苏文学影响的瞿秋白都表现出深沉而严肃的忧患意识。即使是一向坚守民主主义立场，强调文学的独立性的沈从文，也在《从文自传》《湘西》等文中书写出自己对湘西民众的关爱与担忧，表达他对乡村民众贫苦生活的同情，以及对国家动荡混乱的不满与前途的担忧。还有热衷倾吐孤寂、苦闷、彷徨心绪的郁达夫散文表露出的在国家危机时刻的忧国忧民情怀，抗战时期颠沛流离的老舍散文中对民族与国家前途的忧虑。

随着时代的变迁以及现代理性精神的注入，现当代散文中的忧患意识呈现出别样的风景，如从“五四”时期开始的对中国传统文化和对国民性的反思。王蒙致力于以文学改造国民劣根性，他的散文《红楼启示录》《论“眼不见为净”》《激动与沉思》《关于“自成一派”与“一鸣惊人”》等文揭露了中华文化的负面影响，对其“令人窒息的阴影”进行了深入的思考和具体探讨。余秋雨的文化散文也动情地表露出他对中国历史与文化的忧患意识。同时，现当代散文中的忧患意识还具有世界意识以及生态意识的高度，更具现代性特征。在古代，“所谓天下乃是以中国为中心的‘差序格局’”[②]，文人的兼济天下仍然只是包含与己有关的天地。而现代社会的视野有了巨大

---

① 尹砥廷：《论欧阳修散文的艺术精神》，《吉首大学学报》（社会科学版）2011年第4期。

② 许纪霖：《家国天下》，上海人民出版社2017年版，第23页。

的扩展与提升，具有强烈现代人文精神的作家在散文中表达出了现代社会人类面临的三大危机——能源危机、生态危机、精神危机，他们的忧患意识也随之出现了新的表现形态。如20世纪90年代以来大量出现的生态散文，韩少功的《遥远的自然》、张炜的《绿色遥思》、王英琦的《愿地球无恙》、鲁枢元的《为野草说情》、苇岸的《大地上的事情》、史铁生的《病隙碎笔》等。这些散文站在追求整个世界和平、稳定、美丽的立场上关注人与大自然的关系，肯定自然的重要性，反思人类对大自然的破坏，焦虑、担忧人类文明的未来，呼唤人与大自然的和谐。

三、“兼济天下”之事功精神

“太上有立德，其次有立功，其次有立言，虽久不废，此之谓不朽。”[①]所谓“事功精神”，“并不仅仅指一般意义上对功利的追求，更重要的是指与心性哲学相对的一种经世济时、关注国计民生的‘经济之学’”。[②]曹丕曾言：“盖文章，经国之大业，不朽之盛事。”（《典论·论文》）他高度肯定文学（文章）的作用，将之提到了经国济世的地位。有学者认为：“中国的‘士’就看重知识而言，相当于希腊的哲学家，而从士‘仁以为己任’和‘明道救世’的角度而言，‘士’又兼备近似基督教的宗教情操。”[③]五四新文化运动以来，文学虽然逐渐凸显其作为一种审美意识形态的特质，但是，它也从来没有完全离开过时代的大熔炉，流淌着一条鲜明的现实主义之洪流。在中国散文世界里，我们看到了众多文人对家国命运深沉的忧患意识，他们常以积极“入世”的精神来面对现实，实现抱负，展示出坚定的家国情怀。他们身怀“天下兴亡，匹夫有责”的自觉担当意识，强调以天下为己任，忧国忧民，勇于担当，甚至还有在必要时勇于献身的精神。他们具有“经邦济世”的事功精神，或直接入仕来

---

① 杨伯峻编著：《春秋左传注》，中华书局1995年版，第132页。
② 陈国质：《论士人的家国情怀》，《衡阳师范学院学报》2017年第2期。
③ 余英时：《士与中国文化》，上海人民出版社2003年版，第3页。

施展政治抱负，或通过著书立说、传道授业来进行思想宣扬，力图通过自身的努力改变现实。

“刚健有为”思想是中国文化基本精神的总纲，它在历史上起到了一定的推动中国文化发展和历史进步的积极作用。对在中国传统文化占据主体地位的儒家学说进行梳理，我们发现儒家思想中从孔子的“修己以安人”“修己以安百姓”到宋儒的“通经达用”，再到明末清初的“经世之学”，都强调事功的重要意义。在儒家思想发展过程中，“德性修养不是儒家伦理的旨归，能够在现实社会中建功立业，成就经邦济世的卓越事功才是儒者最高的价值目标”[①]。事功精神使得古代文人具有强烈的现实品性，他们着眼现实，致力于社会生活中经济、政治等问题的解决。孔子在《论语·雍也》中认为“如有博施于民而能济众”，则“必也圣乎”。他十分看重个人对民众、家国社稷的功绩。《左传·隐公十一年》也记载：“礼，经国家，定社稷，序民人，利后嗣者也。”其时的人非常看重“礼”的社会功能。中国散文从先秦诸子散文开始，历经几千年的发展变迁，虽然其概念内涵在不同时期有不同的指向，但是其中对事功的注重是非常明显的，作家通过明确的事功理想与实践行动来凸显强烈的家国情怀。古代散文的概念范畴比较广泛，常是文史哲三位一体，且文人常在位执政为官，众多的历史散文、政论散文非常清晰地表现出作家对国家、民众的政治情感，以及愿为之努力的责任担当与牺牲精神。老子的《道德经》主要内容表达的正是他探求治国平天下之天道与人道，这何尝不是一种事功精神的显现？汉代政论性散文中如贾谊的《过秦论》、陆贾的《新语》、晁错的《论贵粟疏》等，用具有情感性、形象性的文字表达，从历史的角度总结了国家成败得失的经验教训，提出自己的治国之策。《史记》通过刻画真实历史人物的鲜明个性，寄寓司马迁的人生价值观和爱憎，表达他追求“究天人之际，通古今之变，成一

① 李雪辰：《儒家事功伦理的发展脉络》，《道德与文明》2014年第5期。

家之言”的事功精神。诸葛亮的《出师表》体现了作者忠于家国，愿意为天下功业奉献的事功精神。韩愈坚守儒家正统，明确提出“不平则鸣”“文以明道”的创作原则，向世人表白他的济世情怀，体现出传统社会士大夫与文人的历史使命与时代诉求。他的散文名篇《原道》在陈述“周道衰，孔子没，火于秦，黄老于汉，佛于晋、魏、梁、隋之间”的儒道衰微史后，十分严肃地提出他治国的主张：“不塞不流，不止不行。人其人，火其书，庐其居。明先王之道以道之，鳏寡孤独废疾者有养也。其亦庶乎其可也！”而且他为了实现自己的政治理想，曾立下宏愿：“使其道由愈而粗传，虽灭死万万无恨。”（《与孟尚书书》）虽然他是立足于维护儒家正统之立场，但是其刚直正义之姿态，迫切改变现实之愿望，切实具体之实践方针，都表明了他事功精神的执着。此外，韩愈的《论佛骨表》《师说》《争臣论》《原人》《进学解》《原毁》等文都内容深刻，情感饱满，十分有力，既反映时代精神、深刻批判社会现实，又能提出明确的为政主张，成为参与现实政治强有力的舆论工具，达到文以明道的效果。同样，范仲淹《岳阳楼记》中“先忧后乐”的政治理念亦是他心怀天下民生，担当救时济世之重任的真情体现。还有欧阳修、苏轼等人的散文，处处显示出强烈的社会责任意识，或批判社会现实的黑暗，或表达对底层百姓贫苦生活的同情与关爱，或提出具体的施政方针，无不显示出他们关心国计民生，自觉履行儒家传统精神中为国为民建功立业的责任。这样的散文在中国散文发展的历史长河中数不胜数，它们承载着政治、文化以及道德的多重使命，蕴含着崇高远大的人文精神，代表着中国文化的精华部分，值得传承与发扬。

现当代散文中同样凝聚着鲜明的事功精神，洋溢着作家饱满的社会责任意识，体现出强大的家国情怀。现代知识分子既继承了古代优秀文人以探求治国平天下为己任的传统，又闪耀出现代社会科学理性与人文理性的光芒。相比较而言，由于现代作家文人身份的独立性，现当代散文中的事功精神更多表现为：一是直接反映社会现实，揭露现实黑暗，进行社会批评与文明批评，体现作家的现代人文精神与理性精神。二是对国民性弱点的批判与现代理想人性的探寻。三是反思历史与传统文化。四是对现代散文理论的建树。无论是何种形式，作家以笔为旗，“铁肩担道义，妙手著文章”，充盈着强烈的社会责任意识，力图唤醒一种民族意识、自由意识和团结意识，承担起人文学者的使命。如鲁迅先生《野草》中对绝望的反抗，杂文中各种社会批评与文明批评以及国民劣根性的揭露，都体现出他作为一个别具一格的勇者的家国情怀。如《灯下漫笔》中对中国文明形象而深刻的揭露：“所谓中国的文明者，其实不过是安排给阔人享用的人肉的筵宴。所谓中国者，其实不过是安排这人肉的筵宴的厨房。”因此，“中国人向来就没有争到过‘人’的价格，至多不过是奴隶”。最后呼唤国人“扫荡这些食人者，掀掉这筵席，毁坏这厨房”。[①]鲁迅对中国文明批判力度之大之深可谓到了极致，而这背后是鲁迅内心深处的社会责任担当意识。徐志摩的诗自由飘逸，但他的散文写作却明确表现出对国家政治、民族发展的思考，如《政治生活与王家三阿嫂》《落叶》《青年运动》等。虽然他的政治抱负未能实现，但他散文中体现的家国情怀也充分反映出“五四”文人对历史使命和责任的勇敢担当。沈从文面对现实中自私的国人，提出“应当从政治、经济、教育、文学各方面共同努力，用一种新方法造成一种新国民所必需的新观念。使人人乐于为国家尽义务，且使每人皆可以有机会得到一个‘人’的各种权利”[②]。他的方法虽不一定能够在现实中实行，但是其用心却非常值得肯定。王蒙在自传中曾幽默地表白自己对政治和国家命运的热切关注：“不论我怎么样地收缩再收缩，认命再认命，矮小再矮小，难得糊涂，装傻充怔，养猫养狗，做饭烧鱼，我仍然心系中国，心系世界，心系社会，关切着祈祷着期待着中国历史的新的一页。”[③]他的散文有政治性题材的，如《火热的怀念》《清明的心

---

① 鲁迅：《鲁迅全集》第一卷，人民文学出版社2005年版，第67页。

② 沈从文：《中国人的病》，《沈从文全集》第十四卷，北岳文艺出版社2002年版，第88页。

③ 王蒙：《王蒙自传》，花城出版社2006年版，第378页。

弦》等；有对政治的自觉反思和审视的，如《说团结》《也算学问》等。他对政治的热情使得其散文具有强烈的理性精神，用形象的散文话语思考政治行为与现象，表现出明确的事功精神。韩少功的散文继承了古代散文文史哲一体的传统，内容丰富，文学、哲学、宗教、史学、社会学、政治、经济等都有涉及，展示出他把握世界的宽度与深度。他的《记忆的价值》《感觉跟着什么走》《山南水北》等篇章，有见地，有高度，反映出他作为一个具有主体意识与民主意识的启蒙主义者的入世姿态，也表现出散文通过思想建构达到关注国计民生，致力于和谐社会建构的事功效果。韩少功的系列散文随笔，“可称是为我们这个时代作出的一份全息报告，总能让读者不虚此行，从中品悟出百年沉重，千年忧患，从而对一个民族的过去、现在和未来深长思之”①。而这也是现代诸多学者散文所具备的，可以代表中国文化之精神高度的标志。

正如费希特所言：“学者阶层的真正使命：高度注视人类一般的实际发展进程，并经常促进这种发展进程。”“学者的使命主要是为社会服务，因为他是学者，所以他比任何一个阶层都更能通过社会而存在，为社会而存在。”②如果说古代散文中文人、学者的事功精神因儒家思想的影响而意在“致君尧舜上，再使风俗淳”，个体自我情思的寄托比较缺乏，那么现当代散文中则蕴含着鲜明的西方现代理性精神，作家着重表现人的主体意识，体现中国散文家国情怀的时代特色。如有论者在谈及20世纪学者散文时认为其含有“个性自由精神”“民主科学精神”“专业学理精神”及“批判重建精神”四个方面的现代理性精神，③非常清晰地概括出了现代散文的独特气

---

① 张宗刚：《看，那些有尊严的文字——关于韩少功散文随笔的话题》，《南方文坛》2007年第6期。

② 费希特著，梁志学、沈真译：《论学者的使命 人的使命》，商务印书馆1984年版，第40页。

③ 参见喻大翔：《用生命拥抱文化》，人民文学出版社2002年版，第127—135页。

质，也使得现代散文中的家国情怀不再局限于“忠君”意识，呈现出新时代的文化品格。诚然，传统社会的家国天下一体在现代社会不复存在，但是现代“国家”是“属于全体国民的、具有内在价值的命运共同体”以及“民族文化共同体”，“而且内化为每个人命运的一部分”。[①]所以，现代社会的每一个公民应该具备“家国情怀”，拥有为国家担当责任的“事功精神”，为这个共同体的繁荣发展而努力。

总之，纵观煌煌散文发展史，不管在哪个历史阶段，都体现出非常深厚的家国情怀。“家国情怀发挥着稳定社会秩序、支持国家社会建设的作用”，“在提升国家认同，引导人们关心国家命运、襄助社会进步等方面发挥着重要作用”。[②]的确，今日的中国需要家国情怀。现代社会注重个体的思想也导致了有些个人完全以自我为中心，追逐物欲，缺失公共责任，成为“唯我式的个人主义”，“是一种自利性的人生观念和人生态度”。他们是“自我中心的无公德的个人”[③]或曰“精致的利己主义者”（钱理群语）。家国情怀可以让人走出唯个人主义与物欲主义的迷思，胸怀国家与民族甚至整个宇宙天下，有助于建设幸福美满家庭，增强民族凝聚力，也有助于树立良好的现代公民意识。“在中国所有的文学体裁中，没有一种像散文这样进退于文学（文艺学）和历史、哲学、伦理学、民俗学等非文学体裁之间，当然，也就只有散文与中华文化有着血肉般的亲缘联系。”[④]正如余秋雨在散文《莫高窟》里满怀激情且豪情万丈地写道，“我们，是飞天的后人”，呼吁国人担当起社会历史的责任与传承中国文化的重任。散文里浓郁的家国情怀体现了中国文化的巨大魅力，我们每一个人都有责任通过严格的修身来为家为国而努力奋斗，让我们的家国真正成为自己热爱并引以为豪的理想家园。

---

① 许纪霖：《家国天下》，上海人民出版社2017年版，第12、16页。

② 张倩：《“家国情怀”的逻辑基础与价值内涵》，《人文杂志》2017年第6期。

③ 许纪霖：《家国天下》，上海人民出版社2017年版，第343页。

④ 喻大翔：《用生命拥抱文化》，人民文学出版社2002年版，第127页。

第三节　家园意识中的民族情感与民族自信

“家园意识是艺术家们最后的精神乌托邦，也是人类精神领域的最后一块净土。”[①]可以说，家园意识是人类与生俱来的，普遍的人性意识，在生命的路上，每个人都本能地在寻找自己身心栖息的精神家园。每一次寻找都是心灵的净化过程，是难忘的情感体验。作家们则将这种家园意识演绎成不同的文本现象，构建起灿烂深厚的人类文化。散文中的家园意识充分展现出中国文化博大精深的魅力，其中有对故土的深情难忘，有对家国的忧患与责任承担，还有对民族的认同归属感与自豪感。中国传统的生命观是一个完整的体系，从小家到大家，从小家庭到大家族，从大家族到家乡，再从家乡到国家乃至整个天下，都是一个整体。散文中的家园意识之表达就充分体现出中国文化的这一特点。家园，是小到一己之家，大到一国之家以及整个中华民族之家。

伏尔泰认为，民族是以血统、语言、宗教、风俗习惯相同为标志而结合起来的人们。[②]安德森认为民族是“想象的共同体”[③]。众所周知，我们国家是一个多民族的统一国家，拥有以汉族为主体的56个民族。中国在漫长的历史发展过程中，各民族人民交往密切、相依相融，形成了休戚与共的多元一体文化格局，或者说形成了一个“价值共同体”[④]，即一个整体民族——中华民族。按照费孝通先生的说法，中国在近代受到外国列强侵略之后，才发展成一个多元一体的自

---

① 纳张元：《生命，在历史与现实之间沉吟——20世纪末的少数民族散文创作》，《南方文坛》2001年第3期。

② 参见伏尔泰：《风俗论》，商务印书馆1994年版，第1—42页。

③ 参见本尼迪克特·安德森著，吴叡人译：《想象的共同体：民族主义的起源与散布》，上海人民出版社2003年版，第5页。

④ 阿克塞尔·霍耐特著，胡继华译：《为承认而斗争》，上海人民出版社2005年版，第128页。

为的“中华民族”，也就是中国的国族。[①]所谓民族情感，就是指人们对自己单一民族与整体民族的认同感与家园感，包括对民族文化的自信自豪感，对民族屈辱历史的记忆与反思，对民族振兴的期待与努力。近现代以来家国一体结构的打破，中华民族形象的逐渐凸显，使得民族情感逐渐成为中国人心中的精神家园、生命的栖息地。纯粹真挚的民族情感是家园意识的重要表现，中国散文中有作家对自己所属民族的情感表达，如沈从文对湘西苗族、老舍对满族等的书写，但更多的是对中华民族的整体认同。相比较而言，古代中国只有王朝和天下的观念，以及后来萌芽的汉民族的主体意识，那时的民族情感隐含在王朝意识之中。近代以来的民族观念逐渐得到强化，伴随着近代国家的出现，中华民族成为中国的国族，它整合了国家内部不同民族，有着共享的文化和共同的命运，逐渐得到人们的认同。在当前全球化的背景下，饱含对中华民族的深厚情感是非常必要的，这可以维护内部各民族的团结和统一，促进各民族的发展繁荣。而且，“中华民族认同是包含了各民族认同的国族认同，是包含了历史认同、文化认同、政治认同的最高层面的国家认同”[②]。表达、宣扬对中华民族的情感即是对祖国的热爱。中国散文里浸透了作家对中华民族的热爱之情，传递出中国优秀文化的巨大感染力与凝聚力。

一、单一民族的情感寄托

散文记录了作家最真实的生命体验，流淌进作家血液的民族气质与其散文创作有着密切关系，作家的体验必然蕴含着他所属民族群体的深层的文化心理。中国散文中出现了众多表现民族群体体验，凝聚鲜明深厚民族情感的作品。现代作家沈从文有苗族血统，他的散文集《湘西》《湘行散记》即以苗族聚居地湘西为描写对象，写湘西的山清水秀、苗民人性的善与美，表现出他浓郁深沉的民族情

---

① 参见费孝通：《中华民族多元一体格局》，中央民族学院出版社1989年版，第1—33页。

② 刘莉：《全球化场域中中华民族文化身份与民族认同的建构》，《思想战线》2011年第6期。

感。他说明自己写《湘西》的目的是要人们认识真正的湘西，改变国人对湘西及湘西人的偏见、误解，“希望家乡人的自尊自信心，和外来者的同情与理解，能作成一种新的调和或混和。一派祥和气氛的形成，在当时，实比任何事情还重要”[①]。从中可以感受到沈从文对湘西的使命感和担当意识，他关注民族的未来，试图改变苗族长期以来受屈辱的历史地位，也对苗民中的优良品质深感自豪，对其性格缺陷也深感痛苦、自责。正如有学者评价他：“以苗族代言人的方式对苗族的历史、地位、身份进行反思，他将反驳历史记载与民间传说中对苗族人的偏见与歧视，祛除历史记载及民间传说强加于苗族人身上的野蛮符号，恢复苗族人的本来面目，呈现出他们身上美好善良的人性作为自己义不容辞的历史使命。”[②]由此可见，沈从文的民族情感深深地影响了他的文学创作。但是，他并没有把这种感情狭隘化，他也并不是一个极端的民族主义者，他在抗日战争背景下对湘西的书写，寄托着他对中华民族如何抗击敌寇的思考，他说：“我军战略若系将主力离开铁路线，诱敌入山地，则湘西沅水流域必成为一个大战场。”“‘未来’湘西的重要性，显而易见。”他诚恳地为湘西人提出建议：“天时地利待湘西人并不薄，湘西人所宜努力的，是肯虚心认识人事上的弱点，并有勇气改善这些弱点。”[③]由此可见，他对湘西的民族感情是非常深厚的，他希望通过肯定湘西苗族的重要价值来加快后者融入中华民族大家庭的步伐，促进民族团结，使苗族人积极反抗日本侵略，保卫家园。

当代散文中也能够看到一些作家表达对所属民族或个别少数民族的深厚情感。如张承志散文对蒙古族、回族文化精神及民族性格的赞扬，赵玫对满族历史变迁、民族性格和女性命运的思考，土家族作家

---

① 沈从文：《沈从文全集》第十六卷，北岳文艺出版社2002年版，第355页。

② 吕周聚：《民族创伤体验与祛蛮写作》，《文学评论》2012年第2期。

③ 沈从文：《沈从文全集》第十一卷，北岳文艺出版社2002年版，第329—331页。

黄永玉在散文中对家乡湘西山水人物的怀念，杨世光对云南纳西族多彩生活的记叙，彭学明对湘西土家族风土人情的描写。这些散文都表现出作家对民族的深情厚谊，都在一定程度上弘扬了民族文化精神，促进了民族的繁荣发展，为中华民族这个大家庭的建设贡献了力量。正如壮族作家周民震感慨的："中华神州大地啊！何处不烙印着我，我的民族和我的兄弟民族交织的一双双足迹，一摊摊血汗，一颗颗心……"①正是一个个不同的民族组成了中华民族这个整体，每个民族间都是互相关联，不可分割的，所有对自己民族的体验与表达建构起了一体多元的整体民族——中华民族的认同与深情。

二、散文中辉耀中华民族自强不息的强大光芒

民族情感来源于对所属民族的自觉认同。从民族形成的历史来看，秦汉时期建立了统一的多民族国家，各民族即融合成一个统一的整体民族——中华民族。但是由于当时民族意识的不自觉，古代散文中的民族情感常依托在文人的"王朝情结"中，对王朝统治的维护即是他们家园意识的表现。所以在王朝更替之际，我们也常常能感受到各种强烈的民族情感、民族精神、民族气节等。这种民族情感主要表现为对某旧王朝的忠诚与眷恋，其间也有对统治者残暴统治的揭露。反对民族压迫、民族侵略以及反对民族分裂的民族情感，也是中华民族宝贵的精神财富，应该继承与弘扬。如清初的明朝遗民张岱的历史散文集《石匮书》，在历史事实的记叙中表达了他对明朝统治悲剧原因的反思，赞扬了明末敢于反对民族压迫的志士们的民族气节。这样的民族情感也是中国文化的优秀组成部分，展现出中国散文的重要价值，为人们提供丰厚的精神滋养。

近代以来的百年历史，中华民族作为我们的国族逐渐得到建构，这个过程伴随着的是外族的侵略史和国家、民族的灾难史。"随着西方对中国的步步进逼，中国在抵抗西方这个绝对的'他者'过程中，

① 转引自陈祖君：《论中国当代少数民族文学中族群体验的表达》，《宁夏社会科学》2011年第4期。

遂有了近代国家的觉悟，也产生了国族的自我意识。”[①]而新时期以来，在全球化场域中，中华民族面临着文化身份的破碎化、认同的危机化，强化中华民族情感也是非常必要的。中华民族意识的强化体现出了家园意识的强烈追求，散文作为中国文化的重要载体，非常直接、清晰地记录了这一建构过程。散文中表达对中华民族的情感主要体现在：一是面对民族灾难与创伤，表现出浓郁的爱国主义情感，表现出积极反抗侵略、捍卫民族利益、探索民族复兴的悲壮与自信之情；二是面对民族辉煌灿烂的历史文化，表现出热情的赞美与由衷的自豪之情，以及对民族历史的积极反思；三是台湾散文中强烈、持久的中华民族认同感。总之，散文充分证明了中国传统文化是一种强烈现实性和实践性性格的文化。

近代以来的中华民族历史是一部灾难史，从鸦片战争到八国联军到日本全面侵略中国，国人饱尝外族侵略的屈辱。“在民族危机爆发时，是外在压力应激性地强化着‘我们’的民族认同。”[②]散文作为最贴近作家生活与思想的文体，见证了这一过程中中华民族有志之士悲愤激昂的抗争之路，充分闪耀出中华民族自强不息精神的强大光芒。早在甲午战争失败后，梁启超就清醒地意识到了清政府的沉滞腐败与昏聩无能，也发现了中华民族数百年来的闭塞愚昧。据学者考证，是梁启超最早使用“中华民族”这一概念。他的新体散文记录了他当时十分丰富的思考，从政治、经济、社会、文化、文学、教育等方面提出了十分有益的建议，表现出他强烈的民族情感与鲜明的民族精神。如《少年中国说》中用各种比喻生动地表达了他对朝气蓬勃、具有强大生命力的少年中国的赞美与期待，具有强烈的进取精神，熔铸着他深切的民族情感。他还有许多政论性散文，如《论报馆有益于国事》《论中国积弱由于防弊》《论中国之将强》等文，面对民族

---

① 许纪霖：《家国天下》，上海人民出版社2017年版，第50页。

② 刘莉：《全球化场域中中华民族文化身份与民族认同的建构》，《思想战线》2011年第6期。

危机，在揭露侵略民族的罪行的同时，抨击了清王朝的腐朽，呼唤国人奋起反抗、变法图强，奏响起强烈的民族情感、爱国思想与坚强的抗争意志之曲，感人肺腑，催人奋进。“五四”时期的散文更是鲜明地表现出振兴民族的群体激情。“五四”散文的民族情感最突出的表现是自由的批判性，作家担任了思想启蒙者的身份，对社会现实以及民族文化的缺陷进行批判，引导国人革故鼎新。李大钊1923年发表的散文《艰难的国运与雄健的国民》，短小精悍，豪情满怀。面对中华民族千疮百孔、步履维艰的“艰难国运”，提出全民族必须靠“雄健的精神”才能拯救国运的观点，疾呼国人在悲壮的歌声中冲过这艰难险阻。鲁迅的杂文可算是最有代表性的散文创作，他的“社会批评”与“文明批评”似匕首、投枪，常切中旧体系的要害，包含着浓郁的民族情感，体现出“五四”时期散文的现代性。即使是一向温雅的朱自清，也满怀奋激之情写出了《白种人——上帝的娇子》《生命的价格——七毛钱》《执政府大屠杀记》等文，表达他对受侵略民族的弱势者身份的屈辱感受，以及政府的黑暗、民众生活的贫苦的沉痛之情。那个时期的林语堂也曾有过“《剪拂集》时代”，真诚勇猛地书写批判性的杂文，展现出浓烈的民族情感与家国情怀。民族情感的灌注使得作家关注并参与社会时代，肩负起社会责任，成为具有社会良知的知识分子。

20世纪三四十年代的日本侵华战争期间，民族、国家的重大危难激发起国人强烈的民族情感与爱国情怀，知识分子“以笔为旗”投入到抗战之中。当时出现了许多不同形式的文学创作，以文字与形象的方式投影下中华民族的灾难与抗争史。其中，抗战散文以其自由灵活的形式，真实地记录了中华民族这一特殊历史阶段的民族心声，描绘了坚强不屈、浴血抗争的民族性格，抒发了团结一心、众志成城的民族情感。巴金的《桂林的受难》、郁达夫的《在警报声里》、老舍的《三个月来的济南》、萧红的《给流亡异地的东北同胞书》、沈从文的《昆明冬景》、施蛰存的《同仇日记》等文，或直击战争苦难，或描写中国军民的顽强抗敌，无不反映出侵略者对中国民众带来的罪恶以及整个民族奋勇抗敌的决心。抗战之前，老舍的散文创作主要表现日常生活、北京市民文化等内容，自北京沦陷到抗战结束，他发表了近百篇散文，表露出老舍鲜明的抗战文化心理。如歌颂抗战将士、抗战英雄的《轰炸》；记叙逃离济南的经历，表达自救而后救国的民族情感的《三个月来的济南》；控诉日军烧杀抢掠暴行的《且讲私仇》；呼唤民众团结一心起来复仇的《事情要大家做》；批判麻木不仁、逍遥世外的民间现象的《是的，抗到底》；主张将青年学生送到后方学习知识技能以为将来的民族复兴做贡献的《国宝》；等等。他直言："为国卖命，事体更大，使家庭吃点亏，也就无法。"[①]在民族大义面前，他坚守民族骨气，舍弃个人与小家庭的利益，愿为国家、民族而献身，表现出朴素而深厚的民族情感与爱国思想。同样怀着国仇家恨的郁达夫在抗战期间也创作了许多散文，完全冲破个人的名士天地，显出战士风范，表达出强烈的救国救民的民族忧患意识与民族复兴精神。如他的长篇政论《政治与军事》洋溢着爱国爱民的极大热忱，直陈当前政府的弊端，号召国民团结抗战，表达出抗战必胜的坚定信念。《在警报声里》一文则展示了中国军民不怕牺牲，英勇抗战的生死瞬间。萧红在病榻上，在生命的最后时刻，饱含深情与血泪写成了书信体散文《给流亡异地的东北同胞书》，文中的她对故乡、对民族、对国家充满深情，热情鼓励同胞献身民族解放事业。她那柔弱而又坚定的双眸闪烁着晶亮的社会责任心与民族情感，令人十分动容。总之，抗战散文是"肩负着现实的、时代的、民族的使命应运而生的，它关注的是百姓的安危、国家的存亡、民族的命运"[②]。这些散文反映出面临民族危难、国家生死存亡之际，遭受民族创伤的中华民族不屈的抗争精神，它们蕴含着真挚而深广的民族情感，标示出中国文化的积极性价值，具有超越时代的意义。

---

① 老舍：《老舍书信集》，百花文艺出版社1992年版，第69页。

② 徐迎新等：《抗战散文述论》，《辽宁师范大学学报》（社会科学版）2015年第6期。

一个时代有一个时代之文学，新时期以来，散文中的民族情感逐渐呈现出新的质素，具有鲜明的时代精神。如20世纪70年代末开始的回归自我意识，回复“五四”以来散文的现实主义传统，表现知识分子对民族历史错误的反思；80年代散文侧重表现人的内心世界的复杂与丰富；90年代形成了一股较强的“散文热”，散文作品数量大、类型多、水平高，多注重通过自我心灵体验探究人的生存状态和生命意义，以及注重用理性精神来反思中国文化。相对前半世纪的社会动荡、国家不稳定、民族危机重重，新时期以来的中国呈现出国家稳定繁荣、民族团结振兴的大好局面。然而，全球化的世界发展趋势在一定程度上又影响了民族认同。在全球化这一人类新的实践场域中，全球化带来的“时空浓缩”“空间扁平化”，无疑影响了民族认同感和民族身份。[①]此间的中国散文或通过对中华民族辉煌灿烂的民族文化历史书写，或通过理性精神的高扬，或通过优秀知识分子形象的重塑来表达同样强烈的民族情感、民族自信，帮助国人实现中华民族的民族认同，激发起全民族建设理想家园的自信心。如巴金的散文集《随想录》用饱蘸伤痛的笔墨真实地回忆了“文革”十年给民族的打击与伤害，他勇于说真话的批判意识正是基于对中华民族的深情。这些带着血泪的篇章大胆地揭开了民族历史的创伤，目的是为了弄干净伤口的脓血，为民族未来创造新生的机会。所以，“巴金的自我解剖，由个人推向全体的共性，也就是从中解剖与概括了一个时代的知识分子与一个民族被扭曲的心态和残缺的文化心理结构”[②]。另外，20世纪90年代的文化散文值得特别关注。文化散文“就是从促进社会进步和人类道德完善的角度出发，对社会、人生和历史的一种文化感受，并把重整与建设民族文化精神，作为散文创作的崇高使命”[③]。如余秋雨的散文集《文化苦旅》《山居笔记》，张承志《荒芜英雄路》《清

① 参见拉雷恩著，戴从容译：《意识形态与文化身份：现代性和第三世界的在场》，上海教育出版社2005年版，第211页。

② 吴周文：《散文十二家》，人民文学出版社1992年版，第25页。

③ 张振金：《中国当代散文史》，人民文学出版社2003年版，第232页。

洁的精神》，史铁生《我与地坛》，韩少功《夜行者梦语》，王充闾《面对历史的苍茫》《何处是归程》，梁衡《人杰鬼雄》等，这类散文注重从文化视角对历史与现实进行充满个性与自我的理性观察与思考，充分展现出散文与文化的关系，让人们重新认识民族传统文化，也探求如何表现当前民族心理，建构新的文化精神。像余秋雨的“文化苦旅”系列散文，“作者依仗渊博的文学和史学功底，借山水风物寻求文化灵魂和人生真谛，探索中国文化的历史命运和中国文人的人格构成，以及中国文人艰难的心路历程和文化良知”①。随着市场经济大潮的兴起，20世纪90年代的人逐渐被物欲迷惑，价值观都发生了一些变化，整个中华民族的振兴面临着新的机遇与挑战。文化散文的繁盛传达出人们在理性精神观照下对民族文化的重新认识与文化归属的逐渐强化，也展现出中华民族共同文化身份的巨大向心力、凝聚力，为中华民族的民族身份认同提供了形象的文化符号与相似的历史集体记忆，最终赓续了中国散文对中华民族情感培育的价值传统。

另外，值得关注的是台湾散文中中华民族情感的审美表达。总的来看，台湾散文的民族情感主要表现为抵抗外侮、文化乡愁、民族文化传承以及渴望民族团结、国家统一等方面。从日本殖民统治时期到今日，台湾文学中的主流都表现出鲜明的民族倾向和爱国感情，台湾散文即是其中不可或缺的一片美丽风景。特殊的历史原因导致了台湾散文注重描写怀乡怀亲主题，这些饱含作者个人情感的散文里始终有一股中华民族文化传统的潜流，随着时间的推移不断地繁衍、绽放。恰如余光中所说的：“不管二十年来（指1970年至1980年）台湾文坛在风格上如何多般，在思想上如何歧异，既然作家们吃的都是米饭，用的都是筷子，过的都是端午跟中秋，而写的又都是中文，则当然这部选集里的作品最后必归于中华民族。”②从历史上看，台湾屡受外

① 陈剑晖：《中国现当代散文的诗学建构》，江西高校出版社2004年版，第269页。

② 余光中：《〈中华现代文学大系〉总序》，《台港文学选刊》1990年第1期。

国殖民者侵略，多次面临民族危机。“在一定的历史发展阶段，民族以一些外部刺激为契机，通过对以前所依存的环境或多或少自觉的转换，把自己提高为政治上的民族。通常促使这种转换的外部刺激，就是外国势力，也就是所谓外患。”[①]台湾散文通过真实诚挚的叙事与抒情表达了人们在这种外患威胁下的民族国家意识。如日本殖民统治时期，被称为“台湾的鲁迅”的赖和，他的散文《前进》表达了自己在无比黑暗的殖民统治下坚持前进的积极进取姿态；杨逵的《首阳园杂记》则表达出宁受穷困也不愿卖身求荣的民族气节。这一时期的散文创作凝注了强烈的民族意识，表现出台湾民众明确的中华民族认同与深沉的民族情感。20世纪五六十年代以来的台湾散文以更丰富多样的创作凸显出强烈的中华民族身份认同与情感归属。如怀乡散文自觉地对中国古典诗词文化的吸收和化用，对大陆故土生活经验与风土人情的真切怀念，都充分表明作家无法割舍的民族情感。这一类的作家人数众多，影响深广，如琦君、林海音、张晓风、余光中、郭枫等，可以说是台湾当代散文的中坚力量。余光中的《登楼赋》《地图》《蒲公英的岁月》《丹佛城》《塔》等文反复深情地吟唱出他对中华民族传统文化的依恋之情，他曾这样写道：“在人的意志之上似乎有一个更高的意志，属意在这海上方舟，延续一个灿烂悠远的文化，使他们的民族还不致沦为真正的蒲公英，沦为无根可托的吉普赛和犹太。”[②]张晓风也满怀着对中华民族的炽热之爱，她说：“有一个名字不容任何人污蔑，有一个话题绝不容别人占上风，有一份旧爱不准他人来置喙。总之，只要听到别人的话锋似乎要触及我的中国了，我会一面谦卑地微笑，一面拔剑以待，只要有一言伤及它，我会立刻挥

---

① 丸山真男著，王中江译：《日本政治思想史研究》，三联书店2000年版，第270页。

② 余光中：《蒲公英的岁月》，《余光中、张晓风散文精品》，漓江出版社1999年版，第81页。

剑求胜，即使为剑刃所伤亦在所不惜。”[①]

“民族是人的信念、忠诚和团结的产物。”[②]清晰的民族认同与深厚的民族情感是人类心灵的归属，是永远沉淀的家园意识。民族情感的激发和培育是民族文化的重要部分，是铸造民族精神的重要基石，是维护民族团结、凝聚民族向心力的心理基础。散文作为中华民族文化的载体与优秀成果之一种，记录了不同历史时期人们民族情感的真挚与深沉，这种情感没有局限于某一种民族的狭隘立场，而是体现出中华各民族的同舟共济与和睦相处，这是中华民族的优良传统，也是未来民族、国家走向繁荣复兴的坚实基础。

（本章为肇庆学院文学院陈艳玲讲师撰写）

① 张晓风：《矛盾篇之二》，《余光中、张晓风散文精品》，漓江出版社1999年版，第203页。

② 盖尔纳·厄内斯特著，韩红译：《民族与民族主义》，中央编译出版社2002年版，第9页。

第六章

中国散文的风骨、气度与神韵

风骨、气度与神韵，是中国古代艺术三个重要的理论范畴。它们体现出了中国人特有的精神气质、思维方式、审美评判标准和本民族的心理感情倾向。正因如此，这几个概念范畴被广泛地应用于诗、词、典、文、书法、画、音乐等不同的文学艺术门类，并成为公共性的概念而获得普遍的认同。但是，检阅传统的文论，我们发现上述概念大面积地运用于诗歌，而用于散文则相对较少，更少有从中华民族的精神、心理特征、感情倾向、审美维度来研究散文中的风骨、气质，以及神韵等问题。有鉴于此，本章拟以中国散文为观察点来考察风骨、气度与神韵在中国散文中有何体现，又是如何传达出了中国文学的精神风貌，体现了中华民族的共同审美趣味。

第一节　中国散文的风骨

风骨，其近义词还有“风力”“风度”“气力”等。其语出自《晋书·赫连勃勃载记论》：“然其识器高爽，风骨魁奇，姚兴睹之而醉心，宋祖闻之而动色。”其后，汉末魏晋的人物品评，也多采用“风骨”一说。在此类品评中，风骨大体有两种含义：一是指人物的“风神骨相”。如《世说新语》引《晋安帝纪》说，“（王）羲之风骨清举也”。《宋书·武帝纪》：“（刘裕）风骨不恒，盖人杰也。”另有一种用法，是指清俊疏朗的精神风貌和轻盈的体态。如

《世说新语》注引《续晋阳秋》：“（诸爽）俊迈有风骨。”《世说新语·轻诋》：“旧目韩康伯将肘无风骨。”前者一般附加修饰语，以显示人物不凡的气度和风貌；后者“风”和“骨”本身已有特定含义，无须再加修饰。

在中国文学史上，有著名的“建安风骨”之说。“建安风骨”也就是“汉魏风骨”，指的是建安时期曹氏父子三人及“建安七子”等人为代表的文人群体。他们的诗文继承了汉乐府民歌的现实主义传统，真实反映了动乱时代的社会现实和人民的苦难，感情真挚深切，文风以风骨遒劲、刚健古直而著称，并兼有慷慨悲凉的阳刚之气，从而形成了文学史上具有独特风貌的“建安风骨”，对后世文学产生了广泛而深远的影响。

继“建安风骨”之后，南朝的文论家刘勰将人物品评中的“风骨”概念引入文学理论领域，他的《文心雕龙》专设了《风骨》篇。文章一开篇便指出：“《诗》总六义，‘风’冠其首，斯乃化感之本源，志气之符契也。是以怊怅述情，必始乎风；沉吟铺辞，莫先于骨。故辞之待骨，如体之树骸；情之含风，犹形之包气。结言端直，则文骨成焉；意气骏爽，则文风清焉。若丰藻克赡，风骨不飞，则振采失鲜，负声无力。”①

刘勰指出，《诗经》包括风、雅、颂三体和赋、比、兴三种表现手法，风排在第一位。因它是感化的根本力量，是志气的具体表现。因此，若要深切动人地表达感情，就必须从风的感化力量开始；而在运用文辞时，一开始就要注意到骨的问题。文辞需要有骨，就好比身体需要树立骨架一样；情感要能起教化作用，就像人的形体里含有生气。在《文心雕龙·风骨》中，刘勰还讨论了“风骨”应如何获得，以及诗文缺乏“风骨”的弊端：“故练于骨者，析辞必精；深乎风者，述情必显。捶字坚而难移，结响凝而不滞，此风骨之力也。”相反，“若瘠义肥辞，繁杂失统，则无骨之征也。思不环周，索莫乏

① 刘勰著，王志彬译注：《文心雕龙》，中华书局2012年版，第166页。

气，则无风之验也”。[①]能够精于锤炼文骨的，辨析文辞一定精当；能够深通文风的，表达感情一定明确显达。文字锤炼得确切且难于更换，声调有力而不黏滞，这是文章有风骨的表现。反过来，要是命意和内容贫乏，辞藻又太多、繁杂且没有条理，那是缺乏“骨”的征兆。与此相联系，如果“思不环周”，考虑不周到，勉强创作而缺乏生气，那是没有“风”的证明。在这里，刘勰的“风骨”，既是对思想内容而言，也有对艺术形式的要求。“思不环周”，讲的是文章思想内容方面的问题；而“索莫乏气”，则是指文章语言表达上的缺点。总之，风骨对于诗文的作用，好比飞鸟使用两个翅膀，倘若有风骨而缺文采，犹如文艺园林中的猛禽；而有文采而缺风骨，则如野鸡在文艺园地里乱窜。只有文采照耀而高飞到天，才是文章中的凤凰。

刘勰关于风骨的辨证阐释和精彩比喻，对后世产生了深远的影响。后来的钟嵘、颜之推、孔颖达、严羽、胡应麟等，在刘勰“风骨”论的基础上，又作了各种各样的发挥阐释。而就散文创作来说，中国散文有风骨的作品，可谓举不胜举。比如先秦，这是中国散文的第一个黄金时期，这一时期散文的一个突出特点，就是大多元气充沛，风骨标举。举例说，孟子的“富贵不能淫，贫贱不能移，威武不能屈，此之谓大丈夫”[②]以及“鱼，我所欲也，熊掌，亦我所欲也，二者不可得兼。舍鱼而取熊掌者也。生，亦我所欲也；义，亦我所欲也。二者不可得兼，舍生而取义者也”[③]就是典型的有风骨的作品。唐雎怒对秦王时的“若士必怒，伏尸二人，流血五步，天下缟素”[④]的慷慨赴死气概，其风骨令人动容；庄子的“鹏之徙于南冥也，水击三千里，抟扶摇而上者九万里”[⑤]同样骨力十足。到了汉代，最具风

① 刘勰著，王志彬译注：《文心雕龙》，中华书局2012年版，第166页。

② 《孟子·滕文公下》。

③ 《孟子·告子上》。

④ 钟基、李先银、王身钢译注：《古文观止》（上），中华书局2016年版，第284页。

⑤ 邵汉明注译：《庄子》，长春出版社2011年版，第1页。

骨的作品乃司马迁的《史记》。比如《报任安书》："盖文王拘而演《周易》；仲尼厄而作《春秋》；屈原放逐，乃赋《离骚》；左丘失明，厥有《国语》；孙子膑脚，兵法修列；不韦迁蜀，世传《吕览》；韩非囚秦，《说难》《孤愤》。"虽然"我"因为李陵辩护而受刑，内心充满遭受奇耻大辱的悲愤，但"我"隐忍苟活，退隐著书立说，以此抒发内心的愤懑。不仅如此，"我"写史乃"欲以究天地之际，通古今之变，成一家之言"。这是何等的气概，何等的胸襟，何等的风骨遒劲的文辞，以及悲凉沉郁、发奋激昂的格调。正是这一切，使得司马迁的《报任安书》成了刘勰所说的腾飞于天空中的文之凤凰。

纵观我国古代的散文史，应该说，像司马迁的《报任安书》这样的作品还有很多。如诸葛亮的《出师表》，虽不务文采而文采自显，其风骨表现为"治国之道"的"载道"取向与作者的人格魅力相得益彰。李密的《陈情表》，通过书信的形式，陈述不能出仕的理由，其风骨在"乌鸟私情"的深切陈述中得到了充分的体现。周敦颐的《爱莲说》虽只有短短的一百多字，但透过"出污泥而不染，濯清涟而不妖，中通外直，不蔓不枝"的莲，我们感受到的是知识分子那种洁身自好、坚贞不渝的理想和情操；而它的风骨，便是这种理想与情操的凝结。还有夏完淳的《狱中上母书》，"将'孝慈之道'与国家的危难，民族的大义紧密相连。这样全忠全孝的情感，既流露出民族英雄内心深处的家族情结，也是民族的文化心理的深层体现。而这，正是中国散文的共性和特点"。也就是说，中国散文一方面重视教化的力量，一方面又具备动人的文采。如此，中国散文中的许多名篇都是既具"文明以健"的作用，又呈现出"风清骨峻，篇体光华"[①]的神采，这是中国散文之所以能够代代相传，成为中华民族瑰宝的原因。

上面说的是中国古典散文体现出来的风骨，客观地说，"五四"以后的现当代散文，由于历史、时代的因素以及社会环境的制约等主

---

① 刘勰著，王志彬译注：《文心雕龙》，中华书局2012年版，第168页。

客观原因，有风骨的散文确实比古代少了很多，但少并不等于没有。比如说鲁迅的大量杂文和散文集《野草》，就是整个20世纪的文学中最具风骨的代表。毛泽东说，“鲁迅的骨头是最硬的，他没有丝毫的奴颜和媚骨”[①]这里的“骨头”，一是指鲁迅刚正不阿的气概，顽强的风度和气质。他疾恶如仇，从不阿谀逢迎，既“横眉冷对”统治者，也不向平庸和世俗妥协。二是指鲁迅的作品结合端直、风清骨峻、无务繁杂。请看散文集《野草》的《题辞》：

当我沉默着的时候，我觉得充实；我将开口，同时感到空虚。

过去的生命已经死亡。我对于这死亡有大欢喜，因为我借此知道它曾经存活。死亡的生命已经腐朽。我对于这腐朽有大欢喜，因为我借此知道它还非空虚。[②]

再看《这样的战士》：

他走进无物之阵，所遇见的都对他一式点头。他知道这点头就是敌人的武器，是杀人不见血的武器，许多战士都在此灭亡，正如炮弹一般，使猛士无可用其力。

那些头上有各种旗帜、绣出各样好名称：慈善家，学者，文士，长者，青年，雅人，君子……头下有各样外套，绣出各式好花样：学问，道德，国粹，民意，逻辑，公义，东方文明……

但他举起了投枪。[③]

这就是鲁迅散文的风骨，它一方面根植于鲁迅内心深处的生命悲

① 毛泽东：《新民主主义论》，《毛泽东选集》第二卷，人民出版社1968年版，第658页。

② 鲁迅：《鲁迅散文·诗全集》，河南人民出版社1994年版，第3页。

③ 鲁迅：《鲁迅散文·诗全集》，河南人民出版社1994年版，第43页。

剧意识，一方面又与鲁迅高贵的人格和精神气质相关，而这一切融会于《野草》中，就不仅仅有决绝，有呐喊，有奔突，更有生命的悲凉感以及对现代性的诉求。除此之外，还应看到，鲁迅散文作品中的风骨，还体现了中国士大夫那种“士不可以不弘毅，任重而道远”的使命感。从这一点看，我们可以说鲁迅是中国优秀传统文化的传承者，他不愧是中华民族的“民族魂”。

鲁迅的《野草》启示我们：文学，归根到底是人学。文学的风骨，说穿了就是创作主体的风骨。文学的风骨是文学的灵魂，文学的生命，文学的质地的最为可靠的保证。然而，令人扼腕的是，在时下的散文创作中，有风骨的作品越来越少了。散文一方面琐细化、平面化和技术化，一方面则是犬儒化、乡愿化和私人化。散文的教化作用、民族大义、家国情怀、端直之气被弃置，而消费主义、娱乐功用则被过分强调。如此一来，有风骨、有担当、有独立思考和批判精神的散文少了，而玩世不恭、风花雪月的散文则随处可见。正是在“散文风骨今何在”的质询中，笔者倡扬散文的风骨与精神含量，呼吁“汉魏风骨”的回归。因为，“风骨”是一个体现了中国文学的优秀传统，体现了中国的文化精神，有着鲜明民族特色的美学观念。它理所当然地应该在新时代的文艺大合唱中，成为作家的文化自觉、文化自信之源，以及努力和践行的目标。

第二节　中国散文的气度

中国传统文化一向认为，文章与“气”密不可分。心有郁结，情动于中，不平则鸣，发而为文章，这就是气的作用。所以，曹丕说，“文以气为主，气之清浊有体，不可力强而致”，“王粲长于辞赋，徐干时有齐气”，“孔融体气高妙，有过人者”，[①]“公干有逸气，

① 曹丕：《典论·论文》，萧统《文选》卷五十二。

但未遒耳”[1]，等等。曹丕之后，历代文论对气的论述甚多。韩愈认为：“气，水也；言，浮物也。水大而物之浮者大小毕浮，气之与言犹是也。气盛则言之短长与声之高下者皆宜。”[2]清代文论家姚鼐则从气与语言及意的关系来探讨气：“文字者，犹人之言语也。有气以充之，则观其文也，虽百世而后，如立其人而与言于此，无气则积字焉而已。意与气相御而为辞，然后有声音节奏高下抗坠之度，反复进退之态，彩色之华。故声色之美，因乎意与气而时变者也。”[3]韩愈、姚鼐都是文论家，也是写文章的名家，他们对气的高度重视，不仅仅是一种经验之谈，而且是从中国文论的特点，从中华民族文化精神的高度来论气。

值得注意的是，传统文论家论气，总是与论人结合在一起。论人则主要看其德行与性情。如论阮籍、嵇康等风流人物，既与音乐声律有关，更看重他们的风姿神态。曹丕的《典论·论文》说“孔融体气高妙”“公干有逸气”，这里的“体气”“逸气”，主要指天生的一种气质、才华与性情。魏晋时期的人物品评及画论，经常使用诸如气韵、风神、风姿、情韵、韵度等形象性术语，正是从文、画与人两方面来评价。当然，这些术语都是借助于生活经验的感性联想，是论者的感知、理解力与想象力再造的合成和呈现。因此，这些术语一般来说都是感受性的，是模糊和难以界定的。而这正是中国古代文论的特征之一。

魏晋的人物批评，不由得使人联想到中国文论中的另一个术语——气度。尽管这个术语在中国文论中出现的频率，无法与“气”“气韵”和“神韵”相比，对其内涵进行梳理、阐释的文章也不多见，但笔者以为，这是一个更能体现中华民族文化精神，更具中华民族特色的术语。度，在哲学上是指质和量的统一，是事物保持其

---

① 曹丕：《与吴质书》，萧统《文选》卷四十二。

② 韩愈：《答李翊书》，《昌黎先生集》卷十六。

③ 姚鼐：《答翁学士书》。

质和量的界限、幅度和范畴。美学家李泽厚非常重视这一范畴，认为度是哲学的逻辑起点。孔子则有“过犹不及”之说，认为中庸是度的一种平衡状态。而从道家的角度看，阴阳的对立统一就是度。所以，度是道的动态，度和道是宇宙的最高法则。而就本节而言，“度”主要指创作主体的气质、气魄、气格、风神、风姿、情态和胸怀。细而分之，度应有四个层次的内涵：其一，宽阔的胸襟，无私正直的品格，坚韧不拔的信念。其二，宽容大度，气定神闲，从容自信。既能在逆境中泰然自若，又能在顺境中低调谦恭。其三，饱读诗书，高洁傲岸，既风神充盈，又具刚健之气。其四，在笔者的理解中，度还包括生命的活动、情感的灌注、心灵的体验，以及精神元素的驱动。如此，“气”与“度”合体，构成“气度”的范畴，就有可能达到王世贞所说的境界：“人物以形模为先，气韵起乎其表；山水以气韵为主，形模寓乎其中，乃为合作。”[①]从而，文章变得“行神如空，行气如虹”[②]。既“有神采、气采、情采”，也可以有“雅体、野体、鄙体、俗体”。[③]

中国散文中，有气度的作品可以说是不胜枚举。庄子的《逍遥游》，“若夫乘天地之正，而御六气之辩。以游于无穷者，彼且恶乎待哉”是何等气度，何等纵横跌宕、奇气逼人。可以说，在中国散文史上，庄子的散文开创了浩荡之奇言，恣肆浪漫之文气。《史记》被后人誉为“发愤著书”之巨著，其文不但多气，而且气正。这皆因司马迁有过蚕室受刑的惨痛经历，又坚韧不拔、顽强不屈，胸中有天地的气度。如此，《史记》的运气、驭气自然也就超出常人。诸葛孔明“鞠躬尽瘁，死而后已”，这种忠贞不贰、诚信高洁的人格落实到《出师表》，其文又怎能不慷慨激昂、生气贯注、八面来风。正是看到作者与文章的关系，所以曹丕在《典论·论文》中才指出：“气之

---

① 王世贞：《艺苑卮言》附录四。

② 司空图：《诗品·劲健》，《诗品集解　续诗品注》，人民文学出版社1981年版。

③ 殷璠：《河岳英灵集序》，董诰等编《全唐文》卷四。

清浊有体，不可力强而致。譬诸音乐，曲度虽均，节奏同检，至于引气不齐，巧拙有素，虽在父兄，不能以移子弟。”[1]曹丕首先强调文章的气与作者的气质、风度和审美个性的关系，认为性格、气质、个性决定了文章的特色与风格。“气之清浊有体”，猥琐的人格、粗鄙的气质，反映在文章里，必然是浑浊不清、文气淤塞。而体气高洁，胸中蕴有浩然之气，自然能使文气贯通，妙笔生花，让文字散发出一种让读者无法抗拒的魔力。而“引气不齐，巧拙有素”，则是评判衡量一个作家驭气的水平和文字风格的标准。正因“引气不齐”，才有阳刚和阴柔之别、豪壮与婉约之分。总之，在曹丕看来，气度体现了作者的个性气质和文化品格，而文化品格又往往离不开作者的经历、教养，尤其是特定的地域文化的熏陶。

如果说，曹丕的《典论·论文》是中国文论史上最早关注并阐释气与作者及文章关系的重要文献，则“文起八代之衰”的韩愈，更看重作家的为人与为文、立行与立言之间的关系。在《答李翊书》中，韩愈发展了孟子的养气说，认为气盛方能言宜。韩愈关于气与人与文的关系的说法，虽与前人在这方面的见解一脉相承，但他说得更清楚和恰当。他既注重气的外在表现形式，更强调气的内在逻辑力量。当然，更为重要的是他的散文创作。韩愈散文的成就是多方面的，这里仅从气度的角度，分析韩愈散文的一些特色。

《师说》是韩愈议论文的名篇，它属于文从字顺、平易畅达一类。因它主要在于阐释“师”的本质，即在传道、授业、解惑三件事上的作用。但即便是偏重于说理立论的论说文，韩愈也十分讲究文章的气势。文章开头一段，先从正面论述所谓师道。第二段开头，紧承上段对师道的论述，连用两个预期强烈的感叹句：“嗟夫，师道之不传也久矣，欲人之无惑也难矣！”重笔挨转，其势如风雨之骤至，先声夺人。接下来，再分三个层次，从三个不同侧面批判当时士大夫中流行的耻于从师的不良风气。文章最后一段，交代写作此文的缘由。

① 曹丕：《典论·论文》，萧统《文选》卷五十二。

以“嘉其能行古道”，呼应首段“古之学者必有师”。《师说》的气度一是体现在理论本身的说服力和严密的逻辑所形成的先声夺人的气势；二是行文直接，不讲究过渡，形成一种陡直峭绝的文势。如文章起句“古之学者必有师”，突兀而起，平中见奇。中间批判不良风气三小段，各以“嗟夫”“爱其子”“巫医、乐师、百工之人”起笔，段与段之间没有任何过渡，了不相涉。这种每于衔接之先，不事交代说明，突然而起，给人以一种雄直峭兀之感，正是韩愈为文之所长。如此，《师说》便表现出既正大平易，神充气足，又具高瞻远瞩，文思高远的气度。

与《师说》不同，《马说》的气度主要由抒情笔致带出，而且在表达上更加含蕴婉曲：“策之不以其道，食之不能尽其材，鸣之而不能通其意，执策而临之曰：‘天下无马。’呜呼！其真无马邪？其真不知马也！”文章以疑问的口吻来表达肯定的意思，讽刺的意味更浓，也更具幽默感。因韩愈仕途偃蹇，三度上书宰相而被置之不理，故此对士人的遭遇有切肤之痛。但他又不是一泄无余，直抒胸臆，而是以唱叹之笔含蓄出之。如文中多次写到千里马，每一次都笔端含情，但表达上又不重复，而且曲折流转，像“是马也，虽有千里之能，食不饱，力不足，才美不外见，且欲与常马等不可得，安求其能千里也”。像这样的长句，一气呵成，又旋折往复，流露的是强烈的愤郁与对当权者的嘲讽，但采用的却是含蓄抒情的笔调。文章结尾更是将这种愤郁之情化为无穷的感慨，显得含蓄有致，韵味无穷。难怪后人评论此文，说它“起如风雨骤至，结如烟波浩渺。寥寥短章，变态无常。而庸耳俗目，一齐写尽”①。可见，《马说》表现出来的是一种借愤郁嘲讽于抒情流转之中的气度。

韩愈的《祭十二郎文》和《送孟东野序》，也都是气度不凡的作品。《祭十二郎文》破骈为散，不拘常格，韩愈采用边叙边泣边诉的对话形式，追叙与十二郎有关的日常生活小事，抒发与十二郎的生

① 蔡铸：《蔡氏古文评注补正全集》。

离死别之情，以及因十二郎之死所带来的深哀远痛。文章语意重叠，回环转折，变化多姿，一气贯注。如：“呜呼！其信然邪？其梦邪？其传之者非其真邪？信也！……未可以为信也！梦也，传之非其真也！”对“信邪”“真邪”“梦也”反复申说，用一连串的疑问语气描状迷离恍惚之态，使其文气在顿挫中见深切雄肆，增加了行文的感染力。而《送孟东野序》同样文气充沛，想象力丰富，通篇以“鸣”字为中心，围绕着“鸣”字进行叙述、抒情和议论。此文六百多字，竟然用了三十九个“鸣”字。文章第一句就是“大凡物不得其平则鸣”。而后以此句笼罩全篇，统领到底。先写“草木之无声，风挠之鸣；水之无声，风荡之鸣”。接着写风与水的相激、相梗与相炙，写“金石之无声，或击之鸣”。中间叙物记人，风声、石声、草木之声、鸟鸣与人鸣交织，文辞重叠出现，抑扬顿挫，起伏升降，离奇恍惚，变化之妙几乎使人目不暇接。而最令人惊叹的是，《送孟东野序》的文气都是围绕着各种各样的“鸣”散发和贯通的。这样就形成了一种以“鸣”为统领，回环往复、交错历落的气度。

上面我们梳理了气与人及文章的联系，并考察了韩愈几篇文章的气度，除此之外，作家还必须注意到写作过程中对气与度的控制与驾驭。所谓文以气为主，并不是让气势一览无余，奔泻而下，而是通过各种敛气蓄势的方法，使文气盘桓曲折，欲发不发，张弛有致，以此提升文章的艺术魅力。而要做到这一点，就必须控制文章的节奏，通过节奏形成气的张弛。嵇康的《与山巨源绝交书》就是这样一篇范文。信一开头便表明态度，强调与山涛兴趣相异，道不同不相为谋，态度决绝，气大势沉，不留余地：“足下傍通，多可而少怪；吾直性狭中，多所不堪。偶与足下相知耳。闲闻足下迁，惕然不喜，恐足下羞庖人之独割，引尸祝以自助……”不但如此，嵇康还用“七不堪”和“二甚不可”来形容官场的黑暗污浊，将两人不同甚至对立的志向进一步展示出来，可谓直截了当，剑拔弩张，从而形成一种急促紧张的文气。而当他回头描述山林隐逸之乐时，笔下则充满自然的气息，洋溢着浓浓的生活情趣与温情：“抱琴行吟，弋钓草野”“陈说平生，浊酒一杯，弹琴一曲”“愈思长林而志在丰草也”。多么迷人的世外桃源生活！多么柔美舒缓的气度！嵇康不愧为文章大家，一封信中，既可以金刚怒目，又可以和颜悦色；既可以剑拔弩张，又可以如小夜曲般地抒情。而正是这一怒一悦、一张一弛的节奏变化，形成了此信快慢结合、开合有度、活泼灵动、挥洒自如的气度，像《与山巨源绝交书》这种善于把握气度的节奏变化的散文，在古代还可举出许多。比如王羲之的《兰亭集序》、欧阳修的《秋声赋》、苏轼的《前赤壁赋》、范仲淹的《岳阳楼记》，均是善于驾驭文气、气度从容有致的千古名文。

既然文章中的气度是如此重要，那么，应该如何去植气、养气呢？关于“养气”的问题，古代的哲学家和文论家特别地重视。从孟子的“我善养吾浩然之气”到清代吴雷发的“文要养气，诗要洗心”，关于养气的论述数不胜数。概括起来，大致有几个方面：其一，气根于志。宋代魏了翁说，“辞根于气，气命于志，志立于学。气之薄厚，志之小大，学之粹驳，则辞之险易正邪从之”。其二，气根于学。元代戴良指出，“文主于气，而气之所充，非本于学不可也”。清代郑燮则有“读书深，养气足，恢恢游刃有余地矣”。其三，善气之功，在于集义。早在春秋时期，孟子就指出：“其为气也，配义与道；无是，馁也。是集义所生者，非义袭而取之也。”司空图则认为：“由道返气，处得以狂。”其四，清和其心，调畅其气。元好问在《陶然集诗序》中说：“万虑洗然，深入空寂，荡元气于笔端，寄妙理于言外。”元代陈绎曾在《文说》中说：“养气之法，宜澄心静虑，以此景此事此人此物默存于胸中，使之融化与吾心为一，则此气油然自生。”

总的来说，古人养气强调的是养至大至正至纯，是既深浩流转于天地间，又清和凝聚于心的气。比如韩愈被尊为唐宋散文八大家之首，他的散文气盛言宜，有一种汪洋恣肆的气度，这根源于他善于养气。他有着充实强盛的精神世界，又善于使用长句、感叹句、设问句、反问句、排比句，这使韩愈散文的表达充实有力，既富于变化，又气充言雄，给人以气酣墨饱、痛快淋漓之感。韩愈散文的价值和贡献，不但启示我们在文学创作中要善于植养心中的浩然之气，而且经由这种浩然之气，让我们领略到中国散文中一种独一无二的气度。

第三节　中国散文的神韵

神韵，是我国古代文学艺术评论中一个非常重要的理论范畴。它是一个汉语词汇，指风度韵致，也指诗文书画的风格韵味。神韵作为一种诗歌创作和评论主张，为清初王士禛所倡导，在清代前期统治诗坛几达百年之久。神韵还被广泛地用于不同的文学艺术门类：词、曲、书法、画、音乐、舞蹈，甚至武术。不同的门类在使用这个理论范畴时，所指的内涵、意蕴并不相同。

“神韵”一词，虽广泛出现于清代，但它的产生有其历史渊源。早在南北朝时期，陆机在《文赋》中就指出：“收百世之阙文，采千载之遗韵。”[①]这里所说的“韵”，指的是美的文章。魏晋之后，又将“韵”引申到对人物的品评中。如《世说新语·任诞》，说：“阮浑长成，风气韵度似父。”[②]到了南齐，谢赫在《古画品录》中，首次提出“画有六法”，并以“气韵生动”居首，统带诸法。他评顾骏之的画，称其“神韵气力不逮前贤”[③]。唐代张彦远在《历代名画记·论画六法》中则说：“至于鬼神人物，有生动之可状，须神韵而后全。”[④]以神韵来评诗，主要是明代以后的事情。如胡应麟在《诗薮》中说：“矜持于句格，则面目可憎；架叠于篇章，则神韵

① 黄保真、蔡钟翔、成复旺：《中国文学理论史》（二），北京出版社1987年版，第261页。

② 黄保真、蔡钟翔、成复旺：《中国文学理论史》（二），北京出版社1987年版，第261页。

③ 黄保真、蔡钟翔、成复旺：《中国文学理论史》（四），北京出版社1987年版，第403页。

④ 黄保真、蔡钟翔、成复旺：《中国文学理论史》（四），北京出版社1987年版，第403页。

都绝。”[1]从上面关于神韵的阐释，可见以神韵来品画，主要讲究结构、布局、色彩与线条和谐一致的形式美，即形外之神；而用于评诗，则主要指言外之意。总之，在传统文论里，神韵就是指物象之上、言词之外的一种冲淡悠远的意味。

散文的神韵，在古代虽不似诗歌、绘画那样得到充分的重视，但古典散文中富于神韵的作品，却是多不胜数。比如，庄子的《逍遥游》、陶渊明的《桃花源记》、王勃的《滕王阁序》、欧阳修的《秋声赋》、苏轼的《前赤壁赋》等，都是气韵生动、意境悠远、想象丰富、言有尽而意无穷的作品。散文的边界比较模糊，形式多种多样，表达上又自由随意、无拘无束。这样一来，要说清楚它的神韵的确比较困难，但难以说清并非无迹可寻。根据我国传统文论中的一些特定术语，并结合“五四”时期和新时期一些散文研究者的探索，以及散文创作的实际，我以为在形式和风格层面，我们可以将散文的神韵理解为“笔调”“氛围”“趣味”与“文气”。

在现代散文中，提出“笔调”概念的是林语堂。林氏继承和发扬了我国古代文论中的“文笔”之说，将笔调融入“以自我为中心，以闲适为格调”的散文小品的书写之中。那么，什么是笔调呢？在林语堂看来，笔调既是闲适随意、自由自在的小品文的特指，又是区分文体的一种标准。此外，笔调中也包含着“个人的笔调”的意思。在这里，需要提及的还有梁实秋的“文调”说。“文调”与“笔调”在含义上十分相近。它们都是以性灵为基础，以自我为中心，以闲适为特征，而且特别强调散文的写作要自由自在、率性而为，不为任何形式所拘。略有不同的是，笔调涉及散文的体例、体裁和区分文体的标准，而文调的范围要小一些。它只限于作者的审美情趣和人格气质，以及散文的语言和表达方式，即文调要自然、生动活泼。“文调就是那个人”，有一个人便有一种散文，有一种散文便有一种独特的文调。总之，散文如果有了“文调”，自有一种不可形容的妙处：“或

① 黄保真、蔡钟翔、成复旺：《中国文学理论史》（四），北京出版社1987年版，第403页。

如奔涛澎湃，能令人惊心动魄；或是委婉流利，有飘逸之致；或是简练雅洁，如斩钉截铁……”[①]而有了笔调，则是“笔墨上极轻松，真情易于流露，或者谈得畅快忘形，出词乖戾，达到如西文所谓‘衣不纽扣之心境’”[②]。可见，笔调和文调确是更能体现出散文本性的理论话语。尽管小说也有笔调与文调，但小说作者在叙述生活时往往是以旁观者即间接性的身份出现，即便是出现“我”，也不一定是“真我”，所以小说的笔调并不是为了直接表达作者自己的感情，而是为了表达小说中的生活或感情。而散文则是十分注重个人感受和个人体验的文体，它的“直接性”和“真我性”往往使散文的笔调或文调有更大的回旋空间，更能使作家的整个人格在他的叙述笔调中纤毫毕现地袒露在读者面前。因此我认为，将散文的笔调或文调，归入散文的神韵范畴，应是可以接受的。

氛围与文气、笔调是相近的一组概念，所以常见有论者将其混为一谈。其实，三者虽然相近但还是有一些差异。文气主要指文章的气势、气力和气韵，它既是人的生命力和文章的生命力所在，又往往与诸如优美、刚健、清峻等文体风格联系在一起。笔调则指散文中的文辞与情采，它偏重于创作主体的个性和性灵，是创作主体写作散文时的一种特殊语调。而氛围在《辞海》中的解释是“笼罩着某个特定场合的特殊气氛或情调”，在《汉语大词典》中则解释为“周围的气氛和情调”。西方文论则将“氛围”等同于“语境”。如保罗·利科尔就认为，“语境”乃是“一种书面著作展开的氛围”[③]。也就是说，所谓氛围，是指作品中所笼罩着、洋溢着的一种特定的氛围与情调。它一方面形成于文本的特定环境和内容，与作者选择的体裁、

① 梁实秋：《论散文》，俞元桂等选编《中国现代散文理论》，广西人民出版社1984年版，第34页。

② 林语堂：《论小品文笔调》，俞元桂等选编《中国现代散文理论》，广西人民出版社1984年版，第65—66页。

③ 保罗·利科尔著，陶远华等译：《解释学与人文科学》，河北人民出版社1987年版，第152页。

描述的生活场面，以及独特的象征和意象组合，即“气氛”密不可分；另一方面又是主体的心灵和客观对象相互交感内化而成的一种情调或情绪，而后渗透到文本的各个构成部分，最后成为涵盖整个作品的生命气息和精神氤氲。氛围尽管可以感受，也能意会，却难于把握和言传。尽管如此，氛围仍是文学作品尤其是散文不可或缺的因素。可以这样说，没有氛围的散文一般来说便没有意境，而没有意境的散文特别是抒情散文往往也就缺乏艺术的感染力。因为这样的散文很难给我们一种可感可触、身临其境的切身感受。而散文一旦有了艺术氛围，读者便很容易随着作者进入一种特定的意境中去。所以，在散文创作和散文理论方面造诣颇深的郁达夫在《我承认是失败了》一文中说：“历来我持以批评作品的好坏的标准是‘情调’两字。只教一篇作品，能够酿出一种‘情调’来，使读者受了这‘情调’的感染，能够很切实地感着这作品的‘氛围气’的时候，那么不管他的文章美不美，前后的意思连续不连续，我就能承认这是一个好作品。”不管作品的内容和文字如何，只要有“情调”即“氛围气”就是好作品，由此可见郁氏对氛围的重视。只不过后人谈及郁达夫的散文理论时，一般只论及他的关于“个人”的发现，人与大自然的调和以及散文的“心”，而对他的“氛围”理论却视而不见，这不能不说是一个理论上的疏忽。由上可见，氛围对于散文的叙述而言的确十分重要。为什么有那么多的人喜欢汪曾祺的小说，盖因汪曾祺的小说既是一幅淡雅隽永的水乡风俗画，同时他的小说还有一种特殊的氛围牵引着你。当然，在谈到这个问题时应看到，小说中的叙述氛围与散文的叙述氛围的表现特征是不尽相同的。小说中的氛围与人物的塑造、情节的展开和生活场景的转换结合在一起。而在散文的叙述中，氛围往往同特定的情调、心理契机和意象意境融合为一体。比如鲁迅写作《野草》时，他正处于一种矛盾、苦闷和彷徨的状态中，他的心灵底色是寂寥和灰暗的。于是，在叙述中他结合进了诸如黑夜、坟墓、地狱、朽腐、荒野等意象，形成一种阴冷灰暗与奇异瑰丽相交织，同时又透出神秘气息的诗的氛围。冰心信奉爱的哲学，她的心灵是透明超脱的，故而她的散文叙述总是飘荡着如流云飞霞、繁星闪烁的空灵明净的氛围。而何其芳的《画梦录》中的叙述氛围，又有别于鲁迅和冰心作品中的叙述氛围。那是一种如烟似梦般的雾气，它弥漫于天地万物之间，又渗透进作品叙述中的每个角落。它折射出年轻作者孤独寂寞的心境，再配上忧愁而哀伤的语境，这就构成了《画梦录》既迷离哀伤而又轻柔朦胧的诗性。正是这独特的诗的氛围，激发起了当年不少青少年“看雾”“画梦”的热情。同时，黄秋耘也十分注重叙述中的氛围的渲染。他的《丁香花下》，是通过丁香花、丁香花的香味、像“丁香花一般忧郁的姑娘”，以及丁香花丛中的相逢和惜别的叙述来构成诗的氛围。他的《雾失楼台》则是借助雾与琴声来构成诗的叙述氛围。这种诗的氛围是我们在研究黄秋耘的散文时不能忽略的一个重要方面。

散文中的叙述氛围一方面形成于文本的形式层面，另一方面超越了文本形式的限制。虽然在一般情况下，它与作者选定的内容、场景、结构和话语方式必须保持一种统一的对应关系，但由于氛围既属于时空范畴又是心理范畴，它有较大的随机性和可造性，加之它还体现出作者与文本、与读者之间的一种特殊的关系，因此叙述氛围常常能够直接获得出人意料的诗的审美效果，尤其在优秀的散文家那里，这种诗的效果会更加明显。可惜时至今日，人们对散文叙述氛围的艺术功效还缺乏足够的认识，这在一定程度上影响了散文更好地通向诗的境界。可见，氛围对散文来说不仅仅是一种点缀，而是一种“语境”，它是解读散文的一个新的视角和思路。

如果说“笔调”“氛围”是偏重于创作主体的表现方式的散文“神韵”，那么“味”更多的是从欣赏者方面着眼。从字面上看，味的本意应是舌头上的感觉，后移之于文学艺术，意即用咀嚼品评的方式去感受文学艺术的味道。较早将味用到文学理论上的是陆机。他在《文赋》中说：“阙大羹之遗味，同朱弦之清汜。虽一唱而三叹，固既雅而不艳。”这里强调的是文学要有“遗味”。刘勰在《文心雕龙》中也多处论到味，如《隐秀》有“深文隐蔚，余味曲包”，

《体性》有“志隐而味深”，《声律》有“吟咏滋味，流于字句”，等等。至于钟嵘在《诗品》中提出的“滋味说”，更是在中国美学史上自成一家。为什么古代的文论家那么重视味？盖因味和悟一样，都典型地体现了东方人特有的审美思维方式。此外，诚如周作人所说：“气味是很实在的东西，譬如一个人身上有羊膻气，大蒜气，或者有点油滑气，也都是大家所能辨别出来的。”[①]所以周作人在散文中提倡“涩味”与“简单味”，认为这样才耐读，才可以造出有雅致的俗语文来。不过，正如氛围“可望而不可置于眉睫之前”（司空图语）一样，味也是难以言喻的，故此由味又引申出“味外味”“象外象”“味外之旨”“韵外之致”等说法，可见味确乎有点暧昧和神秘。除此之外，还应注意到，味并不是散文的专利品。事实上，小说有小说的味，诗歌有诗歌的味，戏剧有戏剧的味。只不过，与上面几种文类相比，味更贴近散文这种文类，因而对散文来说显得更加重要罢了。那么，是什么因素构成了散文中的味？这也是一个很难说清的问题。大体来说，散文中的味是作家独特的艺术思维和气质作用于散文的结果，它包括选材、描述的习惯，抒情的方式，尤其是语言的运用最能体现出不同于别人的散文味，而采用“越轨的笔致”（鲁迅语）也较容易产生散文味。总而言之，味一方面源于作家独特的艺术创造，另一方面是散文特有的文体气质在欣赏者心中唤起的一种审美体验和感觉。从散文史来看，凡是成熟的、有自己风格的作家都有着别人不可替代的散文味，比如鲁迅杂文中的苍凉味，周作人散文中的平淡苦涩味，林语堂略带牛油的幽默味，何其芳的枯寂味，汪曾祺的空灵味，贾平凹的憨憨的、暮暮的味，不一而足。正由于有着各自不同的散文味，他们的散文才“志隐而味深”，经得起读者反复咀嚼。上述的例子表明：散文的散淡品格，自由随意的笔致，的确与味有着一种内在的契合性，因此将味视为构成散文神韵的一个因素，也是顺

---

① 周作人：《〈中国新文学大系·散文一集〉导言》，俞元桂等选编《中国现代散文理论》，广西人民出版社1984年版，第434页。

理成章的事情。

趣是与味相对应的一个概念。趣和味一样，在传统文论中也常有涉及。特别是晚明的散文家，他们出于反传统的需要，更重视作品中的趣。袁宏道就是趣的坚定拥护者和实践者。他在文章中反复倡导趣，“世人所难得唯趣”[①]，或“以趣为主，致多则理拙，此亦一反”[②]。在袁宏道等的倡导下，晚明的小品的确处处体现出趣。这些小品在日常生活中表现出闲趣，在观山赏水时充满着野趣，在描绘世态时透出谐趣。即便是写个人的癖好，晚明小品也自有雅趣。正是这种无处不在的趣，构成了晚明小品风神摇曳、旨蕴淡远、妙趣横生的美妙散文世界。遗憾的是，中国散文进入当代以后，除了贾平凹、王小波、流沙河、孙绍振、叶延滨、南帆等少数散文家外，散文变得越来越无趣，这就很大程度上影响了散文的艺术魅力和艺术品格。因此，我以为在以发展为主题的新时代，我们要大声呼唤散文的趣的归来。提倡散文中的趣有两重意义：一是可以冲淡甚至解构以往散文中那种过于庄严肃穆、一本正经的思维习惯和写作方式，打破“道统”对散文的长期束缚。二是从散文的内涵和审美功能来看，散文仅有情和理是远远不够的，只有在情和理的基础上再添上趣，散文的世界相对来说才较为完美。举例说，贾平凹的散文《月迹》的题材并不新，内涵也不是很丰厚，但他通过一群儿童盼月、等月、寻月、追月等一系列生活细节的描写，真切地表现了儿童单纯透明的内心世界和童真雅趣，再加之丰富的想象力和穿插于行文中的幽默谐趣，这样《月迹》便不仅清纯空灵，而且令人顾笑粲然，洋溢着由慧心灵气营造出来的谐趣。类似这样的例子，在林语堂、梁实秋、丰子恺、汪曾祺等人的散文创作中也随处可见。这就给我们的散文理论提出了一个命题：应将趣提升到与情和理同等的地位。因为有趣，情才真切，理才可爱；同样由于有趣，味才有所依傍，悟才玄妙空灵。有关散文中的

① 袁宏道：《叙陈正甫会心集》。
② 陈善：《扪虱新话》卷一。

趣，要说的话还很多，由于篇幅限制暂且打住。

文气中的“气”原是中国古代哲学的一个范畴，后来引申到文学理论中，并发展成为古典文论中的一个重要概念。陈善认为，“文章以气韵为主，气韵不足，虽有辞藻，要非佳作也”。刘勰在《文心雕龙》中，更将气分为作家的气质才性、作品的气势风格、作品的风力等几类。总体而言，文气在中国的历代文论中都占有十分重要的地位，而对它的阐释更是五花八门，不胜枚举。不过有一点人们很少注意到，中国古代文学理论中所指的文气，很多时候不是指诗而是针对散文而言的。如韩愈就从“言之长短与声之高下”来谈论散文中的气，桐城派的“因声求气”也是包含在散文的音节字句和篇章结构之中。不仅如此，古人还将文气用于对散文作家的鉴赏和评价，如“韩如海”“柳如泉”“苏如潮”“欧如澜”等，便是从行文的气势上对这些散文家的艺术风格进行品评。由此可见，文气不仅是我国的古代文论，更是散文中一个重要范畴。正因古代的文论家重视文气之于散文的作用，而散文家在创作散文时也十分注意在作品中灌注进一种文气，这样古代的许多散文也就而言显得元气弥漫，气势充沛，品之痛快淋漓，诵之朗朗上口。如范仲淹的《醉翁亭记》、苏轼的《前赤壁赋》、欧阳修的《秋声赋》莫不如是。当然，就散文创作来说，文气对于议论散文而言显得更为重要。比如韩愈的《原道》这样的作品，并没有多少形象性和抒情性，但为什么后世的读者将其视为散文的经典？因为读这样的作品，你可以感受到一种气势或气韵的贯通，体会到这一种“阳刚”之美和“有意味的形式”。这就是文气之于散文的作用。可惜的是，“五四”时期的散文理论家们极少谈论到文气，而以后的散文研究者对文气似乎也没有太大的兴趣，这样文气这一富于东方意蕴的术语也就渐渐淡出散文领域，从而导致现当代的许多散文气势欠旺，文笔不畅，读之断断续续、疙疙瘩瘩。有感于此，我认为在21世纪，当我们在建构散文理论话语时，不仅要充分认识到文气对散文的作用，而且要将其视为散文的一个核心范畴。

通过考察和分析，我们还发现这样一个现象：凡是优秀的真正称得上有神韵的散文，它往往具有一种内在的整体性和综合的美。它是散文作家心灵的颤动和情绪起伏的内在旋律，是作家对大自然、对社会人生的总体性感受。这种整体性的神韵有两个特征：一是作家的诗意表达固然离不开意境的营造、细节的描写和个别字词或句子的创设，但它呈现的是一种抽刀断水水更流的整体美学风范，你很难将其中的某个细节、某个词句孤立拆开来进行分析；二是它并不拒绝抒情，但它的抒情不是毫无节制的倾诉，更不是夸张和表面化的空喊，而是一种看似不动声色、踏雪无痕，实则深藏于文字底下的涓涓细流。换言之，这种神韵的呈现是含蓄的、内敛的，它是散文家的精神、气质、阅历、修养、才情和审美趣味化为精血在作品中无处不在的流荡。关于这方面，散文大家贾平凹是深有体味的。他在回答散文研究者曾令存关于"诗性"的问题时这样说："我相信有笼罩并渗透大地的理想，一个天堂的理想，它不是幻想的结果，而是万物寓于其中并在其中运动的终极真实。作品能否升腾，在于文字中弥漫或文字后的一种精神传达，能唤起阅读者的心灵颤动。鲁迅没有写过诗，司马迁没有写过诗，《红楼梦》和《西厢记》是小说和戏剧，但他们是诗人和诗。如果作品中没有形而上的东西，没有维度，没有感应天地自然的才情，即便你写的是诗，文字有所谓诗意，那也不是诗人。这些东西我不能准确说出，只是这么感觉的。"贾平凹在这里谈的是"诗性"，其实他说的也是"神韵"。也就是说，一篇有"诗性"的作品，必定是有"神韵"的。

贾平凹在这里强调的，并不是散文的局部或个别的字词，而是一种笼罩并渗透大地的理想，是文字背后的精神传达，是感应天地自然的才情和形而上的思想维度。事实上，这就是内在的整体诗性，是一种绝不同于以往的散文评论所认同的那种"诗化散文"。有意思的是，贾平凹的散文创作，正是这种整体诗性的最有说服力的注脚。在我看来，贾平凹散文的神韵，主要表现在两方面：其一是精神气质层面上的诗性。这一诗性带有形而上的超验意味，它借助于佛境禅宗的顿悟，内敛于明月、山石和湖水之中，并由此抵达一个海德格尔沉迷的纯净无蔽、澄明的诗的境界。如《月恋》《月鉴》《坐佛》《钓者》《夜游龙潭记》以及“商州系列”中的散文均有此特点。其二是作为艺术风格意义的神韵。它和贾平凹的生活修养、性格气质、趣味才情和美学追求联系在一起，这一诗性特征外化为贾平凹独特的题材、主题、结构、叙述描写，尤其是十分有味的语言给读者以美的艺术享受，但你又无法将他作品中的叙述描写、记事写景或哲理升华截然分开，你更无法指出哪个字、哪句话是“诗眼”，哪一段或那个结尾升华了“诗意”。你只是在一片混沌散漫中感受到一种文化氛围，一种诗意的升腾和整体上的结构美。贾平凹的散文之所以能吸引那么多读者为之陶醉，之所以至今仍有其不衰的艺术魅力，在我看来，这其中的原因就在于他的散文语言特别有味。另一重要的原因，便是他的散文中有神韵作为他写作的灵魂，而这神韵又是整体的、内敛的，它贮藏于字词的背后，又似一股潜在的暗流，一种内在的旋律渗透、弥漫于它的散文之中。于是，他的散文自然也就特别感情充盈、气韵生动和空灵旨远。

倘若将视野进一步拓宽，我们会看到，作品中有内敛神韵的散文家不仅仅限于贾平凹一人。事实上，任何称得上优秀的散文家，他的作品无一例外都会贮藏着一种内敛的神韵。鲁迅的《野草》自不必说，沈从文的湘西散文在古老的民风民俗、质朴的叙述描写中不也透出一种内敛的神韵吗？那是沈从文对小人物的挚爱，对人性的大悲悯和对大自然的生命的投入与融会。在杨绛、张洁、史铁生、张炜的散文中，我们同样也深切地感受到这种内敛式“神韵”。杨绛的《干校六记》以“哀而不伤，怨而不怒”的独特人生态度，叙述作者与钱锺书下放到干校劳动的故事。虽然处于狂乱的非理性时代，然而我们却读不到一般作品常见的那种激愤的控诉和狂躁的宣泄，而是在平静的叙述中，感受到一种内在的、缓缓流淌的整体性诗意。这种内敛的神韵，在张洁的《拣麦穗》里也有完美的表现。我们读这篇作品，也许会欣赏反复出现多次的高挂在树梢头的“小火柿子”的意象，会赞叹作者的从容舒展的叙述笔调、优美纯净的文体。然而就我来说，作品更吸引我的是小女孩和村姑们的梦，是小女孩和卖灶糖老汉那段畸形而辛酸纯净得使人落泪的感情故事底下流淌的诗意——那是对欠缺人生的喟叹，对人与人之间纯真感情的憧憬，对“没有任何希求，没有任何企望”的爱的坚守，正是这一切，使《拣麦穗》折射出一种带着苦涩的人性况味和淡淡哀愁的内敛式整体诗性。此外，像史铁生的《我与地坛》、张炜的《融入野地》也都属于具有内敛的神韵的散文。甚至像韩少功、王小波的作品，尽管他们的主导风格倾向于思辨、幽默和调侃，但他们又有建立在知识上的诗性智慧和充满艺术灵性的想象力。这使他们的散文更加丰富成熟，散文的语言更富色彩和质感，因而也更贴近心灵的真实。

季羡林先生在论及神韵时，说它就如印度的韵论，都具有表示义和暗示义。比如，“‘不着一字，尽得风流。’字是说出来的东西，不着一字，就是没有说出来，因此才尽得风流。‘羚羊挂角，无迹可求。’羚羊挂角，地上没有痕迹，意味着什么也没有说出。‘空中之音，相中之色，水中之月，镜中之像。’每一句包含着两种东西，前者是具体的，说出来的，后者是抽象的，没有说出来的，捉摸不定的。后者美于前者，后者是神韵之所在。……神韵不在言而在意”。这就是说，不论是诗还是散文的神韵，因其不黏不脱，不即不离，似有非有，非有似有，故此需要“悟”。不但作者要悟，一时伫兴，忘手忘心，天然去雕饰；读者也要悟，不黏着于原义，又不离原义。总之，神韵是作者与读者共同构拟的情、境、神、意。它缘于经验，缘于感觉，缘于理解力，缘于想象的再造。这些，都需要我们在创作和品评散文时细加体察和感悟。

第七章

中国散文的抒情传统

第一节　中国文学抒情传统的辨析与回归

海外华裔学者陈世骧先生在1971年美国亚洲研究学会比较文学讨论会上作了一次讲演，题为《论中国抒情传统》，后此讲稿收进《中国文学的抒情传统》一书，由三联书店于2015年出版。陈世骧以西方文学中的抒情诗为参照，认为："中国文学注定要以抒情为主导。抒情精神成就了中国文学的荣耀。"[①]而其他的文学类型如小说、戏剧只能靠边站，它们要么长期萎靡不振，要么就是被兼并、湮没。陈世骧这个"中国文学传统从整体而言就是一个抒情传统"[②]的判断，从总体上看大体是可以成立的。正是因此，此文在华语学界尤其是台湾学界产生了很大影响。特别是经过高友工、吕正惠、柯庆明、郑毓瑜等台湾学者的进一步阐述，"中国文学抒情传统"俨然成为了一个强力的解释体系。然而，细究陈世骧的立论基础，笔者有两点不敢苟同：一是它以西方的抒情诗为参照来推演中国文学的抒情特质，但没有看到两者的差异。二是他的研究对象只有《诗经》《楚辞》，最多加上乐府和赋，仅以这四种文体类型，便涵盖了中国文学，未免过于简单和片面。

---

① 陈世骧：《中国文学的抒情传统》，三联书店2015年版，第5页。

② 陈世骧：《中国文学的抒情传统》，三联书店2015年版，第6页。

正是看到陈世骧先生的不足，相较而言我更认同普实克关于中国文学抒情传统的论述。普实克和陈世骧一样都是中国文学的倡导者，但他倡导的“抒情诗”与陈世骧的“抒情道统”论有很大的不同。陈氏虽是从比较文学的角度来谈中国文学的抒情道统，但他是以西方文学为立足点，特别是以西方文学中的史诗叙述来诠释中国文学的抒情传统。普实克的研究重点主要是中国的现代文学。他一方面看到中国现代文学的抒情性受到欧洲浪漫主义文学的影响，一方面又看到这是中国古典文学抒情传统的直接结果。在普实克看来，中国古代较为“雅正的文学”，包括诗、词、赋、散文等文人文学作品，它们都“具有明显的抒情性和主观性”。也正因此，欧洲浪漫主义这种“外来影响”，才能“在中国文学中找到如此适宜的土壤”。[①]普实克的这些见解，较为客观平正，也符合中国文学抒情传统的实际情况。

尤其值得注意的是，不同于陈世骧眼中只有诗歌，普实克还充分意识到中国古典散文的抒情性因素。他认为中国古典散文的抒情性虽没有诗歌那样明显，但中国古典散文不注重情节、故事和叙述，而是借景抒情，融情于景，注重抒写个人的生活经验和感受，倾向于主观情绪情感的表达，因此散文与诗一样，具有浓厚的抒情性。这种抒情性发展到宋明时期，作家更是强调个性和倾向于内心世界的表达：“作家们越来越公开自己的心理世界，把自己完全呈现在读者面前。”[②]如此，其抒情性特征也就越发明显了。虽然清代以后，小说取代诗歌、散文成为中国文学的主流文体，但中国散文的抒情传统却一直没有断绝，它被一代代的文人延续到现当代文学的创作中。

那么，什么是中国散文的抒情传统？在展开全面论述之前，有必要对这一概念做一简单界说。在笔者看来，中国散文的抒情传统中的“抒情”，它的内涵应有两方面：首先，它是周作人所说的“言

① 雅罗斯拉卡·普实克著，郭建玲译：《抒情与史诗——现代文学论集》，上海三联书店2010年版，第60页。

② 雅罗斯拉卡·普实克著，郭建玲译：《抒情与史诗——现代文学论集》，上海三联书店2010年版，第10页。

情”，即作者面对自然、社会、人生的主观感受和情感倾向。其次，这种抒情也是“言志”，即与客观的世界、社会、政治意识形态密切相关。“抒情”乃陆机《文赋》中提出的“诗缘情而绮靡，赋体物而浏亮”[①]，也是刘勰的“情者文之经，辞者理之纬”[②]的体现和流变。它偏重于生命的体验、心灵的感悟和性灵的抒发。“言志”不仅是“发乎情，止乎礼”，强调“以理节情”“以道制欲”。更为重要的是，它是立足于个体，在主观的基础上抒发其感时忧国的情怀。所以，“言志”一方面是向内的，是人性人情在文学作品中的体验；一方面又是向外的，是集体主义的诉求，它与中国传统的伦理道德、政治理想，以及当下的时代精神、社会情结密切相连。从对“抒情”与“言志”内涵的界说可看出，笔者此处的“抒情”定义，比较接近高友工和王德威对“抒情”的认知和解释。换言之，我所理解并要阐释的中国散文传统中的“抒情”，不仅仅是风花雪月、小桥流水的描写，也不是鼻尖底下的杯水风波，茶余饭后的小悲小喜的抒发。我期望将抒情回归到我国伟大的文学传统中，将其作为打开中华民族文化基因和情感密码的钥匙，同时作为想象中国文学的一种方式。这样，中国散文的抒情也就摆脱了传统的羁绊，不但具有它特有的风骨、气度与神韵，而且获得了新的审美价值和思想意义。

中国散文不但有伟大的抒情传统，而且这个抒情传统与西方的浪漫主义抒情文学有很大的不同。从抒情立场和内容上说，西方抒情文学倾向于个性解放，向往理想世界，强调个人的主体价值和自我感情的宣泄；中国的抒情文学更看重个人的感情表达与社会性的统一，强调家与国的和谐共荣。因此，中国作家一般都是将自我情感寓于道德情感之中。就抒情的方式和手法而言，西方抒情文学更多的是采用直抒胸臆、以景寓情的写法。中国的抒情文学中也有直抒胸臆的作品，但更多的是采用曲折含蓄、融情于景的表现手法。故此，中国的抒情

---

① 李壮鹰主编：《中国古代文论》，高等教育出版社2015年版，第112页。
② 刘勰：《文心雕龙》，北京燕山出版社2013年版，第331页。

文学不管是“言志”还是“缘情”，其背后都有着深刻的现实生活关怀，而且有深厚的中华文化精神和道德观念作为支撑。关于中国抒情传统的这一特点，普实克看得很清楚。他认为中国文学的抒情传统，其内涵比欧洲浪漫主义文学的抒情传统要大得多，也丰富复杂得多。它往往超越了个人、主体、自我的叙述，而指向一种政教论述、伦理道德、知识方法、理想人格与生存情景的编码形式。普实克的归纳与总结颇具深意。他不但充分肯定了中国抒情传统的存在，而且看到了中国抒情传统的社会性、实用性和道德诉求，这正是中国散文的抒情传统不同于西方抒情文学的独特之处。

由于历史和时代的原因，浪漫主义的抒情文学并未在中国形成大气候，抒情传统对大多数中国作家和学者来说也是“犹抱琵琶半遮脸”，并未真正呈现出它的真容。所以，陈世骧、普实克等有识之士对中国文学抒情传统的倡扬推举，在我看来是善莫大焉的。首先，它可以使我们获得一种文化上的自信，特别是使“五四”以来一直臣服于西方文论之下的中国学人认识到：中国文学一直有一个浪漫翱翔、瑰意琦行的抒情传统。从《诗经》《离骚》到汉赋，再到李白的诗；从庄子的“鹏之徙于南冥也，水击三千里”，到陶渊明的桃花源；从唐宋散文八大家，到晚明小品，这一浪漫抒情传统的归潜与飞扬，一直不绝如缕。它是有别于西方的中国文学的另一个伟大传统。其次，当前中国的经济和文化正处于转型期，而转型期的当代文化建设的一个重要使命，就是建构一种适合时代要求，能有效优化国民精神和审美感知的审美文化。而中国古典散文的抒情审美范式，正好可以纳入当代文化的审美建构框架中。当前的中国文化最大的问题是低俗文化、娱乐文化泛滥，而高格调、高品位，既能给人以思想滋养，又能提升当代人审美情趣的优质文化太少。在过度追求物质享受和平面文化的同时，人的审美感知日渐迟钝和粗糙，感情和心灵也越来越沙化。正由于优质文化在粗鄙文化面前相继沦陷，我们当代的文化建设从来没有像今天这样迫切需要抒情审美的介入和支持。再次，诚如上述，浪漫主义抒情传统在1949年以前一直是中国文学的骄傲。然而这以后，此一传统几近绝迹。尽管有过“革命现实主义与革命浪漫主义相结合”的倡导，但那不过是一个口号。因此，中国当代文学要从重物质、轻精神，重欲望、轻理想的状态中解脱出来，就必须继承浪漫主义与抒情文学传统，为文学注进生命激情和梦想。唯其如此，理想的文学才有可能出现。鉴于上述三方面的原因，我认为重申中国文学的浪漫主义与中国散文的抒情传统，不但具有深远的学术意义，而且有较强的现实针对性。

第二节　中国散文抒情传统的流变

如果不带偏见并抛弃文体的等级观念，不难看到，中国文化和中国人文精神的主要载体是散文，而散文的发展繁荣则是特定时代的社会政治和经济发展的艺术反映。以《尚书》为例，这是我国第一部散文总集。它通过卜辞和铭文，以单纯质朴的说明和记叙，真实客观地反映了虞、夏、商、周四代的社会发展状况，所以《尚书》也是一部史书，是古代世界著名的历史典籍之一。从文学的角度看，《尚书》的特点是以文字记事、据事直书，无任何文饰，也没有什么说教的文字。但《尚书》除了具有“记言”的特点外，它的情感内涵同样极其丰富，所以前人有“周情孔思”之说。

《尚书》的情感抒发，往往是通过一声声语重心长的慨叹表现出来的。如在《大诰》中，周公就多次连续使用感叹词来表达内心的感情：“已！予惟小子，若涉渊水，予惟往求朕攸济。”以感叹句起始，表达了他的爱民之心。接下来他又发出感叹：“呜呼！允蠢鳏寡，哀哉！予造天役，遗大投艰于朕身，越予冲人，不卬自恤！”对战乱中流离失所的小民寄予深深的同情。不过紧接着他又慨叹：“已！予惟小子，不敢替上帝命。”虽然“我”忧虑同情小民的疾苦，但东征是上天之命，“我”如何能违背上天之命呢？文章通过多重慨叹和转折，委婉含蓄地表达了周公在大势之下既爱民、尚德而又不得不遵从天命的矛盾心理，感情充沛饱满，文辞虽多次转折而流转自如，体现出了演讲者的情感和个性。《盘庚》也是如此。文章记录商王盘庚为了躲避水患，谋求国家发展，打算迁都，遭到臣民的反对，一些官员甚至造谣惑众，诽谤盘庚。为了达到迁都的目的，文中采用了一系列的比喻，有说理劝导，有拉拢威胁，又有强烈的感情诉求，而这些感情诉求又与说理、论证水乳交融。这样，《盘庚》便既有实用理性的功能，又有审美抒情的性质。

中国散文从《尚书》开始，经先秦、唐宋及至明清，一直沿着两条线索前进。一条是“文以载道”的散文传统，这是中国古典散文的主流。推举并实践“文以载道”的散文家很多，从先秦时期的孔子、孟子、荀子、韩非子，到唐宋八大家中的欧阳修、王安石，都始终以“文以载道”的散文思想作为散文创作的核心。中国散文的另一条线索，是追求个性和自我的抒情散文一脉。尽管不是主流，但同样影响深广，而且大家辈出，举其大者有庄子、司马迁、陶渊明、柳宗元、苏轼、袁宏道、张岱，等等。

庄子是中国浪漫主义散文的鼻祖。他的散文既有对远古生活的向往，对人与自然和谐相融的追求，更充满理想主义和抒情色彩。可以说，在先秦的诸子中，最擅长用散文抒情的是庄子；或者说，庄子的散文就是中国抒情散文的源头。庄子的散文，汪洋恣肆，想象超拔，激越宏丽，巧譬善喻，生动形象。鲁迅在《汉文学史纲要》中曾说，庄子属于“文辞之美富者”。闻一多则认为庄子堪称先秦诸子中最杰出的文学家：“如果你要的是纯粹的文学，在庄子那素净的说理文的背景上，也有着你看不完的花团锦簇的点缀——断素、零纨、珠光、剑气、鸟语、花香——诗、赋、传奇、小说，种种的原料，足够你欣赏的，采撷的。”[①]庄子的散文主要结集在《庄子》中，计三十三篇。《庄子》的价值在于它代表了先秦散文的最高成就，是先秦散文成熟的标志，而且开创了中国抒情审美文化的范式。庄子散文的最大

① 闻一多：《大家国学·闻一多卷》，天津人民出版社2008年版，第238页。

特色，就是善用比喻。如《逍遥游》讲鲲鹏变化，说“鹏之徙于南冥也，水击三千里，抟扶摇而上者九万里”。《齐物论》讲“大块噫气”，形容“山陵之畏佳，大木百围之窍穴，似鼻，似口，似耳，似枅，似圈，似臼，似洼者，似污者”。《人间世》写支离疏，说他“颐隐于脐，肩高于顶，会撮指天，五管在上，两髀为胁”。这些比喻，不但富于形象性，而且其感情的抒发，都是隐藏于寓言故事以及变幻多端的具象事物之中。这是庄子散文的独创，也是中国散文不同于西方散文的一大特色。

如果说庄子是中国抒情散文第一大家，那么司马迁可以说是中国古典抒情散文第二大家。过去的研究者较多地注意司马迁在史学方面的贡献，充分肯定了其对中国史学的开创性意义。相对来说，学界对司马迁在散文艺术方面的贡献则有所忽略。其实，司马迁既是一个史学家，也是一个内心世界极其丰富、感情极其充沛的大散文家。司马迁写史，以雅洁为世人所称道，班氏父子称其具备“良史”之才。可贵的是，司马迁并未因雅洁而丧失散文审美和感情的力量。读他的《报任安书》，你会感到他的文字“操纵起落，俱挟浩气流行，如怒马奔驰，不可羁勒”①。他“直写胸臆，发挥又发挥，唯恐倾吐不尽，读之使人慷慨激烈，唏嘘欲绝，真是大有力量文字”②。司马迁可谓“极尽文章的能手”，他的爱憎感情，常常借助叙述语言托出。他的文辞笔力劲拔，在悲痛之处如火如荼，在悲哀之处又异常凄绝，这些抒情特色，在被称为战国四君子传的《孟尝君列传》《平原君列传》《春申君列传》《魏公子列传》中都有着十分突出的体现。

魏晋散文承续了庄子的浪漫主义抒情文脉。相对于罢黜百家、独尊儒术的汉代，魏晋无疑是一个思想解放、追求自由和个性，同时散文写作倾向于浪漫和抒情的时代。其一是对封建纲常的蔑视，放浪形

---

① 张燕瑾主编：《中国古代文学作品选》，中国社会科学出版社2006年版，第175页。

② 黄岳洲、茅宗祥主编：《中华文学鉴赏宝库》，陕西人民教育出版社1995年版，第262页。

骸、狂狷之士涌现，反叛与潇洒成为这一时代的风尚。而风神潇洒、不拘于形、不滞于物，这种优美自由舒展的心灵需要找到一种最适宜表现自己内心的艺术，这种艺术就是浪漫抒情的诗与散文。其二是对“缘情”的痴迷。这时期，无论是陆机的“诗缘情而绮靡”，还是王筠的“吟咏性灵，岂惟薄伎，属词婉约，缘情绮靡”[①]，李昶的“风云景物，义尽缘情”[②]，反映的都是散文对“缘情体物”的抒情性的强调。其三是回归田园自然成为散文的主题。魏晋时期，随着儒术的遭弃，老庄哲学的盛行以及生活方式的改变，山水自然成为时人自觉的审美对象，回归乡土家园和吟咏自然山水的散文随之勃兴。最著名的有陶渊明的《归去来兮辞》和《桃花源记》。

魏晋时期的浪漫抒情散文，不但比英国浪漫主义的湖畔诗人要早一千多年，而且魏晋散文家笔下的山水田园，正如美学家宗白华所描述的：“质而有灵趣。……有‘目送归鸿，手挥五弦’，超然玄远的意趣。”[③]这种由实入虚、超脱空灵的田园山水散文，其哲学文化、审美意趣与西方的田园山水散文是大不相同的。西方的散文遵从的是柏拉图的“模仿说”或黑格尔的“美是理念的感性显现”。而中国魏晋时期的田园山水散文，信奉的是更能自由自在、无拘无束地融入个性与真情的“缘情”理论。从这点上说，魏晋时期的山水田园散文更具抒情性和审美性，也更富于民族的特色。

中国古代散文的抒情审美传统，在陶渊明、柳宗元、苏轼、袁宏道、张岱等杰出散文家中也有着出色的表现。陶渊明的《归去来兮辞》从景物描写中，抒发了作者“性本爱丘山”的感情，并在抒情叙事的基础上，阐明了自己的人生态度：“聊乘化以归尽，乐夫天命复奚疑！”《归去来兮辞》如同陶渊明的诗一样，写得优美抒情，景真意切，音韵和谐。《桃花源记》是陶渊明另一散文名篇。此文最早见

---

① 王筠：《昭明太子哀册文》，严可均辑《全梁文》卷六五。

② 《文苑英华》卷六七九。

③ 宗白华：《美学散步》，上海人民出版社1981年版，第78页。

于志怪小说集《搜神后记》，所以亦可将其作为小说来读。文中采用第三人称的叙述手法，通过记叙武陵人的所见所闻，虚构了一个环境清幽、生活富足、人人“怡然自乐”的世外桃源，如作品中写武陵人初入桃花源所见：“忽逢桃花林，夹岸数百步，中无杂树。芳草鲜美，落英缤纷。”写桃花源中的风光则是：“土地平旷，屋舍俨然，有良田、美池、桑竹之属。阡陌交通，鸡犬相闻。”在这里，世外桃源的宁静淳朴，乡村景象的描绘，抒情的笔调，优美的文辞与田园诗般的意境可以说是水乳交融，达到了和谐统一的境界。

先秦抒情散文的审美形态，主要是想象和比喻，抒情往往隐藏于寓言故事之中。汉代以赋和写人记事的历史散文为主要文体形态，而“无韵之离骚”的《史记》是这一文体的代表作。它通过真实记叙和直抒胸臆的感情抒发，将中国散文推到了一个时代的高峰。魏晋南北朝散文，侧重描写田园山水，艺术上以“缘情体物”为其抒情特征。及至唐宋的古典散文，其抒情方式又发生流变。简言之，唐宋的古典散文是融合叙事的历史、说理议论的哲学、抒情的文学于一炉，从而形成了叙事、议论与抒情三位一体的散文格局。比如柳宗元的《永州八记》，既是艺术成就很高的山水散文，也是优美漂亮的抒情性审美散文。他的散文没有学究气，极富个性色彩，往往借助景物书写胸中的不平，这使得他的山水散文有了人的性格。在文笔方面，柳宗元的山水散文多用短句，文字简洁生动，节奏明快而富于变化，且常用虚实结合的方法谋篇布局，从而使文章妙意横生。苏轼的散文品类众多，既有《进策》《思治论》《留侯论》等议论性散文，又有《石钟山记》《前赤壁赋》《后赤壁赋》等山水游记。苏轼的散文，常熔记叙、描写、议论、抒情于一炉。他在文体上勇于创新，不拘常格。在文风上则是随笔挥洒，不加雕饰，随物赋形，行云流水，深得《庄子》的真传。

当然，抒情性山水游记只是唐宋时期一种主流散文文体形态，在唐代古文运动的推动下，散文的品类多样，写法也多姿多彩，既有大量的山水游记、寓言、传记等有很强文学性的散文，也有车载斗量的诸如书信、奏议、诏令、论辩、传状、碑记、箴铭、颂赞、哀祭、序跋、书说、赠序等偏于应用和议论的文章，在此无法一一尽述。

明代以后，随着人文主义思潮的兴起，散文创作更强调表现个性和倾向内心。先是“以拟古为主”的“明七子”的散文创作成为时流，继而是独抒性灵、不拘格套，主张一切作品“皆从胸中流出”的小品笔记成为主要的散文抒情文体形态。以晚明的袁宏道为例，虽然他的散文多以尺牍为主，且注重游玩时的趣味，但他注重散文中的个性自我，强调散文需真实，感情需从胸臆中流出。这样，他的散文一方面具有“短而隽异”的特点，一方面又贴近人的性灵，这是袁宏道在古典抒情散文方面的贡献。而晚明另一位杰出散文家张岱的散文，更具鲜活灵动的艺术情韵。他的《湖心亭看雪》，以传神生动的量词描写西湖的雪景和人物，展示了山水的生命脉搏，其散文静中有动，冷中有暖，抒情中蕴含深刻的人生哲理，实乃抒情写景的大家。而清代以桐城派为代表的散文，既强调“义理、考据”，又注重“辞章”，即将应用性与文学性融合在一起。

中国古典散文在抒情方面有两点不同于西方散文。

其一，是散骈并用。唐代的古文运动以反对骈文俪体为主旨，但其时的散文家并非一味排斥骈文的辞章和修辞策略。他们在崇“道”、“尚简”、求“雅洁”的前提下，也追求辞采声律，讲究排比、对偶和用典，有时则是散体中夹用骈句。像丘迟的《与陈伯之书》、欧阳修的《醉翁亭记》、范仲淹的《岳阳楼记》、苏轼的《前赤壁赋》，等等。若从抒情审美的角度看，可以说它们一方面瓦解了“骈四俪六”的形式主义樊篱，体现出了古代散文家的文体自觉和抒情特色；另一方面，它们又服从于骈文的巨大吸引力，这同样体现了中国散文抒情传统的强大。正是在这种散骈互用的过程中，散体的自由无拘、记事简洁、便于抒情议论以及骈体的“焰焰烺烺，务彩色，夸声音”的特长获得了最大限度的发挥，从而拓展了散文艺术的表现手段。

其二，是诗文互渗。诗和文各有自身的文体特征和规范，这是魏晋以后的事情。先秦之际，哲学散文、历史散文与诗统称为“文”。曹丕的《典论·论文》，将“文”分成四科八体，又将诗归为两类，这是中国文体意识的第一次自觉。但诗文毕竟“本同而末异”，故而曹丕之后，关于诗文的论争一直绵延至清代。以“盛唐气象”为例，主要是“以诗为文”，将诗情诗法融于散文体内，使散文不但叙事富于情趣，说理饱含韵味，而且表现手段像诗一样丰富多彩。及至宋代的散文革新运动，又反过来“以文为诗”。虽然这种诗文互渗现象遭到严羽等诗论家的严厉责难，但“以文为诗”拓展了宋诗的题材领域，使宋诗如“风行水上”“自然成文”，这也是不争的事实。质言之，各种文学体裁的互相渗透，使散文的抒情传统进入一个新的层次和境界。至于散文与绘画的互相渗透与影响，在古代同样随处可见，它从另一个侧面印证了我国古代散文家文体上的自觉和抒情的成熟。

中国古典散文中的这些抒情因素，都对中国现当代散文作家产生了深远的影响。最有说服力的是，在“五四”以后，“主情散文”获得了长足的发展。这是由于主情散文适应了现代人借助散文这一形式来抒发感情、裸露心灵、表现个体生命体验的内在要求。加之这一时期国外的屠格涅夫、泰戈尔等散文诗的引进，也成为现代主情散文发展壮大的“外援”。主情散文的领军人物当然是朱自清，他的《荷塘月色》《背影》当之无愧是这一路散文的范本，而徐志摩、郁达夫、冰心则是其倡导者和出色的实践者。徐志摩散文中的丰富想象力和强烈的主观感情色彩，使他的散文不但流光溢彩且飘动飞扬起来。郁达夫的性灵抒发中既有同亲友诉苦的不拘形式，又有“归航”时淡淡的感伤情调。冰心散文中的感情抒发，则如春天里云雀般的轻快欢悦，又如“霓虹的彩滴也要自愧不如的妙音雨师”（郁达夫语），在清新的文字、典雅的情思中，透出浪漫主义的气息。现代的主情散文由朱自清始，中间受到杨朔、刘白羽等的扭曲异化，到20世纪80年代的贾平凹、张洁、谢大光、赵丽宏等又有所回归，可以说绵延近百年。其代表作品有《荷塘月色》《绿》（朱自清），《春的林野》（许地山），《故都的秋》（郁达夫），《想飞》（徐志摩），《霞》（冰心），《陶然亭的雪》（俞平伯），《生命》（沈从文），《独语》（何其芳），《雾》（李广田），《失群的红叶》（柯灵），《月迹》《丑石》（贾平凹），《拣麦穗》（张洁），《鼎湖山听泉》（谢大光）等。

值得注意的是，在现代的主情散文中，还旁逸出一种更贴近散文本体的性灵元素，即有的评论家指出的独语体式。这种独语体式可追溯到鲁迅的《野草》，它借助象征暗示的表现手法，以及奇幻的场景、荒诞的情节和神秘朦胧的梦境，直逼灵魂的最深处，捕捉到了现代知识分子内心深处难以言说的感觉和情绪，并以独语的方式对自我、生命、灵魂和人类的出路进行深层次的思考和自剖。当然，在独语体式上思考得更多，也走得更远的是何其芳。他执着地要为主情散文“发现一个新的园地”。何其芳的散文《画梦录》中的散文，其实就是他的苦闷情愫宣泄的实验。他借助“诗的暗示能”和“诗的思维术”来组合意象和营造意境，还以戏剧式的独白或对话介入散文的性灵抒发中，从而使散文更有弹性和层次感，更能传达出现代人那种孤独寂寞的情绪，营造出一种现实和幻梦相交织的艺术境界。而在20世纪20年代末至30年代中前期，追求这种艺术境界和独语方式的散文家还有李广田、缪崇群、丽尼和陆蠡等，他们的散文篇幅短小轻灵，语言优美流畅，结构精致圆满，加之大量借助意象、象征、梦幻，乃至声音和色彩来叙事抒情，这便在一定程度上弥补了当时一些闲谈体散文过于随意散漫和絮聒，结构上又杂乱无章的不足，为主情散文的发展开拓了另一条路径，可惜后来因时代和社会环境变迁等原因而未能延续下来。

中国不但是一个诗的大国，同时也是一个散文大国。中国古典散文的抒情性虽然没有诗歌那样突出，但它却确确实实存在着，而且对中国人的道德修养、理想情操、行为规范及日常生活方式产生了深远的影响；同时，还应看到，散文之所以能在古代取得如此辉煌的成就，正是文体意识和抒情基因不断增强、丰富的结果。事实上，中国散文的抒情传统是一笔巨大的文学遗产，是中国文学区别于西方文学的最为鲜明、最为可靠的纹章印记。从这个意义上说，挖掘中国散文抒情传统中的积极因素，既可以打开散文研究的新空间，还能增强文化的自觉与自信，让优秀传统文化的资源更好地融进当代文化建设。

第三节　中国散文的抒情模式

中国散文有一个源远流长的抒情传统，这个传统从《尚书》开始，中经秦汉、唐宋、明清，而后是现代的朱自清、冰心、徐志摩、郁达夫、何其芳，当代的杨朔、刘白羽、贾平凹、余光中、王鼎钧、张晓风等，可以说是高山水长、绵延不绝。中国散文还有自己独具民族特色的抒情模式。这种抒情模式，归结起来有这样几种：

第一，“离—归”模式。中国的诗歌和散文中有大量写家乡故土，抒发离愁别恨的作品。这是因为中国的传统文化中特别重视“家乡”“家园”“故土”观念，它形成了中国人特有的以“家乡”为核心的文化价值体系。同时，“土”是最质朴，也是最宽厚的。它不但是中国人世世代代情感的负载物，而且它的颜色和中国人的肤色一样。所以，中国人对“土”有一种天然的亲近感。《圣经》说，“你来自于土，终将归于土”，这句话同样适合中华民族。因我们是从土里刨食的民族，土是我们的生命、情感和精神的寄托。但由于思维方式、认知方式和观念的差异，中国的作家对土的情感维系，以及由此衍生的家国意识和乡愁，与西方的文学作品自然也就有着很大的不同。

就散文来说，中国散文中的故土情结或家国意识，主要是通过一种“离—归”的情感模式表现出来。在这方面，最著名的作品莫如陶渊明的《归去来兮辞》。陶渊明写这篇散文时，刚刚任彭泽令八十多天，但八十多天的出仕生涯，却让他深感不适与压抑，于是决定弃官隐居：“归去来兮，田园将芜胡不归。”如果不及早回家，田园即将荒芜，表示他归田之意已决。那么，当初为何要离开田园呢？在文章开头，作者对此做了交代：当初是为了谋生才出仕，致使今日“既自以心为形役，奚惆怅而独悲”。所幸，“实迷途其未远，觉今是而昨非”。幸而及早认识到仕途即迷途，尚未走远，一种悔悟和庆幸之情溢于言表。接下来，作者便调动想象力，描述回归田园的喜悦与隐居生活的惬意。“舟遥遥以轻飏，风飘飘而吹衣”，写的是归途中的愉悦心情。“乃瞻衡宇，载欣载奔”，写初见家门时的欢欣雀跃之态，宛若孩童般天真。由归途、抵家，到居室而庭院，陶渊明以饱蘸诗情之笔，展现了一个与官场的污浊截然相反的美好的“桃花源”，并以此寄托他的乌托邦想象。不仅如此，文章还表示归来后要谢绝交游，与世相忘。最后的“怀良辰以孤往，或植杖而耘耔。登东皋以舒啸，临清流而赋诗”则是以抒情性的议论，抒发对宇宙和人生的感慨，“聊乘化以归尽，乐夫天命复奚疑”。一切都顺从自然和天命，无欲无求享受田园之乐。这是中国散文乡愁的源头，是典型的中国古代知识分子的人生理想和精神状态的缩影，也是中国散文和诗歌区别于西方的情感抒发模式。而这样的散文，在中国古代还可举出许多。

中国现当代散文传承了古代散文的“离—归”情感模式，但现代的生活环境不同于古代，工具理性代替了价值理性，技术、功利、实用将人引离田园故土，人与自身的神性严重分离，人的心灵被物欲所占领、所掏空，这正如荷尔德林早就觉察到的那样：资本主义的工业文明导致人的灵性的丧失。正是在工业文明和现代性的背景下，我们读到了鲁迅、郁达夫、王鼎钧笔下的乡愁，虽然仍不脱“离—归”的情感模式，虽然同样有情感的依恋和怀念，但情感的内涵显然复杂得多，其间有赞美，有温暖的情怀，但更多的是批判与反讽，是人生的苍凉与无奈，甚至是人性与情感的撕裂。中国现当代散文关于家园故土的抒写和情感表达模式，值得我们好好去研究。

第二，“乐—忧”模式。乐，是山水之乐，亦是人伦之乐；忧，是忧国忧民之忧，既是家国情怀的寄托，也包含着人生的感慨，带有悲剧性况味。欧阳修的《醉翁亭记》，可视为这方面的代表作。欧阳修写作此文时，由于被贬滁州，心情难免失落抑郁。但在《醉翁亭记》中，我们却看不到任何苦恼怨气，倒是处处充溢着乐趣。“树林阴翳，鸣声上下，游人去而禽鸟乐也。然而禽鸟知山林之乐，而不知人之乐。人知从太守游而乐，而不知太守之乐其乐也。”山水乐，游人乐，宾客乐，太守与民同乐，连禽鸟也与人同乐。人与自然亲和，人与人亲和，呈现的是一片和谐喜乐的景象。这种境界，正是欧阳修一贯的乐观豁达的人生态度在散文中的自然流露。

如果说，欧阳修的《醉翁亭记》是以抒情的笔调写出了山水之乐、禽鸟之乐和人伦之乐，表现出一种“欣与所遇，暂得于己”的积极人生态度和世俗化的色彩，那么，范仲淹的《岳阳楼记》就是“忧”的代表作了。与《醉翁亭记》写景抒情一派欢乐景象相比，《岳阳楼记》既有对“霪雨霏霏，连月不开，阴风怒号，浊浪排空”的灰暗景象的描述，也有对“上下天光，一碧万顷，沙鸥翔集，锦鳞游泳，岸芷汀兰”的明丽景色的赞美。正是这两种自然景色的描绘和抒发，引出了一忧一喜两种心情，又从这种忧喜心态，推而广之到“不以物喜，不以己悲”的人生道德境界。正因有这样的宽大胸襟和高尚人格，所以文章的结句“先天下之忧而忧，后天下之乐而乐”才如此深入人心，成为后代读者关心天下、献身国家民族的有益精神力量。欧阳修的《秋声赋》也是如此。作者从“秋声”“秋色”写到“秋状”，却是为了引出“悲秋”之慨：“嗟乎！草木无情，有时飘零。人为动物，惟物之灵；百忧感其心，万事劳其形；有动于中，必摇其精。”草木虽无情，但它们飘零之后很快又复苏。人虽是万物之灵，但人长期操劳，心志又常受到磨难，这样自然就衰老得快，而且人的衰老是不可挽回，无法复苏的。因此，人“奈何以非金石之质，欲与草木而争荣”呢？欧阳修《秋声赋》的精妙和价值，不仅仅在于他对“秋声”的精准描摹和渲染，也不仅仅在于他从“有声之秋”写到“无声之秋”，从自然界延展到社会人生，以及秋之文化内涵。从“道法自然”的“物化”观来看，《秋声赋》已达到了一种“神与物游，神居胸臆”[①]，化我心于物心的境界。由此看来，“乐”是表面的，“悲”才是《秋声赋》的底色。

第三，“喜—悲”模式。在中国散文中，还有一种较普遍的情感抒发模式：“喜—悲”模式。中国诗歌的主要抒情模式是“发愤以抒情”[②]，如被陈世骧誉为中国抒情源头的《诗经》《楚辞》均是如此。灌注其中的既有郁忿之情，亦有耽美之情。但是，中国的抒情散文，除了杜牧的《阿房宫赋》、韩愈的《祭十二郎文》、归有光的《项脊轩志》等为数不多的作品，在抒情中带有“发愤”或“郁忿”的情感因素，在中国，不论是古代还是现当代的散文家，他们更喜欢采用的是“喜—悲”的情感模式，这是我们在梳理中国文学的抒情传统时必须注意到的一点。此外，还要看到，“忧”和“悲”两个词的思想文化内涵是不尽相同的。“忧”是孟子的“乐以天下，忧以天下”的家国情怀之忧，是中国历朝历代的志士仁人的最高道德境界。而“悲”则是站在个人的角度，从内心发出的对人生的短暂、命运的无常无奈的慨叹。因此，在中国散文中，“悲”实际上包含着浓厚的生命意识以及由此扩展开去的悲剧色彩。比如在王羲之的《兰亭序集》中，开始写会稽优美的景色：群山环绕，周围是茂林修竹，又有清流激湍。正是在这“天朗气清，惠风和畅”的自然美景中，一众朋友在兰亭“畅叙幽情”。然而在“仰观宇宙之大，俯察品类之盛”之后，却突然“喜极生悲”，感慨“欣于所遇，暂得于己”，而“向之所欣，俯仰之间，已为陈迹，犹不能不以之兴怀”。虽然眼前的美景以及欣喜的事情，总会让人感到快乐和自然，甚至忘记了衰老之将至，但快乐欣喜的事物总是易逝，转眼间变成了前尘故迹，这时，你不能不有所感伤和触动。更何况，“固知一死生为虚诞，齐彭殇为妄作。后之视今，亦犹今之视昔，悲夫”。由喜到悲，由现实到历史，

① 刘勰著，范文澜注：《文心雕龙注》，人民文学出版社1958年版，第493页。

② 王德威：《抒情传统与中国现代性》，《书城》2008年第6期。

从感性的抒情描写到对人生的哲理思考，正是《兰亭集序》这篇散文的抒情特点。

苏轼的《前赤壁赋》更是将“喜—悲”这一情感模式抒发到极致。文章分三个层次展开：一是写夜游之乐和对历史人物的追思。作者以自由潇洒、优美形象的抒情笔触，描写泛舟赤壁看到的江上风光，以及作者作为一个士大夫寄情山水的乐趣。二是由江水和历史人物“而今安在哉”，浩叹人生的渺小和生命的短暂：“寄蜉蝣于天地，渺沧海之一粟，哀吾生于须臾，羡长江之无穷。”这正是由喜转悲的根源。三是作者试图要摆脱现实处境，渴望能“挟飞仙以遨游，抱明月而长终”，却知道这是不可能获得的，于是，只好“托遗响于悲风”。文章由喜及悲，再由悲生悟，最后又因悟回到喜。作者不但揭示出天地万物和人生的“变”与“不变”的规律，并获得“天地与我同生，万物与我为一”的人生感悟，而且，文章的情感抒发波澜起伏、摇曳多姿、层层深入。像这样精神丰赡，情感内涵复杂，既有行云流水般的抒情，又富于哲学辩证法的散文，我们在西方的散文中是难以见到的。

中国散文的抒情模式当然不止这些。比如高友工根据中国文学的本质和特征，认为中国文学有一个“叙事美典”和“抒情美典”。这个“抒情美典”由“感性、结构、境界”构成，即“感性的快感”“结构的完美感”和“生命的意义”三位一体的审美理想。高友工的这个“抒情美典”中有“视界”“境界”“意象”以及主客合一、心物一体等范畴。它其实属于另一个理路的中国散文的抒情模式。由此可见，中国散文的抒情模式不但内涵十分精妙丰富，其特征也是十分鲜明突出的。

第四节　中国散文的抒情方式及文体表征

中国的散文一方面有悠远绵长的抒情传统，有属于本民族独特的情感模式；另一方面，中国散文的抒情方式和文体表征，与西方散文也大异其趣。

中国散文最常见的抒情表现方式，是“缘情与景”。西方的抒情文学传统，来源于文艺复兴之后的浪漫主义思潮，它宣扬个性解放与向往理想世界，强调个人本位的主观表现。在抒情方式上，偏于直抒胸臆，敢于表达个人的主观感情和思想。而中国散文不论是“载道”“言志”还是“缘情”，其根本都立足于“感物”，即人与物之间达成某种主客合一、心物一体的契合冥会，而且这种“缘情”往往都有着深厚的哲学文化、伦理道德观念和东方思维方式的支持。在情感表达方式上，则偏重于情景交融、物我比兴，以期更委婉、曲折、含蓄地传达情思和生命体悟，从而达到“缘情而绮靡”的美学境界。南朝的《世说新语》中的《简文入华林园》，就是一篇“道法自然”，带有“缘情与景”审美特征的佳文：“简文入华林园，顾谓左右曰：‘会心处不必在远，翳然林水，便自有濠、濮间想也，觉鸟禽兽鱼自来亲人。’”显然，简文的“濠、濮间想”主要是受到庄子的影响。刘义庆从“齐物”立场出发，将“物”看作一种主体存在，并将情思移至审美对象，于是鸟兽禽鱼都有情思；正因有情思，才会与人相近相亲，融为一体。在中国古典散文中，像这样的例子还很多。如欧阳修的“化境”有四个层次：一是“物我一体”与“物我互化”，即物既是主体也是客体。物就是人，而人有时也是物，人与物之间没有明确的界限。二是将生命、情感渗透到物中，由是没有生命情感的物也获得了生命和情感。三是对话的模式。这一层次既有人与物的对话，也有欧阳修与童子之间的问答。这一对话模式在庄子的散文和汉赋中经常出现，宋明的不少文赋也继承了这一传统。如苏轼的《前赤壁赋》、张岱的《湖心亭看雪》等，也都采用了主客问答的对话形式。四是心灵的超越。由于天地间有“大美”，当人进入自然的内部，神游于天地间，不纠结于日常的利益关系，不作功利性的价值判断，如此一来，在天地的化育包孕下，人与万物各安其所，各守其性，和谐相处，其乐融融。这样，人的心灵自然也就超越了社会和物质，变得更为纯净和富于诗性意味了。

中国散文的另一个抒情特点，是十分重视气韵和音乐性。有人认为，气韵和音乐性，是中国诗歌中的专利。其实，在中国散文中，气韵和音乐性同样表现得很突出。这一点也是西方的散文所欠缺的。首先，西方文学以诗、戏剧和小说为主，散文并没有成为一个独立的门类，其地位远低于上述几种文类。其次，西方的散文普遍重“笔”而轻“文”，即重理性的思考，重内容的充实、观点的尖锐，在表达方式上则倾向于议论说理。如此一来，西方的散文便不可避免地质胜于文，厚实而欠雅致优美，明晰而缺氛围情调。以20世纪初对中国散文产生了不少影响的英国絮语散文来说，如果用中国的艺术审美标准来衡量，可以说，除了培根、兰姆等少数作家的作品以外，其他作家的散文在艺术形式上均无足观，正所谓有“笔”而无“文”，欠缺艺术上的含蓄蕴藉、味外之旨和韵外之致。而中国的散文则大不相同。无论是庄子想象飞扬的“逍遥游”，司马迁的“无韵之离骚”，还是唐宋八大家的山水游记，甚至是韩愈、朱熹一路的说理文，无一例外都写得酣畅淋漓、气韵生动，韵在物外，情在理中，达到了“文”和“笔”的高度统一。这一点，西方散文的确无法与中国散文抗衡。

再说音乐性，这也是中国散文在抒情方面的“特产”。在西方文学传统中，音乐性同样是较为稀缺的元素。遗憾的是，自“五四”以降，诗歌的音乐性一直受到人们的高度推崇，而散文的音乐性却没有得到应有的重视。其实，中国古代散文是相当重视语言的音乐性的。朱光潜在《散文的声音节奏》一文中这样写道：

> 从前人作古文，对声音节奏却也很讲究。朱子说：“韩退之、苏明允作文，敝一生之精力，皆从古人声响处学。”韩退之自己也说：“气盛则言之短长，声之高下，皆宜。”清朝桐城派文家学古文，特重朗诵，用意就在揣摩声音节奏。刘海峰谈文，说：“学者求神气而得之音节，求音节而得之字句，思过半矣。”姚姬传甚至谓：“文章之精妙不出字句声色之间，舍此便无可窥寻。”

为什么古人那么讲究文章的声音节奏？这是因为汉语文学语言的音乐性，具有其他语种的文学语言的音乐性所不能比拟的艺术魅力。比如丰富的乐音、整齐的音节、不同的声调、多样的押韵方式等，这些都可将汉语言独特奇妙的乐感体现出来，特别是“文气”和“单音节性”，更是汉语言文学的特产。关于“文气”，我们姑且不论，而就“单音节性”来说，林语堂曾有过十分精彩的阐述：

> 这种极端的单音节性造就了极为凝练的风格，在口语中很难模仿，因为那要冒不被理解的危险，但它却造就了中国文学的美。于是我们有了每行七个音节的标准诗律，每一行即可包括英语白韵诗两行的内容，这种内容在英语或任何一种口语中都是绝难想象的。无论是在诗歌里还是在散文中，这种词语的凝练造就了一种特别的风格，其中每个字，每个音节都经过反复斟酌，体现了最微妙的语言价值，且意味无穷。

林语堂从汉语的“单音节性”入手，探讨了中国文学的美在语言层面上的体现，而且认为这种语言的音乐美在别的语种中是“绝难想象的”。不仅如此，林语堂还将中国散文作家讲究词法、追求汉语的语音价值与社会传统跟中国人的心理习惯联系起来：“先是在文学传统上青睐文绉绉的词语，而后成为一种社会传统，最后变成中国人的心理习惯。”[①]由此可见，林语堂并没有就语言谈语言，而是将汉语语音节奏、韵律的美与中国文化的根性结合起来，这是他的高明之处。

既然汉语言的音乐性是别的语种难以比拟的，那么，落实到散文创作上，这种语言的音乐性又是如何体现出来的呢？

首先应该看到，讲究散文的音乐性，是中国散文的一个优良传统。韩愈、欧阳修、苏轼、袁宏道、张岱等的散文语言，均表现出抑

① 林语堂：《中国人》，学林出版社1984年版，第222—223页。

扬顿挫、音节变化、语调流转、优美和谐的音乐美，只可惜中华人民共和国成立后的散文家没有很好地继承这一优良传统，这就不可避免地造成了散文语言诗性的流失。其次，还应看到，散文语言的音乐性虽包含排比对偶但不等于排比对偶，就现代散文的语言来说，音乐性更在于长短参差、可伸可缩、形神兼备、生气灌注、流转自如，试看庄子《齐物论》中的语言，极尽描写之能事，综合地运用了比喻、拟人、排比等修辞手法，诉诸读者的听觉、视觉、触觉，把无形无状的风声写得有声有色，可触可摸。同时，他以非凡超拔的想象力和对节奏、韵律的精妙体悟，描状出了风的高低、粗细、徐疾等各种声调，并汇合成了一曲美妙绝伦、荡气回肠的天籁。这天籁既如千军万马奔腾，“鼓气以势为美”，又似千万管弦繁奏，最后归于“希声窈渺处”。[①]这样富于音乐感的诗性语言，实在值得现当代散文作家认真学习。

在学习和继承古典散文表情达意的优良传统这一点上，台湾的余光中是做得相当出色的一位散文家。余光中的散文十分讲究语言的质料、密度和弹性，他乐于且善于将中国的文字压缩、捶扁、拉长、磨利，将其拆散又合拢；同时，他还特别注重文字的节奏和韵律，他的散文有时采用对偶排比，句式整齐、语调均衡，给人一种气势旺盛、典雅华丽的感觉，如“他乡生白发，故国见河山。可爱的是祖国的山不改其青，可悲的是异乡人的发不能长保其不白”。有时，他采用长短参差、奇偶交错的句式，调配出一种特别的声律，如“白。白。白。白外仍然是白外仍然是不分郡界不分州界的无疵的白”“雨是一种单调而耐听的音乐是室内乐是室外乐，户内听听，户外听听，冷冷，那音乐”。当然，余光中更喜欢通过同音字的重复或双声叠韵来强化散文语言的音乐效果，如“留下他，留下塔，留下塔和他”“今夜的雨里充满了鬼魂，湿漓漓，阴沉沉，黑森森，冷冷清清，惨惨凄凄切切”“听听，那冷雨。看看，那冷雨。嗅嗅闻闻，那冷雨，舔舔

---

① 刘大櫆：《论文偶记》。

吧，那冷雨”。此外，他还注意通过押韵使文章读来朗朗上口，悦耳动听，有一种可吟唱性。

中国散文传统中还有一个不同于西方文学的特点，就是特别讲究文采，即追求文字的美感。这一点在中国散文抒情中表现得尤其突出。不但偏重抒情性的散文写得舒卷自如、文情并茂，既富音乐感又蕴含韵外之致，即便是偏重议论性的散文或实用型文体，其语言同样富于文采和审美意味。即便是一封书信，也追求辞采声律、排比对偶与用典。如丘迟的《与陈伯之书》本是一封劝降信，但作者却写得情真意切、文采斐然："暮春三月，江南草长，杂花生树，群莺乱飞。见故国之旗鼓，感平生于畴日。抚弦登陴，岂不怆悢！所以廉公之思赵将，吴子之泣西河，人之情也，将军独无情哉？"[①]像这样的散文，在唐宋时期还可举出许多，如欧阳修的《醉翁亭记》、范仲淹的《岳阳楼记》、苏轼的《前赤壁赋》等。

古语有云：修辞立其诚。重视修辞、文采、表达的婉曲含蓄，这是汉字的魅力所在，也是中国散文的一大特色，更是中国散文一个重要的抒情传统。从这个意义上说，中国散文的书写不是一般的书写，而是凝聚着中国诗性文化的审美情趣，烙印着中华民族的精神底色。我以为，只有从这样的高度来理解中国散文的抒情性语言，并由此进一步把握散文作为“美文”的存在，才能更好地发现散文的审美价值。

第五节　散文抒情传统与中华文化精神

中国散文的抒情传统有着鲜明的民族特色和丰富的内涵。它不是以往我们所理解的小悲小喜的抒情，也不同于西方以浪漫主义、理想主义为内核的抒情主义。实际上，中国散文的抒情传统和诗歌的抒情

---

① 转引自郭预衡：《中国散文史》（上），上海古籍出版社2000年版，第509页。

传统一样悠远辽阔，之所以如此，我以为有如下几个原因：

一是中华民族的文明体系和思维结构与西方有着极大的不同。西方主要以逻辑思维为基点构成文明历史，而中华民族则是以诗性智慧为中心构成独具特色的中华文明以及由此形成的诗性文化。这种诗性文化的特色是重体验和感悟，讲究生命气韵的流动贯通，注重以心去统摄、体味天地间的万物万象。另外，中国的哲学和伦理学讲究德性，注重内心的体验，强调修身、齐家、治国平天下，推崇“君子”“至人”的理想文化人格。这些都对中国散文的抒情传统产生了深远的影响。

二是由汉字的特殊构造和诗性品质所决定的。汉字与重在认知的科学语言相比，似乎蕴含着更多的“诗性资质”。也就是说，由表意、象征文字构成的汉语，是一种更侧重于情绪、直觉、想象和隐喻暗示，因而是一种更贴近人的心灵，更具意象化和审美性的诗的语言。传统散文理论在语言研究方面的缺失，不仅在于忽略了汉语具有的“诗性资质”，而且没有意识到语言是人类文化活动的最为基本的表现，是一种如苏珊·朗格所说的符号化了的人类情感形式的创造和凝结。尤其是，没有意识到语言是人的存在的家园。事实上，散文的语言不仅仅只有“世俗语言”的一面，更多的时候，散文的语言呈现的是一种“诗歌的语言”。也就是说，在许多优秀的散文中，我们感受到的语言是一种来自存在的本源，来自人的内在根性的本真语言，它是人的存在与语言的遭遇，是诗与思的交融与凝结，也是生命对世界的体验与自由自在的创造。因此，这样的诗性语言就如海德格尔所阐释的农鞋，它不仅仅是概念、工具，而且是“回响着大地无声的召唤，显耀着大地对成熟的谷物的宁静的馈赠”。它包含着无限的流动性和可能性，召唤着读者共同进入一种存在的澄明境界。

三是文体的自觉。散文作为一种古老的文体和中国文学的正宗，从一开始就有着自觉的文体意识。它一方面十分重视文章的体制，一方面又特别强调文辞和情采。比如，从我国第一部散文总集《尚书》开始，就已经有了诗的萌芽。《尚书》的语言虽然佶屈聱牙、古奥难懂，但透过这些语言，我们不但能够看到古人在使用文字上的天赋，而且感受到一种由文字美而产生的诗性。那是一种源于人类童年的心智，是建立于感性基础上的形象思维，是一种既粗糙笨拙但又广阔的想象力，并凝结着我们先民的诗性智慧的散文语言。当然，真正开创我国抒情散文先河的应推庄子的《逍遥游》。虽然《逍遥游》不是诗，却比许多冠之以诗的作品更具诗味："北冥有鱼，其名为鲲。鲲之大，不知其几千里也；化而为鸟，其名为鹏。鹏之背，不知其几千里也；怒而飞，其翼若垂天之云。"这不正是所谓的"无韵之诗"吗？《逍遥游》的这种抒情诗性，既来自作者超拔的想象力，也来自他那汪洋恣肆又极富节奏感的语言。及至唐宋散文，抒情诗性散文更成为当时散文的主要审美形态。我们在韩愈的《祭十二郎文》、欧阳修的《秋声赋》、苏轼的《前赤壁赋》等作品中，一方面可以领略到如诗如画的意蕴和境界，另一方面又可以感受到仪态万方、朗朗上口的诗的语言。这些例子都表明：无视我国古代散文的优秀传统，无视传统抒情散文语言中极浓的诗性，自然只能得出散文缺少抒情变化，只是对日常生活的叙述的结论。而这，不但将对抒情散文造成极大的伤害，影响我国当代散文的发展，而且与我国散文的实际情况相去甚远。

第八章

当代散文创作的文化趋向

第一节　文化散文的兴起

20世纪80年代中后期至90年代，随着散文观念的变化，散文创作无论是创作内涵的提升、题材的挖掘，还是视野的开阔、意境的创造以及写作形式的丰富，都有积极的进展以及多方面的尝试，呈现出繁荣的局面。其间，出现了诸如“学者散文”“文化散文”“文化大散文”“思想随笔”“新散文”“行动散文”等提法。有的提法如“学者散文”“文化散文”，在一些评论者看来似乎就是同一种散文形态，李晓虹在她的专著《中国当代散文审美建构》谈到文化散文时，“学者文化散文”“学者散文”“文化散文”几种提法就是互通的或是包含与被包含的。[①]有的学者也试图对这些提法的内涵进行阐释，如沈义贞认为：“学者散文不等于文化散文。文化散文主要指散文主体写作时采用一种文化视角，文化散文主要靠学者或经过一定人文训练的作家来写，而学者散文在具体操作时并不完全是文化视角。”[②]也有的学者认为：“用‘文化大散文’来命名二十世纪八十年代末出现的一种散文文体和随之而来的一种散文创作现象，其实是缺少学理

---

① 参见李晓虹：《中国当代散文审美建构》，海天出版社1997年版，第203—204页。

② 沈义贞：《中国当代散文艺术演变史》，浙江大学出版社2000年版，第242页。

支撑的，因为这一命名无法解释‘文化’与‘散文’、‘散文’与‘大散文’的关系。”[①]在此暂且不论这些提法是否准确，在命名上是否严谨，但可以肯定地说，它们对散文的发展、繁荣是有积极的推动和促进作用的。

本章要探讨的文化大散文（或称文化散文、历史文化散文），主要是指在20世纪80年代中后期至90年代初期兴起并盛行的一种散文形态。以余秋雨、王充闾等作家作品为主要分析对象。

一、文化散文概说

对20世纪90年代文化散文进行研究，本来应该对文化散文这一概念或提法有比较准确的认识或界定，然而目前文学理论界和评论界对此尚未达成共识，在此我们不作探讨，只是对文化散文的兴盛做一个简要的梳理与归纳，以期对文化散文有一个基本的认识，有利于我们把握文化散文的基本特征。

20世纪70年代末、80年代初，以巴金《随想录》为代表的老一代作家创作的挽悼散文、回忆散文给新时期散文带来了巨大的震撼，标志着散文话语由十年“文革”时期的政治意识形态话语方式向以内心自由表达的知识分子话语方式的转变，散文创作逐渐回归散文本体。80年代以后，王英琦的“文化遗址”系列散文，汪曾祺、贾平凹的乡土散文，周涛、马丽华的西部散文等作品的涌现，表现了散文作家在创作中对文化意识的关注，这也可以说是90年代文化散文的早期形态。

1988年，湖北散文作家王维洲主编的《当代散文报》与青年散文作家喻大翔打出“文化散文”的旗帜，并推出了一批属于文化散文范畴的作品，如李少月的《中国的月》、牧惠的《礼仪之邦的绝技——送礼艺术》、熊召政的《吴家山避暑手记》等，虽然没有形成较大的影响，但毕竟树起了“文化散文”这面旗帜。

1988年《收获》杂志以《文化苦旅》专栏的形式连载余秋雨的

---

① 王尧：《文字的灵魂》，山东友谊出版社2007年版，第110页。

散文，一时成为文坛的热门话题。直到1992年余秋雨第一部散文随笔集《文化苦旅》甫出文坛时，评论界还为这类“山水文章”是否可归属于散文文体，并将其定位于哪一类散文争执不休。最初有人认为余秋雨散文是“学者散文”，后来又有论者认为是“文化散文”“文化大散文”。“文化大散文”的概念迅速在读书界和评论界得到广泛认同，继而被文坛和出版界大为播扬。东方出版中心推出煌煌二十三卷本“东方文化大散文原创文库”①和“文化大散文系列”②，甚至“在90年代中期以后转化为文化工业系统中的一个散文品牌标志”③。

“文化散文”作为概念提出，大约在1990年。佘树森在《90散文琐谈》中用了“文化散文”的概念。所谓文化散文，即“贴近生活的又一表现，就是世俗化倾向。人情种种，世俗百态，成为一些散文家观照的热点。由于这种观照常取文化视角，伴以历史文化反思，故又称之为‘文化散文’；由于这种观照多以非凡的机智，集中透视矛盾诸相，故行文常含幽默，还由于作者故作‘超脱’与‘旷达’，所以常有苦涩掩藏于闲适中”④。这大概是最早对文化散文进行的理论描述。

严格意义上说，学者散文、文化散文这些散文形态自古有之，只是当时没有命名意识。王兆胜认为：“五四开始的中国现代散文可分

---

① 丛书书目有：胡平《千年沉重》，鲁枢元《精神守望》，夏坚勇《湮没的辉煌》《旷世风华》，张加强《傲骨禅心》，鲍鹏山《寂寞圣哲》，费振钟《堕落时代》，汤世杰《烟霞边地》，蔡翔《神圣回忆》，郭保林《昨天的地平线》，赵剑敏《远去的牧歌》，汪应果《灵魂之门》，梁衡《把栏杆拍遍》，李元洛《怅望千秋》，沈琨《岁月山河》，朱鸿《夹缝中的历史》，南帆《叩访感觉》，朱以撒《古典幽梦》，卞毓方《长歌当啸》，王开林《天地雄心》，李国文《大雅村言》，曾纪鑫《千秋家国梦》，王充闾《沧桑无语》等。

② “东方文化大散文原创文库”与“文化大散文系列”大部分作家作品是相同的。

③ 李林荣：《1990年代中国大陆散文的文化品格》，《海南师范学院学报》（社会科学版）2002年第5期。

④ 佘树森、陈旭光：《中国当代散文报告文学发展史》，北京大学出版社1996年版，第258页。

为两大类，一是从政治、社会和道德方面切入的文明批判，我们称之为意识形态散文；二是从文化角度展现人的精神、心理、生活和审美方式，我们称之为文化散文。”[①]我们是否可以这样理解，文化散文只是对一种不同于过去，特别是不同于“十七年”散文写作的不甚确切的模糊命名，或侧重于作者的身份，或侧重于创作视角，或侧重于创作篇幅，或侧重于创作题材等，因而称之为学者散文、文化散文、文化大散文、历史文化散文等。由于指涉本身的不确定而产生的歧义，也就在所难免。尽管如此，文化散文作为一种对具有某些共同特征的散文的指称，还是得到广大读者及评论界的普遍认可的。

何谓文化散文？我们列举一些相关描述：

王兆胜认为，文化是一个相当复杂的概念，它有广义和狭义之别。广义上，它是指人类创造的一切物质和精神成果，是人类赖以生存的物质和精神文明生活方式。狭义上，它就是指政治、社会和道德相区别的精神、心理、人格和审美方式。我们使用的“文化”不是广义的，而是狭义的。从此意义上说，文化散文更多的是带有文化内蕴，内含一个民族乃至人类共同的生活方式、情感方式和审美意趣。[②]

范培松认为，所谓文化散文，必须具备这样两个品格。第一是要具有尖端性和非大众性：“冶古今中外于一炉且引经据典”，“在整个散文的广大世界中，是造诣较高，弹性较大，内涵较丰富的”。第二是站在独特的思想或文化立场上，对社会持有一种文明批判的精神，具有独特的学者和思想者的品格。[③]

於可训认为，文化散文（大散文、学者散文）是指那种在创作中注重作品的文化含量、往往取材于具有一定历史文化内涵的自然事物和人文景观，或通过一些景物、人事探究历史文化精神的散文。这

---

① 王兆胜：《文学的命脉》，华东师范大学出版社2005年版，第120页。
② 参见王兆胜：《文学的命脉》，华东师范大学出版社2005年版，第120页。
③ 参见范培松：《中国散文史》，江苏教育出版社2008年版。

种散文的作者多为一些学者或具有较深文化修养的学者型作家。因为上述原因，这类散文往往视野开阔、气魄宏大，且具有较强的学术性。[①]

王剑冰认为：“所谓文化散文……作家们运用散文的形式描写历史事件、解说历史场景、反观事世生活、透视人文景观。”[②]文化散文当是指显示着人格力量、生命价值、思想光辉的大境界、大气魄、大视野的散文，其主要是以人文的观点审视传统文化、历史发展及社会的变迁。[③]

丁晓原认为，文化散文是一种历史连接着主体当下性存在的对话。文化散文，通常也称历史文化散文。历史是文化散文生成的前提、基础。它不仅为作者提供了言说起兴的背景、文本构成“有形化”的事实材料，而且也给主体的联想感悟设置了媒质材料。同时，它还为作者自我言说，给出了直接的可资阐释的对象物。[④]

综取以上各家所论，文化散文作为一种散文形态，它具有多方面、多层次的价值体系，内涵也是极其丰富的，在这里我们认为文化散文至少应具备以下几方面的主要特征：第一，创作主体定位应该是文化人。他们是知识分子、精英阶层，具备历史文化的解读能力，是传统文化、文明的传播者。第二，创作内蕴具有文化诗性的品格。第三，创作思维是以个人解读的方式，对历史文化进行理性的思辨，同时融入个体生命的体验。第四，创作艺术是对话式的议论，重新叙述

---

① 参见於可训：《近十年“文化散文”创作评述》，《文艺评论》2003年第6期。

② 王剑冰：《散文时代》，河南文艺出版社2008年版，第282页。

③ 参见王剑冰：《散文时代》，河南文艺出版社2008年版，第91页。

④ 参见丁晓原：《文化散文：历史书写中的历史与“自我”》，《甘肃社会科学》2006年第5期。

的历史故事，充满人文情怀的抒情。[①]

二、文化散文的基本特征

其一，创作主体的定位：文化人、文化积淀的解读者和文化灵魂的传播者。

对于散文创作而言，无论文章内容多么复杂，散文作家在从事这一非虚构文体的创作时，在意识中或潜意识中对自身存在都有精神上的定位，这一定位即作家话语坐标的原点或基点。如张承志把自己定位成“回民的儿子”“哲合忍耶教徒”，而张炜是“大地守夜人”“麦田守望者”，贾平凹则说“我是农民”。在20世纪中国散文史上，最早注重自己作品创作主体身份的当是周作人，他把自己的第一本散文集命名为《自己的园地》：“所谓自己的园地……只要本了他个人的自觉，在他认定的不论大小的地面上，用了力量去耕种，便都是尽了他的天职了。在这平淡无奇的说话中间，我所想要特地申明的，只是在于种蔷薇地丁也是耕种我们自己的园地，与种果蔬药材，虽是种类不同而有同一价值。”[②]“文学是情绪的作品，而著者所能最切迫的感到者又只有自己的情绪，那么文学以个人自己为本位，正是当然的事。”[③]周作人强调他的作品是属于“自己的”，“自己的”即是创作主体的定位。沈从文也非常重视自己散文创作主体的身份，一再强调自己是“乡下人”。传统的散文是独抒性灵的文体，散文家们强调并重视自己散文创作主体的身份是很正常的事情。

与文化散文相比较，传统的散文写作更偏向于心灵的倾诉，故

---

① 东方出版中心推介“文化大散文系列”图书时，认为文化散文有四大特点：其一是写作的大背景。文化散文产生于改革开放的新时期，它必然反映这一火热时代的激荡与变革。但其写作的特点却是穿越历史与现实的时空，纵横捭阖，目及八荒，谈古论今，“上穷碧落下黄泉”，从而对大家比较关心的问题进行描述与阐发。其二是撰述的大思考。这类著作一般都会对一个个历史谜团、现实困窘、社会问题、人性弱点等展开思考。其三是作者的大情怀。其四是作者的大手笔。

② 周作人：《自己的园地》，岳麓书社1987年版，第5页。

③ 周作人：《自己的园地》，岳麓书社1987年版，第25页。

他们的自身定位完全可从他们的创作中找到。而文化散文的创作者中很少有心灵直白的倾诉，他们往往就某一人文景观、历史人物、历史事件发话、抒情，所以他们的自身定位相对隐晦些。余秋雨从《文化苦旅》《山居笔记》到《霜冷长河》，再到《千年一叹》《行者无疆》，五部主要散文作品集具体风格虽有所递变，尤其后三部与前两部之间风格差异很大，但五部作品中，作者的自身定位和写作思考的视角是一以贯之的。余秋雨散文不是通常意义的学者散文，而是承载作家个人文化读解的载体，作者寻访文化遗迹的目的是传播失落的文化，试图找回文化的尊严。余秋雨在《文化苦旅·自序》里说道："我们这些人，为什么稍稍做点学问变得如此单调窘迫了呢？如果每宗学问的弘扬要以生命的枯萎为代价，那么世间学问的最终目的又是什么呢？……我在这种困惑中迟迟疑疑地站起身来，离开案头，换上一身远行的装束，推开书房的门。"[①]可见，从《文化苦旅》到《行者无疆》，作者的意图都是通过自身体验寻找文化、传播文化，实现其重建文化生态的目的。有论者认为："《文化苦旅》既是一个自觉张扬个人意识的文本，又是一个自觉绕开现实国家政治话语范畴的文本，就写作手段的具体形式而言，《文化苦旅》是一个把作者的讲述基点设定在面向历史文化和学术文化的位置上的文本。什么样的人才有资格面对历史文化和学术文化侃侃而谈，并且是在社会文化空间里冲着大多数人侃侃而谈呢？90年代初期的评论家和读者似乎都只肯说出这个问题的一半答案，反映在对《文化苦旅》的判断上，就是只说：这是'学者散文'，或说是'文化散文'。其实确切地讲，真正有资格在社会文化空间里向大多数人发布历史文化和学术文化信息的人是教师，而不是所谓学者或文化人。"[②]余秋雨散文中的教师意识，在《千年庭院》和《长者》中都有明确的体现。真正点出作者自

① 余秋雨：《文化苦旅》，知识出版社1992年版，第2页。

② 李林荣：《1990年代中国大陆散文的文化品格》，《海南师范学院学报》（社会科学版）2002年第5期。

身定位的是《千年庭院》中的一句话："我的老师！我的学生！我就是你们！"[①]解释这一自身定位的语句是前面一句："我是个文化人，我生命的主干属于文化，我活在世上的一项重要使命是接受文化和传递文化。"[②]我们认为，更准确一点，把学者散文、文化散文中的"一半"和"教师"的强调重点都说出来，则作者的自身定位是：文化积淀的解读者和文化灵魂的传播者。

王充闾、梁衡都是政府官员，王兆胜称他们创作的散文为官员散文："由政府官员创作出来的散文，因其不同的身份、地位、经历、价值观和审美理想，从而使其散文有着独特的内涵和形态。"[③]他们都是以文学的方式走入历史文化的散文家，他们是有着古典精神和现代意识的读书人，他们以文化传承者的身份自觉地对本土文化传统资源进行发掘、检讨和继承。他们有自己的创造视角，凭借丰厚的中国古代文化和历史修养，激活了一个个历史瞬间、一个个历史人物。王充闾的《用破一生心》《驯心》，梁衡的《觅渡，觅渡，渡何处？》《读韩愈》《武侯祠：一千七百年的沉思》等既以官员的复杂、矛盾心态，又以百姓的眼光去剖析一个个历史人物，以探讨人的生命价值。梁衡在《我写〈觅渡〉》中说："与大自然的雄浑博大、深奥无穷一样，人也是永远探究不完的课题。人的精神世界其广阔、博大、复杂，决不亚于自然世界。人是另外一个宇宙。"这里强调的"人是另外一个宇宙"，这个宇宙实际就是人的精神宇宙，他们关注人的精神宇宙，与他们身处的官场、当下的困境密切相关。"实际上，在阐释历史的过程中，作家本人也在被阐释——读者通过作品中的独特感悟解读了、发现了阐释者。"[④]在文化散文中，处处是作者对历史文化全新的个人读解。

---

① 余秋雨：《山居笔记》，内蒙古文化出版社1998年版，第98页。

② 余秋雨：《山居笔记》，内蒙古文化出版社1998年版，第98页。

③ 王兆胜：《文学的命脉》，华东师范大学出版社2005年版，第203页。

④ 王充闾：《散文激活历史——关于历史文化散文的创作》，《当代作家评论》2001年第6期。

“东方文化大散文原创文库”的作者有：胡平、鲁枢元、夏坚勇、张加强、鲍鹏山、费振钟、汤世杰、蔡翔、郭保林、赵剑敏、汪应果、梁衡、李元洛、沈琨、朱鸿、南帆、朱以撒、卞毓方、王开林、王充闾、李国文、曾纪鑫。他们的社会身份不外几种情况：学者、作家、官员等。有的身兼多职，他们是知识分子、精英阶层，具备历史文化的解读能力，在文化散文创作中，他们以历史文化的解读者、文明的传播者的姿态出现。

其二，创作内蕴：具有文化诗性的品格。

文化散文家们既然是文化人、知识分子，他们就具有知识分子的历史使命感与社会责任感。他们的创作大多取材于历史，以文化为视角，从人文古迹、中国文人、历史人物的命运，探询人类的生存状态、生存理想和生存本质，对人生终极生存意义进行文化深层追问，发掘他们生命深处的精神状态。文化散文从创作内蕴上看，具有文化诗性的品格。“‘文化诗性’应包含这样的一些内涵：一是对人类生存状态、生存理想和生存本质的探询，并在这种追问探询中体现出诗的自由精神特质；二是感应和诠释民族的文化人格；三是对传统文化的批判和守护；四是文化诗性还包含着对‘还乡文化’的认同和感受。”①

20世纪90年代以后，由于抒情的淡出和思想的凸现，特别是由于在散文领域中确定了知识分子的存在方式和说话方式，散文作家心灵的自由和个人的话语权利获得了保障，对人类生存状态、生存理想和生存本质的探询成为文化散文家探索的重点。王充闾在谈到他创作的内在追求时，认为他的创作永远是对人的生存状态，特别是精神状态的写照与思考。王充闾的《青山魂》《桐江波上一丝风》，余秋雨的《苏东坡突围》《遥远的绝响》《青云谱随想》《西湖梦》《流放者的土地》，梁衡《读柳永》《青州说寿：一个永恒的范仲淹》《觅渡，觅渡，渡何处？》等作品，都是在历史文化背景下思考人的存在

① 陈剑晖：《诗性散文》，广东教育出版社2009年版，第119页。

的。在《苏东坡突围》中，作者问道：苏东坡这位世界级的大文豪为什么活得如此狼狈艰难？不但被多次流放到荒凉边地，甚至差点被迫害致死。作者认为，像苏东坡这样的旷世之才并不能见容于他所处的时代，而中国的世俗社会机制，特别是各种“文化群小”更是“围困”苏东坡的强大而邪恶的力量，正是他们的穷凶极恶的揭发，给苏东坡的生存带来了极大的灾难。作者一方面用具体生动的材料，写出苏东坡因遭围困而面临的各种生存困境，同时给“文化群小”以极度的蔑视；另一方面，作品又细致地描写了苏东坡精神上的痛苦、心灵上的孤独无告。此外，还写出苏东坡虽然获罪，但仍“扁舟草履，放浪山水间，与樵夫杂处”的乐观洒脱的性格和人生态度，从多个角度、多个侧面来表现苏东坡的生存状态。王充闾在《青山魂》中，以“现实存在的李白”和“诗意存在的李白”来展示李白的存在状态，并通过他们之间的巨大反差，“形成了巨大的内在冲突，表现为试图超越却又无法超越；顽强的选择命运却又终归命运所选择的无奈，展示着深刻的悲剧精神和人的自身的有限性”。

文化散文除了侧重于反映知识分子的个体生存状态外，也关注对民族的文化人格的再现与诠释。余秋雨《一个王朝的背影》之所以是文化散文的精品，就在于它在广阔恢宏的文化背景下建构了一种强健开放的文化人格。作品中的康熙虽是一个皇帝，但他同样是一个历史之子，是文化中人。在他身上固然有一代帝王的标志，但更重要的是知识分子的人格气质的流露，他具有强壮的体魄、健全进取的精神和超乎寻常的生命力，他勤奋好学，视野开阔，有刚毅的性格和开放的胸襟。在余秋雨《风雨天一阁》中，作者再现的范钦是一个具有文化良知的文化人，他的文化良知主要体现在他创造了天一阁藏书楼及对藏书楼的管理和保护上。范钦以一种超越意气、嗜好和才情的意志力，以一种冷峻得不近人情的理性提炼了文化良知，使藏书变成一种清醒的社会行为，一种文化传承和民族精神的凝聚。

文化诗性既然主要是以传统文化和民族文化精神为建构的对象，那么，它就必然要从文化自身出发，对丰富复杂的文化现象进行反思与价值判断。在对传统文化的批判上，余秋雨主要表现在对“毛笔文化”“夜航船文化”“隐士文化”的批判。他认为，“毛笔文化”“过于迷恋承袭，过于消磨时间，过于注重形式，过于讲究细节，毛笔文化的这些特征，正恰是中国传统文人群体人格的映照，在总体上，它应该淡隐了”。中国的“夜航船文化”实际上正是造成中国古代的士大夫文化因循守旧、闭关自守、崇尚空谈、脱离民众和实际的特殊的社会土壤。由于这些原因，中国的夜航船才这样狭小平稳，而且迟迟达不到现代的彼岸。隐士一般是指封建社会具有较高的文化知识和道德修养水平的士人。尽管他们的才能智慧高出一般人甚至有较大的名气，但他们却不愿出仕，而宁愿隐居山林，过着一种原始化和贫困化的生活。由于隐士洁身自好，追求一种怡然自得、没有功利的自然境界，因而自古以来，隐士一直受到人们的尊敬和颂扬。王充闾的《桐江波上一丝风》以著名隐士严子陵作为焦点人物，由此引出历史上诸多隐士：巢父、许由、伯夷、叔齐、庄子、阮籍、嵇康、陶弘景、八大山人、王夫之等。作者从隐逸现象形成的社会原因、历史原因，从隐士的生存方式、生存理念和生命追求，从隐士的人格心理等方面进行深入探讨，由此揭示中国隐逸文化的独特魅力和深刻内涵。余秋雨却在《西湖梦》中对隐士林和靖进行了批判，作者认为知识分子是一个特殊的群体，他们是一个民族前行的推行者，因此他们应有比较强健硬朗的主体意识和理性思考的精神。如果知识分子都像林和靖那样隐居孤山，终老荒林，那么春去秋来，梅凋鹤老，文化就成了一种无目的的浪费。封闭式的道德完善导向了总体上的不道德，结果群体性的文化人格也日渐暗淡，而与此相关的文明的进化、国家民族的现代化目标也因此被取消，“剩下一堆梅瓣、鹤羽，像书签一般，夹在民族的史册上”。这样的文化批判，应该说是入木三分的，具有强烈的现实意义。但是，我们应该看到，文化散文家们对传统文化既有批判，也有守护，比如对“废墟文化”的守护。

文化散文家们的创作虽然大多取材于历史，但他们的创作指向是观照现实。他们具备将历史感与现实感相融合的功力，穿梭于历史与现实之间，将历史作为审美观照的对象，同时又不忘对现实作出思考，实现历史与现实之间的生命追问。王充闾在北大中文系做过题为“历史文化散文的现实关怀”的讲演，开篇就提到“在历史文化散文创作中，如何以一种开放的、现代的语境，做到笔涉往昔，意在当今”。现实关怀“指涉的是关于现代性的判断与选择，体现在对于现实人生与人性的关注，诸如人生的困境、生存的焦虑、命运的思考、人性的拷问等各类问题”。这里作者很明确地表明了自己的创作指向：取材于历史，观照于现实。余秋雨《都江堰》虽着眼于古人，但“由此而向现代官场衮衮诸公诘问：活着或死了应该站在哪里”。作者以穿越历史文化的力量把人们带入一种对民族、对社会的现状以及前景的深深思考之中。王充闾在《面对历史的苍茫》这组散文中，没有停留于记叙曾经发生过的史事，而是在解读历史的同时，有意揭示作者自己对社会发展和具体生命形态的超越性理解。①

其三，创作思维：以个人解读的方式，对历史文化进行理性的思辨，同时融入个体生命的体验。

“个人解读”这一指称无疑具有两重性。首先，“解读”是一种理性的行为，是运用概念、判断、推理等理性思维要素，采用逻辑推理或实证的方法去分析、解释自然物理现象或社会精神现象的方法。通常来讲，“解读”方法多用于学术研究，这一方法的运用应该遵守严谨的学术规范和客观规律。其次，“个人解读”中“个人”是一种观照历史文化的人本视角，即关注人类个体生命。文化散文家在探询古代文化遗迹、文化现象或对历史人物考察的过程中，着力于剖析、解读历史个案，即他们笔下经常出现的“远年的文化灵魂”，在对这些历史生命的解读中，渗透创作主体的生命体验，以期“个人”与“个人”的精神脉搏产生共振。这些“远年的文化灵魂”如《阳关雪》中的王维，《柳侯祠》中的柳宗元，《都江堰》中的李冰，《风

① 参见王充闾：《散文激活历史——关于历史文化散文的创作》，《当代作家评论》2001年第6期。

雨天一阁》中的范钦，《千年庭院》中的朱熹，《春梦留痕》《苏东坡突围》中的苏东坡，《青山魂》《两个李白》中的李白，《读韩愈》中的韩愈，《青州说寿：一个永恒的范仲淹》中的范仲淹，这个名单可以开出一长串。作者对这些具有较为健全的文化人格的历史人物并非点到而止，而是尽可能再现历史情境、探索人物的心路历程。余秋雨在《苏东坡突围》中写道："正是这种难言的孤独，使他彻底洗去了人生的喧闹，去寻求无言的山水，去寻找原始的古人。""成熟是一种明亮而不刺眼的光辉，一种圆润而不腻耳的音响，一种不再需要对别人察言观色的从容，一种终于停止向周围申诉求告的大气，一种不理会哄闹的微笑，一种洗刷了偏激的淡漠，一种无须声张的厚实，一种并不陡峭的高度。"对苏东坡的这种解读，明显地渗透着余秋雨的倾向性和价值观，读着读着已经分不清作者写的是中年的苏东坡还是中年的余秋雨了。苏东坡遭遇流放后的淡泊与宁静在不同作家笔下是不同的审美存在，王充闾在《春梦留痕》中写苏东坡"入乡随俗，完全与诸黎百姓打成一片……一副地地道道的黎家老人形象"，是主动的融入使其获得精神与文化的双重超越。可见，不同的作家对同一历史人物的解读明显打上了不同的主体印记。

新历史主义认为，历史本身就是一个巨大的文本。历史文本存活在历史的长河中，给各个时代都留下了解说的空间，各个时代的人根据自己对历史的理解以及需要去阐释历史，与历史对话。当然史学家与文学家对历史的言说方式是不同的。文学家在面对历史时，往往把历史纳入自己的审美视界，进行个性化的个人解读，因此他们解读历史的视角是独特的。王充闾是为官之人，却对厌恶官场的庄子情有独钟。在《寂寞濠梁》中，他表现出对庄惠临流，濠梁间观游鱼之乐的向往。他崇尚庄子的精神富有与身心的自由，感叹庄子"高踞于精神之巅来俯瞰滚滚红尘，因而能够看轻俗人之所重，也能够看重一般人之所轻"。因此，他"不愿'危身弃生以殉物'，不愿因专制王权的羁縻而迷失自我、葬送身心的自由"。"他把身心的自由自在看得高于一切。"作者对庄子"逍遥于天地之间而心意自得"的悠然境界的崇尚，并非官道中人的附庸风雅，而是现代社会里的生命个体，在被种种现实性的功利原则所左右后的一种生命的感悟。因此在他道经安徽凤阳，首先“提出寻访庄、惠濠梁观鱼遗址”而不是去观览两大名城胜迹明皇陵和中都城时，东道主感到“愕然惊叹”。这种选择的本身，就是作者的一种“个人解读”，一种对历史文化的个人价值判断。

文化散文家们大多是对文明、文化有极强感悟力的学者，有着强烈社会责任感和现代意识，因此他们的“个人”就必然牵扯着厚重的文人观念、知识分子意识，这其中与中国传统文人一脉相承的便是对民族文化、历史使命、文明传播的强烈忧患意识。这些优秀的精神已经融入个体生命，因此文化散文中的“解读”才是一种个体的、偏执的理性。然而，人是感性和理性兼具的动物，许多时候很难把二者绝对分开。在生命的体验与自然倾诉中，理性必然受到感性、感情和自身体验的影响，无法实现完全客观冷漠、远离自然和人群。

中国古代先哲正是以全部精神生命——包括理性和感性，探寻人类社会的真理，他们的探寻成果如孔子的《论语》、老子的《道德经》，还有《庄子》《孟子》等。这些先秦散文具有浓郁的个人思想意识，给人以理性上的启示、顿悟和情感上的洗礼。“五四”时期也是思想哲理散文名家辈出，鲁迅便是杰出的代表。从历史源流来看，不能不说文化散文创作主体在创作中表现出来的强烈的理性意识与历史上的思想大家没有精神上的牵系。而且，从时代精神来看，中国的80年代末90年代初，文坛散文仍沉迷于国家民族话语的重复或者个人闲适生活的呓语，文学尤其散文几乎处于“失语”状态，在这种时候，文坛需要呼唤理想，呼唤深刻的思考；应该说，这种“时代需要”与文化散文的出现、盛行并广受赞誉不无关系。他们以个人独立的理性思考为思维模式，融入个人情感的生命体验，实现超越性的哲学感悟。

其四，创作艺术：对话式的议论，重新叙述的历史故事，充满人文情怀的抒情。

文化散文具有严肃的内容，它是关于文化的传递、保存和弘扬。但产生轰动的阅读效应和使人读起来感觉欲罢不能的原因是什么呢？从文化散文的创作艺术层面进行探讨，大致有以下三方面的因素：

第一，对话式的议论。在文学批评领域里，“对话”这一概念和巴赫金的“复调小说”理论是分不开的，它指的是在陀思妥耶夫斯基等作家的小说里，不单是叙述者一个人在说话，而且还有其他声音在说话。文化散文里的“对话”与巴赫金的“对话”不完全等同，却有相似之处。传统散文往往都运用第一人称进行叙述，叙述的声音比较单一，但在文化散文写作中，我们明显感到叙述声音呈现出多重对话的特征。首先是作者与那些“远年的文化灵魂”的对话，似乎他们早已认识而对坐长谈。其次是作者与读者对话。无论作者走到哪里，他总是忘不了读者，在与古人对话之后，作者自己便出现，向读者介绍自己的经历和体验。再次是实现了读者与历史、历史人物的对话，呈现出多重对话的特征。多重对话拓展了文章的空间也吸引了读者——读者不仅能欣赏到别人的交谈，还时刻能感受到自己的存在。王充闾在《两个李白》中，描述了李白的两个世界，一个是现实存在的世界，一个是诗意存在的世界。文章对李白政治上的惨败给予清醒的审视，对诗意存在的李白给予深切的审美观照。作者进入李白的狂饮世界，体验李白之体验：“在他看来，饮醉始终是生命本身，摆脱外在对于生命的羁绊，就是拥抱生命，热爱生命，充分享受生命，是生命个体意识的彻底解放与真正觉醒。”然而作者又跳出李白的世界，思考两个世界的特殊关系及其对于李白的意义：“以自我为中心的心态，主体意识的张扬，超越现实的价值同残酷现实的剧烈冲突，构成了他诗歌创造力的心理基础和内在动因，给他带来了超越时代的持久生命力和极高的视点、广阔的襟怀、悠远的境界、空前的张力。”①作者对李白的解读不是盲目地回归历史，而是深入其精神世界，对其生命给予个体关注。这里，作者既完成了与李白的对话，同时又跳

---

① 王充闾：《一生爱好是天然》，海天出版社2001年版，第77页。

出文本，完成了与读者的对话。这样，读者就不再只是在文本之外观看作者炫耀学识或是演绎自己的人格魅力，也不再驻足历史文化之外对曾经的风风雨雨采取漠然中立的认知态度，而是被作者邀请进去，进入文本营造的话语空间和历史文化空间，和作者一道去经历文化苦旅。在作者圆熟的语言技巧经营出的具有魔咒般魅力的文字的感召下，读者也被带到了特定的历史文化场景中，个人的生命之流与历史的洪流融为一体。如此，又形成了读者与历史的对话。由此我们看到：王充闾的对话在两个层面展开而形成了多重对话的格局。在这多重对话中，王充闾以自我的敞开博得了历史的敞亮。

第二，重新叙述的历史故事。即使不细心的读者也会发现，在文化散文中，作家并非单调地讲述历史事件，更不直引史书，而且绝对不是史书的白话文翻译（人物语言除外）。作家“讲史”一个很重要的特点，即融入了自己的情结情感，借小说、戏剧等表现手法重新叙述历史故事，如余秋雨《道士塔》的叙述：

> 王道士每天起得很早，喜欢到洞窟里转转，就像一个老农，看看他的宅院。他对洞窟里的壁画有点不满，暗乎乎的，看着有点眼花。亮堂一点多好呢，他找了两个帮手，拎来一桶石灰。草扎的刷子装上一个长把，在石灰桶里蘸一蘸，开始他的粉刷。第一遍石灰刷得太薄，五颜六色还隐隐显现，农民做事就讲个认真，他再细细刷上第二遍。这儿空气干燥，一会儿石灰已经干透。什么也没有了，唐代的笑容，宋代的衣冠，洞中成了一片净白，道士擦了一把汗憨厚地一笑，顺便打听了一下石灰的市价。他算来算去，觉得暂时没有必要把更多的洞窟刷白，就刷这几个吧，他达观地放下了刷把……

敦煌文物被窃取这一历史事件发生在一个多世纪前，作者对这一事件的认识，只能从历史记载中了解，而文章对王道士细微的动作神情以及思想的描写，完全出自作者丰富的想象，突出了现场感——好像作者亲历历史事件一样。这便把“一般过去时”改成了“现在进行时”，强化了视觉效果。类似这样的叙述，在文化散文创作中是较为常见的。这种写法虽然引来了不少质疑，被认为是用写小说的方法写散文，但文学史上已经出现了孙犁、汪曾祺那样的“散文化小说”，人们已经认同了不同文体技巧的互补互用。况且，文化散文家们在散文创作中“虚构”历史事件，并没有违反散文的真实性要求（关于散文能否虚构问题近年来散文界又开展了讨论，讨论结果不言自明），只是对历史细节进行艺术化的合理想象。事实上，这种写法点铁成金，有利于深化主题，也大大增强了文章的可读性。

第三，充满人文关怀的抒情。现代散文艺术创作，不管是侧重议论还是侧重叙事，都不可背离抒情这一文体本性或属性。无论议论散文或是叙事散文，缺少作者主观情感的介入，就会变成一种直白的说教和纯客观的呈现。20世纪90年代初，中国的改革开放已经进展到一定的深度，在市场观念的初步洗礼下，人们的精神出现了深度变化。仅就散文来看，以往经典作家秦牧、杨朔等人的国家民族话语已经无法赢得读者的信任和感动。这时候，文化散文对人、人性和人格的关注无疑是一抹阳光、一泓清泉。1993年，王晓明、陈思和等人发起了“人文精神大讨论”，在某种意义上，余秋雨的早期散文创作似乎为之敲响了前奏。从报刊文章上我们还可以清晰地看到，在1992年左右的几年间，全国无数读书人都在为《文化苦旅》中浓厚、博大的感情而感动。这种感情的抒发是个人行旅经验、情感体验和心灵体验的投入而带来的，是动人的、是艺术的，而非技术的。

此外，文化散文在创造意境时，更加注重个体生命体验的灌注。散文作为偏重于自我表现和特别强调个性的文体，它的意境更要求有真情和真景的融入。散文意境可以说是散文作家把握自然和社会人生，并将主观内情与客观物境交织渗透而构成的艺术境界。王充闾的《读三峡》这样写道：“始读之，止于心灵对自然美的直接感悟，目注神驰，怦然心动。……再读之，就会感到主观的生命情调与客观景物交融互渗，物我融成了一体。……卒读之，则身入化景，浓酣忘我，‘冲然而澹，翛然而远’，进入《易经》上讲的那种‘天地氤氲，万物化醇’的灵境，此刻该是‘此中有真意，欲辨已忘言’了。”作者以自己独到的心灵体验，融入生命情调，为我们展示了观照三峡的三种境界：一是“心灵对自然美的直接感悟”，二是“生命情调与客观景物交融互渗”，三是“身入化景，浓酣忘我”。这种意境不仅仅是人的自然化，或是自然的人化和社会化。事实上，它是自然与人统一，人之生命即自然之生命。也因此，它的内涵更丰富，空间更广阔，给人的想象更深远，这样的散文自然也更富于灵气与韵味。雷达在对王充闾散文美学追求进行评析时说：“作者的审美心理和审美眼光有个基础，有个起锚地，那就是中国式的或东方式的美学精神。比如讲究气韵，讲究意境，讲究情景交融，讲究虚实相生等等。”①

三、文化散文的意义及思考

“‘文化散文’突破了当代散文长期被局限于一己生活琐事和人生常态的褊狭视野，冲破了散文惯常的写‘小感触’‘小哲理’式的审美规范。它在当代散文中的独树一帜，不但是对当代四十余年散文积弊的超越，也是对散文长期以来甜媚无骨、轻飘俗丽习气的彻底摒弃和超越，更是对当代散文领域‘闲适小品’潮、港台风格的青春抒写小品等散文流向的反拨和庄重示范。”②这种概括在今天看来也还是比较准确客观的。

第一，文化散文突破了传统散文的创作模式。文化散文家们在思维上突破传统的借景抒情、托物言志或叙事记人的散文模式，融文学、美学、哲学、史学及其他学科于散文创作，将叙事、抒情与议论融为一体，既有理性思考，又有充满激情的抒发。他们也着墨于名山大川、风景名胜，如《阳关雪》《庐山》《千年庭院》《都江堰》《柳侯祠》

① 雷达：《读〈清风白水〉记》，《文艺报》，1992年6月2日。

② 佘树森、陈旭光：《中国当代散文报告文学发展史》，北京大学出版社1996年版，第261—262页。

《读三峡》《梦游沈园》等，从题目看似乎是写景记游的，但读后你却发现，他们创作的重点并非如此，他们所关注的是山水所负载的文化意蕴。余秋雨说："我发现我特别想去的地方，总是古代文化和文人留下较深脚印的所在，说明我心底的山水并不是完全的山水，而是一种人文山水。"[①]楼肇明认为："从文体建设的方面看，余秋雨的创作践履着五四文化巨人们的足迹，与五四散文的文化传统一脉相承、遥相呼应，突现和高扬了散文文化本体论的文体意识，续接当代散文创作中为其三四十年之久的严重的'文化断裂层'。"[②]文化散文在结构方式上，也打破了杨朔"三段式"的结构模式，运用多维度、多层面、辐射式的构思方式。余秋雨的《文化苦旅》不少篇章都运用小说式的叙述模式结构全文，如《牌坊》《酒公墓》《腊梅》等，由于将传统小说的技法渗透于散文创作中，使得文章跌宕起伏。有的篇章如《这里真安静》，还采用了寓言结构体。

第二，文化散文拓展了散文创作空间。文化散文家们超越时空限制，取材的角度比较大，大量取材于历史，从文化的视角展示历史事件、文化人格的深厚底蕴，注重散文的深度意识、超越意识，给人以大视野、大气魄、大容量、大格局的震撼力，较之轻灵、精致的抒情、写景的美文，有着更多文化反省的意味和深刻的精神蕴涵。

当然，如何处理散文与历史材料的关系，历史文化散文应如何写等问题，作家、评论家、读者都在思考与争论。比如，对于王充闾的历史文化散文创作的不足，李晓虹认为："一是作品中的历史叙述往往为知识所累，很难看到作者的情怀，本应属于背景的史料，因着作者的引述，反倒成了文章的主体，留给读者的想象空间很小，使人读起来难以喘息；二是缺少现代意识的文化反省、灵魂撞击，缺乏精神

---

① 余秋雨：《序》，《文化苦旅》，知识出版社1992年版，第3页。

② 楼肇明等：《繁华遮蔽下的贫困——九十年代散文之路》，山西教育出版社1999年版，第63—64页。

的发掘。”[1]李吟咏认为：“诚然，智慧的叙述可以引发人们对历史的新理解，但历史毕竟是历史，其庄严性与非诗性，不是情感的抒写所能充分把握的，因而，散文家虽有灵光闪现，但基于历史的文化散文，不许创作者过度诠释与发挥，只能就历史本身进行深度发掘。”[2]

文化散文在20世纪90年代生成时的确给人带来耳目一新的感觉，但随着文化散文这一文体形态的发展，越来越多作家加入文化散文创作的行列，作品渐渐陷入单调模仿的套路之中，创作出现了模式化的倾向。主要表现在：“长篇大论的体式，往后转的历史视点，传统文人的内心冲突，自然山水的人文意义，文化分析的手法，知性和感性合一的语言，等等。”[3]有学者将这种套路概括为“历史故事的讲述+传统文化的宣讲+抒情+议论”[4]。更有学者认为“故事+诗性语言+文化感叹”的套路显然是一条有效的生产流水线，史料加上诗性的语言和文化感叹、抒情，这样的结构重复使用，似乎成了一次“集体写作”，创作主体的个性不但难以体现，而且也失去了散文创作的自由、灵动。[5]作品借助大量的文化知识和历史史料，难免挤压了文学艺术的丰富性，造成作家心灵与精神的缺席，今天“当我们再次面对这样的‘集体写作’时，我们感叹‘文化大散文’已经逐渐走向了它最初产生时的反面”[6]。

文化散文要发展提升，关键是处理好文化本体性与审美性的问题。

---

① 李晓虹：《内在超越之路——谈王充闾的散文创作》，《辽宁日报》，2004年2月6日。

② 李吟咏：《寻求那飘逝的文化诗魂——王充闾散文的一种解释》，《当代作家评论》2004年第2期。

③ 王尧：《文字的灵魂》，山东友谊出版社2007年版，第176页。

④ 王凌虹：《文化散文模式化结构及成因》，《温州师范学院学报》（哲学社会科学版）2006年第6期。

⑤ 参见朱国华：《别一种媚俗——〈文化苦旅〉论》，《当代作家评论》1995年第2期。

⑥ 王尧：《文字的灵魂》，山东友谊出版社2007年版，第112页。

其一是文化趣味。这里的文化趣味与那些缺情寡味以掉书袋、堆砌学问知识的学术式文化散文无缘，也不是在偏重于文化省思的散文中加进一些油腔滑调的佐料。此处的文化趣味，是建立在丰厚的文化积累和开阔的文化视野上的诗意表述，它的特点是自然朴实中有蕴藉圆融，述事析理时显出幽默诙谐，反思批判中透出足够的机敏智慧。在这方面，现代散文大家梁实秋的散文可视为范例。而在当代作家中，韩少功、王小波、孙绍振、南帆均有十分出色的创作实践。

其二是文化气质。由于文化意识渗透进作品的各个方面，并成了创作主题的价值取向和审美特点，因而一般说来，凡是真正具备文化本体性的散文都有一种独特的文化气质。这种文化气质一般不易于把握和分析，但它却确确实实存在于那些优秀的散文作品中。比如说，在沈从文、汪曾祺的作品中，我们都可以感受到一种独特的氛围和调子，但细加分辨，两人的气质又稍有不同。按范培松先生的说法，沈从文的作品更"野"一些，汪曾祺散文更"漫"更"闲"一些。[①]这里的"野"和"漫"以及共同以"水"为背景所形成的迷人的氤氲弥漫的蕴涵，就是作品的文化气质。类似的情况，我们还可以在新月派的散文中感受到。由于崇尚绅士文化，以幽雅从容的自由风度、古老的意象或域外风情来寄托自己的闲逸趣味，新月派的散文往往透出一股贵族的文化气质。正是凭借这种文化气质，读者很容易便可将它们与沈从文、汪曾祺区别开来，并在阅读中获得不同的人生启迪和艺术感受。

其三是修辞的经营。其中包括行文风格、叙述腔调、语言配搭、描写手段，等等。文化散文如果忽略了修辞的经营，那么它的艺术魅力和文化剖析将会大大削减。为什么余光中、王鼎钧等的文化乡愁能够那么持久地引起读者阅读的热情？这里的根本原因就在于他们传达的是一种审美的文化乡愁。他们沉醉于意象的营造，潜心于语言的创设，

---

① 参见范培松：《序言》，范培松、徐卓人编《汪曾祺散文选集》，百花文艺出版社1996年版。

忘神于诗意的传达和艺术手段的翻新，那种专注，那种执着，终于为他们的散文赢得了一片新天地。由是观之，港台的一些散文家之所以受到内地读者欢迎，并不仅仅在于他们传达了一种文化乡愁，而在于他们在创作中将文化本体性和审美性较完美地融合在一起。

上述分析可以得出这样的认识：当今的散文创作要有较大的思想容涵和艺术魅力，一方面要注入文化的内涵，不仅要表现出一定的文化色彩，而且要将文化底蕴作为作品的内核和依托；另一方面，在强化文化素养和文化精神时，又不能忽略艺术的审美创造，给作品注进生命的情调和色彩。只有如此，当代的散文才有可能走向大气和成熟。令人感到不足的是，时下的不少所谓学者散文或文化散文，都或多或少存在着重文化而轻审美的创作倾向。这些散文随笔有的热衷于“文化旅行”，写了秦砖汉瓦唐风宋雨，唯独缺少深层的文化理解和情趣的灌注；有的则满足于史料的罗列和知识的炫耀，在散文中进行学术论文式的逻辑推理，这样为文化而文化，以学问知识代替艺术审美的做法，自然只能凑出一篇貌似高深实则平庸的文章，而不可能创作出真正具有文化本体性的优秀散文。

除了忽视审美性，当今的文化散文还有一个弊端，就是一些作家在创作时总是用一种不变的、凝固的眼光去看待文化，有的甚至表现出相当落后、保守的文化意识和文化观念，这样同样无法熔炼出属于自身同时又顺应时代发展的具有崭新文化内涵的作品。须知，人类文化不仅仅是一片荒凉的残墙断垣，不是永远不变的化石，而是一种鲜活的、不断发展着的生命形态，是一条不息流动着的河流，它总是随着历史的演进和时代的需要不断抛弃一些东西，同时又更新一些东西。既然文化总是随着时代生活的发展不断更新内涵，那么当代的散文创作也应随着文化的变化而发展变化。也就是说，散文作家在创作时，要以崭新的文化意识来观察生活，处理题材，思考和分析当代和古代的文化问题。在这方面，当代的一些优秀散文家已经作出了成功的实践。如金克木在《〈论语〉中的马》中，既对马的形象进行了细致的考证梳理，引发出对中国古代的政治、经济、社会制度诸方面的文化思考，又阐发了西方的科学主义和理性精神，从而将儒、释、梵的内容寄寓于现代文化精神的不断探索之中。王小波的散文，则常常通过古代的典故或民间故事来展开他的佯谬式的推理，但他的文化背景却是西方强大的科学理性精神，这样他的文化批判便有着别的作家所不及的幽默色彩和文化深度。事实上，无论是金克木还是王小波，他们的散文都在不同程度上扩大了散文的思想容量，拓展了中国当代散文的写作模式。

的确，中国的当代散文正从以往的托物言志、抒发感情的狭义范畴向着更广阔的生活领域蔓延渗透。它告别了以往的简约、古典和幽雅，在历史的穿行和人生的感悟中，在慵散与平凡的日常生活情景中营造出一个个的公共文化空间。它没有诗歌的极端和尖锐，却充满了心灵的私语和闲适的机趣，且有着秋天的宁静与辽阔。是的，当代的散文因了文化的浸润而获得了本体性，而中华民族的文化建设，乃至整个民族的心理素质、审美情操和精神境界，则有可能因散文的文化诗性的强化而得到全面的提升。

第二节　余秋雨散文的文化精神

一、对存在方式和自由精神的诗性质询

在对文化诗性的内涵进行界定时，我曾指出对人类存在问题的关注，是文化诗性思考的一个重要基点。为什么文化诗性要特别重视人的存在问题？因为第一，所有的文学都不能离开生存本身，都应当关注现实和历史中的人的不同存在方式。文学不是没有依持的精神高蹈，不是空洞的情感宣泄，更不是单纯的技术主义和游戏式的自我放纵。文学说到底是写人，是写人的命运，表现人的生命形态的。而人永远在生活着，他生活在特定的历史环境，生活在自己所设定的生活方式和个人的领域中，所以任何一个有深度、有责任感的作家都力图进入社会生活，挖掘出生活中的人性因素，人的生存的丰富性和独特性，以及生存的质量和人存在下去的理由。在我看来，这就是文学对

生存意义的诗性质询。这种质询是小说、诗歌和散文共有的深度模式之所在，也是考量我们的小说、诗歌和散文达到了何种水准的世界性的度量衡。遗憾的是，在过去，由于理论认识上的偏差，我们的散文要么沉溺于风花雪月之中，要么是写生活中的一些小事情，罗列一些表面的现象，在美学风范上则崇尚古典优雅，讲究精雕细琢，而独独忽略了对人的生命方式和生存意义的质询。这样一来，散文在表现生活的深度和广度方面，自然也就远不及小说和诗歌，这也是散文长期以来的内部匮乏。而现在，散文将在文化诗性的张扬中加强对人的生存方式和生存意义的质询。第二，每一个人都是现实生活中的人，同时也是历史中的人、文化中的人。每一种历史、每一种文化在不同的个体生命中，都有着不同的存在方式，呈现出不同的存在意义。散文既然从属于历史、从属于文化、从属于人类的精神创造，它就应当从文化诗性的角度出发去阐释人的存在意义，并通过人的生存的发现去昭示历史的演进、文化的价值和民族的思维方式与审美品格。正是在这个意义上，我认为散文的文化诗性在本质上也就是一种存在的诗性。它通过对存在的思考发现了存在的意义，而存在意义的发现又反过来强化了这种诗性，使这种诗性成为人类文化中最为美好、最为灿烂的品质。

如上所述，散文中的文化诗性即存在诗性在以往的散文创作中基本是一片空白，不过进入20世纪90年代以后，由于抒情的淡出和思想的凸现，特别是由于在散文领域中确定了知识分子的存在方式和说话方式，散文作家心灵的自由和个人的话语权利获得了保障，这样，散文中的个体存在，个人的生存方式、生存际遇和生存经验也就受到了普遍的关注。特别在那些文化散文中，人的存在和存在意义更成为散文作家们探索的重点，比如余秋雨的《苏东坡突围》《遥远的绝响》《青云谱随想》《西湖梦》《流放者的土地》等作品，便是在宽阔的历史文化背景下思考人的存在的问题。只不过与别的作家不同，余秋雨集中探讨的是中国知识分子的生存状态，或者如散文研究者王尧所说，“余秋雨散文深刻展示了一个贯穿他整个创作的主题：围困/突围成为知识分子生存的基本冲突”[①]。《苏东坡突围》便充分展示了这种围困与突围的复杂性。在《苏东坡突围》中，作者一方面用具体生动的材料，写出了苏东坡因遭围困而面临的各种生存困境，同时给予“文化群小”以极度的蔑视；另一方面，作品又细致地描写了苏东坡精神上的痛苦、心灵上的孤独无告。此外，还写出了苏东坡虽然获罪，但仍“扁舟草履，放浪山水间，与樵渔杂处”的乐观洒脱的性格和人生态度。正由于《苏东坡突围》从多个角度、多个侧面表现了苏东坡作为知识分子一员的被围困与突围，这样作品中的人的存在便不是一套僵硬的说教，不是一个空洞的符号，而是生动可感、有血有肉的生命和人格的构成。当然，更能触动我们的文化良知，引起我们灵魂为之颤动的是这样一些文字：

> 长途押解，犹如一路示众，可惜当时几乎没有什么传播媒介，沿途百姓不认识这就是苏东坡。贫瘠而愚昧的国土上，绳子捆扎着一个世界级的伟大诗人，一步步行进。苏东坡在示众，整个民族在丢人。
>
> ……
>
> 小人牵着大师，大师牵着历史。小人顺手把绳索重重一抖，于是大师和历史全都成了罪孽的化身。一部中国文化史，有很长时间一直捆押在被告席上，而法官和原告，大多是一群挤眉弄眼的小人。

经过了各种生存的苦难，尤其是经过了痛苦的自省，苏东坡终于找回了存在意义上的自我。他渐渐回归于清纯和空灵，并在淡泊和静定中体味自然和生命的原始意味，这其实是一种生存意义上的升华，也是一种脱胎换骨后的成熟。面对这种成熟，作者禁不住用诗性的笔

---

① 王尧：《知识分子话语转换与余秋雨散文》，《当代作家评论》2000年第1期。

调加以赞叹：

> 成熟是一种明亮而不刺眼的光辉，一种圆润而不腻耳的音响，一种不再需要对别人察言观色的从容，一种终于停止向周围申诉求告的大气，一种不理会哄闹的微笑，一种洗刷了偏激的淡漠，一种无需声张的厚实，一种并不陡峭的高度。勃郁的豪情发过了酵，尖利的山风收住了劲，湍急的溪流汇成了湖。

尽管上述的文字曾一度遭到某些“酷评”家的尖锐攻击，认为余秋雨将苏东坡的被捆扎上升到民族和历史的高度，是一种廉价媚俗的煽情。但在我看来，这样的描写和抒情是十足诗性的。很难设想，如果没有以个体的生命价值为核心，将文化的思考、哲学的概括和诗的激情融会在一起，那么根本上也就没有余秋雨的文化散文。何况，余秋雨的抒情还是有节制的，远没有达到感情泛滥的地步。

当然，突围并不是终极的目的，突围是中国知识分子特有的一种话语方式，突围是个体存在意义上的诗性质询，突围也是知识分子对自由精神的一种执着追求。《苏东坡突围》中的突围是如此，《青云谱随想》也是如此。这篇散文中的徐渭、朱耷、石涛等或孤傲，或孤狂，或疯癫，然而他们的个体精神却是强悍的，他们笔下那些地老天荒般的残山剩水，那些孤独的鸟和怪异的鱼，其实正是他们内心世界的写照，是他们对权贵的蔑视和对自由精神的祈求。特别值得一提的是《遥远的绝响》这篇散文。此文为我们展示了另外一个心灵世界奇特的人格天地——魏晋时期那些风流人物。是的，在魏晋这样一个无序和黑暗的“后英雄时期”，人的生命存在方式是奇特和脆弱的，而文人名士的生命同样不值钱。但即便在这样的时代，一种独特的个体生存方式，一种对自由追求的精神仍然从黑暗、混乱、血腥的挤压下飘然而出。比如阮籍，他喜欢一个人驾着木车游荡，木车上载着酒，没有方向地向前行驶，没有路了，他便号啕大哭，哭完便喝酒，然后又是无目的地驾车游荡。他游戏官场，淡泊名利，但听到一位极有才华又非常美丽的女孩死了，他却莽撞地跑去吊唁，并在灵堂里大哭一场。与此形成反差的是他的母亲去世时，他竟然既不哭也不拜。阮籍的这些行为，在礼教森严的中国古代社会里，应当说是十分奇特的，然而正是在这种离经叛道中，孕育出了一种被鲁迅激赏不已的“魏晋风度”。和阮籍一样，嵇康也是一个“异数”。只不过他对存在意义和自由精神的追求比阮籍更执着、更明确和更彻底，因此他的生命乐章也就更明丽和更响亮。嵇康的“非汤武而薄周孔”“越名教而任自然”等宣言，在当时简直是振聋发聩。自然，嵇康也为此付出了生命代价，但他的《广陵散》却和阮籍在广武山中的悠扬而高亢的长啸一样，都成了一种“遥远的绝响”。

在文化散文的写作中，像余秋雨这样侧重于反映知识分子的个体生存状态的作家和作品还可以举出许多。比如在王充闾的《青山魂》中，作者以“现实存在的李白”和“诗意存在的李白”这两个角度来展示李白的存在状态，并通过他们之间的巨大反差，“形成了巨大的内在冲突，表现为试图超越却又无法超越；顽强地选择命运却又终归命运所选择的无奈，展示着深刻的悲剧精神和人的自身的有限性”。李白的个人际遇和他对个体的自由独立的向往，包括他的佯狂痛饮，其实在很大程度上反映出了几千年来中国文人的围困与突围的心路历程。在以曾国藩为主角的《用破一生心》中，王充闾展示的是另一类知识分子的生存状态。曾国藩追求的是“内圣外王”，即一方面要建立非凡的功业，一方面又要做天地的主人。这就注定了他的一生只能在战战兢兢、如临深渊、如履薄冰中度过。尽管他以匡时济世为人生旨归，以修身进德为人生之本，为了建立功名、流芳百世而不惜“用破一生心”，然而因为失去了存在的本原，失去了自然本真、自由活泼的自我，所以，“他的生命乐章太不浏亮，在那淡漠的身影后面，除了一具猥猥琐琐、畏畏缩缩的躯壳之外，看不到一丝生命的活力，灵魂的光彩”。王充闾从人性的角度来解读曾国藩，并充分展示了他生命个体存在的全部复杂性和特殊性，这样，尽管之前已有很多人写过曾国藩，但王充闾仍能写出新意和深度。这里的奥妙在于王充闾有深厚丰富的文化底蕴作依托，同时又将诗性、生命意识和心灵体验投注于描写对象中，于是，王充闾的散文创作也就获得了某种超越。

除了较集中地反映知识分子的个体生存状况和对自由精神的追求外，在文化散文中，还有不少作品触及了普通民众的生存状态，以及对这种生存体验的文化体验与感悟。比如素素的《老沟》，由河写到河中的金子，由金子写到淘金者的生存状态，以及女人对金子的渴望和她们的悲惨命运："在金子的光芒里，男人女人都是怪物。金子永恒，人不永恒，这或许就是人比金子可悲的地方。""淘金者被金子吸引，女人则被淘金者吸引。那漂在河上的胭脂，其实是女人空壳的青春。"不仅如此，作者还由老沟联想到了更为宏阔的西部："我不知道西部有没有金子，只知道西部有黄沙。知道自古以来，去西部的路上也很拥挤。去西部的人没有一个是为了生存，为了金子。他们或是寻找一个精神，或是为那种精神去死。"而到老沟子淘金的人，脸上只有欲望和渴念。他们尽管没有朝圣者的殉道精神，但在某种意义上，他们的生存更本真，更具人性的色彩。素素的另外一些作品，如《移民者的歌谣》《女人的秋千》《火炕》《烟礼》等，表现的也都是东北这一特殊地域普通百姓的生存状态，这些作品一般都有十分具体可感的生活细节和既蕴含着浓厚的文化意味，又有对个体生命的真切感受。因此，它们是素素散文创作中最为出色的篇什。

二、再现和诠释民族的文化人格

在尊重文化、尊重生命、尊重人的个体存在的前提下，文化诗性散文的另一个引人注目之处，便是对民族的文化人格的再现与诠释。

上一节我们在分析苏东坡、阮籍、嵇康和李白的性格、命运和他们突围的心路历程时，事实上已涉及民族文化人格的问题。比如《遥远的绝响》里那些在生命的边界上艰辛跋涉的名士，其实已经为整部中国文化史作出了某种悲剧性的人格奠基。"他们追慕宁静而浑身焦灼，他们力求圆通而处处分裂，他们以昂贵的生命代价，第一次标志出一种自觉的文化人格。"魏晋名士们的风流、风度和风姿，确实就像一阵怪异的风，掀开了中国知识分子自在自为的一方心灵秘土。这是中华民族赖以发展的基础和灵魂。然而大量的事实表明：要使中华民族的文化得以繁衍并富于创造的精神，仅有焦灼挣扎、自由乖戾的文化人格还远远不够。中华文明要不断发展壮大并走向现代性的至境，更需要建构一种积极进取、坚韧博大的文化人格。而余秋雨的《一个王朝的背影》和《风雨天一阁》，向我们展示的就是这样一些民族文化人格。

《一个王朝的背影》之所以是文化散文中的精品，就在于它在广阔恢宏的文化背景下建构了一种强健开放的文化人格。作品中的康熙虽是一个皇帝，但他同样是一个历史之子、文化中人。在他身上固然有一代帝王的标志，但更重要的是知识分子的人格气质的流露。在作品中，我们看到，这个少数民族出身的皇帝不仅比明代历朝皇帝更热爱和精通汉族传统文化，更重要的是，他具有强壮的体魄、健全进取的精神和超乎寻常的生命力，他“把生命从深宫里释放出来，在旷野、猎场和各个知识领域挥洒，避暑山庄就是他这种生命方式的一个重要吐纳口站”。康熙勤奋好学，视野开阔，有刚毅的性格和开放的胸襟，因此他请来了大批西方传教士，学习西方数学和欧几里得几何学，甚至还认真研究天文学、历法和医学、化学，这确实超越了历代的帝王，也使当时一大群冷眼旁观的汉族知识分子大为震惊。不仅如此，在《一个王朝的背影》中，作者还深刻地反映了政治和文化的冲突以及展示了文化的巨大力量：“一切斗争都是浮面的，而事情到了要摇撼某个文化生态系统的时候才会真正变得严重起来。一个民族，一个国家，一个人种，其最终意义不是军事的、地域的、政治的而是文化的。”正因为文化太有吸引力，它的力量实在是太巨大，所以，连大学者王国维最后也要以生命来祭奠它。在这里，我们看到，文化事实上变成了生命、变成了诗性，至于王国维为了文化投水而死是否值得，这已经是另外的一个问题了。

要是说，《一个王朝的背影》展示的是一种强健开放的文化人格以及文化的力量和韧性，那么《风雨天一阁》探讨的是与此相关的一个命题：基于健全人格的文化良知。天一阁的创建者范钦正是这样的文化人。他的官不大，但他敢于顶撞当时的权贵郭勋，甚至连严世藩也不放在眼里。当然，他的文化良知，主要体现在他创造了天一阁藏书楼及对藏书楼的管理和保护上。他以一种超越意气、嗜好和才情的意志力，以一种冷峻得不近人情的理性提炼了文化良知，使藏书变成一种清醒的社会行为，一种文化的传承和民族精神的凝聚。然而，要建成一座藏书楼并不是难事，而要保护藏书楼，使这一文化遗产一代代传下去，就不是常人所能胜任的事情了。事实上，《风雨天一阁》叙写的重心，也就是范钦和他的后人如何保护藏书楼的过程。作者说："我不知道保住这座楼的使命对范氏家族来说算是一种荣幸，还是一场绵延数百年的苦役。"活到八十高龄的范钦走到了生命尽头，他将遗产分成两份，一份是万两白银，一份是藏书楼，让大儿子范大冲和二媳妇挑选。当大儿子毫不犹豫挑选了藏书楼，并决定拨出自己的部分良田，以田租作为藏书楼的保养费用时，作者禁不住感叹道：

> 就这样，一场没完没了的接力赛开始了。多少年后，范大冲也会有遗嘱，范大冲的儿子又会有遗嘱……后一代的遗嘱比前一代还要严格。藏书的原始动机越来越远，而家族的繁衍却越来越大，怎么能使后代众多支脉的范氏世谱中每一家每一房都严格地恪守先祖范钦的规范呢？这实在是一个值得我们一再品味的艰难课题。在当时，一切有历史跨度的文化事业只能交付给家族传代系列，但家族传代本身却是一种不断分裂、异化、自立的生命过程。让后代的后代接受一个需要终生投入的强硬指令，是十分违背生命的自在状态的……不难想象，天一阁藏书楼对于许多范氏后代来说几乎成了一个宗教式的朝拜对象，只知要诚惶诚恐地维护和保存，却不知是为什么。按照今天的思维习惯，人们会在高度评价范氏家族的丰功伟绩之余随之揣想他们代代相传的文化自觉，其实我可以肯定此间埋藏着许多难以言状的心理悲剧和家族纷争，这个在藏书楼下生活了几百年的家族非常值得同情。

的确，天一阁的历史是富于悲剧性的，这种悲剧性自然也是诗性的。尽管范钦的子孙们并不完全清楚他们所管理和维护的藏书楼的全部价值，但凭着传统知识分子的文化良知和心灵深处那份纯洁的情结，他们仍然倾尽全部的心力来保护藏书楼，从而使藏书楼历经几百年而顽强地屹立着。当然，在《风雨天一阁》中，具有文化良知的知识分子不只是范钦和他的子孙们。这里既有撰写了《天一阁藏书记》，从而使天一阁声名远扬的大学者黄宗羲；还有为了阻止书商将天一阁藏本卖给外国人，而想方设法抢救天一阁楼藏书的现代出版家张元济；甚至是那位为了想登上天一阁读点书，于是下决心嫁给范家，但因家规的限制而终生都未能登上天一阁楼板的钱绣芸小姐，在她的身上，同样体现出了一种顽强且崇高的文化良知。正由于有这么多的厄运和这么多的文化良知的投入，天一阁便不再仅仅是一个独立的存在。事实上，天一阁已经成了一个象征，一种文化的隐喻。它使我们联想到中国文化史的艰难曲折的历程，联想到一个古老的民族对文化的渴求是何等迫切，又是何等悲怆和神圣。

总的来看，余秋雨散文中的文化人格主要有三种类型：一是追求自由独立但又多少有些神秘乖戾的文化人格，二是强健开放、积极进取的文化人格，三是具有圣洁和崇高的文化良知的文化人格。余秋雨将文化人格的建构和升华作为他的文化散文创作的一个中心，而这种文化人格的建构又以现代性的文化价值观作参照，同时以中国传统文化的独特认知和情感体悟为依托，在此基础上，再配之以诗性的生命激情和文化想象。此外，还有一套属于余秋雨式的个体话语，这样，余秋雨文化散文中的文化人格建构自然便比以往散文中那种纯粹从政治层面或道德层面的人格建构要开阔得多，也复杂和深刻得多。我以为，文化人格的建构是余秋雨对中国当代散文的一个贡献，当然也是文化诗性不可或缺的内涵之一。

三、对传统文化的批判与守护

文化诗性既然主要是以传统文化和民族文化精神作为建构的对象，那么，它就必然要从文化自身出发对丰富复杂的文化现象进行诗性的反思与价值判断。随着时代的变迁和社会越来越趋向于科学化和物质化，一方面传统文化正在不断地被消解，特别是在文化价值取向上日益趋于世俗，同时有一些传统文化又显然不适应现代性的要求，甚至成为阻窒文明的发展和健全生命人格形成的消极因素。另一方面，历史是一条不断的河流，传统文化的生命和活力永远蕴含于其内在的文化精神中。我们说传统文化绵延不断，其实是指寓历史和传统中的文化精神有一种特别强大的生命力和韧性，它使得我们今天的一切文化评判和文化创造有所凭据，所以毫无批判地接受传统文化或轻易地否定传统文化，并不符合文化诗性散文的基本立场和写作态度。

在对传统文化的批评和文化精神的维护方面，我们还是以余秋雨为例。因余秋雨这方面的散文不但写得特别多，而且见解也较为独到和深刻，而他的表达又是既富文化诗性又富哲理诗性的。他对传统文化的批判，可以归纳为对中华民族三种文化形态的批判：

其一，毛笔文化批判。中华民族作为世界上最早进入文明的种族之一，曾让人惊叹地创造了独特而美丽的象形文字，还创造了简帛、纸和印刷术，而与这一系列创造和发明相联系的就是创造了世上独一无二的毛笔文化。可以说，当整个中华民族的知识分子都操作着一副笔墨，写着一种在世界上独有的毛笔字的时候，事实上它就传达了一种独特的文化精神、心理习惯和生命信息。余秋雨不愧为慧眼独到的文化散文大家，他敏感地抓住了这一独特的文化现象，并运用他的诗性和哲理的思考，写出了颇为别致的文化散文《笔墨祭》。在文中，作者首先肯定毛笔文化是产生于特殊的文化传统和社会氛围中的“一个完整的世界”。它不仅是一种共同的技术手段，而且是中国古代文人的基本生命形态：“一种包括书写者、接受者和周围无数相类似的文人们在内的整体文化人格气韵，就在这短短的便条中泄露无遗。在这里，艺术的生活化和生活的艺术化相溶相依，一支毛笔并不意味着一种特殊的职业和手艺，而是点化了整体生活的美的精灵。”接下来，作者又将毛笔与古代一些杰出的书法家的生活和书法联系起来，具体展示书法家是怎样在苦练书法的同时修炼自己的生命形象。

特别是将毛笔与五四运动，与胡适的白话文，与林琴南的翻译，与陈独秀、周作人等新文化运动的宿将联系起来，并在“五四”新文化和传统文化的碰撞，在生命人格的构建与耗散中对毛笔文化进行了切中肯綮的批判：“本该健全而响亮的文化人格越来越趋向于群体性的互渗和耗散。互渗于空间便变成了一种社会性的认同；互渗于时间便变成了一种承传性定势。个体人格在这两种力量的拉扯中步履维艰。生命的发射多多少少屈从于群体惰性的熏染，刚直的灵魂被华丽的重担渐渐压弯。请看，仅仅是一支毛笔，就负载起了千年文人的如许无奈。”不能说毛笔文化不令人肃然起敬，不能说以毛笔文化为其精髓内蕴的中国传统文化不辉煌灿烂，但正如作者接下来所分析的那样：它太“过于迷恋承袭，过于消磨时间，过于注重形式，过于讲究细节，毛笔文化的这些特征，正恰是中国传统文人群体人格的映照，在总体上，它应该淡隐了”。由毛笔而传统文化，而人的生命状态，再由生命状态延伸到中国传统文人的群体人格，最后得出的结论是“在总体上，它应该淡隐了”。当然，淡隐并不是消亡，并不是完全否定，因为“这个民族的生命力还需要在更宽广的天地中展开，健全的人格需不断立美逐丑”。尽管“对美的祭奠”有时“最让人消受不住”，但为了中华文明的前行，为了民族文化人格的健全发展，我们非如此不可。这就是余秋雨的《笔墨祭》和其他一些相类似的文化散文的结论。

其二，夜航船文化批判。与毛笔文化在题旨上紧密衔接的，是对夜航船文化的批判。夜航船，历来是中国南方水乡苦旅长途的象征，同时也是中国文化的另一个内蕴丰富的象征。由于余秋雨生活于南方水乡，他是听着“笃笃笃”的夜航船声音长大的，因而夜航船以及它所涉及的乡风民俗及历史给他留下了难以磨灭的印象。于是，他写出了可以与《笔墨祭》媲美的《夜航船》。此文采用回忆性的表现手法，以童年的生活印象为素材，先写自己对夜航船的认知和感受，写许多山民如何为夜航船失眠，特别是细致地描述了夜航船里的各种人生世态。这一部分写得自然质朴，十分生动传神，且富于南方水乡的生活气息。接下来便写到明代张岱的著作《夜航船》，作者说张岱写

《夜航船》其实是一个潇洒幽默的举动。由于张岱这位大学者是夜航船中的常客，他在乘船的切身体验中，深感“天下学问，唯夜航船中最难对付”，所以发心写一本介绍中国一般文化常识的书，使士子们不至于在类似于夜航船这样的场合献乖露丑。没想到，张岱的这一即兴性的潇洒举动，竟启发了余秋雨进一步探究夜航船文化的冲动。他以出色的文化感悟力和高度抽象概括的理性思维，在夜航船缓慢的航行进程中，细细品味着已逝的历史陈迹，包括明代的社会氛围、知识分子的清谈和知识炫耀，以及鲁迅、周作人和丰子恺等文学大家对夜航船及两岸景物的描述。这样，在品味和比较中，作者领悟到，中国文化的进程，正像这艘夜航船：

> 船头的浪，泼不进来；船外的风，吹不进来；船行的路程，早已预定。谈知识，无关眼下；谈历史，拒绝反思。十年寒窗，竟在谈笑争胜间消耗。把船橹托付给老大，士子的天地只在船舱。一番讥刺，一番炫耀，一番假惺惺的钦佩，一番自命不凡的陶醉，到头来，争得稍大一点的一个铺位，倒头便睡，换得个梦中微笑。

然而此时，大洋的彼岸又是什么情形呢？此时，法国诞生了狄德罗，他主编了著名的百科全书，但“这部百科全书，不是谈资的聚合，而是一种启蒙和挺进。从此，法国精神文化的航船最终摆脱了封建社会的黑夜，进入了一条新的河道”。自然，作者拿狄德罗的百科全书与张岱的《夜航船》作比较，其用意不在于批判张岱，而在于指出这样一个事实：中国的夜航船文化，实际上正是造成中国古代士大夫文化因循守旧、崇尚空谈、脱离民众和实际的特殊的社会土壤。由于上述的原因，中国的夜航船才这样狭小平稳，而且迟迟达不到现代的彼岸。这确实体现出了一个现代知识分子对文化、对学术的独特的思考。至于此文对生活场景的生动逼真的描写，它在文化还原方面所体现出来的开阔的文化想象，以及象征对比等表现手法的出色运用，则在很大程度上强化了自身的文化诗性。

其三，隐士文化批判。隐士指的是封建社会具有较高文化知识和道德修养水平的士人。尽管他们的才能智慧高于一般人甚至有较大的名气，但他们却不愿出仕，而宁愿隐居山林，过着一种原始化和贫困化的生活。由于隐士洁身自好，追求一种怡然自得、没有功利目的的生存境界，因而自古以来，隐士一直受到人们的尊敬和颂扬。然而，余秋雨却不这样看。在《西湖梦》中，他一反传统的文化价值评判标准，对西湖边的隐士林和靖进行了不客气的批判：

> 他似乎把什么都看透了。隐居孤山二十年，以梅为妻，以鹤为子，远避官场与市嚣。他的诗写得着实高明，以“疏影横斜水清浅，暗香浮动月黄昏”两句来咏梅，几乎成为千古绝唱。中国古代，隐士多的是，而林和靖凭着梅花、白鹤与诗句，把隐士真正做道地、做漂亮了。在后世文人眼中，白居易、苏东坡固然值得羡慕，却是难以追随的……然而，要追随林和靖却不难，不管有没有他的才分。梅妻鹤子有点烦难，其实也很宽松，林和靖本人也是有妻子和小孩的。哪儿找不到几丛花树、几只飞禽呢？在现实社会碰了壁、受了阻，急流勇退，扮作半个林和靖是最容易不过的。
>
> 这种自卫和自慰，是中国知识分子的机智，也是中国知识分子的狡黠。不能把志向实现于社会，便躲进一个自然小天地自娱自耗。他们消除了志向，渐渐又把这种消除当作了志向。安贫乐道的达观修养，成了中国文化人格结构中一个宽大的地窖，尽管有浓重的霉味，却是安全而宁静。于是，十年寒窗，博览文史，走到了民族文化的高坡前，与社会交手不了几个回合，便把一切沉埋进一座座孤山。

因为认定社会现实和仕途官场充斥着黑暗和污浊，因而不愿与俗流同污，而只愿在大自然中寻找寄托，使灵魂有所安顿，这本来也是一种特殊的生存方式和生存理念，其选择应当说是无可厚非的。问题是，知识分子是一个特殊的群体，他们是一个民族前行的推动者，因而他们应有比较强健硬朗的主体意识和理性思考的精神。如果知识分子都像林和靖那样隐居孤山、终老荒林，那么春去秋来、梅凋鹤老，文化也就成了一种无目的的浪费，封闭式的道德完善导向了总体上的不道德，结果群体性的文化人格也日渐暗淡。而与此相联系的文明的进化、国家民族的现代化目标也因此被取消，“剩下一堆梅瓣、鹤羽，像书签一般，夹在民族精神的史册上”。这样的文化批判，应当说是入木三分，具有强烈的现实意义的。

但是，应当看到，对于传统文化，余秋雨并不是一味地批判。对于传统文化，余秋雨既有批判也有守护，他的批判是为了使文化诗性具有更强的理性负载能力。《废墟》这篇散文便典型地体现出了余秋雨对历史文化的态度。此文一开篇便写道：“我诅咒废墟，我又寄情废墟。”为什么既“诅咒”又“寄情”呢？因为废墟一方面“吞没了我的企盼，我的记忆”；另一方面，理性的思维又使“我”意识到“没有废墟就无所谓昨天，没有昨天就无所谓今天和明天。废墟是课本，让我们把一门地理读成历史；废墟是过程，人生就是从旧的废墟出发，走向新的废墟”。

废墟不仅是人类进化的长链，废墟还有“一种形式美，把拔离大地的美转化为皈依大地的美。再过多少年，它还会化为泥土，完全融入大地。将融未融的阶段，便是废墟。母亲微笑着怂恿过儿子们的创造，又微笑着收纳了这种创造”。这里是化抒情为理性的沉思，化丑为美的写法，也体现了作者对待废墟的科学辩证的态度。在文章的最后两节，作者更由对眼前的废墟的描述，上升到对历史文化的深刻反思。作者指出，“中国历来缺少废墟文化”，这反映出中国人喜好大团圆的文化心理。他说：“中国历史充满了悲剧，但中国人怕看真正的悲剧。最终都有一个大团圆，以博得情绪的安慰，心理的满足。”然而，“没有悲剧就没有悲壮，没有悲壮就没有崇高。……中国人若要变得大气，不能再把所有的废墟驱逐”。作品的最后一节，作者更用诗性的笔调写道：

> 废墟的留存，是现代人文明的象征。
>
> 废墟，辉映着现代人的自信。
>
> 废墟不会阻遏街市，妨碍前进。现代人目光深邃，知道自己站在历史的第几级台阶。他不会妄想自己脚下是一个拔地而起的高台。因此，他乐于看看身前身后的所有台阶。
>
> 是现代的历史哲学点化了废墟，而历史哲学也需要寻找素材，只有在现代的喧嚣中，废墟的宁静才有力度；只有在现代人的沉思中，废墟才能上升为寓言。
>
> 因此，古代的废墟，实在是一种现代构建。
>
> 现代，不仅仅是一截时间。现代是宽容、现代是气度，现代是辽阔，现代是浩瀚。
>
> 我们，携带着废墟走向现代。

作者的视野开阔，想象力十分丰富。作者思考的问题十分宏大，他先从具体的废墟写起，由废墟的历史文化价值写到废墟的形式美，再进而深入到对民族文化心理的批判，最后再上升到对现代文明建设的思考。作品的思考是现代的，但作者的表达却富于诗性。它不仅有作者自己的人生感悟和体验，而且文笔畅达华丽，叙述中激情飞溅。总之，文化与历史、感性与理性、想象与激情三者的融合，形成了余秋雨散文中一种独特的“废墟的美”。

关于余秋雨及其散文，我已经说了太多的话。这并非因为我对余秋雨特别偏爱，而是他的文化散文确实是我的文化诗性研究的最佳范本。尽管他的散文有史料方面的硬伤和程式化操作的不足，尽管余秋雨因这些缺陷和另外一些原因而遭受到猛烈的攻击和责难，但由于他的散文集中展示了中国文化的苦难历程，由于他的展示是睿智同时又是富于诗性的，因而他的散文创作获得了巨大的成功，并满足了广大读者经久不息的审美期待。从这个意义上说，余秋雨不但开创了一个文化散文的时代，还极大地扩展了中国当代散文的影响，提高了中国当代散文在广大读者心中的地位。其实，只要我们回顾一下余秋雨之前中国当代散文可怜亦复可叹的尴尬处境，我们大概也就不会因一些细枝末节而一味地苛求、指责余秋雨；相反，我们会实事求是地来评价他，并对他抱着足够的理解和敬意。

第三节　汪曾祺散文的日常化与文化性

散文作家与特定地域的关系，这是文学研究的一个老话题。由于作家出生或常年生活于某一地域，他不仅对该地域的山川景物、风土人情、信仰习惯、价值观念和心理结构特别熟悉，而且对“原乡”有着一种文化上的“积淀性”与“记忆性”，这样即使有的人后来离开了故乡，但故乡的山川人文和童年的生活记忆仍然潜藏于他的创作意识之中，而且随着时间的推移和空间的转换，这一切在作家的脑海中会越来越鲜明和美好，这方面有许多作家的优秀作品可作佐证。余秋雨的《夜航船》《吴江船》《江南小镇》等，都是“还乡文化”的代表作。当然，在寻求文化的诗魂，表达还乡的文化情怀方面，汪曾祺的散文也颇具个性和特色。汪曾祺大半辈子都在北京度过，耳濡目染了北京文化的精妙，于是写了《胡同文化》这篇散文。他不仅准确地描写了胡同文化的特征，写了北京市民的文化活动以及胡同居民爱瞧热闹不爱管闲事的性格，更通过胡同的记叙描写批评了一种封闭保守的文化，即北京下层市民安分守己、逆来顺受、自我满足和忍耐屈从的性格特征，而这正是胡同文化在时代大潮的冲击下衰败和没落的原因。汪曾祺写北京的胡同固然精彩，他写故乡高邮同样透出浓郁的文化气息，请看他的《故乡的食物·端午的鸭蛋》：

我的家乡是水乡，出鸭。高邮大麻鸭是著名的鸭种……高邮咸鸭蛋的特点是质细而油多，蛋白柔嫩，不似别处的发干、发粉，入口如嚼石灰。油多尤为别处所不及。……高邮咸蛋的黄是通红的。苏北有一道名菜，叫做“朱砂豆腐”，就是用高邮鸭蛋黄炒的豆腐。我在北京吃的咸鸭蛋，蛋黄是浅黄色的，这叫什么咸鸭蛋呢！

在《故乡的食物》系列中，汪曾祺还写到故乡的炒米和焦屑，写到河里的虎头鲨、昂嗤鱼、砗螯、螺蛳、蚬子，写到野鸭、鹌鹑、斑鸠等野禽，还写到枸杞、芥菜、马齿苋等野菜……汪曾祺如数家珍，以散淡然而又有情有味的笔调向读者介绍他的故乡的风味吃食和风俗民情。事实上，他是在吃食和风俗民情中，抒发着他对故乡的思念与挚爱，以及寄寓着他对世事人生的感叹。我们知道，民以食为天。中国的传统文化一方面崇尚和谐，以静为本，以和为贵；一方面顺应人情，重视常识，讲究日常的生活经验，体现了一种享受现世的乐观精神。汪曾祺写故乡、谈文化的散文正是体现了这样的一种文化心态——植根于农业文明的淡泊自然、雍容宁静的久违了的士大夫情趣。从这一点看，汪曾祺是深谙中国传统文化的独特表现方式和精妙之处的。当然，如果以题材决定论的标准来衡量，汪曾祺的散文则是不那么“够格”的，因他描写的题材过于琐碎平常，既见不到时代风云的激荡，也没有一咏三叹的抒情，但倘若从文化本体的角度来评人衡文，则汪曾祺的散文无疑是上乘之作。汪曾祺在《〈汪曾祺小品〉自序》中认为，好的散文小品应有三个特征：一是“带有文化气息”，二是“健康的”，三是“悠闲的”。这三个条件是汪曾祺散文创作的前提，也可以说是散文的文化本体性的最好注脚。正因为具备了丰厚的传统文化和地域文化的内涵，所以即便不写重大题材，不去表现人类的永恒主题，但由于汪曾祺真实地展示了原乡的文化，他不仅把握住了原乡文化的独特的文化精神，而且使其具有诗性的文化韵律，这样，他的散文自然便具有超越地域和时间的审美价值。

汪曾祺曾在《蒲桥集》的封面上自拟了一条广告，其中语句经常为人引述：“齐白石自称诗第一，字第二，画第三。有人说汪曾祺的散文比小说好，虽非定论，却有道理。此集诸篇，记人事、写风景、谈文化、述掌故，兼及草木虫鱼、瓜果食物，皆有情致。间作小考证，亦可喜。娓娓而谈，态度亲切，不矜持作态。文求雅洁，少雕饰，如行云流水。春初新韭，秋末晚菘，滋味近似。”[①]这段话既说到汪曾祺对其散文的自我评价，也介绍了内容上的分类，还说到风格特点，直接而精练地表达了汪曾祺对其散文的一种自我认知，顺带也使我们注意到齐白石对汪曾祺的影响。结合汪曾祺对《蒲桥集》的内容分类，其散文整体上也大致可以分为：一，写人记事；二，山水游记；三，草木虫鱼、瓜果食物；四，文化掌故；五，文论。这些内容不一的散文其实有着两种突出的气质：其一是对日常细小事物、情理的关注和审美；其二是传统文人的诗书画皆通，善读书，并能够广征博引。这样看似不那么谐调的两面，却极其融洽地表现在了汪曾祺身上，使得汪曾祺成为汪曾祺，具有了独特而极具辨识性的文学气质，既有日常普通生活内容的表达，又有丰富的文化性。汪曾祺对归有光的散文盛赞有加，认为归有光比欧阳修写得更平易、更自然，真的做到了“无意为文”“写得像谈家常话似的”[②]。所谓“像谈家常话”，这也正是汪曾祺自己散文的整体风格，亲切自然、娓娓而谈，而其笔下所及，即使是日常小事小物，也皆放到文化、历史中来谈，有来源，有出处，使平常不大受人注目的事物也能焕发出新的光彩，引起读者的兴致。也许就像汪曾祺著名的小说《鉴赏家》所讲述的故事，全县第一个大画家季匋民独独对挑着担子走街串巷的果贩叶三另眼相看，引为艺术上的知音，并虚心接受叶三的“指正”：“你画的是白荷花，莲蓬却这样大，莲子饱，墨色也深，这是红荷花的莲子。”季匋民于是画了一张红莲花，并题诗：“红花莲子白花藕，果

① 汪朗、汪明、汪朝：《老头儿汪曾祺——我们眼中的父亲》，中国青年出版社2012年版。

② 汪曾祺：《谈风格》，《汪曾祺全集》第三卷，北京师范大学出版社1998年版，第338页。

贩叶三是我师。惭愧画家少见识，为君破例著胭脂。”[①]谙熟日常生活事物情理的叶三，使画家季匋民佩服，其实也正是使作家汪曾祺佩服。我们不妨说，正因为对日常事物情理、日常生活的尊重与热爱，认为艺术应该尊重日常生活、事物中的情理，才使得汪曾祺能够写下“画家与果贩”这样一对少见的知交，也才形成汪曾祺独特而极具辨识性的文学气质、风格。但对照汪曾祺的散文世界，我们会觉得，这样的故事出自汪曾祺的笔下，实在是自然得很。

汪曾祺写了许多谈吃的文章，他认认真真地写了韭菜花（《韭菜花》）、萝卜（《萝卜》）、豆腐（《豆腐》）、咸菜（《吃食和文学》）、干丝（《干丝》），写“家常酒菜”“昆明菜”，写“故乡的食物”“故乡的野菜”，写“四方食事”，还写“宋朝人的吃喝”。在《汪曾祺全集》（北京师范大学出版社1998年版）第三卷的照片里，就有一张汪曾祺“做菜待客”的照片，围着卡通围裙，正笑意浅浅地端着一盘菜。汪曾祺认为文学作品描写吃的很少，原因大概是古今中外的作家都有点清高，认为吃是很俗的事，他强调“其实吃是人生第一需要”[②]。他更认为饮食在中国是文化，是传统，谈饮食则是“弘扬民族文化之一端”，“作家在这方面是可以尽一点力的：多写一点文章”。[③]不仅他专写饮食的散文自成特色，他对日常饮食文化的认真、端正态度还影响着他对世界的观看与理解。如果留意汪曾祺散文中的修辞，我们会发现他的喻体世界就是一个“家常”世界，充满了日常事物，尤其是饮食。而这些事物所对应的本体往往则是汪曾祺所谈到的文学世界，这二者的联结非常有意思，从中可以看到汪曾祺对日常事物、情理发自内心深处的尊重与热爱。比如他用

① 汪曾祺：《鉴赏家》，《汪曾祺全集》第二卷，北京师范大学出版社1998年版，第12页。

② 汪曾祺：《人之所以为人》，《汪曾祺全集》第三卷，北京师范大学出版社1998年版，第413页。

③ 汪曾祺：《作家谈吃第一集》，《汪曾祺全集》第四卷，北京师范大学出版社1998年版，第468页。

“揉面”的道理来谈语言，“使用语言，譬如揉面。面要揉到了，才软熟，筋道，有劲儿。水和面粉本来是不相干的，多揉揉，水和面的分子就发生了变化。写作也是这样，下笔之前，要把语言在手里反复抟弄”[①]。而当他看到一些青年人写作的时候“写一句，想一句”，则说“这样写出来的语言往往是松的，散的，不成‘个儿’，没有咬劲”。[②]“揉面”本是极其日常、普通之事（随着时代的变化，“揉面”又渐渐离开我们的日常生活，此需另当别论），但是用其中的道理来谈文学写作，立即变得新鲜、特别起来，认真而幽默。写作和揉面之间有相似性，这大概只有汪曾祺才能写出来。形容语言“没有咬劲”，也非常新奇，然而又准确、形象得叫人佩服。在《吃食和文学》中，汪曾祺用了大篇幅文字谈“苦瓜是瓜吗”这个问题，在文末的时候则转出来一句话，“由苦瓜我想到几个有关文学创作的问题”，这正是他常见的思路，其文学世界以及关于文学创作的道理大都来自真实的日常生活，并牢牢生长于其中。比如在《四方食事》中，汪曾祺由一个人的口味要宽一点、杂一点，谈到“对食物如此，对文化也应该这样”[③]，也是同样的思路。《学话常谈》第一部分谈“惊人与平淡”，汪曾祺主张平淡，但平淡不易，他说要做到平淡而有味，材料和功夫都要到家，然后结语就转到饮食上来了，“四川菜里的‘开水白菜’，汤清可以注视，但是并不真是开水煮的白菜，用的是鸡汤”[④]。用做菜的事来解释写文章的道理，自然而贴切。他谈小说里间接写美的方法，认为要不露痕迹，使人觉得自然，否则，“用得不好，就会显出卖弄做作，笨拙生硬，使人像吃馒头时嚼出一

---

① 汪曾祺：《“揉面”》，《汪曾祺全集》第三卷，北京师范大学出版社1998年版，第189页。

② 汪曾祺：《“揉面”》，《汪曾祺全集》第三卷，北京师范大学出版社1998年版，第189页。

③ 汪曾祺：《四方食事》，《汪曾祺全集》第四卷，北京师范大学出版社1998年版，第379页。

④ 汪曾祺：《学话常谈》，《汪曾祺全集》第六卷，北京师范大学出版社1998年版，第2页。

块没有蒸熟的生面疙瘩”[①]。拿普通的生活经验来谈文学写作，因为出人意料，又合情合理，于是收到了化平淡为神奇的效果。类似的还有，“抒情就像菜里的味精一样，不能多放”[②]。他给一个作家写序，“这样，明了的小说就既有水煮牛肉，也有开水白菜，浓淡不同，各有滋味”[③]。日常生活中的饮食，于他而言，乃包含了不少生活至理，并可以对应文学世界。他用《山家清供》中贫士周颙最喜欢的蔬食“春初新韭，秋末晚菘”之“滋味”来描述自己的散文风格，相当恰切，这正是汪曾祺散文的一大特色，即用日常事物、情理，尤其是饮食中的体悟来谈文学艺术。在回忆西南联大的散文《泡茶馆》中，汪曾祺说进出某家茶馆的除了男同学外，“还有把头发卷成一根一根香肠似的女同学”[④]，把女同学的卷发比作“香肠”，而且同一篇文章里出现了两次，生动又诙谐，审美意见也暗含其中。汪曾祺谈文化小说，说小说要有浓郁的民族色彩，那么“不在民族文化里腌一腌，酱一酱，是不成的”[⑤]，似乎是大道至简，日常饮食里包含了许多至理，这也是汪曾祺认为作家应该写饮食文化的自证。他评价邓友梅小说里的对话，“这一番话真是小葱拌豆腐，如刀切，如水洗，清楚明白，嘎嘣爽脆”[⑥]。水果也是他常常拿来作比的事物，比如：

---

① 汪曾祺：《传神》，《汪曾祺全集》第三卷，北京师范大学出版社1998年版，第360页。

② 汪曾祺：《说短》，《汪曾祺全集》第三卷，北京师范大学出版社1998年版，第225页。

③ 汪曾祺：《一个过时的小说家的笔记》，《汪曾祺全集》第五卷，北京师范大学出版社1998年版，第468页。

④ 汪曾祺：《泡茶馆》，《汪曾祺全集》第三卷，北京师范大学出版社1998年版，第372页。

⑤ 汪曾祺：《吃食和文学》，《汪曾祺全集》第四卷，北京师范大学出版社1998年版，第61页。

⑥ 汪曾祺：《漫评〈烟壶〉》，《汪曾祺全集》第三卷，北京师范大学出版社1998年版，第331页。

“对话，要像一串结得很好的果子。”[①]在评价沈从文盛年的语言时，他则用了樱桃来打比方：“这时期的语言，每一句都‘鼓立’饱满，充满水分，酸甜合度，像一篮新摘的烟台玛瑙樱桃。”[②]单单把汪曾祺用来对照文学世界的日常饮食排列一起，大概也够一场流水席了。他描述契诃夫的《万卡》中小男孩写给爷爷的信：“虽然有很多眼泪，但是散发出茶炊、烟草的甜甜的香气。”[③]对汪曾祺来说，他是真的热爱日常生活，即使是写作，在艺术世界里，他也时时将日常生活作为重要的写作根基。而他也会反过来拿文学世界的说法来评价饮食，他曾写张兆和会做菜：“她做的八宝糯米鸭，酥烂入味，皮不破，肉不散，是个杰作。”[④]他还引用过沈从文对“慈姑”的评价，“格比土豆高”[⑤]，并肯认这种评价。这两个世界于汪曾祺来说，是相通的。

与此相关的，还有一点，汪曾祺常常用饭碗、茶杯、酒盏来比事物的大小，比如“篙头如饭碗大”（《我的家乡》）、穿心红萝卜“粗如黄酒盏”（《萝卜》）、“立柱有汤碗口粗的、饭碗口粗的、茶杯口粗的”（《关于葡萄》），透露出日常事物在他的心灵世界起着稳固的根基作用。即使不是对应文学世界，以日常说日常，汪曾祺的修辞也很奇妙。在《紫薇》一文中，汪曾祺对紫薇花有一个精彩的描述，说这种花分不清是几瓣，“只是碎碎叨叨的一球”。“碎碎叨叨”本是日常口语，用在这里实在令人意想不到，却又特别地形

① 汪曾祺：《说短》，《汪曾祺全集》第三卷，北京师范大学出版社1998年版，第225页。

② 汪曾祺：《又读〈边城〉》，《汪曾祺全集》第五卷，北京师范大学出版社1998年版，第450页。

③ 汪曾祺：《一种小说——魏志远小说集〈我以为你不在乎〉序》，《汪曾祺全集》第五卷，北京师范大学出版社1998年版，第152页。

④ 汪曾祺：《食道旧寻》，《汪曾祺全集》第五卷，北京师范大学出版社1998年版，第34页。

⑤ 汪曾祺：《故乡的食物》，《汪曾祺全集》第四卷，北京师范大学出版社1998年版，第24页。

象妥帖。他又写到因为紫薇一个枝子上有很多朵花，一棵树上有数不清的枝子，紫薇花很乱，乱成一团，“简直像一群幼儿园的孩子放开了又高又脆的小嗓子一起乱嚷嚷”[①]。本是普通的日常生活场景，用在这里形容紫薇花，出其不意却又十分恰当准确，令人惊赞。而且，这里主要是使用了通感，用声音来写花的样子，使人觉得新鲜，既在目前，又在耳边。如果没有对日常生活细致入微的观察、体验，一个散文家写不出来这样新颖、准确的句子，无法做到化平凡日常的生活细节为艺术上的神奇。在《汪曾祺自选集》的自序里，汪曾祺用老太太择菜来比喻自己这本自选集的编选，也是令人莞尔。[②]“我们的脖子拼命伸出去，伸得酸得像一把咸菜”（《礼拜天的早晨》），咸菜普通卑微之至，如此作比，却极为罕见，使我们好像第一次看到这事物，不得不重新体会。类似的还有他修辞里的窝头，他说马铃薯的花，“当中一个高庄小窝头似的黄心”（《马铃薯》），也令人印象深刻。汪曾祺的散文中不仅有很多日常的花果食物、草木虫鱼，还有很多日常生活中极其普通的人，像他所生活的楼里的大妈们（《大妈们》），居住附近一带的几个“傻子”（《傻子》），普通的市民（《闹市闲民》），他儿时的保姆（《大莲姐姐》），北京公园遛鸟的人（《听遛鸟人谈戏》），玉渊潭遇到的养蜂人（《人间草木》），鞋匠（《星期天》），司机、售票员（《冬天的树》）等。不管是普通微贱的日常事物，还是普通平凡的素人常人，汪曾祺都能引渡到自己的文学世界来，这种“众物平等”“众生有情”的态度，应该是汪曾祺散文能够独成一格的一个原因。

汪曾祺很喜欢在文章中突然跳脱写作语境，和现实世界直接对话，就像他从书桌前突然起身去和某个人拉了句家常一样。比如，《故乡的食物》中谈到蒌蒿的辨识，他就加了一句，“深望懂诗、

① 汪曾祺：《紫薇》，《汪曾祺全集》第四卷，北京师范大学出版社1998年版，第140—141页。

② 参见汪曾祺：《汪曾祺全集》第四卷，北京师范大学出版社1998年版，第96页。

懂植物学，也懂吃的博雅君子有以教我”[①]。比如在《故乡的野菜》里，汪曾祺突然加了一句，“高邮现在还有没有莼菜，什么时候回高邮，我得调查调查”[②]。在《昆虫备忘录》中，谈到瓢虫中有害虫也有益虫时，汪曾祺说了句充满真趣的话：“我说吃马铃薯嫩叶的瓢虫，你们就不能改改口味，也吃蚜虫吗？”[③]在推荐铁凝的短篇小说《孕妇和牛》的文章里，汪曾祺一面表示，其中大字不识的农村孕妇描字的细节不大可能，一面又说这是作者的铁凝的意愿，孕妇“她硬是描下来了，你管得着吗”？汪曾祺用吴语中的“糯”字来形容铁凝的小说，但是此字只可意会难以言传，他说自己也说不清楚，于是他加了一句，“铁凝如果不能体会，什么时候我们到上海去，我买一把烤白果让你尝尝”。[④]由此增加了人们对“糯”字的想象性体验。这样的插话看似可有可无，其实因为叙述的转换而丰富了文章的层次和维度，更增加了文章的真实感、可信度，建立了文本和现实的直接关联，使读者倍感亲切。汪曾祺也许有意或无意之中还在向读者表示：我写的都是认真而且真实的，我不打诳语。这些插话常常使读者的想象与感受伸入了未来的时间和空间，使文章变得立体，有延展性。汪曾祺认为文学应该写得自然，以生活的形式为作品的形式，要更像生活的原貌，更真实，更亲切。[⑤]这些插话也是这种真实观的一种体现，表现出一种亲切的日常感。这些插话往往使用的是亲切日常和幽默谐趣的聊天口吻，或者对读者（整体或部分）说话，或者对文中涉

---

① 汪曾祺：《故乡的食物》，《汪曾祺全集》第四卷，北京师范大学出版社1998年版，第30页。

② 汪曾祺：《故乡的野菜》，《汪曾祺全集》第五卷，北京师范大学出版社1998年版，第335页。

③ 汪曾祺：《昆虫备忘录》，《汪曾祺全集》第五卷，北京师范大学出版社1998年版，第504页。

④ 汪曾祺：《推荐〈孕妇和牛〉》，《汪曾祺全集》第六卷，北京师范大学出版社1998年版，第10页。

⑤ 参见汪曾祺：《推荐〈秋天的钟〉》，《汪曾祺全集》第六卷，北京师范大学出版社1998年版，第12页。

及的人说话，或者跟自己说话。比如，《泰山片石》写传说中人死后魂魄都要到蒿里集中，但是后来又出来个丰都城，“这就麻烦了，鬼们将无所适从，是上山东呢，还是到四川？我看，随便吧”[①]。或者自我对话：“记住：下次到云南，不要崴脚！”[②]在《城隍·土地·灶王爷》中，“十王中我只记得一个秦广王，其余的，对不起，全忘了”，这是对整体读者发言。他说土地城隍属于一个系统，“他们是上下级，是不是要布置任务，汇报工作？也许要的，但是咱们不知道”。[③]这又用“咱们”把自己和读者放到一起来说。汪曾祺在《食道旧寻》中讲了黄永玉说的王世襄故事，然后加了一句：“此事不知是否可靠。如不可靠，当由黄永玉负责！”[④]认真而富有谐趣。《冬天的树》中第三篇《公共汽车》，写一个售票员“多么漂亮，多有出息的小伙子！祝你幸福……”[⑤]一句“祝你幸福”，看似跳脱了整篇文章的语境，其实使文章的层次效果更丰富了，叙述有了变换，而且，在散文与生活之间建立了自然、真实的联结，使人觉得作者在对日常真实的生活发言。

汪曾祺散文的日常化实际也是其散文文化性的一种个性体现，并因此拓展了当代文化散文的内容。而他散文的文化性更直接体现在一些游记和带有考证性质的文章里。他写《菏泽游记》，提到梁山人办喜事不说“吃你的喜酒”，而说“等着吃你的鱼咧”。然后“吃着鲤鱼不禁想起《水浒》”，“十四五斤的鲤鱼，不好吃了。这是

---

① 汪曾祺：《泰山片石》，《汪曾祺全集》第五卷，北京师范大学出版社1998年版，第195页。

② 汪曾祺：《觅我游踪五十年》，《汪曾祺全集》第五卷，北京师范大学出版社1998年版，第162页。

③ 汪曾祺：《城隍·土地·灶王爷》，《汪曾祺全集》第五卷，北京师范大学出版社1998年版，第102页。

④ 汪曾祺：《食道旧寻》，《汪曾祺全集》第五卷，北京师范大学出版社1998年版，第35页。

⑤ 汪曾祺：《冬天的树》，《汪曾祺全集》第三卷，北京师范大学出版社1998年版，第83页。

因为写《水浒》的施耐庵对吃黄河鲤鱼不大内行，还是古今风俗有异了呢”？[①]一篇游记，不仅谈到《水浒传》，还提到了京剧《珠帘寨》、元杂剧《黑旋风双献功》、苏东坡的诗、别伦·别尔生的话、《曹南牡丹谱》、余嘉锡《宋江三十六人考实》、清代王培荀《乡园忆旧》，以及《辞海》。有日常，有风俗，更有历史，有文化，这正是汪曾祺散文的另一重要特色。相似的散文有《湘行二记》《天山行色》《读民歌札记》《国子监》《关于葡萄》等，可说是文史兼备。在《写字》一文中，汪曾祺对书法历史、各种碑帖如数家珍，也因此敢于评断，“二王书如清炖鸡汤，宋人书如棒棒鸡。清炖鸡汤是真味，但是吃惯了麻辣的川味，便觉得什么菜都不过瘾。一个人多‘读’宋人字，便会终身摆脱不开，明知趣味不高，也没有办法”[②]。把文人雅士所看重的书法，用世俗日常中的“清炖鸡汤”“棒棒鸡”来评判特点和高下，恐怕也是独此一家，正是汪曾祺散文兼具日常化与文化性之独特气质的体现。

汪曾祺的散文具有丰富的文化性，重要的原因在于他谈什么都喜欢旁征博引，诗词、笔记、杂书，都是信手拈来。他诗书画皆通，多才多艺，书读得广，所以，小事小物也往往能写出不一样的人情物理。汪曾祺常常在谈一些日常事物的时候调动许多文史知识，把日常事物放在历史和文化发展的脉络中去看。他还经常利用他所了解的知识来解释文史疑难问题，如《雁不栖树》谈苏东坡《卜算子》词，如《呼雷豹》谈京剧《南阳关》的唱词和《三国演义》中的赤兔马，都有一番新解。这样就把本来通俗的日常生活和被认为高雅的文化直接接通了。

汪曾祺主张在文学作品中恰当地使用口语、方言，比如《学话常谈》。他盛赞鲁迅在小说《高老夫子》中的“酱”字用得好。而汪

---

① 汪曾祺：《菏泽游记》，《汪曾祺全集》第三卷，北京师范大学出版社1998年版，第320页。

② 汪曾祺：《写字》，《汪曾祺全集》第五卷，北京师范大学出版社1998年版，第39页。

曾祺写散文也正是这样做的，比如他会用“咯吱人”“皮实”“腻歪”“歪咕”等口语。他在《晚饭花集》的自序里说：“至于为什么总是三篇为一组，也没有什么道理，只是因一篇太单，两篇还不足，三篇才够‘一卖’。‘事不过三’，三请诸葛亮，三戏白牡丹，都是三。一二三，才够意思。”[①]灵活的口语和俗语的使用，使句子变得俏皮幽默。他说写泰山很困难，“它太大了，写起来没有抓挠”[②]。“没有抓挠”，说得很形象，使人觉得好像没有比使用这样的口语更恰切的说法了。谈到怕开专栏，汪曾祺说的是：“无端找一副嚼子戴上干什么？”[③]他谈小说的“含藏”，不宜点题，要“话到嘴边留半句”，“在一点就破的地方，偏偏不要去点。在‘裉节儿’上，‘七寸三分’的地方，一定要‘留’得住”。[④]“裉节儿”“七寸三分”都是生活俗语，汪曾祺信手拈来，自自然然，像聊家常，又因为谈的是写作，反倒让人觉得新颖特别。这也正是他一向主张的写作方法，“人所易言，我寡言之。人所难言，我易言之，自不俗”，他引的是姜夔的话，并解释说作诗文要知躲避，有些话不说，有些话不像别人那样说，难说的话要容易地说出。[⑤]汪曾祺的散文语言既有灵活的俗语、口语，也有文言的精练运用和书面“雅话”。比如，“受过伤的心总是有璺的”（《随遇而安》）。比如，他谈通过评论理解作家是有限的，然后发出感叹，“甚矣人之相知之难也”（《人之相知之难也》）。比如，他说“几乎枉役了四个无罪的人”（《且说过于

① 汪曾祺：《〈晚饭花集〉自序》，《汪曾祺全集》第三卷，北京师范大学出版社1998年版，第324页。

② 汪曾祺：《泰山片石》，《汪曾祺全集》第五卷，北京师范大学出版社1998年版，第192页。

③ 汪曾祺：《〈蒲草集〉小引》，《汪曾祺全集》第五卷，北京师范大学出版社1998年版，第54页。

④ 汪曾祺：《小说技巧常谈》，《汪曾祺全集》第三卷，北京师范大学出版社1998年版，第298页。

⑤ 参见汪曾祺：《学话常谈》，《汪曾祺全集》第六卷，北京师范大学出版社1998年版，第2页。

执》），用语精练。还有，“汽车缎子似的一曳”（《道具树》）。“在起讫之间，人才泄漏他的心”（《背东西的兽物》）。另外，像他写自己在西南联大的生活，吃饭时常断顿，“有时日高不起，拥被坠卧”（《读廉价书》）。“拥被坠卧”四字，看似简单，其实下语精练准确，把一个人身体一多半躺着又不是完全躺着的姿态表达得十分形象妥帖，而这正来自他对生活细致入微的观察与体验。

与汪曾祺散文的日常化与文化性相连接的，还有一个雅俗关系的问题。汪曾祺虽然喜欢日常生活中的事物情理，对风俗感兴趣，但他同时憎厌庸俗，他指出他所喜欢的作家契诃夫的小说有一个贯穿性主题，即“反庸俗”，恐怕这一主题也深得他心。他几次谈到我国的“八仙”，认为这代表了国人一种廉价的、不费劲的、庸俗的生活理想，觉得八仙像摆在一般人家的香案上很俗气，说这是中国民族心理上一个消极的因素。[①]他也经常用“庸俗”“俗气”或者“不俗”来评价人、事、物，如写家乡重修后的奎楼、公园都不理想，“请恕我说一句直话：有点俗”，并建议将要重修的文游台不宜因陋就简，或者搞得花花绿绿的。[②]“我不喜欢马子才，我觉得他俗不可耐。”[③]他写沈从文的两个儿子，“都很高尚清白，无丝毫庸俗习气”[④]。可以看出，汪曾祺虽然关注世俗生活，热衷平凡普通的事物情理，但仍然有文人的眼光、艺术的眼光存在，使他摒弃庸俗，然后才不至于使日常化与文化性之间产生隔阂与冲突，反而使二者得以融合与沟通。汪曾祺曾经谈到自己写短篇小说的原因，其中第三点他说是和作者的气质有关，具体解释的时候他则用绘画来作比：“我也爱看金碧山水

① 参见汪曾祺：《八仙》，《汪曾祺全集》第四卷，北京师范大学出版社1998年版，第87—88页。

② 参见汪曾祺：《他乡寄意》，《汪曾祺全集》第四卷，北京师范大学出版社1998年版，第69页。

③ 汪曾祺：《〈聊斋新义〉后记》，《汪曾祺全集》第四卷，北京师范大学出版社1998年版，第238页。

④ 汪曾祺：《星斗其文，赤子其人》，《汪曾祺全集》第四卷，北京师范大学出版社1998年版，第257页。

和工笔重彩人物，但我画不来。我的调色碟里没有颜色，只是墨，从渴墨焦墨到浅得像清水一样的淡墨。有一次以矮纸尺幅画初春野树，觉得需要一点绿，我就挤了一点菠菜汁在上面。我的小说也像我的画一样，逸笔草草，不求形似。”[①]用菠菜汁作为画画的颜料，将毫不起眼的菠菜作为颜料入画，这看似微小不值一提的行为细节，也许能够很好地诠释出汪曾祺散文在日常生活与艺术、文化之间所形成的一种不露痕迹的融合或者说相互引渡。菠菜汁用在文人画里，这本身就是文人行为，化俗为雅，使亲切而普通的日常事物变得独特，有光彩起来，这也正是汪曾祺散文的独特气质、风格。汪曾祺笔下的草木虫鱼、瓜果食物，以及常人素人，其实颇像齐白石的画，齐白石本人也正是汪曾祺倾服的艺术家。乡村、自然中平凡普通的一事一物，一旦入了齐白石的画中，就变得有模样、有情致、有韵味，而汪曾祺的许多散文则好像是用文字画画。

值得注意的是，可能晚年为了应付约稿，汪曾祺后来的文章重复较多，一些故事、文献会在不同文章中反复使用，如写“关中螃蟹”，写西南联大的往事，写云南的饭馆、吃食，写云南的花草，写童年的一些记忆，写下放张家口的经历，等等。当然，这也说明这些经历和记忆于他最为珍贵和重要，而可能因为汪曾祺笔下感情一贯节制，多是淡笔，导致言之不足，所以他才会有意或无意地反复讲述。大概只有汪曾祺这样多才多艺、善读书、聪明之至，在时代动荡中经历过痛苦忧患的生活，却又不愿诉苦、“很少哼哼”的老人，写起散文来才能如此节制、朴素，就好像是绚烂之极又归于平淡、日常。

（本章第三节由中山大学珠海校区中文系李雪莲博士撰写）

---

① 汪曾祺：《〈晚饭花集〉自序》，《汪曾祺全集》第三卷，北京师范大学出版社1998年版，第325页。

下篇

第九章

中国散文文体的近现代嬗变

中国的散文同诗歌一样，产生最早，源远流长，且一直居于文学的正宗地位。这一诗文传统的文体特征是将文学与非文学混为一谈，并在质与文、散与骈、文与白的纠结中不断完善和发展。直到近现代，我国的散文文体才发生了现代意义上的嬗变。这种嬗变虽未能从整体上推翻古典文学的文体系统，却在文体的体裁、体式、文本的语言与文体意识等方面，为现代散文文体的确立奠定了坚实的基础。

第一节　古代散文的文体形态与文体意识

在中国文学史上，散文是一种早熟的文体。据史料记载，中国古代最早的散文，大约可追溯到甲骨卜辞、《周易》卦爻辞、钟鼎铭文等，而真正具备了较完备的散文形态的，应是从产生于殷周时代的《尚书》始。《尚书》之后，就是中国散文的第一个黄金时期——先秦的诸子散文和历史散文。

先秦散文的基本文体形态，一是以论说为主，如《春秋》《老子》《庄子》《孟子》等含哲学、政论文在内的文章。二是以记叙历史事件和历史人物为主，如《左传》《国语》等记叙和议论相结合的文章。这两种文体形态交相辉映，不仅成就了一个大时代里散文的辉煌，而且还开创了中国的“杂文学”传统，而其文体特征则是具有广泛的包容性。即是说，先秦时期的散文文史哲没有分家，实用文章和非实用文章混杂，文学与非文学交织，其时也没有专门从事散文创作的散文家。可见，先秦时代的散文概念和内涵是模糊的，文体是自然朴素的，同时也是极其包容的。正是这种模糊、自然、朴素和包容性奠定了中国古代散文宽阔、宏大坚实的基础。近年来，有人打着重建现代散文观念的旗号，认为先秦散文是一个蒙骗了中国人千百年的子虚乌有的伪概念，应予推翻打倒。在我看来，这样不顾历史真实、以今律古的大胆虚构和想象，不是无知，就是语不惊人死不休，是不足取的。

先秦之后的两汉，以历史散文为主要文体形态，而“无韵之离骚”的《史记》是这一文体的代表作，它将散文推到了一个顶峰。唐代的古文运动，一方面瓦解了魏晋南北朝的时文——骈文，一方面又融合叙事的历史、说理议论的哲学、抒情的文学于一炉，从而形成了叙事、议论与抒情三位一体的古典散文格局。当然，古典散文只是唐宋的一种主流散文文体形态，在唐代古文运动的推动下，散文的品类多样，写法也多姿多彩，既有大量的山水游记、寓言、传记等有很强文学性的散文，也有车载斗量的诸如书信，奏议、诏令、论辩、传状、碑记、箴铭、颂赞、哀祭、序跋、书说、赠序等偏于应用和议论的文章。明代以后，先是“以拟古为主”的“明七子”的散文创作成为时流，继而是独特性灵，不拘格套，主张一切作品“皆从胸中流出”的小品笔记成为主要散文文体形态。而清代以桐城派为代表的散文，既强调“义理、考据”，又注重“辞章”，即将应用性与文学性融合在一起。从以上对古代散文的历史回顾中，我们可以得出如下的结论：中国的古代散文，从文体的角度讲，是一个相当庞杂的概念，或者说是一个“杂文学”的系统。中国古代散文的文体形态呈现出两个特征：其一，它一方面具有极强的包容性，一方面每个时代都有一种主流文体。其二，中国的古代散文，先秦时期是应用性与文学性并重。魏晋之后，总体看，文学性文体占据主导地位，但应用性文体也有自己独立的地位。因此，界定何为古代散文，在我看来不能持论过严，而应根据现代散文的文体规范和文体特征，同时顾及产生古代散文的特定历史语境，只要有一定的文学性，即“事出于沉思，义归乎翰藻”[①]或“吟咏风谣，流连哀思”[②]，就可以视其为散文。否则，我们就不能正确认识中国古代散文的文体特征。

总结、回顾中国古代散文文体演变的历程，我们还可以看到这样一个值得注意的文学现象，即中国古代散文家从魏晋南北朝起便有着比较自觉的文体意识，而并不是一些论者所认为的那样：“古代‘汉语散文’之所以未能较好地解决‘范畴论’问题，主要有三点原因：第一‘文学’意识淡薄。第二，‘文体’观点散漫。第三，‘载道’主潮的制约。”[③]说“载道”的主流意识形态在某个时代压制了散文文体的发展也许有一定的道理，但若说中国古代散文家的文体意识淡薄散漫，则无论如何是说不过去，是不能令人信服的。因为中国古代散文从发端于记言记事，从实用文到美文，从“殷盘周诰”的“佶屈聱牙”到后来的“情动而言形，理发而文见”，如果没有“美因”即自觉的文体意识作支撑是很难想象的。虽然章学诚所言“至战国而后世之文体备”的说法可能有夸大其词的成分，但鲁迅认为至魏晋南北朝时期，我国的诗文已进入文体的“自觉时代”应属不虚。关于这一点，我们还可拿西方的文学作比较。西方的文学以戏剧、小说和诗为主，散文从古代到现代都没有独立成体，所以不论是长篇论著或是短篇小品，其文体基础都十分脆弱。即便“五四”时期热闹一时的英美“絮语散文”，其实真正上佳的作家和作品并不是很多。而能够像中国散文那样融记叙、抒情、议论于一炉的优秀之作更少。质言之，与中国散文相比，西方的散文随笔重“笔路”，重纪事、说理、个人性和科学精神，但在“文章”，即抒情性、音乐性、语言韵味乃至“文气”等更能体现文体意识的各个方面，则远远逊色于中国古代散文。

---

① 萧统：《文选序》。

② 萧绎：《金楼子·立言》。

③ 刘锡庆：《世纪之交：对“散文”发展的回顾与思考》，《文学评论》1997年第2期。

从上述比较中我们也可看出中国散文家“文体观念淡薄散漫”的结论，并不符合中国散文文体发展的实际情况。

中国散文文体意识的自觉，主要体现在两个方面：

首先，是散骈并用。唐代的古文运动以反对骈文俪体为主旨，但其时的散文家并非一味排斥骈文的辞章和修辞策略。他们在崇“道”、“尚简”、求“雅洁”的前提下，也追求辞采声律，讲究排比、对偶和用典，有时则是散体中夹用骈句。如丘迟的《与陈伯之书》本是一封劝降信，但作者却写得情真意切，文采斐然。像这样的散文，在唐宋时期还可举出许多，如欧阳修的《醉翁亭记》、范仲淹的《岳阳楼记》、苏轼的《前赤壁赋》等。正是在这种散骈互用的过程中，散体的自由无拘、记事简洁、便于抒情议论，以及骈体的“焰焰烺烺，务彩色，夸声音”的特长获得了最大限度的发挥，从而拓展了散文艺术的表现手段。这是古代散文家拥有自觉文体意识的必然结果。

其次，是诗文互渗。诗和文各有自身的文体特征和规范，这是魏晋以后的事情。先秦之际，散文与诗统称为文。曹丕的《典论·论文》，将文分成四科八体，又将诗归为两类，这是中国文体意识的第一次自觉。但诗文毕竟“本同而末异”，故而曹丕之后，关于诗文的论争一直绵延至清代。以“盛唐气象”为例，主要是“以诗为文”，将诗情诗法融于散文体内，使散文不但叙事富于情趣，说理饱含韵味，而且表现手段像诗一样丰富多彩。及至宋代的散文革新运动，又反过来“以文为诗”。虽然这种诗文互渗现象遭到严羽等诗论家的严厉责难，但“以文为诗”拓展了宋诗的题材领域，使宋诗如“风行水上”“自然成文”，这也是不争的事实。质言之，各种文学体裁的互相渗透，使散文的文体意识进入了一个新的层次和境界。至于散文与绘画的互相渗透与影响，在古代同样随处可见，它从另一个侧面印证了我国古代散文家文体上的自觉。

中国不但是一个诗的大国，同时也是一个散文大国。而散文之所以能在古代取得如此辉煌的成就，正是散文文体意识不断增强的结果。如果看不到这一点，甚至否认这一点，从轻说是对中国散文传统的不尊重，从重说是对散文传统的无知与背叛。

第二节　散文文体裂变的先兆

在中国文学的近现代转型中，散文的文体变革在内容与方式上都是很特别的，甚至在很多方面比小说和诗歌更能体现近现代文学转型的价值和意义。不过，目前关于这种嬗变的探究还不够深入细致，认识上也有待深化。比如，关于现代散文兴起的时间问题，学界的主流意见主要有两种：一种认为从梁启超的“新文体”开始，中国的古典文才向现代白话文过渡，这几乎已经成为共识。一种认为五四新文化运动所倡扬的白话文，才是现代散文的真正开端：“散文自此成为一种独立的艺术形式，实现了从古代形态向现代形态的转化。”[①]这些关于散文转变的指认自然是有道理的。问题是他们在关注重大的事件、外在的口号之于散文文体的变革时，却忽视了可能引起文体裂变的那些处于萌芽状态的、混沌一片的、复杂暧昧的，因而也是更曲折潜在的隐性因素。当然，也有一些学者注意到了这些新因素对文体转型的影响。如郭延礼在论述王韬的域外游记时就指出：“由于多是写外国体裁的，因此在形式上较之传统的中国游记也有所变化。一般说，篇幅较长，内容充实，与古典散文中空灵飘逸的山水小品有明显不同；另一方面，作者描写成分显著增多，语言趋向通俗化与自由化，并杂有许多新名词，都表现出了散文新变的迹象。”[②]郭预衡也意识到了晚清的经世思潮导致了文风异于鸦片战争之前：“学风既变，文风亦变，龚（自珍）、魏（魏源）二人的文章也大异于前。”[③]又论：“福

① 钱理群、温儒敏、吴福辉：《中国现代文学三十年》，北京大学出版社1998年版，第146页。

② 郭延礼：《中国近代文学发展史》，山东教育出版社1991年版，第1109页。

③ 郭预衡：《中国散文史》（下），上海古籍出版社2000年版，第593页。

成之文，尤其是出使四国以后诸作，其风格与内容，都有异于桐城诸家者。”[①]这显然都是有识之见。惜乎两郭的论述只是点到即止，未及深入下去，其观点也未引起学界的注意。

晚清域外游记，指的是从1840年到1911年这一时间段内发表的域外游记。作为散文的一种文体体式，晚清域外游记数量巨大，内容可谓斑驳庞杂。20世纪80年代，湖南人民出版社出版了由钟叔河主编的“走向世界丛书”，挖掘出晚清域外游记近百部，包括林鍼的《西海纪游草》，斌椿的《乘槎笔记》，志刚的《初使泰西记》，张德彝的《航海述奇》《欧美环游记》《随使法国记》《随使英俄记》，罗森的《日本日记》，王韬的《漫游随录》，郭嵩焘的《伦敦与巴黎日记》，梁启超的《新大陆游记及其他》，康有为的《欧洲十一国游记二种》等。此外，上海古籍出版社出版了陈左高选注的《古代日记选注》，选录了近代李圭、刘锡鸿、张荫桓、薛福成等人的不少域外游记片段。由全国图书馆文献中心编印的《历代日记丛钞》共200册，收录日记500多种，其中晚清域外游记有50余种。可见，始于19世纪40年代，由林鍼的《西海纪游草》开其先河的晚清域外游记，是一座有待发掘的散文富矿。从内容看，这类游记与产生于本土环境中的传统游记不同，它具有特定的指涉性与相对的自足性。它是在中西比较这一跨文化语境中进行写作，旨在记录作者在域外游历时的所见所闻及所感。因此，如何想象西方，如何在西方的镜像下认识自我，如何在时空交错中感受中西文化的碰撞，以及由此产生的现代性体味，便是这些域外游记书写者共同的人生境遇和个人经验。与这种书写情境相一致，蜂拥进作品的是关于诸如西方的世界观、文化制度、政治体制、现代技术、兴办实学等的讨论，以及诸如博物馆、神镜（照相机）、木马（自行车）、军火、关税、议院、物理、油画、电报、化学、斗牛、宴会、饭店、银行、铁路等新的事物、新的名词术语和新的意象。而内容与精神的变化反映到艺术形式上，必然导致文体的内

① 郭预衡：《中国散文史》（下），上海古籍出版社2000年版，第599页。

在裂变。这种文体的裂变主要表现在以下几个方面：

第一，中西混用，文白杂糅。中国古代散文对语体有极高的要求，特别到了桐城派，对文章语言的要求几近苛刻。为了合乎“义理”，桐城派要求“辞章”不仅要雅正醇厚，合乎古文遣词造句的规范，而且要求叙事要清晰干净，行文要简洁，即“与其伤洁，毋宁失真”。然而，当我们阅读晚清域外游记时，我们明显感到这些游记的语体文体完全背离、超越了桐城派清真雅正简洁的语言审美范畴。以下是桐城派传人之一的黎庶昌描述在巴黎乘热气球的经历：

> 球皮用布缝成……其大径三十五买特尔，围圆一百零五买特尔，容轻气二万六千建方买特尔，空中压力每建方买特尔重一百吉罗。①

而刘锡鸿在《英轺私记》中，更是引进了大量外来词：

> 西历十二月二十四日，为克来斯麦司衣符（即耶稣降生之前一日），西洋各国以此为令节。先期十余日，饴糖果饵、玩具器物……如中国之贺新年。至期，官学给假，佣雇停工，商贾百艺，咸各休息。或游猎，或宴会，或结队诵经礼拜堂，熙熙如也。②

在上述两段引文中，黎庶昌文中的“买特尔”“轻气”“吉罗”，刘锡鸿文中的“克来斯麦司衣符”“礼拜堂”，在当时都是新鲜的西方名词。这一类音译或半音译的外来词大多为复音词，必须经过字与字的整体勾连才能表达一个完整独立的意思。如果将“买特尔”“克来斯麦司衣符”分拆，则完全不知所云，尽失语境中的意

① 黎庶昌：《西洋杂志》，湖南人民出版社1981年版，第119页。
② 刘锡鸿：《英轺私记》，湖南人民出版社1981年版，第209—210页。

义。这一点的确与汉语很不同。汉语尤其是文言文多为单音词，几乎每个字都有自己独立的意义。它们构成一个个独立的自足体，并由此衍生出古代文章精练简洁、优雅醇厚的意蕴。而在晚清域外游记中，由于大量引入这类复音词，并将其作为散文语言的主要构成部分，这就在很大程度上冲击了传统散文的语言，改变了文言文古雅简约的整体面貌，同时也改变了读者的阅读习惯。

第二，章法散漫，体式杂陈。晚清域外游记不仅在语言上中西混用，文白杂糅，同时极少用典和对仗，而且在文章章法结构、体式上与传统散文也大相径庭。因为作者面对的是一个广大而陌生的西方世界，同时着眼于传播新知，传递信息，而不是着力于造境——营造一个情景交融、储满诗意的域外意境，给读者带来审美的愉悦。这样，晚清域外游记的叙述者便俨然将游记变成了社会考察的报告书，在内容上偏重于考察记录与资料采集。如黎庶昌的《巴黎油画院》《斗牛之戏》《英国钱币》《法国钱币》等游记，既有历史的考据、地理的记载、风景民俗的描写，又有各种器物的说明、详尽的条款式罗列，还有大量书信的摘录、大段大段的议论性文字。薛福成的《出使英法义比四国日记》则引用了大量的外交资料，详细记录了外交照会格式、外交典礼程序，甚至还有总理衙门的书牍摘录。当然，其间还夹杂着薛福成个人的经历、见解及议论。至于章法结构，基本是依日而记，布局随意，篇幅长短不一，有的一两句话，有的数千字，结构上更是自由散漫，没有定式。可见，晚清域外游记在取材、立意、结构和布局上都大异于古代散文。可谓是内容包罗万象，体式斑驳杂交，章法上完全不依桐城古文的谨严尚理的法度。

第三，聚焦式的叙述与议论。中国传统游记，一般是根据时间的顺序和游历者的行踪进行叙述，而表现手法大多是托物言志，借景抒情。但在晚清域外游记中，我们发现情况并不是这样。固然，域外游记中也有一些借西域景物风情抒发感慨之作，也有大量记叙游历者行程和罗列西方风物的流水账式记述。此外，还有带着自我表演性的呈贡式叙述，更有以启蒙者身份自居的宣教式叙述，但我认为最有文体价值的，还是聚焦式的叙述。在这类游记中，叙述者一反流水式的叙述方式，将自己的行踪活动置于幕后，将叙述的笔墨聚焦于某个问题或某个事物，而后有选择、有重点地进行介绍、记叙与思考。如薛福成的《出使英法义比四国日记》《观巴黎油画记》，黎庶昌的《西洋杂志》等就是如此。作者以某物某个生活场景或风景习俗为焦点，一方面对其进行详尽的介绍、记叙和描写，表现出很强的记叙性特征；一方面又就某个问题表达叙述者的感受、意见和建议，有时甚至在文中展开讨论，展现出议论性、理性化与科学化的风采。这样的散文，在文体规范上已冲破了桐城文法的束缚，为“五四”现代记叙文和议论文的兴起提供了有益的文体尝试。

晚清域外游记还隐含着现代报告文学的胚胎。不同于诗文的传播方式和受众对象，在现代的传播语境中，文学的重心逐渐下移，传播对象由过去的贵族士大夫转向以市民为主体的普罗大众，呈现出现代平民的精神特征。晚清的不少域外游记，较之传统诗文，在传达域外信息时力求真实客观；在情感、思想的表达上更为直接，更为通俗易懂；同时又不乏具体可感的形象和煽动性的语言，加之借助现代传媒进行广泛传播。如此一来，现代报告文学就在新型文体与现代传媒的结合中发育萌生了。

需要指出的是，在晚清时期，梁启超也写了《新大陆游记》等域外游记，也参加了“文体裂变”的合唱。但梁启超对中国现代散文文体的贡献，主要在1896年至1907年间“新文体”的创建。晚清传统散文的文体裂变，应该说早在梁启超之前，就已经在黎庶昌、薛福成等出使大臣笔下开始酝酿。正是这些占据了晚清文坛主流地位的桐城派文人的文章裂变，复杂而隐曲地预示了传统散文必将变革和现代散文必将兴起的趋势。

第三节　梁启超“新文体”散文的文体特征及其转型意义

诚如前述，梁启超于1899年前后就写过《夏威夷游记》《新大陆游记》等域外游记，但他对后代影响最大的，还是他创立的“新文体”散文。戊戌变法后，作为资产阶级新思维的杰出宣传家，梁启超不仅创办了《新民晚报》，还在《时务报》《清议报》等报刊上发表了大量文章。他用浅显平易、煽动性极强的新体散文取代了僵化刻板的桐城古文和骈文等传统，并逐渐形成了独具一格、文体特征很明显的新的散文体——新文体，也称为“报章体”“新民体”“时务体”。

梁启超的“新文体”，既继承了我国的“杂文学”传统又有所创新，既承续晚清域外游记的裂变之风又大异其趣。概括来看，“新文体”有三方面的文体特征：

其一，以欧西文思入文。梁启超在《夏威夷游记》中曾说：“德富氏为日本三大新闻主笔之一，其文雄放隽快，善以欧西文思入日本文，实为文界别开一生面者，余甚爱之。中国若有文界革命，当亦不可不起点于是也。”为适应启蒙宣传的时代需要，梁启超的“新文体”一方面引入大量西方的词语、语法和表达方式，以废除文言的语体系统；一方面又取法日本德富苏峰等人善于表现欧西文思的日本报章文体。他的“新文体”散文有一种习惯表达方式，即“自然界如何……世界如何……国人如何……”他往往在文章的开篇便广泛引用各种自然科学、社会历史、人文地理的新鲜知识，排比堆砌，旁征博引，多方类比，以开阔的视野、广博的知识、雄健的文笔和磅礴的气势震慑读者，而后再推出结论。“新文体”的这种结构模式随处可见。显然，这样的结构模式和行文方式与“以欧西文思入文”有很大关系。尽管从论证的角度看未免失之粗疏浮浅、欠缺严谨的科学性，但从文体的历史贡献看，这种紧密联系时代和社会现实需要，追求散文语体的“言文合一”的尝试，不失为一条可行的路径。

其二，平易畅达的文风。梁启超创立的报章文体之所以能风行一时，这与他推崇平易畅达的文风有很大关系。在《清代学术概论》中，他这样谈到自己的文体追求：

> 启超夙不喜桐城派古文，幼年为文，学汉魏晋，颇尚矜炼，至是自解放，务为平易畅达，时杂以俚语韵语及外国语法，纵笔所至不检束，学者竞效之，号新文体。

我们知道，宋代以欧阳修为代表的散文家倾向于平易畅达的文风。他们反对王安石及唐宋以来的艰涩怪诞文风，并通过自己的创作实践将散文引向平易畅达，对后来散文的发展产生了积极的影响。梁启超认为自己所写的是“觉世之文”而非“传世之文”，他的散文创作的目的是为了传播新知、启蒙民众，所以自然“务为平易畅达”，追求言文一致，让民众最大限度地接受。虽然梁氏的“平易畅达”与欧阳修的“平易畅达”在提出的语境和内涵上不尽相同，但在冲破传统束缚，在文学应贴近社会现实这一点上是一致的。

其三，条理明晰，笔锋常带情感。梁启超的“新文体”散文继承了古代诸子散文的论辩传统，他的散文创作很注重议论说理，对一个问题往往从不同层次、不同角度加以阐发，即做到“大纲小目，条分缕析”。当然，更能体现出梁启超“新文体”散文文体特点的，是他的文章“笔锋常带感情，对于读者，别有一种魔力焉”①。梁启超对中国古代以情为根的散文传统情有独钟。为了使“新文体”散文能具备强烈的情感煽动力，他大量运用修辞手法，如设问、反问、借代、比喻、排比、对偶等。此外，他不仅喜用“欲……则必……”以及“有……即为……”的排比句式，营造出一种颇具煽动性的文势，而且在句式和字数上讲究骈散相间，在音节语调上则注重抑扬顿挫。正是这一切，造就了他的“别有一种魔力”的语体文体。这种以极度夸张、偏激为能事的语言在当时的确具有“摄魂忘疲”的力量，使读者读之“如受电燃”。但从另一方面看，其语言的浮夸累赘，虽能鼓噪一时，却缺乏耐人寻味、隽永醇厚的散文美，这也是不争的事实。

---

① 梁启超：《清代学术概论》，上海古籍出版社1998年版，第86页。

那么，梁启超的“新文体”散文对中国现代散文的转型有什么意义呢？应该说，此前的学界对梁启超“新文体”的特点谈得较多，而对转型的现代意义则研究得不够。有鉴于此，笔者拟就此谈点看法。

梁启超的“新文体”对现代散文的意义，首先是设定了与古代散文截然不同的读者群体。众所周知，古代散文从一开始就与士大夫、贵族阶层密切相关，在其漫长的发展、变革过程中，也一直将这一特定读者群视为写作对象。因此，古代的散文强调“崇经”“尚事”“载道”，讲究“义理、考证、辞章”三者不可偏废，许多人毕其一生呕心沥血写“传世之文”。到了晚清的域外游记，散文的中心开始下移，传播对象逐渐由士大夫、贵族阶层转向大众，但那时的转向还是不明确和不自觉的。而到了梁启超创立“新文体”时，他首先考虑的是文学的社会功能，即功利性。他不但十分清楚自己写的是“觉世之文”而非“传世之文”，而且明确地指出广大民众是其散文的真正读者：

> 《传》曰“言之无文，行而不远”。学者以觉天下为己任，则文未能舍弃也。传世之文，或务渊懿古茂，或务沉博绝丽，或务瑰奇奥诡，无之不可；觉世之文，则辞达而已矣，当以条理细备，词笔锐达为上，不必求工也。[①]

梁启超追求“觉世之文”的教化旨归，强调的是“以觉天下为己任”的社会功利性，但他的“觉世”与古代忠君颂主的政治教化有着本质上的区别。他“觉世”的核心是“新民”，其目的是以资产阶级的启蒙来塑造一代新国民。这样，他的读者对象自然也就是普遍的民众。可见，梁启超的“新文体”创作，在观念上赋予散文以国民文学的性质，在文体上提倡“辞达而已”“以条理细备，词笔锐达为上”。正由于“新文体”在阅读层面上设定了新的读者群，从而改变

① 梁启超：《湖南时务学堂学约》第六章。

了散文的话语方式和读者的期待视野，为以后“五四”的“平民的文学”“人的文学”打下了基础。

梁启超的“新文体”的更大功绩，在于启迪了“五四”议论性散文的兴起。在我国古代的各类散文中，很早就有所谓的“说”体散文，如《师说》《捕蛇者说》等，这类散文在性质上属理论性文章，偏重于说明性和解说性。梁启超的“新文体”散文中也有大量的议论体散文，如《新民说》系列、《少年中国说》，等等。这些文章继承了“说”辞纵横捭阖、语言“炜晔”的特点，同时杂糅各体的写作技巧，既形象生动，有强烈的艺术感染力，又能自由地表达思想。梁启超的“新文体”尽管还属于旧文学的范畴，而且实际上它也没有彻底实现论说性散文的口语化，但却为实现这一目标起到了清障开路的作用。“五四”时期的胡适、陈独秀、李大钊、钱玄同、刘半农等的议论性散文，无不受到梁启超的论说体散文的影响。由是观之，梁启超论说体散文在文体功能、文体体式及语体表达方式等方面，已经走到了现代的大门前。因此，现代散文首先从议论散文起步，也就顺理成章了。

如果我们着眼于转型的意义，将梁启超的“新文体”散文放在中国散文发展的长河中，尤其是放在中国散文新与旧的交叉点上来考察，我们会看到，一方面，它将我国“杂文学”传统的优势和缺点发挥到极致；另一方面，它启迪了中国散文的新变，促成了现代散文格局的重构。而这，正是梁启超“新文体”散文的巨大历史贡献。

梁启超的“新文体”散文尽管风靡一时，但它毕竟属于“杂文学”传统的范围，带有明显的过渡性质。因此，当历史发展到“五四”时期，散文文体又发生了深刻的变化，这就是现代意义上的散文文体正式宣告确立。关于这方面，笔者将在下一章中展开详细论述，此处从略。

中国的散文从《尚书》开端，历经两千多年的文体演变，到了“五四”时期，终于被现代散文文体所取代。这不仅仅是文体的问题，也不仅仅是文化的问题，而是时代的变革，历史发展的必然。正是在“五四”自由之风的吹拂下，现代散文抖落了降之于身上的灰尘，现代散文的文体也从杂文学转变为文学的散文或艺术散文。至此，现代散文终于成为一种独立的文学门类，在现代性的天空中自由翱翔了。

第十章

“五四”时期散文文体的选择与创造

曹聚仁先生在复旦大学的一次讲演中，曾提出了这样的观点：“由五四运动带来文学革命的大潮流……弥天满地，都是新的旗帜，白话文代替古文站在散文的壁垒中了。就当时的情况来看，与其说是文学革命，还不如说散文运动较为妥切。代表文学的，只有幼稚的新诗，幼稚的翻译，谈不上什么创作；其他盈篇累牍的都是议论文字。”[①]曹先生出于对散文的偏爱，认为“五四”文学革命简直就是一场“散文运动”，甚至判定新诗、翻译以及其他文学品类都“谈不上什么创作”，这样的观点固然有其主观武断、贬低其他文类的偏颇，不过也从侧面昭示了“五四”时期散文创作的辉煌成就。的确，在“五四”时期及20世纪30年代前期，散文无论从创作队伍，从作品的数量、题材的广阔、表现手法的丰富多样和文体的成熟程度而言，都远远超过了其他文学品类。否则，鲁迅、周作人、朱自清等大家也不会给予“五四”散文如此高的评价。

但对“五四”及20世纪30年代前期散文的研究，就目前来看还不够细致和深入。举例说，过去的散文研究者，一般较喜欢从科学民主，或从人的解放和反封建专制等方面来肯定“五四”以来的现代散文；还有的研究者热衷于探究这一时期散文兴旺发达的源流，当然更

① 曹聚仁：《笔端·现代中国散文——在复旦大学讲演》，上海天马书店1935年版。

多的是单个散文家的作家作品论。近几年来，有研究者尝试从社团、文体自觉方面来探讨现代散文的变革。[①]这是一个值得期待的进步。不过从整体来看，这方面令人满意的研究成果还不是太多。所以，本章拟从文体的选择与创造的角度，对现代散文作一综合和多层面的阐释。在我看来，文体研究更贴近文学本体，因而是考察一个时期的文学流变和探讨某一种文学体裁独特性的绝佳视角与切入点，尤其对于散文这种文体倾向特别明显的文类而言更是如此。当然，我这里所指的文体，不是以往仅仅将文体等同于“文学体裁”的那种文体（如我国“三分法”“四分法”之类的文体研究），也不是只将文体归属于语言学的势力范围，即将文体研究视为对文本语言的形、音、义等方面的语言组合方式的研究。尽管将文体研究等同于“文学体裁”或语言学范畴（事实上西方的文体研究主要便是语言学研究）有其合理之处，但其片面性也显而易见。正是针对文体研究的这种偏颇，我提出了“文类文体”“语体文体”“主体文体”和“时代文体”的“文体四层次”说。我将依据上述的文体研究思路，沿着现代散文发展的历史轨迹，探寻散文在时代风潮中的文体变异和内在精神的脉动。也许，从文体角度切入现代散文，我们更能体味到当初曹聚仁先生将“五四”文学革命说成是“散文运动”的那番苦心。

第一节 现代散文的文类文体建设

中国现代散文与小说、诗歌和戏剧相比，一开始就表现出了文体上的自觉与成熟。当时的新文学建设者一方面为现代散文进行文体

---

① 在为数不多的现代散文社团和文体方面的研究中，笔者较认同的有丁晓原的《〈语丝〉：现代散文文体自觉的代码》（《江汉论坛》2003年第1期）、周海波的《现代传媒与散文的文体功能辨析》（《山东社会科学》2004年第6期）、王兆胜的《关于散文文体的辩证理解》（《文艺争鸣》2005年第1期）等文，以及范培松在《中国散文批评史》一书中关于“语丝派”散文“体”的研究。

上的溯源，一方面又认为应“彻底打破那‘美文不能用白话’的迷信”[①]。于是，在这种双向的选择和创造中，建构起了现代散文的基本框架。

这种文体上的选择，首先体现在文类文体的建设方面。我们知道，我国古代散文从文类角度讲是一个十分广泛的概念。它包括了韵文之外的一切散体文章，正所谓“非韵非骈即散文”是也。由于包罗的门类太多太杂，这样文学性散文和非文学性散文的界限便十分模糊，这不但在很大程度上限制了人们对散文的认识，也影响了散文创作的发展。而“五四”之后出现的现代散文则不同于古代散文，它一开始就意识到散文不但应属于文学的范围，而且应作为文学的一个独立部门而存在。在这方面，首先要提到的是刘半农和傅斯年两人。1917年，刘半农在《我之文学改良观》中，率先提出文学散文的概念：“所谓散文，亦文学的散文，而非文字的散文。”1918年，傅斯年在《怎样做白话文》中，开始将散文与小说、诗歌和戏剧并列，特别是将散文作为一个独立的文学门类来看待。尽管刘半农和傅斯年两人的文体意识还是体验性和零碎的，他们对文学性散文的内涵和特征并没有清晰的认识，但他们对于文学性散文的钟爱，促使他们尝试着从传统“杂文学”中将散文剥离出来，这可视为现代散文文体觉醒的先声。

现代散文的文体自觉，准确说应该是从周作人开始。1921年，周作人提出了著名的“美文”概念。他一方面从明代小品那里寻找到现代散文的源头；一方面又以开阔的视野，从外国散文那里发现了现代散文可资借镜的创作资源。他说：“外国文学里有一种所谓论文，其中大约可以分作两类：一批评的，是学术性的。二论述的，是文艺性的，又称作美文，这里边又可以引出叙事与抒情。但也很多两者夹杂

① 胡适：《五十年来中国之文学》，《胡适学术文集·新文学运动》，中华书局1993年版，第160页。

的。这种美文似乎在英语国民里最发达。”[①]周作人的“美文”不但使散文从“杂文学”的混沌状态中解放了出来，而且确定了现代散文的多种体式与基本特征，同时还为现代散文的文体发展提供了民族性的依据和世界性的参照。后来，在《自己的园地·自序》中，他又提出了“抒情的论文”概念，将议论性的杂感也视为“美文”创作之一种。从上述的文章，我们可以看出周作人建构现代散文文体的思路：将叙事、抒情和议论视为现代散文的三大要素。这与后来写作课程中通用的叙述散文、抒情散文和议论散文的三分法大体上是一致的。

在现代散文的文类文体建设方面，值得一提的还有朱自清。尽管朱自清不把散文当纯艺术品看待，认为散文在艺术性方面比小说和诗歌要低。不过他将现代散文分为广义和狭义两种，还是体现了他作为一个文体家的远见卓识。在《什么是散文》和《关于散文的写作——答〈文艺知识〉编者问八题》中，他指出，“散文的意思不止一个”，“广义的散文，对韵文而言。狭义的散文，似乎指带有文艺性的散文而言，那么小说、小品、杂文都是的。最狭义的散文是文艺的一部门，跟诗歌、小说、戏剧、文学批评并列着，小品和杂文都包括在这一意义的杂文里”。在朱自清看来，文艺性的散文“或称白话散文，或称抒情散文，或称小品文”。朱自清把文学性散文与非文学性散文分开，再把非文学性散文剥离出散文家族，这是颇有见地的，但他把小说也包含在散文里边，则显然失之于粗疏。因为既然已将小说、诗歌、散文和戏剧并列为现代文学的四大体裁，就没有理由再将小说归进散文的范畴。由此可见朱自清的文体概念也不是十分清晰。他对散文概念的界说还不算完备，但他关于“广义散文”和“狭义散文”的划分，其文体意义却不容忽视。至于同时期或稍后的胡梦华关于“絮语散文”的提倡，王统照对“纯散文”的文体界定，还有徐志摩对“纯粹散文”的执着，都可以看作对现代散文文类文体的有意义的探索。

---

① 周作人：《美文》，俞元桂等选编《中国现代散文理论》，广西人民出版社1984年版，第3页。

那么，什么是“文类文体”呢？文类文体一般指作品的外在形状，它犹如人的外表、体形和容貌，是作家根据不同文学品类的特征、功能和表达方法，按特定的原则、规范组合文本的方式。文类文体虽以显在形态给读者以直观印象，但它却是这一文体与别的文体区别开来的依据和标志，并以其独立的存在性而体现出自身的价值。通常来说，一种较成熟的文类都有较为稳定的文体形态，都有自己独特的组合原则和外在特征。反之便是范畴模糊、体例不纯，是文体不成熟的表现。应当说，从文类的角度来看，新文学草创期的散文作家和理论家们显然意识到了散文这一文体类型独立存在的重要性和必要性，这样他们对散文文类的有意识选择与自觉创造，便成为现代散文文体自觉的显著标志。遗憾的是，后来的散文研究者并没有在上述的基础上对现代散文的文类文体作进一步的细化与拓展，使其更科学和更具文类的竞争性，反而疏于规范与建构，文体意识越来越退化，终于导致了在很长的时间里，现代散文的概念混乱、文类不清、体式模糊的局面，并由此影响到现代散文在20世纪中国文学史上的地位，令其在很长的时间里处于边缘的尴尬境地。这样的教训必须汲取。

现代散文的文体选择与创造，既体现在文类文体的建构方面，在寻找与现代散文的内容和主题相适应的话语方式方面，同时现代散文的建构者还表现出了不凡的眼光。在这方面，胡梦华的“絮语散文”功不可没。他认为英国的小品文、随笔一类的东西，虽然“不是长篇阔论的逻辑的或理解的文章，乃如家常絮语，用清逸冷隽的笔法所写出来的零碎感想的文章。……至于它的内容虽不限于个人经历、情感、家常掌故、社会琐事，然而这种经历、情感、掌故、琐事确是它最得意的题材”[①]。在这里，胡梦华一方面看到小品随笔题材的广泛性、包容性和琐碎性，另一方面又意识到用“家常絮语”“清冷逸隽”的笔法是表现这种题材的最佳话语方式。这的确体现出了他

---

① 胡梦华：《絮语散文》，俞元桂等选编《中国现代散文理论》，广西人民出版社1984年版，第15页。

敏锐的文体意识和独特的文体眼光。而与胡梦华的“絮语散文”异曲同工的，是鲁迅于1924年译介的厨川白村的《出了象牙之塔》一书，其中的一段话为散文爱好者津津乐道：“如果冬天，便坐在暖炉旁边的安乐椅上。倘在夏天，则披浴衣，啜苦茗，随随便便，和好友任心闲话，将这些话照样地移在纸上的东西，就是Essay。”这便是对中国的现代散文文体的发展产生了巨大影响的“潇洒写意的谈话体”。自然，更系统、更自觉的文体理论意识产生于1924年语丝社的创办者和同人。诚如范培松先生所言：“语丝社同仁对‘语丝体’展开了讨论，这是在20世纪里散文批评家第一次自觉地、有意识、有目的地围绕现代散文的‘体’所进行的批评活动。”[①]周作人开宗明义地宣称办《语丝》是“发表自己所要说的话”[②]，说自己的话，其实就是要寻找一种适合“语丝”题材和功能的“语丝体”。而这种“语丝体”又是什么呢？1925年孙伏园在写给周作人的题为《〈语丝〉的文体》的信中谈道，“我们最尊重的是文体的自由，并没有如何规定的”，还说它“只是一种自然的趋势”。即是说，自然随意便是“语丝体”的特征，而且不是人为的硬性规定，而是自然而然形成的。

的确，自由自在、任心闲话、随意挥洒，正是散文特有的话语方式。因为散文没有小说那样有情节和人物形象可依，没有诗歌那样的高度集中和韵律上的严格要求，也没有戏剧那样谨严的结构和大量的对话。文类的兼容、规则的灵活、表现手法的丰富多样，使散文成为一种可以自由发挥、率性而为的文类。所以鲁迅先生在《怎么写》中说：“散文的体裁，其实是大可以随便的。”不仅可以“随便”，而且“大概很杂乱”。周作人则将自己的散文写作比喻为“跑野马”。正因为在体裁上“大可以随便”，在写法上可以“跑野马”，在话语方式上采用“家常絮语”“任心闲话”的语调，这样，20世纪二三十

---

① 范培松：《中国散文批评史》，江苏教育出版社2000年版，第19—20页。

② 周作人：《〈语丝〉发刊词》，《语丝》第1期，1924年。

年代的随笔小品自然就蓬勃发展起来，不但成为了那一时期散文的主流，而且其成就“几乎在小说戏曲和诗歌之上”[①]。由此可见，文体的选择和创造对于文学创作来说至关重要。可以设想：倘若没有从一开始就确立散文作为一个独立门类，同时将文学性散文和非文学性散文区别开来，而后寻找一种自由随意、任心闲话的话语方式，那么中国的现代散文有可能像西方散文那样，直到今天还没有获得独立的地位，甚至还处于混沌的“杂文学”的状态之中。仅此一点，我们就有理由向20世纪二三十年代致力于散文文体革命的先行者脱帽致敬。

第二节　语体文体的选择

文体作为作家说话和写作的主要方式，最突出的是语言层面所体现出来的不同于别的文类的特征。如果说，文学体裁是文本的体例特征和结构形式等方面的成规，是文体的显在层面；那么，语体则是对体裁的默认与确证，它是散文文体规范下的一种话语系统，是与文学体裁相匹配和对应的一套语言成规，并且连接着作家的艺术思维方式和风格特征。一般来说，语体既是一个作家特有的对词语的选择、修辞技巧的运用，以及语气、调子和标点符号的使用，它还包括某一时期作家对某一种语言形式的共同选择与创造。正是由于这种共同的选择与创造，于是在历史的某个时期，形成了一种不可替代的“时代的文体”，如“五四”时期的“白话文体”就是如此。因此，从文体学的意义来说，语体文体是文体的核心，也是它的基础。它既是识别一种文类的审美属性的关键，又是衡量一个作家的艺术风格是否成熟的最为可靠的标记。

中国现代散文的开拓者，从一开始就注意到了语体文体对现代散文发展的重要性，并为建构一种既符合“五四”自由精神，又贴近散

① 鲁迅：《小品文的危机》，《鲁迅全集》第四卷，人民文学出版社2005年版，第592页。

文本体的散文话语而不懈努力。具体而言，“五四”至20世纪30年代前期的散文家和理论家对语体文体的选择与创造，主要表现在如下几方面：

其一，是“新而不乱，奇而不黩”，在“文言合一”，中西结合中探索现代散文语体文体发展的可能性。“五四”的文学革命，以“断裂性”语体变革为核心，创作了大量的新诗、小说、戏剧和散文，而在这其中，尤以白话散文的成就最为突出。为什么“五四”时期白话散文的成就在诗歌、小说和戏曲之上？盖因散文是最具文体意味的文类。小说虽然最早采用白话文（如宋人的说话、明清的章回小说），但“五四”之后便受制于西方的小说观念和表现手法，在语体方面更是存在着严重的欧化现象。诗歌方面尽管很早就有胡适的《尝试集》和刘半农、康白情等的白话诗，后来又有李金发、闻一多、徐志摩等的探索，但总体看来，“五四”时期的新诗语言还处于“夹生饭”的不成熟的阶段，这种状况直到今天也没有很大的改观，加之过于排斥我国古典诗歌的审美传统，倾向西方又难以西化，这就注定了现代诗歌不古不洋的尴尬命运。至于戏曲，不仅产生较晚，其观念、规则和结构形式更是西方戏剧的翻版，因此鲁迅说“散文小品的成功，几乎在小说戏曲和诗歌之上”，是有着足够的根据的。而在我看来，“五四”时期现代散文的成就之所以超过其他的文学门类，很重要的一个原因是当时的散文作家有十分清醒自觉的语体创造能力。“五四”的初期，散文的语体不可避免地存在着历史过渡时期纷然杂陈的现象。如文白杂糅，土洋并用，很是古怪拗口。但很快，这种现象便得到了纠正。先是鲁迅、周作人在传统与现代的结合上探讨了现代散文语体文体发展的可能性，使其“新而不乱，奇而不黩”。比如鲁迅，他在散文语体上严于选词，苛于造句，他的散文和杂文里“没有相宜的字，宁可引古语，希望总有人会懂”[①]。他还认为“旧语的

① 鲁迅：《我怎么做起小说来》，《鲁迅全集》第三卷，人民文学出版社2005年版，第172—173页。

复活，方言的普遍化，那自然也是必要的”[①]。周作人对语体文体更是给予了充分的关注。他在研究了文体的特点、功能与语言的形式变化的关系后，提出了建立“理想的国语的设想：以现代语为主，采纳古代以及外国的分子，使他丰富、柔软”。这种“理想的国语”不仅能“适切地表现现代人的情思”，而且“具有论理之精密与艺术之美”。[②]此外，他还注意到了散文语体文体的“本色、简单、涩”等特点。在《燕知草·跋》中，他针对俞平伯的散文，指出：“他的文词还得变化一点。以口语为基本，再加上欧化语、古文、方言等分子，杂糅调和，适宜的或吝啬地安排起来，有知识与趣味的两重统制，才可以造出有雅致的俗语文来。”由此可见，“五四”散文运动的倡导者对语体文体是格外重视的。正是在鲁迅、周作人、胡适、傅斯年、叶圣陶等的倡导下，朱自清、俞平伯、梁遇春、梁实秋、林语堂、冰心、徐志摩、沈从文、缪崇群、陆蠡、丰子恺、废名、何其芳、李广田、冯至、柯灵等散文家创作出了一批情思优美，在语体文体上堪称现代散文典范的佳构。这些作品有的平白如话，自然亲切，流利畅达，朗朗上口，体现出“看得又读得”的口语语体的纯粹与规范，如周作人、叶圣陶、老舍、丰子恺、夏丏尊的散文便是这方面的代表；有的精心锤炼语言，把文言、口语、欧语熔于一炉，形成了一种极其诗意化的语体文体，如徐志摩、冰心、何其芳等的散文语言就是如此。这些散文家在语体文体方面的探索，一方面丰富了现代白话散文的文体表现，另一方面也为古文与现代白话文、西方散文语言与中国散文语言的渗透融合开辟了一条新路。

其二，是在“化传统”过程中，追求语体的“漂亮”和“缜密”，打破“美文不能用白话”的迷信。在“化传统”这一点上，现代散文的确比其他文类有着更得天独厚的优势。而在这个“化”的

---

① 鲁迅：《人生识字糊涂始》，《鲁迅全集》第六卷，人民文学出版社2005年版，第296页。

② 周作人：《周作人散文》第二集，中国广播电视出版社1992年版。

过程中，现代散文的倡导者一方面摈弃古代骈文那种骈韵用典、片面强调文采繁复的形式主义做法；一方面又继承和发扬了我国自先秦就开始的“藻饰”“美言”的语言传统，自觉追求白话的语言艺术，使其具备汉语文章特有的言美、形美和意美。这样既保留了传统文章凝练含蓄、意蕴丰厚、声音节奏优美的语言功能，又显得更自然、更亲切、更生动和细腻，从而使传统语言获得了新的生命力。

在追求“藻饰”的语体美方面，首先要谈及的是徐志摩。尽管徐志摩不是一个造诣很深的“语言学”专家，但他对“纯粹散文”的语言美却情有独钟。早在1923年，在与友人的通信中，他就提出了“纯粹散文”的理论主张，[①]并说：“我们信我们自身的灵性里周遭空气里多的是要求投胎的思想的灵魂，我们的责任是替他们搏造适当的躯壳，这就是诗文与各种美术的新格式与新音节的发见；我们信完美的形体是完美的精神的唯一表现。”[②]徐志摩的散文，便十分讲究“藻饰”，讲究散文形式的美和语言的音乐性。不过，由于徐志摩在语体文体的锤炼上尚欠火候，有时总不免因过分的夸饰而“流于冗赘缛艳之境”[③]。因此，在“化传统”并将散文语言做得“漂亮”而“缜密”方面应首推朱自清。在语体上，朱氏的散文以散行单句为主，不刻意追求排偶和整饬，更不讲究平仄和韵律，这和古代文章的造句方式颇为接近。另外，朱自清的散文又继承了古代散文利用汉语的平仄，特别是汉语独有的双声叠韵的语言特点，营造一种平仄相交、双声叠韵错杂的抑扬顿挫、声韵和谐之美。此外，朱自清还借鉴古代散文丰富的修辞手法，调动多种修辞手段来表达瞬间的心理感受，以比喻、拟人、通感等来营造氛围和情境。比如《荷塘月色》《桨声灯影里的秦淮河》《背影》等散文名篇，既显示出白话散文自然质朴、平易亲切、生动畅达的美质，又把现代散文写得精致、漂亮和缜密，

① 参见徐志摩：《徐志摩书信》，湖南文艺出版社1986年版，第112页。

② 徐志摩：《诗刊弁言》，《晨报副刊·诗镌》第1号，1926年4月1日。

③ 钟敬文：《试谈小品文》，俞元桂等选编《中国现代散文理论》，广西人民出版社1984年版，第33页。

其语体文体的简洁、隽永和蕴藉不输古典美文，这就难怪朱光潜在《敬悼朱佩弦先生》中，给予了朱自清如此高的赞誉："他在这方面的成就，是要和语体文运动史共垂久远的。"而郁达夫则认为，朱自清的散文"仍能够满贮着那一种诗意，文学研究会的散文作家中，除冰心女士之外，文字之美，要算他了"[①]。其实，在"五四"至20世纪30年代中前期，师承我国传统语言的"藻饰""美言"审美观念，将散文语体文体锤炼到炉火纯青境界的散文作家，还可以举出冰心、废名、许地山、何其芳、冯至等一大串名字。正由于有这样一大批作家追求白话散文语体文体上的文字美、形式美和意境美，所以鲁迅说"五四"散文"写法也有漂亮和缜密的"，是"对于旧文学的示威"。[②]朱自清在1928年发表的《论现代中国的小品文》，也说那时的散文"确是绚烂极了……或描写，或讽刺，或委屈，或缜密，或刚健，或绚丽，或洗练，或流动，或含蓄，在表现上是如此"。这就"彻底打破那'美文不能用白话'的迷信"，提高了现代散文语体文体的审美品格。

其三，"言与意""形与心"的和谐组合，构成了独具东方情调的语体文体特征。文体学的研究表明，文体不仅有文类文体、语体文体、主体文体和时代文体等层次，文体还有"言与意""形与心"构成的多重审美因素。文学作品尤其是散文不但要通过优美的语言来表达意思，还要善于将语言的符号转化为艺术符号，即意与形的组合，而后再通过作品特有的氛围和格调，传达出散文个人主体的性灵，即"形"与"心"的圆融和洽。在我看来，语体文体只有达到了这一层次，才真正达到了文学的至境。在检视20世纪二三十年代的散文时，我们不无欣喜地看到"五四"时期的现代散文大多都能做到"言与意""形与心"的融合。这些散文既善于将日常生活艺术化，

① 郁达夫：《〈中国新文学大系·散文二集〉导言》，俞元桂等选编《中国现代散文理论》，广西人民出版社1984年版，第460—461页。

② 鲁迅：《小品文的危机》，《鲁迅选集》第四卷，人民文学出版社2005年版，第592页。

又善于运用各种笔调创造出各色的氛围、情调和意境，营造一方浓淡相盈的自适的精神空间。如周作人的《乌篷船》，体现的就是“言与意”“形与心”的和谐交融：“你在船上，应该是游山玩水的态度，看看四周物色，随处可见的山岸旁的乌桕，河边的红蓼和白萍、渔舍……”而到了夜里，则是“夜间睡在船舱中，听水声橹声，来往船只的招呼声，以及乡间的犬吠鸡鸣，也很有意思”。语言冲淡平和，自然天成，而在这“意”和“形”的底下，折射出的是一种散淡悠闲的心境，一种自由随意、空灵和谐的意蕴，而这正是东方情调的语体文体特征在散文中的体现，它使现代散文的艺术表现领域更为蕴藉、幽深和开阔。

综上所述，文体的选择与作家的生命意向、人格理想密切相关。文体既是“道”，又是“器”；既是交流思想的载体，又与创作主体的思维密切相关。换言之，文体就是人本身，它寄寓着人类的灵魂和精神。因此，任何有文学理想的作家，他们在创作时总是竭力去寻找适合自己的体裁，寻找适合自己的表达方式，尤其是寻找能负载起自己的生命、人格理想和自由精神的语言形态。在现代散文家中，鲁迅是如此，周作人是如此，其他如朱自清、梁实秋、林语堂、丰子恺、沈从文、汪曾祺等也概莫能外。同时，我们还注意到：在总体上服膺“絮语”“闲话”，推崇自由随意的话语方式的前提下，许多作家又创造了属于自己的语体。如鲁迅的简约冷峻，周作人的平淡、笨拙中的丰腴，朱自清的细腻与精美，林语堂的幽默雍容，梁实秋的博采雅趣，叶圣陶的质朴平实，徐志摩的流动华美，废名的疏淡清朗，沈从文的舒徐自然……他们都以独特的、不可替代的语体文体，向世人展示着现代散文的优美与多样性。

第三节 体式文体的形成与演进范式

现代散文在文体上的选择与创造，除了体现在文类文体、语体文体等方面，在散文体式的选择与完善上，我们也能够看出现代散文奠基者的良苦用心和出色的文学想象力。关于这方面的文体探索，在本章第一节谈及“家常絮语”“任心闲话”以及语丝社的“文体自由”时已有所涉及，不过由于写作上的考虑，前面只是约略地涉及“语体”和“体式”的问题，而且侧重点在于探讨散文作家们是如何孜孜不倦地去寻找适合散文内容的说话方式。而在这一部分，我考察的重点在于现代散文的表现方式和文体范式的历史演进，这里的研究理路是一种递进层深的关系，即透过文学的体裁、个体的语体去把握文体的内在构造方式和相对稳定的文体范型。

从文体的层次及递进关系来看，文类文体、语体文体和体式文体共同构成了文体内涵的三个层面，它们虽然有着密切的联系，而且常常是我中有你、你中有我，很难截然分开，但如果细加辨析，还是能够看出其间的一些细微区别。在我看来，文类文体是文体的外在形状，它是从大的方面标示各种文类的不同范畴和特征；语体文体侧重于文本语言的组合方式，主要指单个作家在用字、遣词、造句方面的特色。而体式文体虽也离不开语言组合以及语调方面的选择，并且在表面上看起来与文类文体有相似之处，不过体式文体的范畴比语体文体大，却比文类文体要小一些，它既是文本特有的表达方式和形态，也是文本依据不同的内在结构组合而成的不同范式。因此，研究现代散文的文体，既要研究文类文体和语体文体，还有必要研究体式文体。

那么，现代散文又有哪些体式或曰范式呢？根据上面关于体式文体的理解，以及结合现代散文的创作实际，我认为，可以将现代散文归纳为如下几种体式：

其一，抒情独语体式。抒情体式古已有之，但在“五四”时期的现代散文中得到了长足的发展，甚至在20世纪的五六十年代曾一度成为散文创作的唯一文体模式。这是由于“借景抒情”“托物言志”是中国传统散文的一大特色，而“五四”以后散文灵活多样的抒情方式，又适应了现代人借助散文这一载体来抒发感情、裸露心灵、表现生命体验的内在要求。加之这一时期国外的屠格涅夫、泰戈尔等散文诗的引进，也成为现代抒情散文体式发展壮大的“外援”。抒情体式的领军人物当然是朱自清。他的《荷塘月色》当之无愧是这一路散文的范本。而徐志摩、郁达夫、冰心则是其倡导者和出色的实践者。徐志摩散文中的丰富想象力和强烈的主观感情色彩，使他的散文流光溢彩且飘动飞扬起来。郁达夫的抒情既有同亲友诉苦的不拘形式，又有“归航”时的淡淡的感伤情调。冰心散文中的抒情，则如春天里的云雀般的轻快欢悦，又如“霓虹的彩滴也要自愧不如的妙音雨师”（郁达夫语），在清新的文字、典雅的情思中，透出浪漫主义的气息。现代的抒情散文由朱自清始，中经杨朔、刘白羽等“诗化”改造，到20世纪80年代贾平凹、张洁等的手中又有所回归，可以说绵延近百年。值得注意的是，在现代散文的抒情体式中，还旁逸出一种更贴近散文本体的抒情元素，即有的评论家指出的独语体式。这种独语体式可追溯到鲁迅的《野草》，它借助象征暗示的表现手法，以及奇幻的场景、荒诞的情节和神秘朦胧的梦境，直逼灵魂的最深处，捕捉到了现代知识分子内心深处难以言说的感觉和情绪，并以独语的方式对自我、生命、灵魂和人类的出路进行深层次的思考和自剖。当然，在独语体式上思考得更多，也走得更远的是何其芳。他执着地要为抒情的散文“发现一个新的园地”。他说：“我企图以很少的文字创造出一种情调：有时叙述着一个可以引起许多想象的小故事，有时是一阵伴着深思的情感的波动。正如以前我写诗时一样入迷，我追求着纯粹的柔和，纯粹的美丽。”[①]何其芳的散文《画梦录》中的散文，其实就是他为“抒情的散文发现一个新的园地”的实验。他借助“诗的暗示能”和“诗的思维术”来组合意象和营造意境，还以戏剧式的独白或对话介入散文的抒情中，从而使散文的抒情更有弹性和层次感，更能传达出现代人那种孤独寂寞的情绪，营造出一种现实和幻梦交织的艺术境界。而在20世纪20年代末至30年代中前期，追求这种艺术境界和

① 何其芳：《我和散文》，柯灵主编《中国现代文学序跋丛书·散文卷》，海南人民出版社1988年版，第1171页。

独语方式的散文家还有李广田、缪崇群、丽尼和陆蠡等，他们的散文篇幅短小轻灵，语言优美流畅，结构精致圆满，加之大量借助意象、象征、梦幻，乃至声音和色彩来叙事抒情，这便在一定程度上弥补了当时一些闲谈体散文杂乱无章的不足，为抒情艺术散文的发展开拓了另一条路径，可惜后来因时代和社会环境变迁等原因而未能延续下来。

其二，闲话聊天体式。所谓闲话聊天体式，按我的理解应包括日常闲谈的语境，轻松自然的闲话氛围，大量采用活的日常用语，以及结构上的漫不经心等内容。简言之，闲话聊天体就是用一种自由随意、娓娓而谈的闲话笔调和兴之所至、随心所欲的表达方式来进行散文创作的文体范式。从某种意义上说，散文的闲谈体式真正体现了散文的精神。由于这种体式契合散文的自由自在、无拘无束地表达作者性灵和趣味的特性，所以从“五四”初期开始，也就受到散文作家和广大读者的特别青睐。先是周作人承续明清小品反对“文以载道”，张扬个人性灵，追求精神自由的风韵，创作出了一批余香袅袅、冲淡雅致的“美文”，开创了随笔小品创作的先河。接着是俞平伯、钟敬文等人追随其后，并以其理论和创作实践支持了周作人的“美文”主张。比如俞平伯就深受周作人的影响，其文风透出一股平淡雅致的韵味，其境界直追明清小品。钟敬文更是服膺周作人那种“幽隽淡远”的文体和“明妙深刻”的情思，称其为“不但在现在是第一个，就过去两三千年里的才士群里，似乎尚找不到相当的配侣呢”。而他自己衡量优秀随笔小品的标准则是“平常的感情和知识”，加上“湛醇的情思”和“超越的智慧”。[①]他的《太湖游记》等文，其笔致和意境均显示出“闲话聊天”体式散文的艺术魅力。其间，应特别提及的还有胡适在《五十年来中国之文学》一文中对周作人的闲谈聊天体散文的肯定：“这几年来，散文方面最可注意的发展，乃是周作人等提倡的‘小品散文’。这一类的小品，用平淡的谈话，包藏着深刻的意味；有

① 钟敬文：《试谈小品文》，俞元桂等选编《中国现代散文理论》，广西人民出版社1984年版，第32—33页。

时很像笨拙，其实却是滑稽。这一类作品的成功，就可彻底打破那‘美文不能用白话’的迷信了。”这段话一方面充分肯定了周作人的小品文创作；另一方面胡适对于“平淡的谈话”的散文文体式的推崇，无疑对现代散文中小品随笔的发展起到了推波助澜的作用。

事实也正是如此。在周作人等人的努力实践和胡适的推动下，以闲话聊天体式为特征的现代随笔和小品便蓬勃发展起来，以至于在20世纪20年代和30年代中前期成为现代散文的支配性和主导性的文体。而在闲话聊天体式的发展壮大过程中，最值得提及的是“语丝派”同人对“体”的确认和尊重。《语丝》作为一个杂志在1924年创办后，很快便形成了一个散文流派，并形成了以杂感、小品为特点的“语丝文体”。“语丝”的体式，其实也就是闲谈的体式。只不过“五四”初期从“体”的角度来认识闲谈体的作家还不多，“语丝”时期对散文体式的自觉体认再不局限于少数几个人，而是一批散文作家自觉地、有组织和有计划地对现代散文的体式进行讨论，而且将讨论付诸实践，形成了一种共同或较接近的表达方式和语言风格。因此我赞同这样的结论：“《语丝》的创刊及其存在，象征着现代散文开始走向一个自觉的时代。”[①]“语丝文体”的存在及其体式追求上的成功，意味着现代散文已基本完成了从古典形态向现代形态的转型，也预示着现代散文全面而深入的文体大解放。令人扼腕的是，由周作人选择，经由“语丝派”的创作达到成熟的闲话聊天体式并没有很好延续下来。在20世纪30年代后期至80年代末期，在半个世纪的时间里，我们几乎再也难以在散文园地里见到这种自由随意、平淡隽永的闲话聊天体式。直到90年代，这种闲话聊天体式才又来了一次全面的复辟。于是，我们才有机会读到张中行、金克木、季羡林等人的所谓“现代的《世说新语》”[②]式的散文。由此，我们又重新回到了“烘着白炭

① 丁晓原：《〈语丝〉：现代散文文体自觉的代码》，《江汉论坛》2003年第1期。

② 吕冀平：《负暄琐话·序》，黑龙江人民出版社1986年版。

火钵，喝清茶，同友人闲谈”的境界中。

其三，幽默谐趣体式。作为一种审美风格和散文文体体式，幽默谐趣几乎从现代散文产生那天起就已经存在，比如在鲁迅、周作人的杂感小品中，我们就随处可见幽默的笔调。不过，鲁迅的杂文属于“能以寸铁杀人”的“硬性随笔”，也即是尖锐的讽刺和嘲弄，因此不在笔者所讨论的幽默谐趣体式之列。周作人的小品虽也不乏“婉”而“趣”的幽默色彩，但他更看重的是冲淡悠远的闲话语调和自由散漫的小品品格。因此可以这样认为：从自发而走向自觉，幽默谐趣的文体体式是自林语堂开始的。早在20世纪20年代中期，林语堂就已热心倡导幽默。他在《晨报副刊》上发表《征译散文并提倡幽默》《幽默杂话》等文后，幽默谐趣便作为一种文体与现代散文结了缘。不过，当时他对幽默的倡导并没有引起太大的注意。直到30年代初，他在自己创办的半月刊杂志《论语》上又大张旗鼓倡扬散文中的幽默和谐趣，这样才引起了时人的关注并逐渐形成一种散文体式。林语堂认为，幽默“本是人生的一部分”，幽默不仅“是一种从容不迫的达观态度”，“是一位冷静超远的旁观者，常于笑中带泪，泪中带笑”，而且幽默作为以“自我为中心，以闲适为格调”的真性灵文学，它从来“都是归返自然，属于幽默派，超脱派，道家派的”。[①]因此，散文小品如果有了幽默的滋润，就具有温厚的、冲淡的品格并达到既深远超脱，又最富于情感的艺术境界。从文体的角度着眼，林语堂对幽默包括他对性灵和个人笔调的倡扬，可以认为是对现代散文的标准和文体功能的一种新理解。而尤为可贵的是，林语堂不但在理论上力倡幽默，在创作方面，他也将幽默谐趣视为散文的理想目标和最高境界。因此，“就小品文而言，倡导幽默是林语堂的一大贡献，他将小品文的审美品格提升到新的境界，即具有喜剧色彩的审美品格”[②]。遗憾

① 林语堂：《论幽默》，《我的话》上编，上海时代书局1948年版。

② 王兆胜：《真诚与自由——20世纪中国散文精神》，陕西人民教育出版社2003年版。

的是，以林语堂为代表的幽默谐趣体式也和抒情独语体式、闲话聊天体式一样命运多舛。它在20世纪30年代中前期盛极一时之后，30年代后期便走向沉寂，其间虽有梁实秋、钱锺书、王了一等人继承了这一路散文体式并有所发挥，但在“风沙扑面”“虎狼成群”的严酷社会现实面前，这样的幽默谐趣声音毕竟是太微弱了。值得庆幸的是，自20世纪90年代后，幽默谐趣的散文体式也和其他散文体式一样重获生机，并成为一种新的散文范式向以张中行、金克木等为代表的闲话聊天体式和以贾平凹领衔的抒情独语体式发起挑战。其中较优秀的幽默谐趣散文家有王小波、韩少功、孙绍振、南帆、韩石山、叶延滨等，他们承续了林语堂、梁实秋、钱锺书等的幽默谐趣散文传统，又注进了新的文体元素。这种散文体式的出现，有可能拓展现代散文的写作套路，丰富散文的文体功能和智性深度。

散文文体的自觉，意味着散文家不但自觉去建构散文的体制和语体风格，还表现出散文的文体风格和范式的形成，这在很大程度上是现代散文文体成熟的标志。通过上述的分析，我们可以清楚地看到，现代散文的基本范式和格局，其实在20世纪二三十年代就已确定。虽然其间也有反复和中断，但这几种基本的文体范式贯穿了20世纪现代散文的始终。这些文体范式的确立表明了这样一个基本事实：散文对文体的选择与创造，丝毫不逊色于小说和诗歌，只不过以往的散文研究者没有很好地从文体的角度对现代散文进行清理和总结罢了。很显然，这种清理和总结可以在一定程度上纠偏对散文研究的习惯性轻视，也增强了我们建构散文理论体系的信心。当然，在探讨散文的文体时应注意到：散文的体制、语体、个性风格和文体范式之间都是本同而末异，是互为联系、互为补充渗透的。我一直认为，文体研究面对的不应是定型僵化的文学史材料，而应是发展着、变动着而且充满自由创造活力的文学事实。文体研究应力求对其作出客观科学、贴近文学本体的理论阐释，这样，文体研究才能区别于别的文学史研究，并对当前的文学创作有所助益。

第十一章

百年散文文体发展与文体功能的变化

在中国现当代散文史上，散文文体观念的演化与艺术流变都是很独特的。它的演变轨迹不仅清晰可寻，而且体现出古今文学的历史传承与现代性延展的整合性，很值得我们深入研究。不过就目前而言，这方面的研究总体来看还较为缺乏和粗放。有鉴于此，本章拟从古今文学的传承与演变，散文的模糊混用与清晰划一，散文的坚守与破体，以及散文的审美性与自由性等角度，探讨中国现代散文在百年演变过程中的不同文体观念、文体形态、文体特征和文体精神，并力求在此基础上对中国散文史做出新的阐释。

第一节 “五四”至20世纪30年代前期的文体观念与体式

我认为，中国现代散文与小说、诗歌、戏剧相比，一开始就表现出了文体上的自觉与成熟。这是符合当时的实际情况的。的确，只要我们将“五四”时期的散文随笔与当时的小说、诗歌、戏剧比较，就能清楚地看出这一判断并非毫无根据。“五四”时期，以《狂人日记》为发端的现代小说，主要是全面移植了西方小说的观念和叙述技巧，与中国传统的小说并没有太大的关系，因此显得较为生硬，与传统断裂的现象十分明显。新诗虽有胡适的《尝试集》，刘半农、康白情等的白话诗，后来又有李金发、穆木天、戴望舒等的现代诗的探索，不过总体来看，“五四”时期新诗的表现技巧和语言同样处于

“夹生饭”的不成熟阶段。至于“五四”的话剧，更是完全抛弃了传统的戏曲的“舶来品”。与上述诸种文体不同，中国现代散文从一开始就表现出了文体上的自觉与成熟。其时的新文学建设者一方面接纳“外援”，积极引进英法的“絮语散文”，以此来打破“美文不能用白话”的迷信；一方面他们又不拒绝“内源”，注意从传统散文中汲取有益的养分。因此，不妨这样说：新文学第一个十年，散文小品的成就之所以“几乎在小说戏曲和诗歌之上”[①]，盖因“外援”与“内源”并重，并在两者完美结合中创造出一种现代散文文体。质言之，中国现代散文文体的确定，形式上主要受到西方现代文体学的影响，而它的精神实质却是中国的、传统的。也就是说，中国古代散文主要从精神实质上影响了现代散文文体。这正如周作人在《美文》中所说，现代散文“须用自己的文句与思想”来进行创作。我们认为强调这一点十分重要。

“五四”时期，尽管处于现代散文的草创期，但那时的散文影响很大，散文创作已取得了令人瞩目的成绩，散文家也十分注重散文文体的建设。这种建设主要体现在如下几方面：一是体现在文类文体的界定，即提倡文学性散文，并将文学性散文作为一个独立的文学门类来看待。二是寻找与现代散文的内容相适应的话语方式，十分强调笔调的自由与文调的真。三是推崇个人的表现，明确指出散文是自我的文体，是性灵的表现。因此，“五四”时期的散文从总体看，篇幅一般都较短小，表达上自由随意，文化底蕴十分深厚，而艺术风格更是多姿多彩、多源共生。唯此，我们才对“五四”时期的散文创作如此神往，并将其视为现代散文的第一个黄金时期。

如果我们再从文体体式的角度进一步加以区分，则“五四”时期的散文主要有三种模式。一是报章体，二是情志体，三是闲聊体。

报章体，也可称为时评体，主要以《新青年》杂志的文章为代

---

① 鲁迅：《小品文的危机》，《鲁迅全集》第四卷，人民文学出版社2005年，第592页。

表。报章体的特点是短小精悍，内容多侧重国计民生、社会问题及科学民主，这一点十分吻合“五四”时期思想启蒙的时代需要，因此在“五四”初期产生了巨大的影响。在展开社会批评和文明批评时，报章体的文风通俗易懂，明白晓畅，慷慨激昂，一般采用直剖明示式的说理，且“笔锋常带感情”，这一点显然受到梁启超的影响。不过，诚如周作人所说，报章体“乃是教育的而非文学的……还不能够造成文艺作品”①。即是说，报章体的功能“意不在文”，而主要在于政治、启蒙、教育，所以还不是真正美学意义上的散文。因此，将其视为“自成一种美文文体”②的论断，我们认为是大可商榷的。

情志体，可以说是真正意义上的美文。它注重个性的色彩和笔调，又汲取了中国古代散文小品的抒情成分，将叙事、抒情、说理融合在一起，作品中渗透进作家的性情和志趣。这一路散文以朱自清和他的《荷塘月色》为代表。而徐志摩、郁达夫、冰心等或优美或漂亮或缜密的文字，使得这一路散文更具艺术的魅力。可惜这一路散文后来虽有发展和变异，但始终未达到20年代所能达到的高度。

闲聊体，这一体式的源头为明人的小品，同时取法于西方的“絮语散文”，以及日本俳句的笔墨情趣。其特点是取材上无所不包，无任何限制，从宇宙之大到身边琐事，乃至苍蝇之微皆可成篇。在心态上自由自在，闲适放松；在语体上平和冲淡，娓娓道来，自然隽永。由于闲聊体十分契合散文的本性，真正体现了散文的自由精神，因此自周作人开创了现代随笔小品先河后，它便一直备受推崇，甚至被视为中国现代散文的正宗。事实上，鲁迅、胡适、郁达夫和朱自清等人对新文学第一个十年的散文创作给予高度评价，主要得益于闲聊体散文创作的成熟及所取得的成就。

20世纪20年代后期至30年代中前期，由于人们对散文的性质、

---

① 周作人：《导言》，周作人编选《中国新文学大系·散文一集》，上海良友图书印刷公司1935年版。

② 刘保昌：《现代美文文体论》，《中州学刊》2010年第2期。

特征、功能和审美作用的认识发生了变化，上述三种散文体式又有所发展演变。这一时期，报章体的杂感时评获得空前的发展，且由“五四”时期的偏重于非文学的政论、时评变为“鲁迅风”式的杂文。杂文虽然古已有之，但它上升为现代散文的一种文体体式，却主要借助于三个因素：一是现代报刊的兴起、大众传媒的传播催生了这一新兴散文样式；二是杂文的兴起切合了当时现实斗争的需要；三是由于鲁迅的出现，使得这一散文体式在20世纪30年代臻于成熟并达到高峰。鲁迅之于现代杂文的意义，在于经由他的天才锻造，使原来处于非文学、非美文状态的时评、杂感、偶感或随感进入散文美文的范畴。鲁迅杂文作为一种“硬性随笔”，不但简洁犀利、善用讽刺幽默、常常“能以寸铁杀人”，而且在批判中渗透进浓烈的个人性情，在评论说理中十分注重形象化的传达。这正如许寿裳所说，鲁迅的杂文“简直是诗，因为每篇都是短兵相接，毫无铺排，异于辞赋，而且中有我在”[①]。这“简直是诗”“中有我在”，确实点到了鲁迅杂文的诗性本质，也表明了鲁迅杂文与“五四”杂感的不同。除了鲁迅先生之外，20世纪30年代中前期热衷于杂文写作的作家还有瞿秋白、唐弢、徐懋庸、徐诗荃、周木斋、聂绀弩等人。他们以《语丝》《莽原》《太白》等刊物为阵地，发表了大量“率性而言，凭心立论，忠于现世”[②]的杂文，从而成为30年代中前期引人注目的散文创作现象。

闲聊体散文在30年代中前期呈现出迁流蔓延、多姿多彩的风致。这时期，此前写出了《喝茶》《乌篷船》等美文的周作人仍在不倦地写作，只不过此时由于生活方式和心境的变化，他的散文文体也有了显著的改变——抄书的成分明显增多了。从关注现实生活，注重个人情调和理趣，到将个人的情感和意趣浸入到所抄材料之中，且更讲究暗示和含蓄，这其中的文体变化值得我们进一步深究。尽管大多数散

---

① 上遂（许寿裳）：《怀旧》，鲁迅先生纪念委员会编《鲁迅先生纪念集》，上海书店出版社1979年版，第16页。

② 《〈莽原〉出版预告》，《京报》，1925年4月21日。

文研究者认为周作人30年代的“抄书体”是典型的“掉书袋”，甚至是明目张胆的“抄袭”，毫无文体的价值，但我认为，这样的判断未免失之主观片面。值得一提的是，这一时期的闲聊体散文，在闲适自然、任心率性、娓娓而谈中，又注进了一股幽默诙谐和智性的气质。我们知道，作为一种文体特征和审美风格的幽默，自从闲聊体散文产生那一刻起就已存在，但真正作为一种理论倡导却是从林语堂开始的。众所周知，20世纪30年代初期，林语堂在《论语》等刊物上发表了《论幽默》《论性灵》《论文》《论小品文笔调》以及《〈人世间〉发刊词》等文，不但力主“性灵”，提出以“自我为中心，以闲适为格调”的口号，而且以极大的热情倡导幽默，这在当时引起了不小的轰动效应，甚至引发了1934年的“小品文之争”。尤为难得的是，林语堂一方面在理论上大力倡导幽默；一方面又身体力行，在《论语》《人世间》《宇宙风》等刊物发表了大量的随笔小品，从而使闲聊体在“谈话风”的氛围中，又增添了幽默和智性的格调。于是，闲聊体散文在艺术风格上更加丰富多样，文化的含量也更高了。

在20世纪30年代中前期的散文创作中，不独报章体、闲聊体散文在“五四”之后再次风生水起，与杂文交映生辉，还应提及的是，这时期，情志体散文体式也悄然地在发展壮大着。其标志是“水星派”散文作家群的出现。这一派作家包括何其芳、李广田、丽尼、陆蠡、缪崇群等。他们既没有共同的创作纲领，也没有同人形式的文学组织，但他们有较为一致的艺术追求和创作风格，这就是在“五四”时期情志体散文侧重托物言志、抒情叙事的基础上，加进了一股“幽独”之美。“水星派”的散文创作，大多描写个人的生活境遇，咏叹命运的无常，表现荒寂的生命体验、内心的苦闷寂寞和忧伤的情怀。比如何其芳的《独语》：“设想独步在荒凉的夜街上，一种枯寂的声响固执地随着你，如昏黄的灯光下的黑色的影子。你不知该对它珍爱还是不能忍耐了：那是你脚步的独语。”在《黄昏》中，他这样写道：“马蹄声，孤独又忧郁地自远而近，洒落在沉默的街上如白色的小花朵。我立住。一乘古旧的黑色马车，空无乘人，迂徐地从我身侧走过，疑惑着是载着黄昏，沿途洒下它阴暗的影子，遂又自近至远地消失了。街上愈荒凉，暮色下垂而闭合，柔和地，如从银灰的归翅间坠落一些慵倦于我心上。我傲然，耸耸肩，脚下发出凄异的长叹。”浅窄的内涵，苦闷的情绪，孤寂的心灵、淡淡的感伤，再加上遥远的幻想，奇特的形象、色彩、声响与朦胧的氛围，这一切便构成了何其芳式的“幽独”之美，也构成了30年代散文创作的另一道风景线。何其芳及“水星派”同人的散文创作之所以不容忽视，乃在于尽管他们的散文题材狭窄，内容浅显，且有无病呻吟、为赋新词强说愁的不足，但他们以最具个人特征的话语方式，确立了散文自由地倾诉灵魂之声的可能性。同时他们的创作预示了一种趋向——向诗，向纯文学靠拢，向散文艺术本体逼近。

从上述的分析可以看出，20世纪30年代中前期的散文创作，并不像一些散文史家所描述的那样，杂文“独占鳌头，一枝独秀……‘随笔’地位急剧下降，至‘小品文’年之后虽仍有零星篇什问世，但从总体上看却一蹶不振、销声匿迹”[①]。我认为，这样的文学史描述是极其主观片面的，它与曾经发生过的文学史的实际相去甚远。首先，上述的文学史识欠缺洞察力，文学史观也较为保守陈旧，基本上还是扬鲁迅而抑其他人，而文体观念上则是停留于杂文是“匕首”“投枪”，随笔小品则是“小摆设”的认识层面。其次，1934年之后至40年代，还有梁实秋、钱锺书、王了一以及张爱玲等的幽默智性随笔小品，怎么一下子就“一蹶不振、销声匿迹”，乃至“沉寂近半个世纪”了？再次，持此论的散文史家一向高扬“艺术散文”，坚守美文的立场，为什么这次会对何其芳的“幽独”体及“水星派”的纯散文写作视而不见，的确令人费解。事实上，在笔者看来，30年代中前期的散文无论在散文观念、散文体式还是艺术表现上，都比“五四”散文更为全面和成熟。特别是这一时期，“鲁迅风”“闲聊幽默

① 刘锡庆：《世纪之交：对“散文”发展的回顾与思考》，《文学评论》1997年第2期。

体”“情志幽独体”三峰并立，“太白派”“论语派”“水星派”各具特色。可见，这一时期的散文创作虽不似“五四”时期那样与时代同生共振，但散文作家的流派意识增强了，散文的文体意识更自觉了，表现手法也更丰富了，而不同散文流派的论战竞争以及文体的自觉和表现手法的多样，又丰富促进了散文的创作。正是在这种多重的选择、冲突与对话中，20世纪30年代中前期的散文在文体和艺术表现上绚烂多姿，在艰难而多元的时代中意外地获得了成功。

第二节　散文观念的偏差与文体意识的失落

从20世纪30年代后期开始至于50年代末，中国现代散文进入了一个低谷，散文的文体更是遭到了前所未有的严峻考验，甚至有学者认为：“在杨朔散文模式出现之前，中国散文已面临着生死存亡的危机。”①

散文之所以出现危机，盖因散文观念的偏差和文体意识的失落所致。20世纪30年代后期，由于抗日战争爆发，阶级矛盾和民族矛盾日益突出，原先倾向于闲聊幽默和性灵书写的作家，在“风沙扑面”“虎狼成群”的严酷现实面前，已经失去了闲情雅兴，再也幽默不起来了。而曾经致力于将散文当作“纯艺术品”来经营的何其芳等唯美散文家或投身于抗战洪流，或深入到生活的底层。可以说，此时的他们已基本上放弃了原来的艺术追求。的确，阶级斗争、民族存亡和时代的变革改变了人们的生活，也改变了作家的散文观念。

散文观念的改变，首先表现在对抒情的放逐，其次体现在对个人性的抛弃。举例说，其时倾向于唯美的散文家徐迟便认为，“这场战争的范围与程度之广大而猛烈，再三再四逼死了我们的抒情的兴

---

① 孙绍振：《从文体的失落到回归和超越：当代散文三十年》，《名作欣赏》2008年第23期。

致”，“轰炸已炸死了许多人，又炸死了抒情”。[1]穆木天则号召作家们：“彻底地去克服我们个人主义的抒情的伤感主义，以及一切的个人主义的有害的遗留。”[2]上述这些很有代表性的散文观对当时的散文创作产生了极大的影响。它表明，从1937年后，散文的观念已变得实用和功利：散文对个人情感应无条件地排斥，散文要敏锐地反映火热的斗争生活，成为“时代的号角”，甚至是“一切为了抗战”。至于散文的文学审美功能，在那时的散文家看来，自然大可忽略不计。

散文观念的改变，必然影响到散文体式的选择。于是乎，我们看到，1936年后，报告文学、通讯特写等新的散文体式迅速崛起并大行其道，成为这一时期最活跃、最受欢迎的散文主导文体。而夏衍的报告文学《包身工》，宋之的的《一九三六年春在太原》，阿英编的《上海事变与报告文学》，以及邹韬奋的《萍踪忆语》，范长江的《中国的西北角》《塞上行》等通讯特写，则是这一时期的代表性作品。它们的共同特征是及时反映了当时的现实生活、社会矛盾及战争的进展，的确起到了“轻骑兵”和“时代号角”的作用。在文体上，则是用叙事完全取代了原先的抒情和闲聊幽默。至此，中国现代散文文体由三峰并峙归一为叙事独大。

进入20世纪40年代以后，中国现代散文仍然沿着通讯报告与叙事的文体轨迹演进。只不过，这时期的中国现代散文已不似30年代后期那样整齐划一。实际上，这时期存在着两种散文体式。一是在国统区，以梁实秋、林语堂、钱锺书和王了一等人为代表，承续了二三十年代散文的幽默闲适情调。他们以学者的博识，以个人的话语方式，品评人生百态，即所谓“议论纵横，渗透着幽默的审‘丑’，散文的

① 徐迟：《抒情的放逐》，《顶点》第1期，1939年。

② 穆木天：《建立民族革命战争的史诗问题》，《文艺阵地》第3卷第5期。

文体自觉空前高涨，散文的谐趣和情趣一样，得到普遍的重视”[①]。这是对《雅舍小品》（梁实秋）、《写在人生边上》（钱锺书）、《龙虫并雕斋琐语》（王了一）等作品的恰切评价。尽管在40年代的连天烽火中，这样幽默、谐趣的声音还太微弱，也构不成散文主流，但它毕竟保留住了智性美文写作的流脉，这在当时殊为不易。而与国统区“烽火闲情”的写作迥异，在解放区，在文学只能表现“新的世界”和“新的人物”的召唤下，散文不可避免地向有利于表现新人新事的通讯和报告文学靠拢。于是，便出现了这样的局面：当时的著名作家如丁玲、周立波、吴伯箫、刘白羽、杨朔、穆青、华山等都不约而同地写起了通讯和报告文学。在“人人要学会写新闻”[②]的号召下，以通讯特写、报告文学和散记为主要体式的叙事性散文在解放区蓬勃发展起来，而抒情性散文则成了通讯和报告文学的附庸。这是时代的选择，但却是中国现代散文的悲哀。

由于中华人民共和国成立后很长一段时间的文化背景和文学语境与延安时期极其相似，这样在20世纪五六十年代乃至80年代中前期，人们并没有真正意识到狭隘的政治功利对散文的伤害。这样，于30年代后期始、40年代在延安形成的实用散文观念，自然便被当作一种优良的散文传统而继承下来，因而在整个五六十年代，最流行的散文观念乃是散文是文艺的“轻骑兵”，是“匕首”与“投枪”。与此相对应，50年代中前期最受推崇的散文文体仍是通讯特写和报告文学，此外还有“史传文学”等。因为这些散文体式都倾向于客观向外的叙事性，基本上与主观向内的抒情性，特别与个人的情感流露绝缘。如此一来，读者曾经十分熟悉的抒情性小品自然就很难看到了。事实正是如此。50年代初，被认为最优秀的散文是魏巍的通讯特写《谁是最可爱的人》。更有意思的是，五六十年代的几本年度散文选本都叫《散

---

① 孙绍振：《从文体的失落到回归和超越：当代散文三十年》，《名作欣赏》2008年第23期。

② 胡乔木：《人人要学会写新闻》，《解放日报》，1946年9月1日。

文特写选》或《散文特写》。可见，在当时的散文观念中，散文与特写已经融为一体，彼此难分了。

当然，任何时代的文学，都不可能是一成不变、铁板一块的。也许是对散文长期负担着过多的非文学使命感到不满，也许是“双百”方针的提出及美学大讨论唤醒了散文家心中蛰伏已久的文体意识，总之，从20世纪50年代末至60年代初，散文的文体意识开始萌动复苏了。其标志之一是《人民日报》于1961年1月开辟《笔谈散文》专栏，许多著名作家和评论家如老舍、李健吾、师陀、秦牧、刘白羽、吴伯箫、柯灵、菡子、吴调公等都参加了讨论，而且讨论主要集中于散文的立意、结构、意境、表现手法、语言及散文的定义、范畴等问题。特别值得一提的是，后来在散文界影响很大的“形散神不散”的散文观念，也是在这个专栏中由肖云儒提出来的。这就清楚表明，这次散文讨论是企图把散文从以叙事为主的通讯特写和报告文学中解脱出来，使其回归到二三十年代抒情性的艺术道路上去。因此，发生于60年代前后的这场讨论，可以视为古典的美学趣味在当代散文中的反映。标志之二是杨朔提出了“诗化”散文理论，以及这一散文观念迅速被当时的主流散文家如刘白羽、秦牧、吴伯箫、袁鹰、魏钢焰、碧野、郭风、何为、菡子和老作家冰心、曹禺等普遍认同，他们纷纷撰文响应支持，以至于在短短的一两年间，就形成了一股“诗化”散文潮流。

不可否认，20世纪五六十年代之交的“诗化”散文潮流一方面继承了中国古典散文的传统和“五四”以来“载道”散文的传统；一方面又以超越当时认识水准的勇气，推动了散文文体意识的复苏，因此，它的积极意义是不言而喻的。它促使散文这一文体由抗战时期形成的以叙事为主要手段，以客观记录为特征的通讯报告体向二三十年代的主观抒情体回归，从而恢复了散文的灵性和文学本质，也使散文不再成为新闻、通讯和报告文学的附庸。但同时我们也应看到，“诗化”散文观念及其创作实践，也存在着那个时代特有的致命缺陷。由于当时官方意识形态占据绝对的主宰地位，它硬性地规定着散文的题材选择、主题指向和感情基调，而杨朔等散文家在“诗化”上的追求，其动机只是为了避免散文成为“质木无文”的政治宣传而做出的审美选择。换言之，60年代的那些“诗化”散文，“体现着散文的载道品格，这些作品往往通过诗意化的语言和境界，言说社会的意识与政治的意志，是意识形态的形象化”①。可见，杨朔及其同时代的散文家所选择的“诗化”之路，只是一种“戴着脚镣跳舞”的无奈之举和权宜之计。真正的“诗化”或曰“诗性”，应是一种独立于意识形态之外的品格，它是流荡于万事万物之间的一种纯美的气质和气息，是一种最富于心灵性的表达，是自由自在的书写和超拔想象力的凝聚，也是直逼事物本质的精神力度和精神实质。如果拿这样的“诗性”尺度来衡量60年代初期的“诗化”散文潮流，我们肯定会大失所望。当然，我们不能一味地“以今律古”，不能以今天的价值立场和认识水准一概否定杨朔的功劳和“诗化”散文思潮对当代散文的意义。在笔者看来，我们在今天所要做的是：从以往的文学经验中寻找出一些合理的、有益的养料，以此来体味现代散文是如何在艰难中跋涉前进，是如何在文体的失落中不懈寻找，又是如何在危机、绝望中绽放出希望和生机的。

经历了“文化大革命”十年散文创作的空白之后，散文的创作进入了一个新的阶段。散文的文体意识也有了新的分化。这分化表现在报告文学已经完全地从散文家族中剥离出去，杂文也因其有着独立的文体特征而不再被视为散文。种种迹象显示，1976年到整个20世纪80年代，散文的文体意识明显加强了，散文在与报告文学、杂文告别后，越来越纯粹，越来越向着艺术散文的方向前进了。但颇为诡异的是，在新时期最初的十年间，散文却是最为沉寂的一种文体。为什么文体意识增强了，散文反而不那么引人注目了？这里的原因在于：尽管在20世纪80年代散文回归了抒情的本体，散文的个性得到了一定程

---

① 周海波：《论中国现代散文从叙事向抒情的转换》，《齐鲁学刊》1998年第6期。

度的复归，“美文”也经常被提及，但由于从“四人帮”被打倒到20世纪80年代初，散文仍未摆脱“事—理—情”的杨朔模式以及“形散神不散”等陈旧散文观念的束缚，加之散文不敢直面现实生活，不敢触及重大的题材，大部分散文家还沉浸于传统的风花雪月、小桥流水的语境中，而艺术表现手法和艺术风格又趋于单一化，这样散文创作远远落后于其他文体，也就是自然而然的事情了。所幸的是，20世纪90年代以后，随着政治经济的转型，特别是随着大量学者或学者型作家、诗人加盟到散文队伍中来，散文观念出现了多元化的倾向，散文的文体体式更是多种多样，不过总的趋向是抒情淡出、思想凸现，呈现出由“审美”到“审智”的艺术转向。

追踪、梳理中国现代散文文体的演变，使我们深信在文学发展的演变中，文体往往比它所反映的社会生活和思想更为不朽，同时也更贴近文学创作的实际，更能体现出文学史的真实。在我看来，假如我们的文学史只关注作品所反映的内容和主题，而缺乏文体的意识和文体的触摸，那么这样的文学史势必只有理念而缺乏感性，只有骨架而没有血肉，其所作出的价值判断，往往与事实相去一万八千里。举例说，在《中国散文史纲·现代卷》的绪论中，有一散文研究者这样来描述20世纪80年代的散文创作：“从1976年至1988年间，这一时期重新出现了散文创作的繁荣，抒情性、记叙性和议论性散文，先后都取得了丰硕的成果，形成了空前的盛况，并再一次与时代发生共振，为全社会所关注，成为广大人民群众热烈钟情的对象。不仅佳作如涌，名家如林，而且热潮迭起，影响深远。……尤其是记叙性散文，其蓬勃生机堪称史无前例。……这是中国现代散文创作，继诞生期之后的又一个发展，进步的大时代。……巴金在近几十年的耕耘之后，在生活的磨砺中，成为鲁迅之后又一位卓越的散文巨匠。”[①]这样的文学史描述和判断，在我看来不但漏洞百出，根本不符合散文发展的

① 钟友循：《中国现代散文发展的历史轨迹》，《长沙水电师院社会科学学报》1994年第1期。

实际情况，而且缺乏起码的文体常识和审美鉴别力。首先，研究者不分皂白、不加分析就采用了“诞生期”“成长期”“沉落期”和“复兴期”这样的进化论文学观，与中国现代散文的实际发展情况可谓南辕北辙，而用“空前的盛况”“佳作如潮”“名家如林”“影响深远”“进步的大时代”等大词来评价80年代的散文创作，更是张冠李戴，名实不符，十分离谱。如果这时期的散文是“空前盛况”的“大时代”，那么该用什么词语来形容“五四”时期和90年代以降的散文创作？其次，倘若再拿小说、诗歌甚至报告文学创作与这一时期的散文创作相比，更可见出这一时期散文的沉寂、冷落与萧条，所以所谓的“与时代发生共振，为全社会所关注，成为广大人民群众热烈钟情的对象”，同样只是作者的一厢情愿。再次，人们推崇巴金的《随想录》，是因为80年代的散文在总体上乏善可陈，而《随想录》在内容上恰恰有“说真话”“抒真情”“自我忏悔”的特点，至于它在文体创新方面，则是比较平庸粗糙的。因此说巴金是“鲁迅之后又一位卓越的散文巨匠”，和之前的判断一样不靠谱。需要指出的是，在21世纪之前，有不少散文研究者都持与此相近的观点，由此也可见出文体研究的重要性和迫切性。如果从文体的演变而不是从社会学的角度入手，同时注重文体的审美把握，我们就不至于得出上述这种与事实南辕北辙的结论。

第三节　辨体、破体与散文的审美性

中国现代散文近百年来的文体演变，明显地呈现出两头高、中间低的发展轨迹；或者说，现代散文的发展其实走了一个大的循环，最后又回到了原点。“五四”后的第一个十年，散文有“种种的样式，种种的流派”[①]，不仅名家辈出，品种和艺术风格也是多种多样。30年代中期至40年代末期，散文告别了抒情的时代进入了一个叙事的时

---

① 朱自清：《论现代中国的小品散文》，《文学周报》第34期，1928年。

代，许多抒情诗人或原来写抒情小品的作家如何其芳、李广田、卞之琳和吴伯箫等，这时纷纷放下“牧笛”，由写抒情散文转变为写叙事性很强的“散记”作品。从50年代末到80年代末，散文又由叙事向抒情转化，几乎所有的散文家在一夜之间都迷上了抒情，走上了一条抒情化的散文创作之路。进入90年代之后，散文的抒情又开始淡出，这时最受出版家、评论家和读者欢迎的是文化大散文、学术小品，以及各种各样的思想随笔。总体来看，90年代至今散文家的创作是从“审美”向“审智”倾斜。从中国现代散文近百年的发展历程来看，我们可以得出这样的判断：散文的文体不能太清晰，更不能过于纯净，而应当模糊一些，多一些交叉混用。文体太清晰则单调划一，太纯净则浅显“无鱼”。而模糊混用则意味着散文的自由，既符合散文“法无定法”的文体本质，也符合越来越走向综合化的社会时代。因此，文体模糊混用并非取消散文，而是散文越来越多走向成熟的标志。若散文只有主观向内、毫无杂质的“艺术散文”一体，则散文的路子势必越走越窄，最后被别的文体取代。

如果说，模糊混用与清晰划一，分别体现了不同时期散文的繁荣多元与贫困苍白；那么，辨体与破体，则是现代散文百年文体演变中挥之不去的一个话题。

辨体与破体的问题，早在魏晋南北朝时期就出现了。当时的主流理论认为，文各有体。每种文体都有自己的体制、形态、表现手法和独特的审美特性，文学创作必须遵守这些约定俗成的艺术规律，不能越雷池半步。但是，也有人敢于不守法度，敢于突破“常体”。如当时的张融在《门律·自序》中便指出：“夫文岂有常体，但以有体为常。”当然，在魏晋时期乃至以后的散文创作中，像钟嵘在《诗品》中所说的“有乖文体”的现象毕竟还不是太多，而且批评界似乎也不太鼓励这种“文岂有常体”的探索。不过考察中国现代散文的文体演变，我们发现辨体与破体的对话与冲突从来就没有停止过。比如“五四”时期，刘半农、傅斯年提倡“文学性散文”，周作人推崇叙事的、抒情的散文以及后来杨朔的“诗化”理论，可以说是辨体；而30年代的“鲁迅风”，通讯特写、报告文学的崛起，90年代文化大散文及“新散文”的写作，可以视为“破体”。辨体既是辨明和严守各种文体体制，它还是一种坚守传统的文化姿态，一种古典情怀的体现。而破体，则旨在破除各种文体的界限，使各种文体要素互相渗透融合。因此，“破体”往往意味着创新，代表着先锋、开放、改革的进步文学方向，自然能够获得更多的掌声。不过，从另一方面看，辨体或者守成也并非一无是处。比如以周作人为代表的“五四”散文家，在守成中引进了西方的“外援”，以此成就了“五四”时期散文的黄金时期。而杨朔则是一味守成，即守住传统散文的“借景抒情”“托物言志”的套路以及短小精悍的结构而拒绝新变。再回到破体。破体必须有度，必须尊重各种文体的边界，否则会给文学造成灾难性的后果。比如30年代后期至50年代末，就因破体过度，独尊通讯报道和报告文学，完全无视散文这种文体独特的审美特性，结果几乎使得散文文体灭绝。再如时下的“新散文”写作，它们在观念上背离了传统散文的优雅古典，追逐粗鄙野性，在结构上弃“小”恋“大”，每篇动辄几万字乃至十几万字，在表现手法上引进小说的叙述和诗歌的意象，语言上则追求朦胧多义和陌生化。应该承认，“新散文”的破体是当代散文的一场文体革命，它丰富了散文的表现手段，拓展了散文的思维和结构格局，可谓功不可没。然而现在的一些“新散文”已破体成瘾，从而变成了王兆胜所批评的“宣泄体”“散珠体”和“语言拉杂体”。正是从辨体与破体的辩证关系中，我认为王兆胜的警示值得我们重视：“散文文体的‘失范’状况愈演愈烈，长此下去势必导致散文的异化。因此，让散文文体在不断‘解放’的同时，更需要守住自己的本性，不要让它继续‘失范’下去。”[①]质言之，不同文体的融合，可以给文体带来新的生命力，但同时我们又必须坚守散文的传统，守住散文的本性和边界。

---

① 王兆胜：《从“破体”到“失范”——当前中国散文文体的异化问题》，《江汉论坛》2010年第1期。

除了辨体与破体，坚持散文的审美性也是散文创作中时刻不能丢弃的根本和原则。20世纪二三十年代的散文创作虽然在思想上“有中国名士风，有外国绅士风，有隐士，有叛徒”，在艺术表现上“或描写，或讽刺，或委屈，或缜密，或劲健，或绚丽，或洗练，或流动”①，但那时的散文家，不管它属于哪一流派，都是将散文当作“美文”来经营的，故而二三十年代的散文园地里名篇佳卉竞放，美不胜收。到了30年代中期至50年代末，由于颂歌和战歌一统天下，加之过分强调散文的叙事功能，弱化了散文文体的审美诉求，从而将散文推到了十分尴尬的地步。尔后虽然经由杨朔等人的努力，散文提高了审美品位，但在那个政治挂帅的年代，杨朔、刘白羽、秦牧等散文家的个人叙事和抒情，很快消失在社会和时代的宏大声音之中，只是徒增了一层虚幻的诗意。直到90年代以后，真正属于散文的审美性和诗性才重新归来，于是，我们又迎来了一个可与“五四”比肩的“散文的时代”。由此可见，审美性是散文的根本，是它的本质品格，也是美文的文体自觉的标志。不管任何时代，如果散文家坚守住散文的审美性，散文创作就一定会兴盛繁茂，一定会名篇迭出，并受到读者的欢迎。反之，散文创作便萎缩凋零，不可避免地出现文体的危机。

最后，还有散文的自由性问题，也有必要加以强调。我们知道，散文是一种倾向个人性的文体，也是一种最自由自在、最不受约束的文学品种。散文的这种文体特性，决定了它对自由的依赖远远超过别的文体。回眸历史，我们看到，凡是散文勃兴的时期，都是王纲解纽、偶像破坏的时期。比如春秋、魏晋、“五四”时期，还有20世纪的90年代。相反，禁锢思想，压抑个性，舆论定于一尊，必然扼杀散文活泼多元的局面。这便是《文心雕龙》的所谓“秦世不文”。20世纪典型的“不文”例子是“延安散文”与50年代的散文。这就意味着：自由，首先是文学生态环境的自由宽松，而后才是精神层面上的、心灵上的和语言形式层面上的自由。20世纪90年代的散文尤其是

① 朱自清：《论现代中国的小品散文》，《文学周报》第34期，1928年。

思想随笔之所以取得了如此巨大的成就，主要是因为这时期的散文家特别是像张中行、金克木、季羡林等老一辈学者在写作散文时，不仅在感情上是真实真诚的，而且在心态上也是心平气和、极其自由放松的。正因此，在21世纪，我们一方面要尽力为散文营造一个宽松的生态环境，不要人为地对散文设置障碍；另一方面，对于散文作家精神上、心灵上和形式追求上的自由，更要像保护眼睛一样加以保护。因为这方面的自由是散文文体的核心，是20世纪中国散文的内在文体精神。当然，强调散文的自由并非降低散文的门槛和散文的美学品位，并非可以毫无责任心地进行大面积的粗制滥造，并非谁都可以跑到散文的客厅来逞才使气。此外，我们强调散文的自由，还要将外在的自由转化为内在的自由，即在庄子的“无己”“无名”“无功”的个体生命的自由和自然无待的人生境界中，将个人的情感和人类的普遍情感，将个人的命运与人类共同的命运联结在一起。如此，散文创作才有可能成为一种自由的审美创造活动，并成为心灵的最真实展示和文学的范本。也只有这样，21世纪的散文创作才有可能迎来新的辉煌。

第十二章

20世纪90年代以来散文的文体变革

20世纪90年代是一个“散文时代”[①]，这是继“五四”散文之后中国散文史上的又一个高峰，也是20世纪末中国文坛最为亮丽的一道风景。关于这一时期的散文成就，近年来已有不少文章做过研究，但这些研究较多的是单个的作家作品论，或侧重于论述题材和主题的扩展、思想观念的突破，以及讨论90年代散文是真繁荣还是假繁荣；即便是研究艺术演变的文章，也多是从写作的技巧、艺术表现和语言运用方面进行分析，而较少从文体的艺术变革方面对这一时期的散文进行较全面的梳理分析。有鉴于此，本章拟以文体的演变和艺术变革作为切入点，对20世纪90年代的散文作多层面的考察。

第一节　思想随笔与时代文体

当我们把一个时代或一个民族的文体现象作为一个系统加以概括时，我们在20世纪90年代看到了一种类乎“五四”的小品文崛起的奇特现象——思想随笔的繁荣且一路走红。可以这样说，在20世纪的最后十年，思想随笔业已上升为一种“时代文体”和“民族文体”。因为在这一时期，不论是余秋雨、林非、王充闾等的文化随笔，还是张中行、金克木、季羡林、舒芜等老一代学人关于“忆旧怀人”和“书

① 吴秉杰：《散文时代》，《当代文坛》1997年第3期。

趣”一类的随笔；不论是年轻一代的学人摩罗、朱健国、祝勇的社会批判随笔，还是张承志、韩少功、史铁生、李国文、王蒙、张炜、王小波、雷达、南帆等作家和学者直面现实人生的随笔，此外还有诸如“新媒体散文”“新生活散文”“小女人散文”之类的随笔性文字，统统受到广大读者的追捧和出版商的青睐。而与思想随笔持续高温的盛况形成反差的，是小说创作日益疲软，诗歌、戏剧更是少人问津。还应看到，20世纪末散文的繁荣，主要是思想随笔、文化散文以及各类小品的繁富，至于倾向于抒情性的“艺术散文”却在一定程度上受到了读者的冷落，这种现象颇值得我们的深思。起码它昭示了这样一个事实：在20世纪的最后十年，思想随笔作为最能反映该时代文化艺术精神结构的“时代文体”，已经成了一种占主导地位的文体。在这种“时代文体”面前，别的文学体裁只能作为陪衬。

那么，是什么原因促成了这种“时代文体”的形成?

我认为，文学生态环境的相对自由宽松，是20世纪90年代的思想随笔滥觞的根本原因。文学环境的自由宽松，可以从如下几点得到检验：首先，是文学表现的自由度宽松了。了解当代散文史的人都知道，中国当代散文从20世纪40年代开始，先后经历了从叙事（40年代至50年代中期）向抒情（50年代至60年代初）的转换过程，这种转换既是作家在不同的文学生态中所选择的不同话语方式，也是“时代文体”的转换。在这种转换中，散文的数量虽与日俱增，并出现了杨朔、秦牧、刘白羽等著名散文家，然而事实上，当主流话语要求散文只能描写“新的世界”“新的人物”，只能具有“颂”的基调，而且个人的抒情叙事只能融进集体的宏大声音之中的时候，散文的自由度也就越来越逼仄了。在这样的文学环境中，散文根本就不能自由自在地健康发展。因此，某些文学史认为20世纪五六十年代的散文进入了“黄金时期”，取得了辉煌成就，其实那只是文学史家的一厢情愿罢了。而到了90年代，散文的生长环境就不同了。首先，中国社会由计划经济转向市场经济，原先统一的规范已被多元的价值取向所取代。这时期，再也没有划一的标准主宰着散文的命运，也没有那么多条条框框规定散文只能这样写不能那样写，这时期知识分子（其中相当部分是散文作者）的生活待遇也得到了较大的改善。他们的生活空间不仅扩大了，有的还找到了一种新的生存方式——告别传统知识分子“清高”“孤傲”的洁癖，积极参与到公众生活和社会事务中去，把书斋文化转化为一种民众能够接受的社会文化。于是，当代的思想文化随笔也蓬勃发展起来了。其次，文化环境的宽松，还体现在作家在写作时精神相对自由，心态比较从容平和。这一点对于散文创作而言尤为重要。因为散文作为文学本体的代表和人类精神的一种实现方式，它比别的任何文学样式都更渴望拥有自由表达的空间。然而在以往，这种自由表达的思想空间却很狭窄。现在，随着社会的市场化和公共空间的拓展，散文作家终于可以自由自在地表达自己的思想观念，可以无拘束叙述自己感兴趣的事情，抒发个人哪怕是深埋于心灵深处的情愫了。总之，在今天这样一个“王纲解纽”的时期，散文作者再也不用“戴着脚镣跳舞”了。再次，大众传媒的空前发展，也改善了思想随笔的生长环境。由于90年代传媒特别是文字传媒发展很快，几乎所有的报刊都为散文随笔提供了版面，这样散文作者再也不用像过去那样只靠几个报刊发表散文。他们四面出击，到处开花，通过媒体将思想广泛传布于社会的各个领域，而期望借助散文随笔调节生活、提高审美层次和文化品位的广大读者也对此作出了热烈的反应。这种盛况使我们想起了19与20世纪之交的另一种文学景观，当时中国的社会、政治和思想文化领域也发生了巨大变革，中国的文学在这时期经历了翻天覆地的革命。正是在这种时代背景下，梁启超、谭嗣同、黄遵宪借助《新民丛报》《民报》等报刊媒体的传扬，创立了一种梁启超称之为“笔锋常带情感，对于作者别有一种魅力”的“新文体”。这种“新文体”不仅在当时风靡一时，而且对以后的五四新文化运动产生了巨大的影响。

当我们从文体视角来考察90年代“时代文体”形成的诸因素时，我们还应注意到文学的承传关系。正如“五四”时期的散文小品肇始于明代的公安、竟陵两派一样，90年代的思想随笔能发展为一种“时代文体”，很大程度上也是得益于晚明小品和二三十年代的散文随笔。这里暂且不论梁实秋、周作人、林语堂等的著作，在90年代是如何拥有众多的读者，是如何使出版商为之怦然心动。单就作品来说，90年代的许多作品或多或少都映射出古代散文和二三十年代散文的面影和神韵。举例说，在张中行、金克木、孙犁、汪曾祺等老一辈学者或作家的作品中，我们可以明显感觉到30年代散文、晚明小品乃至魏晋散文的性灵和风致，而严秀、邵燕祥、牧惠等的杂文，则分明继承了鲁迅的杂文精神。此外，在数量巨大的女性散文中，我们又依稀可见张爱玲、苏青的流风余韵。总而言之，晚明小品和二三十年代散文特有的那种个人性、自由性、文化性、世俗化和闲适化，都深得90年代散文作者的喜爱并成为他们学习的范本。当然，在继承文学传统方面，被称为“老生代”的散文作者有着得天独厚的优势。由于他们中有的直接师从二三十年代的文化大师（如汪曾祺之于沈从文），加之他们有较深厚的传统文化功底、丰富的人生阅历和广博的知识，因而他们的作品也较为耐读，有的甚至成为90年代散文随笔的顶尖之作。相较而言，年轻的作者因传统文化的底蕴比不上他们深厚，加之思想修炼和艺术表达上的欠缺，这样有的作家和作品虽能热闹一时，终因底蕴不足而露出破绽。这一切都表明：传统是一条割不断的河流，忽视传统无异于自甘浅陋。这个结论尤其适宜于散文。因散文不同于小说、诗歌和戏剧可以仰仗外来文化，散文深深植根于我国传统文化的沃土中。因此毫无疑问，散文比任何一种文类都更需要强调文学传统的继承。

以上主要从文学的生存环境和文学传统两方面来讨论20世纪90年代思想随笔作为“时代文体”形成的必然性。通过考察，我们还可进一步发现，由于文学环境的宽松、作家心态的自由和生存方式的改变，这一时期的“时代文体”有一个不同于“十七年”散文的特点，这就是有大量的作品不仅“法无定法”，而且敢于破体，即钟嵘在《诗品》中所谓的“有乖文体”。本书第十一章曾论及，我国文体学中有所谓“辨体”和“破体”之说。前者坚持各种文体有自己的界限和规律，反对诗文杂混，认为这样才能促进文学的发展；后者则主张打破各种文体的界限，使各种文体相融合。那么哪一种创作值得我们提倡呢？我认为，文体作为一种长期形成且相对稳定的共同审美形态，它有其特殊的构成因素和独特的表现手法，创作者在创作时一般应尊重各种文体的艺术规律，但正如任何事物都有两面性一样，文体也不可能凝固化和绝对化。它往往随着时代的发展而变化，特别当社会处于转型时期，文体更是处于变化流动的形态。就拿20世纪90年代的“时代文体”来说，至少有两种破体的情况：第一种是打破各种文类的疆界，往往是散文中有诗，诗中又有散文，至于小说和散文的相互渗透更是常事。比如汪曾祺的小说，就有散文的散淡、和谐和抒情；而余秋雨的《道士塔》《这里真安静》等散文，则有小说的故事性、戏剧冲突等因素；至于史铁生的名文《我与地坛》，至今评论家们还说不清楚到底该归进小说的门庭还是属于散文的家族。破体的第二种情况，是许多散文突破了以往散文“短、小、轻”的模式，具有“长、大、重”的“大散文”气概。这种“大散文”有如下一些基本特征：一是篇幅长。许多“大散文”动辄万字以上，甚至几万字。二是题材大。“大散文”的取材往往不是风花雪月、小桥流水之类，而是民族的文化、知识分子的命运、人类的困境和未来等大命题，如余秋雨的《一个王朝的背影》、周涛的《游牧长城》、韩少功的《性而上的迷失》，等等。三是文化批判精神。像余秋雨对中国知识分子两重性格和对上海人的剖析，周涛对人与环境、人与动物的关系的思考，韩少功对“佛”与“魔”的界说以及对现代人“性”的迷失和后现代主义的考察，都体现出了文化批判精神。此外，“大散文”还具有自由伸缩度大，忧患意识强，理论色彩较浓等特征。由是观之，“大散文”是90年代的散文特产，是名副其实的“时代文体”。

20世纪90年代散文创作界普遍存在的破体现象，表现了散文的活力和现代性。文体形式的多姿多彩是由现实生活的丰富性和审美的多样性所决定，而不同于文体的渗透融合，又可以给文体带来新的创造激情，并使散文因此而恢弘阔大。同时，这种破体也符合散文自由任情的本质。尽管有学者站在辨体的立场上坚持散文的纯洁性，但我仍坚持这样的观点：倘若没有破体，90年代的思想随笔就不可能有今天的蔚为大观，更不可能成为一种占主导地位的“时代文体”；相反，如果只有一种抒情性的艺术美文，那么散文的天地将变得十分单一狭隘，甚至有可能回到60年代前后抒情散文的老路上去。而这，相信是所有热爱散文的人所不愿意见到的。

第二节　主体文体与思维模式

“时代文体”无疑是文体研究的一个重要理论视点，但这更多的是基于现实因素的思考。任何企图概括一个时代或一个文学运动的文体风格的研究，都离不开对主体的文体特征的分析。因为一方面“时代文体”不仅是在“主体文体”的基础上扩展开来的总体文体风格；另一方面，“主体文体”又是文体系统中一种深层结构的文体形式。当然，“主体文体”不仅仅是一种“心理文体学”。“主体文体”作为作家的个性、人格、心理、感情和才华的整体显现，它集中地体现了人的主体意识的觉醒以及文体对个体生命的体验，特别是对精神性的追求和对人的“内宇宙”的开拓。而且，“主体文体”与“时代文体”是同步发展、共生共振的，即是说，在20世纪90年代，精神的解放、文体的自觉与人的主体的不断强化形成了一种良性的共构，这就保证了散文随笔的探索和建构不仅体现了与人类的精神发展同步的人文价值，而且使散文随笔具备了现代的意义。

由于“主体文体”的解放，散文随笔获得了自由感、个人性和内在的深度，于是我们看到，散文随笔的艺术思维模式产生了巨大的变革，即艺术思维由原来单向、直线的模式转向复线、共时的多元思维模式，使90年代的散文走向多样、丰富和开放。而在思想文化十分封闭的背景下出现的“杨朔体”“秦牧体”和“刘白羽体”，以及与此相应的“诗化”散文、“形散神不散”等模式，的确在相当程度上限制了当代散文的艺术发展。而现在，散文作家可以说完全从以往那种

“景—事（人）—理”的单一思维模式中跳了出来，这无疑对未来的散文发展产生极为积极的影响。

艺术思维的多元化，首先带来了叙述方式的变化。叙述，本来属于小说诗学的范畴，由于它带有虚拟性的因素，过去的散文家对此并不重视。可是近年来，一方面由于小说家的加盟；另一方面由于散文家们对传统的单一而权威的“我”的叙述方式的不满，同时对散文的想象和虚构问题有了新的理解，这样叙述问题便越来越成为散文家的一种艺术的自觉。举例说，在传统的散文中，一般采用第一人称的“我”展开叙述，而且这个建立在“真实”基础上的“我”具有不容动摇的牢固地位，别的叙述方式皆因有悖于散文的“真实原则”，怕造成“阅读障碍”而遭到摈弃。而现在不少散文中的“我”竟消失了，或者在一篇散文中，在“我”之外又有其他叙述视角，如余秋雨的《这里真安静》、史铁生的《我与地坛》、钟鸣的《旁观者》、桑桑的《旗语》等作品，就有这样的叙述特点。有的散文在叙述中大胆吸收其他门类的特长，再辅之以象征、隐喻、通感、意象组合等表现手法，从而使叙述丰富而多变，如刘烨园、钟鸣、苇岸等的散文就常用此法，这种叙述方式在以往的散文中极少见到。凡此种种，都使我们有理由确信：进入90年代，散文的叙述已经由单一走向开放，由确定明朗变为模糊和非确定。

艺术思维多元化的第二个方面，是散文中大量出现了建立在艺术感觉上的意识流动。即是说，在90年代，作为一种现代创作方法的意识流表现手法的介入瓦解了传统散文按部就班的叙述和描写进程，使散文表现生活的空间骤然扩大了。比如张承志的《离别西海固》《静夜功课》等一批散文就没有简单地根据顺叙、倒叙、插叙进行组合，而是伴随着意识流动，让时空切换、场景重叠，现在、过去、未来交错。刘烨园的《自己的夜晚》也是一篇运用意识流手法进行创作的佳作。作者由“夜色一般潮湿”的“地气”，联想到多年以前在南国山坳的知青茅屋里读法捷耶夫致友人的信，以及如何在长沙街头风尘仆仆打听黄兴墓的情景；又联想到第一次读《广岛之恋》《巴黎对话录》时的场面；而后意识流动又蒙太奇般闪现、转换，回到现实中“我”在暮色笼罩的产楼前等待着儿子的降临。《自己的夜晚》正是借助于“夜”的意象和意识的流动，从更深层次上表达人与人、人与世界之间的疏离，以及对生存的惆怅而焦灼的痛感。这样的题材选择和思考意向，倘若用传统的叙述、议论和抒情的手法来表达，其思想的深度和艺术效果将大打折扣，而采用意识流手法则相得益彰、恰到好处。不过我们也注意到，也许由于更倾向于内心，受理性的约束较少的缘故，女性散文家在意识流手法的运用上较男性作家更为普遍，也更为出色。像周佩红的《偶然进入的空间》《一抹心痕》，斯好的《心灵速写》，马莉的《黑色虫子及其事件》，蝌蚪的《家·夜·太阳》，黑孩的《醉寨》等作品，几乎都是以情绪的奔涌加以随意拼贴连接；或者，捕捉偶然浮现的情绪、感觉，乃至幻觉、潜意识，将散文写得虚幻又真切，呈现一种灵动朦胧且不确定的诗的意蕴。当然，这方面走得最远的是一批更为年轻，被有的批评家称为“新生代”的作者，比如胡晓梦、于君、曹晓冬、黄一莺等。她们的散文在思想内容方面向传统发起了大胆和直率的挑战；在艺术方面，则是淡化叙述的现实，增加虚构和想象的成分，让一个个的意象，一系列的动作、感觉、潜意识纷至沓来，它们像一连串大幅度游移跳跃的音符，构成了散文的进展状态和内在的律动。

意识流表现手法在散文中的广泛运用，是散文变革和创新的一个重要信息。尽管有些“新潮散文”描写的生活过于琐碎乃至无聊，传达的意绪过于玄奥晦涩，有的作品的结构过于支离破碎，因此现在为其鼓掌还为时尚早。但应当看到，当代散文向着感觉开放，向着人的心理意识掘进的努力，在散文创作中具有不容忽视的革新意义。

艺术思维多元化的第三个方面，是散文结构的开放性。我们看到，90年代散文已经彻底告别了传统的“三段式”结构套路，而呈现出形态各异的结构状态。像史铁生的《我与地坛》，其外在结构是记述“我”与地坛的缘分，以及活跃在地坛的人对“我”的生命拯救。由于作者在叙事时将过去时态中的“我”、精神世界里的“我”和写作时的“我”交错重叠，再加上作者在描述中又穿插进关于四季的想象，以及诸如“小灯笼”之类的意象不断重复出现，因而，《我与地坛》的结构便呈现出这样的特点：它一方面条分缕析、层层推进，直逼生命的内核；另一方面又虚实相间、伸缩自如，显示出极大的结构上的张力，这种表面看起来似散漫和不经意，而内里却无懈可击、十分缜密的结构形态，的确显示出史铁生过人的艺术功力。余秋雨的散文，一般是以“故事体”见长，不过他也创作了一些在结构上很有特色的作品。比如，《这里真安静》以“静”衬“动”，通过军人、女人、文人的三个视角，构成一种寓言式的抽象，由此浓缩进了民族、国家、历史的大课题，这样开放的结构方式，显示出作家多元化的艺术思维。而刘烨园颇受好评的《自己的夜晚》，则是以“夜晚”这一意象为构思点，以孤寂的情绪为内在线索，将不同时期的几件事情贯穿起来。此外，周佩红的《偶然进入的空间》、赵玫的《以爱心，以平静》、韩小蕙的《有话对你说》等散文，采用的也是这种以情绪、意象为线索的结构方式。至于在“新生代”那里，采用“情绪—意象式”的结构方式就更普遍了。这也从一个侧面显示了90年代散文随笔的开放和进步。

叙述方式的革新、意识流的广泛运用和结构的开放性，不但在散文领域中开拓出了一片艺术表现的新空间，而且标志着当代散文已经和小说、诗歌一样具备现代性的品格。学者王兆胜将新时期以来出现的一些不同于传统的新锐散文概括为“新时期现代主义散文”，尽管这一界说还没有获得普遍的确认，但我认为这是颇有远见的理论前瞻。相信随着时间的推移，“现代主义散文”会越来越显示其艺术魅力，并获得越来越多的读者的认同。

第三节　语体文体的革命

文体研究的另一个层面是“语体文体”即语言研究。虽然它只是表层的结构，但却是文体研究的核心内容。韦勒克、沃伦在《文学理论》中指出："文学是与语言的各个方面相关联的。一件文学作品首先是一套声音的系统，因此，是一件特定语言声音系统中的选择。"所以，如果要对作品的纯文学和审美的研究，就离不开对文学语言的分析。而语体文体的研究，又是语言的研究中极为有效的一种方式，因为"文体学研究一切能够获得某种特别表达力的语言手段，因此，比文学甚至修辞学的研究范围更广大"。而且，"只有文体学的方法才能界定一件文学作品的特质"。从语体文体角度出发来考察20世纪90年代的散文语言，可以鲜明感受到这一时期散文的整个语体文体与中华人民共和国成立后十七年乃至80年代有着天壤之别，这种区别最明显地表现在90年代的散文随笔基本上放逐了五六十年代那种外在的抒情性或"诗化"的语体，而不约而同地采用了一种平实亲切、自由随便的语体，这种语体风格在张中行等老一辈的学者散文中最为普遍。由于他们摆脱了"文以载道"的约束，故而他们选择了自由随意的语体，而这种富于个性化的语体方式又暗合了某种士大夫的情趣，是他们怡然自得和智慧洞悟的结果。因而，通过他们的语体方式，我们的确感受到了厨川白村所描绘的那种冬天炉边闲话、夏天披浴衣啜茶的艺术氛围。

倘若说，老年人的语体特征是自由朴素和闲适自得，那么，年轻一代的语体，则是自由洒脱中的内在感觉化。众所周知，感觉是人的一种情感状态，也是一切文学作品的基础，而对于散文而言，感觉尤其是语言的感觉化显得更为重要。因为散文反映的是作家的亲身体验，它不像小说那样可以靠故事和人物来打动人，在音律节奏和意境营造方面，散文也逊色于诗歌。因此，散文的艺术魅力，很大程度上就是靠感觉化，即有作家独特的感受、情采、各种感觉的有情有味的语言去打动读者。然而在很长时间里，当代散文的语言却不是这样。我们已经习惯了用一种说明性或介绍性的语言来叙事，即使所谓描写性的美文，也仅仅从修辞学的层面——表达的准确和清晰、描写的生动形象、句子的结构完整和规范来要求语言。这当然是一种适合于中学生学习的规范性散文语言，但绝不是一种感觉化了的艺术的语言。

因此，它理所当然受到了90年代散文作家的挑战。于是，在黑孩的《醉寨》中，我们读到了这样的语体：

> 我看到有一种湿漉漉的气息开始穿过极细弱的一线夜光扑向我。肌肉在抖。那气息异样猛烈地扑打着我的面颊。
>
> ……
>
> 你那时站在我的眼前，模糊孤苦极了。你那细长的脖子里拖出的哭声像尖刀一样把我的心给划破了。心里面的什么什么都随着汹涌的血流淌尽了。……我那时注视着你，我看见一瓣一瓣的水珠子从你的毛乎乎的身子上滴下来掉到污泥里去不再流动，你的眼睛也似一汪不再流动的河，好一片迷茫好一片沉静啊……

凡是读过黑孩散文的读者，相信都会被她出色的艺术感觉所征服，尤其是这种感觉呼啸着融进语言，打破了传统遣词造句的规范时，它对读者感官的冲击就更加强烈了："那气息异样猛烈地拍打着我的面颊"，"那细长的脖子里拖出的哭声像尖刀子一样把我的心给划破了"，等等。这样透明而颇具穿透力的语言，的确是有灵性，是一种感觉化了的语体。诚如汪曾祺先生所归结的那样，它是以"代客观为主观，代物象为意象；把难以言状的心理状态转化为物质的，可捉摸的生理状态"。也就是说，黑孩感兴趣的不是证明性的纯客观描述，而是通过视觉、听觉、触觉的通感共振，将抽象的心理状态转化为具体可感的形象呈现于读者面前。

赵玫的散文语体，也是充分感觉化的。读她的散文集《一本打开的书》中的散文，只感到大量源于个人生活和内心体验的感觉奔涌而来，这些感觉化的语言和不无感伤的人生述说，细腻传神的景物描绘，飘忽灵动的意象，以及如歌如泣的抒情调子融会在一起，构成了赵玫散文独特的艺术情致。这种感觉化的散文语言，我们还可以在史铁生、张承志、刘烨园、刘亮程、程黧眉、马莉、桑桑、蝌蚪等的作品中读到。他们以其对人生、世界和心灵的独特感觉解构了几十年如一日的正统的散文语言，并创造了一种“流动的语体”。

90年代散文语体文体的另一个变革，是个人性的、潜沉的隐喻语体替代了以往浅表的、公共性的语体。我们知道，比喻是散文的重要修辞手法，它是通过暗示替代可能性或相邻性关系的原则引起读者的联想，使其沉浸在一种全新的审美感受中。然而，尽管隐喻吸引了自亚里士多德以来的语言学家和哲学家的注意，但隐晦模糊、具有多种解释的可能性隐喻并不受五六十年代的主流意识形态欢迎；相反，结构单一、内涵明晰的明喻因目的明确、易于为大众接受，因此它一直受到主流话语的鼓励。于是，在“十七年”时期和80年代的散文中，我们读到大量诸如此类装饰性的明喻语言：

> 丽日当空，迎面缓缓送来一阵温煦而芳馨的风，那风，直扑到我怀里，一路疾苦，简直爽然若失了。
>
> ——韩少华《温馨的风》

> 迷蒙云雾之中，忽然出现一团红雾。……就像那深谷之中反射出红色宝石的闪光，令人仿佛进入了神话世界。
>
> ——刘白羽《长江三峡》

> 绿，是播种者的颜色，是开拓者的颜色。
>
> ——袁鹰《枫叶如丹》

在上述句子中，作者采用的是相邻性关系的原则，将两个性质相近而又有想象价值的词语并置在一起。在这里，风、阳光、绿都具有美、温馨、光明、绚丽、充满生命力的共同性质，它们都是美好的物象。作家之所以由它们联想起人间的温情、光明战胜黑暗以及开拓者形象，并不是由于它们的形状、结构的接近，而是由于它们在价值上的相似。这种建立在简单的价值判断上的比喻，其特点是意象明晰简单，一般的读者都能理解喻体和喻本的关系。但正因其过于浅俗简单和陈腐，且功利目的性太强，因而进入90年代以后，散文家们基本上便不再使用这类明喻了，而代之以个人性极强的沉潜隐喻的修辞手法。比如："只看见风的线条，它是飘扬的旗帜是纷飞的树叶是荡漾的黑发是我手中燃着的香烟。""眩目的阳光呼啸而来，撒了我一脸一身，我跳起来招招手，更多的阳光扑过来，弄得我鼻子痒痒的。""地气，像夜色一般的潮湿。这时，它和绿色植被的生命气息混融在一起，凉凉弥漫开来。"同样写到了风、阳光、绿色，但90年代的语体形态与五六十年代的语体形态却极为不同。90年代的隐喻沉潜在全部视角之下，它诉诸感官以具体的意象，却不做明确的投射和清晰的呈现。因而，它的隐喻意义模糊而又综合，为读者提供了多种解释的可能性，并激起读者丰富的联想，给他们以陌生感和新奇感。

与语言的散淡化、感觉化、隐喻语体的普遍使用相联系的是反讽语体的运用。反讽，原属于西方戏剧中的概念，以往常用于小说和诗歌，在散文中较少见到，近年来，随着散文艺术的开拓，反讽手法也逐渐被引进到散文中来。开始是余秋雨、韩少功在作品中时常使用。如余秋雨的《道士塔》这样写王道士："王道士每天起得很早，喜欢到洞窑里转转，就像一个老农，看看他住的宅院。""道士擦了一把汗憨厚地一笑，顺便打听了一下石灰的市价。……他达观地放下了刷把。"这里的"他住的宅院""憨厚地一笑""达观地放下了刷把"，采用的就是反讽手法。它以作家的"知"来反衬王道士的无知，以灿烂的古代文化来反讽当时官府的无能和王道士成为莫高窟当家人的荒谬以及作者的愤怒、无奈的心态。这种反讽的笔调，在《道士塔》中还有好几处，在余秋雨的其他作品中也时有出现。韩少功的反讽更是随处可见，如："就这样从物质领域渗向精神领域，力图将精神变成一种可以用集装箱或易拉罐包装并可由会计员来计算的东西。"（《处贫贱易，处富贵难》）"汪国真式的贺卡诗歌热销行将过去，宾馆加美女加改革者深刻面孔的影视风尚也行将过去，可能老板文学的呼声又将纷扬而起。这种呼声貌似洋货，其实并非法国技术丹麦设备美国口味。"（《无价之人》）"这样做当然简单易行——

富贵生淫欲这句民间大俗话一旦现代起来就成了精装本。”（《性而上的迷失》）及至90年代中后期，用反讽的语言来解构正统中心和虚伪的崇高的作家就越来越多了，其中广受赞扬的是王小波。王小波不但大量运用反讽的手法，甚至可以这样说，反讽已经成为王小波散文的主要构成因素，它最充分地显示了王小波的生存智慧和叙述智慧。至于更年轻的马莉、胡晓梦、南妮、杜丽以及钟鸣等作者，其语言也带有明显的反讽成分，这既是他们写作的一种姿态；同时，反讽也是他们的散文区别于古典散文的主要标志之一。

90年代散文的文体创新当然不止上述几方面，但即便仅仅只是上述几方面的变化，它对当代散文也有着不可低估的文体革新的意义。举例说，由于增强了文体意识并进行有效的实践，不同的作家开始有了各自的主导语体风格或叫“调子”。比如贾平凹的憨憨暮暮中的幽默谐趣，余秋雨的诗化中的情采感伤，史铁生的朴素宁静中的悠远绵长，韩少功的简洁老辣和睿智反讽，张承志的孤傲激烈中的抒情和张力，周涛的冷峻刚健，林非的典雅节制……各种不同的“调子”的出现，使散文的语体获得了个性的风采。它不仅仅是一般修辞学上的出色的语言，而且是作家的才华、思想、人格、精神等因素在文学表达中形成的艺术风格，也是作家在自由自在的抒写中蕴含的情调、色彩和氛围的产物。我们曾经感叹当代的散文文体太缺乏创造性，有语体“调子”的作家太少了。而现在，面对因主体强化和文体觉醒而带来的各种各样的“调子”，我们还会发出以往那种无奈的感叹吗？

90年代语体文体变革对当代散文的意义，在于确立了一种真正属于现代的写作姿态，刷新了当代散文的语言，提供了一种不同于传统美文的审美信息。在这些雄心勃勃、有志于散文语体革命的年轻散文作家看来，散文的自由首先是一种言说的自由。散文的精神，归根到底是一种言语精神，这才是永恒的、值得作家终生追求的。因此，从某种意义上说，语言也是一种哲学，是散文主体赖以生存的文学环境、人的生存状态和对人类命运思考的一种综合性显现。语言既是主体，也是客体；既是内容，也是形式；既是共性，更是个性。正是从这样的角度出发，90年代的语体革命才超越了当代任何时期，较好地表达了词与物的融合、自由与节制的一致、文本与人文的统一，从而营造了一种富于现代感和弹性的散文语体文体。

第四节　文体革命的意义

对20世纪90年代以来散文文体发展演变的研究，有着不容忽视的意义。首先，文体研究可以进一步促使我们对散文命运进行思考。自80年代末开始，就有人认为“散文已趋于解体”[①]，或认为散文“已完成它的历史文化使命，它应当寿终正寝了”[②]。可是，当我从文体角度对90年代的散文进行一番考察后，得出的是相反的结论：文学环境的宽松，散文自由度的扩大，对文学传统的重视，散文观念的改变以及作家文体意识的自觉，使散文正处于从“复兴”到“全面繁荣”的振奋之中。它不仅不是“多余的文体，必然灭亡”[③]，相反，随着社会生活的多姿多彩和人们审美情趣的丰富和文化品位的提高，散文尤其是思想随笔将越来越受到欢迎。仅此一点，便可断言，散文的文体不可能消亡。其次，通过对文体的研究，我们可以更清楚地看到散文的优势和劣势，从而对散文的发展方向作出正确的选择。由于散文不像小说、诗歌和戏剧那样壁垒森严，它的文类特点是自由、散漫、灵活、兼容，任何文学的“客人”都可以到散文这个不设防的“客厅”里做客。故此，我认为跨文体写作是一种必然的趋势。在当代生活已越来越商业化和媒体化，文学越来越边缘化的今天，如果我们为了使散文“纯粹”，不顾一切地用纯、正、高、雅的标准来要求散文，甚至主张连随笔也应该从散文家族中剥离出去，那么在我看来

---

① 王干、费振钟：《对散文命运的思考》，《文论报》，1988年第1期。

② 黄浩：《当代中国散文：从中兴走向末路》，《文艺评论》1988年第1期。

③ 黄浩：《当代中国散文：从中兴走向末路》，《文艺评论》1988年第1期。

这是一种无视时代的氛围、无视散文文类特征的作茧自缚，因而是注定行不通的。当然，主张跨文体写作并不是完全抛弃散文的抒情性、典雅性和高贵性，更不意味着那些没有才情、没有文采、没有智慧的劣作都可以到散文的领地里来跑马占地。再次，加强文体研究，有助于我们建立系统的散文理论。长期以来，散文一直没有形成一个系统的文类理论，这不能不说是散文长期以来被冷落的一个重要原因。现在，散文已由边缘向中心位移，并具备了向诗歌、小说这些往日显赫的文类挑战的实力，所以当务之急，是散文研究者应摆脱以往那种浅尝辄止、零敲碎打，重作品评论、轻理论探讨的思维惯性，在探索现代文体和重建文学的现代化的旗帜下，构筑属于散文自己的诗学理论体系。

文体的研究，除了有助于我们思考散文的命运、选择正确的散文发展方向和构筑散文诗学理论体系外，借助文体的考察，我们还可以从整体上来检讨当前散文的欠缺。诚如有的研究者所指出，当前的散文创作在繁荣底下存在着媚俗、心态浮躁以及一些作品内容苍白、境界不高等不足，倘若从文体的特定角度来看，我认为当前散文的欠缺，主要是对“自由”的认识还存在偏颇。我们知道，散文是一种介于文学与非文学、真实与非真实之间的文类，它比别的任何文类都更仰仗于自由的表达和个体感情的流露，甚至可以说，没有自由和个人性就没有散文。然而，问题恰恰出在“自由”这里，也就是说，自由一方面为散文作者提供了广阔的创作空间；另一方面，由于人们片面地理解自由，从而导致了滥用自由的不良创作倾向。比如，人们认为散文是自由自在的文体，不管什么人都跑到散文里来一显身手，甚至最没有才情的人也到散文这里自娱自乐。再如，写散文时漫不经心，信马由缰，对读者毫无责任心。还有的在选材上自由泛滥，热衷于写个人琐事，满足于抒发一己的悲欢……这就促使我们不得不思考两个问题：一，当前的现实是不是给散文提供了太多的自由？二，应如何认识散文的自由？就第一个问题来说，我认为当前的社会提供给散文的自由不是太多，而是远远不够。问题是，我们应当将外在的自由转化为内在的自由，即庄子的“无己”“无功”“无名”的个体生命自由和自然无待的人生境界。如果我们的散文仍囿于种种现实生活的“无刑”，不能做到“乘物以游心”，则这种散文是不可能担当扭转文学乾坤的大任的。至于第二个问题，苏珊·朗格在《情感与形式》中已经说得十分清楚。她认为，“艺术是人类情感的符号形式的创造”[①]。即是说，艺术虽离不开自我宣泄和自我表现，但它的表现应是艺术家认识到的人类普遍感情，否则这种表现只能停留在信号行为的水准上。散文是一种侧重于表现自我情感的文类，它更应将个体的感情与人类共有的感情统一起来。换言之，散文家不能一味沉溺于自娱自乐的个人情感之中，而应具有强烈的责任感和价值信念，同时还要把个人情感上升为人类情感。只有如此，散文创作才有可能成为一种自由的审美创造活动，并成为文学的最高形式和范本。也许正是意识到这种自由和不自由，黑格尔强调散文的“有限思维”，主张散文应对客观事物作出理性分析。而散文名宿梁实秋则不无感触地说：“散文是没有一定的格式的，是最自由的，同时也是最不容易处置。”[②]从梁实秋的感慨和他的创作实践中，我们多少可以领略到什么是真正的散文的自由。

---

① 苏珊·朗格著，刘大基等译：《情感与形式》，中国社会科学出版社1986年版，第51页。

② 梁实秋：《论散文》，俞元桂等选编《中国现代散文理论》，广西人民出版社1984年版，第35页。

第十三章

文体的传承与创新

晚明小品与中国现代小品都是在各自时代里取得了辉煌成就，并成为一种代表时代特色的自觉文体。晚明小品一反传统散文的“高文大册”，不拘格套，流连于性灵、闲适和趣谐，不仅颇受时人欢迎，形成了一股以“小品文热”为标志的散文思潮，而且对后世的散文创作产生了深远的影响。中国现代小品承接了晚明小品的文脉又有所发展，因此近百年来的散文小品创作虽出现过断裂，甚至散文文体还一度遭受了生存危机，但整体上百年来散文小品创作的成绩是不容低估的。特别是新文学的第一个十年，“散文小品的成功，几乎在小说戏曲和诗歌之上”[①]。及至20世纪90年代以来，散文小品更是一路走红，成为最受读者欢迎的文体。究其原因，其中很重要的一点，便是现代散文小品这一文体在继承传统时又有发展，有所创新流变。但过去的散文研究对继承传统研究得较多，而对创新和流变则较少涉及。有鉴于此，本章拟在传承的基础上，重点探讨中国现代小品文文体的创新流变及对晚明小品的跨越。

---

① 鲁迅：《小品文的危机》，《鲁迅全集》第四卷，人民文学出版社2005年版，第592页。

第一节　晚明小品与中国现代散文随笔的共同特征

中国古代小品文的历史悠久，早在先秦时期就已经存在，而魏晋时期《世说新语》等小品的出现，则表明小品在当时的文坛已占有一席之地。但只有到了晚明，中国古代小品文创作才真正达到全盛或曰成熟时期。这一时期，“小品”这一来自佛教，原意指佛经略本的词语，才完全融入文学领域，为大家所共同认同和接受。从创作实践来看，这一时期，小品文正式从古文剥离出来成为作家笔下的一种自觉文体。其时不但出现了陈继儒的《晚香堂小品》、王思任的《文饭小品》、陆云龙编选的《皇明十六家小品》等一批以小品命名的文集，更重要的是，这些小品文集及其序、跋中体现出来的对小品的认识，改变了时人的文体等级观念，即不再崇尚“文以载道”，追求代圣贤立言的“高庙大章”和“朝廷述作”，而宁愿创作并欣赏率性任心的性灵小品。这种对传统文学的反叛，既打破了原来壁垒森严的文类划分，同时也体现了将诸如游记、尺牍等边缘性文类推向文学中心的努力。唯其如此，晚明小说才逐步走向繁荣，代表了一个时代文体的自觉，并成为堪与汉赋、唐诗、宋词、元曲并驾齐驱的时代文学的标志。

中国现代小品继承了晚明小品的文体自觉意识与散文精神，因而在新文学的草创时期，散文的成就最大，甚至超过了当时的小说、诗歌和戏剧。不应忽视的是，“五四”时期的散文小品，一开始就显得稳健成熟，具备了自己的神韵和美学风致，不像其他文体那样，需要经过一个“尝试”“实验”乃至“断裂”的过程。其原因就在于小说、诗歌和戏剧主要接受了外来文化的冲击，而散文虽也受到英国“絮语散文”的影响，但其根须却深植于中国古典散文，尤其是晚明小品的沃土中。这是我们比较晚明小品与中国现代小品首先要看到的一个事实，也是我们进行比较的前提。

说到现代小品对晚明小品的继承，首先要提及的当推周作人。周作人不仅最早投入到现代小品的“源流”研究中，而且十分执着，论述也最为全面透彻。从周作人文艺思想发展来看，他对“源”和“流”的认识有一个形成的过程。在1921年5月发表的《美文》一文中，他认为现代小品的“源”有两个：一个是外国文学里记叙的、艺术性的“美文”，另一个是中国古文里的序、记与说等。前一个“源”说得十分明确肯定，后一个“源”却说得较含糊笼统。1926年，在为重刊《陶庵梦忆》的序中，周作人对“源”的认识就十分清晰明确了。他指出：“现代的散文在新文学中受外国的影响最少，这与其说是文学革命的还不如说是文艺复兴的产物……我们读明清有些名士的文章，觉得与现代文的情趣几乎一致，思想上固然难免有若干距离，但如明人所表示的对于礼法的反动则又很有现代的气息了。”[①]1928年，在《杂拌儿跋》中，他又这样称许公安派：“明代的文艺美术比较地稍有活气，文学上颇有革新的气象，公安派的人能够无视古文的正统，以抒情的态度作一切的文章，虽然后代批评家贬斥为浅率空疏，实际上却是真实的个性的表现。”[②]在周作人看来，现代小品并不是“五四”之后新出的产品，而是“古已有之”，不过如今重新发掘起来罢了。这就把晚明小品与现代小品对接了起来。至此，周作人关于“源流”的认识基本定型，此后在论述中虽有一些变化，但基本的立场和判断再没有大的改变。同时代的其他学者诸如钟敬文、朱自清、郁达夫、阿英等对现代小品与晚明小品关系的认识，也基本上沿袭了周作人的观点。

周作人不仅欣赏晚清小品的“活气”，肯定其“真实的个性表现”，发掘其现代的价值，他还从文艺思潮的角度，高度肯定小品文的文学史意义。在《〈近代散文抄〉新序》中，他又说：“正宗派论文高则秦汉，低则唐宋，滔滔者天下皆是。以我旁门外道的目光看来，倒还是上有六朝下有明朝吧！我很奇怪学校里为什么有唐宋

---

① 周作人：《〈陶庵梦忆〉序》，《知堂序跋》，岳麓出版社1987年版，第327页。

② 周作人：《杂拌儿跋》，《永日集》，河北教育出版社2002年版，第76页。

文而没有明清文——或称近代文，因为公安、竟陵一路的文是新文学的文章。现今的新散文实在还是沿着这个统系。”而在《中国新文学的源流》第二讲《中国文学的变迁》中，周作人还把晚清文学运动与“五四”时期的新文学革命进行比较，认为两者有其相似之处：“两次的主张和趋势，几乎都很相同，更奇怪的是有许多作品也都很相似。胡适之、冰心和徐志摩的作品，很像公安派的清新透明而味道不甚深厚。好像一个水晶球一样，虽是晶莹好看，但仔细地看多时就觉得没有多少意思了。和竟陵派相似的俞平伯和废名两人，他们的作品有时很难懂，而这难懂却正是他们的好处。”在这里，周作人不仅强调公安、竟陵是当时的“一种新文学运动”，他们的文章是“近代文”，而且点出晚明文学运动与“五四”的新文学革命“两次的主张和趋势，几乎都很相同”。不仅如此，他还通过对胡适、冰心、徐志摩和俞平伯、废名的比较，区分了“清新透明”与“难懂”两种不同的小品创作风格，以及他们与公安、竟陵派的师承关系。由小品文是“个人的文学之尖端”的认识出发，周作人还进而提出“言志的散文”主张，以此来对抗“载道”的散文。所谓“言志的散文”即是“即兴的文学”，它“集合叙事说理抒情的分子，都浸在自己的抒情里”。[①]所以，它与“赋得的文学”是不同的。前者是“言他人之志”，后者是“载自己之道”。[②]在新文学的草创时期，周作人对晚明小品与现代小品的关系就有如此清晰明确的认识，且能由此提出新的散文主张和散文观念，这一方面显示出他有高人一等的学养和“手眼”；一方面又说明他善于在师承前人优良遗产的基础上，有所发展和创新。

周作人对前人理论和创作的发展和创新，还体现在他由“近代文”的特性、气质和影响，最早提出“小品文是文学发达的极致”的

① 周作人：《〈中国新文学大系·散文一集〉导言》，俞元桂等选编《中国现代散文理论》，广西人民出版社1984年版，第431页。

② 周作人：《〈中国新文学大系·散文一集〉导言》，俞元桂等选编《中国现代散文理论》，广西人民出版社1984年版，第435页。

“极致说”，[1]并由“极致说”生发出“味”和“风致”两个散文概念。所谓“味”，即是“涩味与简单味”，散文有“味”，才能令人玩味无穷。所谓“风致”，即是散文的气质、情调和气象。当然，无论“味”还是“风致”，都是“真实的个性”“真的心搏”，尤其是“士”“名士”的“志”氤氲的结果。周作人对“味”和“风致”两个概念的阐释，尽管较为模糊，也很玄乎，但由此也可见出周作人的高瞻远瞩和创新意识。他知道文体需要不断拓宽领域，需要不断变化发展才有“活气”，而故步自封、抱残守缺则意味着死亡。

在20世纪二三十年代的晚明小品热中，林语堂也是积极的鼓动者和实践者。据他自己介绍，他是通过沈启无编选的《近代散文抄》才得以结识晚明小品的。在《四十自述》一诗中，他这样表达对袁宏道的景仰：“近来识得袁宏道，喜从中来狂乱呼……从此境界又一新，行文把笔更自如。”林语堂不仅喜爱晚明散文，还通过办《论语》《人世间》等刊物，提口号，亮旗帜，大力倡扬“性灵”的散文和“闲适笔调”，在当时的确产生了很大影响。除了周作人、林语堂外，20世纪二三十年代受晚明小品影响的作家还有梁遇春、俞平伯、钟敬文、许地山、郁达夫、施蛰存、废名、丰子恺、阿英、味橄、沈启无，等等。他们或发表理论文章，或编撰各种晚明小品选本，或身体力行进行创作，以此来构筑他们心目中的理想现代小品文。正是在这批有心人的不懈努力下，中国现代小品才取得了如此高的成就。

比较两个不同时代的小品文体，我们可看出它们有许多共同的特征：

一是“小”。晚明和现代的小品文，都具有陈继儒所说的“短而隽异”的特点。“小”首先体现在题材上，即小品文的取材一般都是“从小处着眼”。所谓“宇宙之大，苍蝇之微”皆可纳入尺幅，一种心境、一点佳意、一把悲情皆可敷衍成篇，这与“高庙大章”的所谓

---

① 参见周作人：《〈近代散文抄〉序》，《知堂序跋》，岳麓出版社1987年版，第329页。

“大品”确是大有区别的。其次是外形即体制的“小”。晚明的袁宏道、张岱的作品自不用说，现代的周作人、林语堂、梁实秋写的文章亦然。他们的文章多则一两千字，少则几百字，极少有一篇文章超过三千字的。但小品文的可贵和独特处正在于它的“短而隽异”。所谓“隽”，即短小中有味，而且有品。好像周作人的小品文，写的都是身边的一些小题材，如北京的饮食、喝茶、故乡的野菜、乌篷船等，看似琐碎平淡，但琐碎平淡中有叙事、说理和抒情，有自由自在的表达、有陶然自适的性情在其中。俞平伯、郁达夫的游记小品清新秀美、真切灵动，颇具晚明小品的情趣神韵。此外像阿英的读书札记，用笔洗练，博观约取，既有识见，又写得文采斐然。这些小品文的确是“幅短而神遥，墨希而旨永”[①]。这是小品文独特的一种思维品质，也是小品文区别于“大品”的显著特征。

二是“真”。晚明小品尚真，这主要表现在作家敢于在作品中说真话，表真心，抒真情。他们彻底放下“高文大册”那种道貌岸然的架势，充分肯定人的个性、自我和感性的生命追求，甚至将狂放耿直的性格、风流放诞的欲望赤裸裸地展现在作品中。如张岱在《自为墓志铭》中就自称：“少为纨绔子弟，极爱繁华，好精舍、好美婢、好娈童、好鲜衣、好美食、好骏马……”王季重则无所顾忌地写道：“尝欲侫目，每岁见一绝代佳人，每月见一种异书，每日见几处山水……”这些都是放达任心的真性情在散文中的体现。也正因此，袁宏道才认为：“物真则贵，真则我面不能同君面。”“夫有真人章，自有真人品，真事功。”[②]可见，散文小品只有抒发了自己的真性情，才不会“万口一响”“共有一诗”。现代小品文承接了晚明小品崇“真”的传统。周作人不止一次表示，小品文需要“真实的个性”与“真的心搏”。郁达夫认为，小品文字的可爱，就在于它的细、清、真。梁实秋说得更直接：“一个人的人格思想，在散文里绝无隐

① 唐显悦：《媚幽阁文娱序》。
② 袁宏道：《与丘长孺书》。

饰的可能，提起笔来便把作者整个的性格纤毫毕现地表示出来。”所以，在梁实秋看来，“文调就是那个人”。[1]至于倡导性灵散文的林语堂，更是对“真”字情有独钟：“发抒性灵，斯得其真，得其真，斯如源泉滚滚，不舍昼夜，莫能遏之。”[2]真，是小品的内质与灵魂。真就是不虚伪、不做作、无道学气、无空洞语，率直表达对社会人生的看法。由于晚明小品和现代小品文作家将“真”作为创作的第一要务，而且力求“句句真切，句句可诵”。这样，他们的创作，自然也就“俯仰之际，皆好文章，信心而出，皆东篱语也”[3]。

三是“趣”。“趣”由“真”来，“真”由我生。“趣”，可以说是晚明小品和现代小品作家追求的另一个艺术目标和散文的境界。诚如袁宏道所说：“世人所难得者唯趣，趣如山上之色，水中之味，花中之光，女中之态，虽善说者不能下一语，唯会心者知之。”[4]所谓“趣”，即尚自然本色、追求天然；“趣”也是幽默谐谑、嬉笑怒骂。“趣”还常常与“闲”联系在一起，唯有闲适之人才能摆脱陈规俗套，洗去刻板呆滞，如袁宏道之文，常将笑话植入传记，且不乏俚语与游戏之语，可谓既谐且趣。而王季重更是“聪明绝世，出言灵巧，与人谐谑，矢口放言，略无忌惮”[5]。

现代小品文作家同样心宜“趣”这一优良传统。首先是周作人极为重视“趣味”这一美学范畴。早在1928年，在《〈燕知草〉跋》中，他就正式提出“趣味”这一小品观念，认为“以口语为基础，再加上欧化语，古文，方言等分子，杂糅调和，适宜地或吝啬地安排起来。有知识与趣味的两重的统制，才可以造出有雅致的俗语文来”。

---

① 梁实秋：《论散文》，俞元桂等选编《中国现代散文理论》，广西人民出版社1984年版，第36页。

② 林语堂：《论文》，俞元桂等选编《中国现代散文理论》，广西人民出版社1984年版，第60页。

③ 林语堂：《论文》，俞元桂等选编《中国现代散文理论》，广西人民出版社1984年版，第63页。

④ 袁宏道：《叙陈正甫会心集》。

⑤ 张岱：《王谑庵先生传》，《琅嬛文集》卷四。

而在1935年发表的《笠翁与随园》一文中，他进一步阐述了“趣味”的美学内涵：“我很看重趣味，以为这是美也是善，而没趣味乃是一件大坏事。这所谓趣味里包含着好些东西，如雅、拙、朴、涩、重厚、清朗、通达、中庸，有别择等反对者都是没趣味。”可以看出，周作人关于趣味的范围很广泛，而他尤重趣味中的拙、朴、涩，则显然有夫子自道的意味。现代小品文创作中的另一位主将林语堂，则不仅力倡性灵闲适中的幽默趣味，而且创作了《论西装》《忍耐的奇迹》《我的戒烟》《会心的微笑》《脸与法治》《蚤虱辩》等大量既有丰富广泛的知识、独到的人生见解，又性灵不绝如缕、文笔欢畅流动、嬉笑怒骂皆成趣味的文章。其他如梁实秋、钱锺书、王了一等，其作品也大抵是“以雅化俗”，貌似平常，实则充满了人生的趣味。值得一提的是，即使强调小品文的“匕首”“投枪”功能的鲁迅先生，其实也是欣赏趣味的。在《忽然想到》中，他曾这样谈到趣味：“外国的平易地讲述学术文艺的书，往往夹杂些闲话或笑谈，使文章增添活气，读者感到格外地兴趣，不易疲倦。”可见，趣味是小品文不可或缺的一种元素。晚明小品与现代小品文的繁荣，既受益于“真”和“性灵”，亦得益于会心之趣。可惜在后来的散文小品创作中，这种可贵的元素越来越稀薄了，这就不可避免地使中国现代小品文日渐走向衰落。

除了“小”“真”“趣”之外，晚明小品与现代小品文还讲究文笔的“活”，即灵活生动，如行云流水，舒卷自然。讲究“畅”，即明白晓畅，话语家常，通俗易懂，雅俗共赏。特别是为了反叛正统的古文，晚明小品与现代小品文作家为文时大抵都能做到自由自在地表达，不为格套所拘，不为章法所役。这种自由性的追求，最合散文的本性，也最能体现出小品文的优势。正因晚明小品和现代小品文有上述的文体观念、审美追求和艺术特征，因而它们不仅是纯正的散文，有美的情趣和韵味，而且拥有自由自在的本性。所以在特定的时代里，它们所取得的成就便超过了别的文体，受到了读者的广泛欢迎。

中国现代小品文以晚明小品为圭臬，是两个不同时代小品文内在精神的暗合。更重要的是，它们都是处于“王纲解纽”的时代，较为宽松的时代环境以及对自由和感性生命的追求，为小品文的生长提供了肥沃的土壤。还应看到，较为一致的生活态度和审美情趣，以及对自由自在的性灵文学的追求，这些都是“顺势”传承得以成功的前提和基础。明白了这一点，我们也就可以理解为什么20世纪二三十年代的现代小品文能够取得如此巨大的成就，甚至在30年代小品文达到了高峰，而此后便日渐式微，直到20世纪80年代末、90年代初出现了张中行、季羡林、金克木、汪曾祺、林斤澜、黄永玉、黄裳等散文作家，小品文才又恢复了活力。他们以自由的心态、淡泊的性情、静虚的心境，写下了一大批静心闲谈、冲淡蕴藉的小品文，从而对接上了晚明小品和现代小品文的优良传统。可见，对于小品文来说，“小”“真”“趣”“活”“畅”，特别是自由自在的表达、独立不依的精神，是小品文的生命力之所在，也是小品文得以繁荣的内在因素和外在基础。

第二节　晚明小品与中国现代散文随笔的差异

从文体的生成和发展的角度来看，中国现代小品文是在纵向继承和横向借鉴中发展起来的，即所谓“内应”和“外援”。但过去的散文研究者一般只看到晚明和现代小品文的相同之处，却很少研究它们之间的不同点，至于现代小品文在传承晚明小品过程中的文体流变，以及现代小品文对晚明小品的创新和超越，过去也极少涉及。因此，接下来我拟对两个时代小品文的不同点作进一步的探讨。

晚明小品与现代小品文的不同点主要体现在如下三个方面：

首先，在表现人文精神方面有所不同。晚明小品、现代小品文与古代散文的一个重要区别，就在于它们表现出了鲜明的人文主义特征。但细加品察，两个时代的小品文所表现出来的人文主义精神内涵又有所不同。晚明小品人文精神的来源，基本上都是中国的传统文化。其间既有儒家文化中某些包含着人本要求的养料，更多的是道家、禅宗文化中具有个性解放倾向的思想，此外还有明中叶以降市民文化对作家的影响。这种人文精神的价值取向，主要是对个人生活方式的重视和个人性审美方式的强调，尚未能将个人对人性自由的渴求与人对社会的权利和政治自由的思考相结合，在审美上也未能完全摆脱中国古典文学的价值取向。这一点在袁宏道、张岱等描写自然山水的作品中表现得尤其突出。而中国现代的小品文，是在“五四”新文学的背景下产生的。它一方面深受近代西方人本主义思潮的影响，一方面又从英国随笔那里获得新滋养和新气息。在20世纪二三十年代，我国形成了一股译介英国随笔的热潮，不仅翻译了大量英国的随笔作品，还有对英国随笔的历史与现代的分析，以及随笔理论的介绍、随笔名家的评传和随笔小品一类的文章问世。中国二三十年代的散文作家之所以对英国随笔情有独钟，盖因英国随笔与中国现代小品存在内在的必然联系。换言之，英国随笔中的某些可贵素质，正是我国传统散文所缺少，或长期被忽视的。二三十年代的小品文作家敏感且富于前瞻性地认识到，中国的现代小品文要有长足的发展，就必须借助“外援”的某些元素来丰富和壮大自己。英国随笔对中国现代小品文的影响主要表现在两个层面：在深层结构即思想和精神层面上，英国随笔吸引中国散文家，引起他们强烈兴趣的是那浓厚的个人色彩，比其他散文形式可以更自由，更直接地表现自我。英国随笔是在西方人本主义浓厚的氛围中诞生发展起来的，它特别注重个性的表现，同时充满自由创造的精神。而这种坦白率直、自由洒脱地表达个人的生活经验、思想与情趣的写作态度，与周作人、郁达夫、林语堂等人原先就具有的人本主义思想一经对接，自然也就神交气合了。所以，郁达夫在总结现代散文第一个十年的创作成就时才这样说：“现代的散文之最大特征，是每一个作家的每篇散文里所表现的个性，比从前的任何散文都来得强。”[①]可见，英国随笔对现代小品文作家突破传统散

---

① 郁达夫：《〈中国新文学大系·散文二集〉导言》，俞元桂等选编《中国现代散文理论》，广西人民出版社1984年版，第446页。

文正统观念的藩篱，充分表现自我个性的解放需求以及培养健全的主体人格，并在此基础上创造具有现代意义和独特品格的新体散文，有着直接和积极的借鉴价值。

其次，现代小品文具有鲜明的批判性。正因从“外援”获得与正统古文异质的元素，这样中国现代小品文在表现人文精神，在处理个体与时代、与社会人生的关系等方面，也就有别于晚明散文。其中最明显的一点，便是批判性。晚明小品虽也有反叛传统、不满社会现实的一面，但其更多的是寄情山水、以酒当歌、幻想自由，而极少反映出个体在现实社会中争取自由的抗争和努力。中国二三十年代的小品文则不同。它们高扬批判的大旗，发出种种不吉利的“枭鸣”，批判专制社会的黑暗与国民的愚昧。总之，“不愿意在有权者的刀下，颂扬他的威权，并奚落其敌人来取媚”[①]。这正是现代散文尤其是30年代小品文的一大思想特色。在这方面，鲁迅的杂文自不必说，即便“语丝派”的杂文，他们提倡“自由思想”“独立判断”和“美的生活”，不论在“社会批评”还是在“文明批评”方面，都体现出鲜明的批判性、揭露性和讽刺性。再如，周作人的小品文曾被不少人诟病为是产生于苦雨斋中的“小摆设”，其实，这在很大程度上是一种从政治出发，只对人不对文的“误读”。周作人的小品文，也是有批判精神的，只不过他的批判较为隐晦和含蓄罢了。比如周作人这样说他的《谈虎集》：“我这些小文，大抵有点得罪人得罪社会，觉得好像是踏了老虎尾巴，私心不免惴惴，大有色变之虑，这是我所以集名谈虎之由来。”[②]这说明周作人的小品文也不全是“闲适”“冲淡”和“苦味”，其间也是有火气和批判锋芒的。其他如梁实秋、林语堂、钱锺书、王了一的小品文也莫不如是。

再次，现代小品文重视理性精神。晚明小品主要以“情”胜，

---

① 鲁迅：《我和〈语丝〉的始终》，《鲁迅全集》第四卷，人民文学出版社2005年版，第173页。

② 周作人：《序》，《谈虎集》，河北教育出版社2004年版，第4页。

以“品”显，而现代小品文除了重视“情”外，还注重议论和逻辑推理，这样现代小品文便具有理性思辨的色彩。如梁遇春的《谈“流浪汉”》，从辨析词义开始，旁征博引，借题发挥，由流浪汉写到马夫、作家、画家、思想家、历史人物，甚至连《红楼梦》中的林黛玉也作为论证“流浪汉精神”的材料。作品从表层进入深层，从感性上升到理性思辨，文章的结构自由开放，虽有拉杂、重复、结构分散的不足，但没有任何古代文章学的八股气，可说是典型的兰姆式随笔。同梁遇春一样，钱锺书的随笔小品也侧重对人生的思考和真理的探求，不过他作品中的理性思辨色彩更为突出。如《窗》中，作者先写窗的通风和透光的作用，再写窗与门在功能上的同异，这些本来没有太多深意，但经过钱锺书一番波谲云诡的辨析论证，我们看到窗子里不仅镶嵌着春天，而且还是情人的通道，甚至表示着“人对于自然的胜利”。不仅如此，在钱锺书笔下，窗子还是房屋的眼睛，它既可以帮助人们进行心理沟通，还可以遮挡隐私，让人安心地做梦。因此，如果你厌倦了外界的喧闹，你就可以“关了窗好让灵魂自由地去探胜，安静地默想”。小小一扇窗户，却暗藏玄机，别有洞天，使人眼界大开，让人从中感悟到不少人生道理。像这样的理性思辨精神，我们在晚明小品里是见不到的。现代小品文固然继承了晚明小品文体简约、随意洒脱与推崇性灵等优点，但现代小品文由于吸收了西方近代人文的资源，加上英国随笔的滋养，因此其内容更多地体现出新的时代精神和现代启蒙意识，同时在思维上也更侧重于理性的议论和叙事。这不仅表现在梁遇春、钱锺书等随笔小品中，在周作人、梁实秋、林语堂、王了一等人的作品中也经常可以见到。

现代小品文与晚明小品在文体的表达和结构上也有所继承和流变。晚明小品一般以文笔的简约和结构的精致取胜。它的优点是“短而隽异”，缺点是过于精雕细刻，有时反而限制了结构的开放和表达的随意。另外，过于小巧凝练的结构也在一定程度上限制了内容的丰富开阔。再者，晚明小品尽管也提倡“信腕信口”“宁今宁俗”，但由于受文言文语体的束缚，所以无法像现代小品文那样真正达到自然平易、通俗畅达。当然，更不容忽视的是，由于受到英国随笔的文体笔调和浓厚的幽默谐趣的影响，现代小品文在二三十年代形成了一股“谈话风”的创作潮流，作家们以闲适从容的心态，以家常絮语般的口吻，以轻松活泼的笔调谈生活，论古今，谈人生，论梦想和社会问题。这样随随便便，随心闲话，如披浴衣、啜香茗，如在“江村小屋”里同友人围炉谈笑的散文境界，的确渗透着英国随笔的格调，也是我们在晚明小品中极少见到的。

第三节　文体传承与流变中的新质地

运用比较法可以使我们更清楚地看到两个不同时代散文的共同特征和不同点，以及文体的传承与流变。但比较不是我们的目的，笔者的目的是通过晚明与现代两个不同时代小品文的比较，吸收以往散文的优长，去除其消极的因素，力求突破传统散文的某些限制，为21世纪中国小品文的发展注进一些新质地。

若论及晚明小品的消极因素，笔者以为不能回避创作上的“自娱性”问题。我们知道，晚明小品的崛起与繁荣始终贯穿着“文以自娱”的文学精神。他们反对“文以载道”，不再把文章当做“经国之大业，不朽之盛事”，而是“每著文章自娱”，并在“自娱”的同时“娱人”，总之，将“自娱娱人”视为文学写作的终极目的。如郑元勋在《媚幽阁文娱》的自序中说：“吾以为文不足以供人爱玩，则《六经》之外俱可烧。《六经》者，桑麻菽粟之可衣可食也；文者奇葩，文翼之怡人耳目，悦人性情也。若使不期美好，则天地产衣食生民之物足矣，彼怡悦人者则何益而并育之？”这种看法颇有点将《六经》视为大餐，将小品视为点心的意思。其实，在晚明，“以文自娱”，视文为“怡人耳目，悦人性情”之物，乃是当时文界的共识。应当看到，“以文自娱”“自娱娱人”离不开特定的时代风尚和社会环境的影响，在反对“文以载道”上有其积极意义。但在这种“自娱性”创作观念的影响下，晚明小品也的确出现了一些弊端。比如，晚明小品特别喜欢为市井隐逸、风尘侠女、黄冠缁衣立传，且极力渲染其“迂”、其“愚”、其“痴”、其“癖”，这其中虽有某种不同于“世路中人”的生活理想的寄托，但其自娱自乐、逃避现实生活的写作动机也显而易见，这在一定程度上削弱了文学作品匡正世道人心的现实功效。

正因逃避现实，过于追求“自娱性”，晚明小品在清代便遭到了普遍的诟病。先是顾炎武批评公安、竟陵派的文人标榜门户、自视清高，认为晚明文人的创作是“空疏不学”“徒事空文”，甚至是一种“亡国之音”。继而王夫之认为晚明文风信笔由缰，肆无忌惮，其文风是自古以来从未见过的“俗陋”。而《四库全书》的馆臣更是以“山人习气”“小品习气”来讥讽晚明小品。这其中固然不免有正统文人的偏见，但晚明小品忽视文学的社会功能，过度流连于山水和局限于抒发小我之情，而缺乏深厚的社会内容，却是一个不争的事实。

相较而言，20世纪20年代至30年代中前期之所以被称为小品文的黄金时代，正是由于作为一种新兴的文体，小品文敢于抨击时弊，扬露痼疾，鼓吹新潮，启蒙心智。即是说，这一时期的小品文在思想内容上与社会时代十分契合，在艺术形式上又相当精湛完美，因而这时期的小品文代表了散文创作的最高水准。但20世纪90年代后，随着小品文的复兴，“自娱性”的小品文又开始出现并迅速泛滥。这类小品文的共同点是逃避现实，无视各种各样的社会问题和民众的生存困境，而沉溺于“闲”和“俗”，迷恋于无关痛痒的个体世界的浅层表现。比如写饮食、衣着、养生、养鸟、美容以及猫狗的故事，等等；或者谈禅论道，寄情于山水明月，以此来显示自己的淡泊和清高。不是说小品文不能写日常生活、凡人俗事中的“苍蝇之微”。问题是，这些“苍蝇之微”要“微中见著”，要有“品”有“味”，要有大爱和大情怀。如果小品文仅仅满足于自娱自乐，而且这种自娱自乐仅仅显示了生活中肤浅、庸俗、虚假和丑陋的一面，那么，这样的“自娱性”不仅远未达到晚明小品的散文境界，相反有可能大幅降低现代小品文的思想文化品位。因此，21世纪的小品文若要重现新文学之初那种“极一时之盛”的绚丽景象，必须一方面重视小品文的“以文自娱”的功能，使小品文真正做到能“怡人耳目”“悦人性情”；另一方面，又要强调小品文必须正视现实，介入当下，不回避重大的时代命题和社会问题。这样，现代小品文才有可能在我国建设现代化国家的进程中获得一定的话语权，而不至于被边缘化。这是笔者比较晚明与现代小品文之后的第一点思考。

第二点思考是关于现代意识的问题。现代意识是渗透进小品文的一种内在精神。“五四”时期到20世纪30年代中期的小品文因注入了这种内在精神，故而充满了生命力和活力。在这一时期，小品文“经过西洋现代思想的陶熔浸润，自有一种新的色味，与以前的显有不同，即使在文章的外观上有相似的地方”①。这个“显有不同”，就是在继承传统散文的基础上，在思想艺术上又有所流变，这就是“五四”时期为西方文化所冲激而觉醒的现代意识。这种以倡导、推动科学、民主、自由、个性解放的人文主义思想为内核的现代意识，一旦投射到现代小品文上，就催生出了一种新的文学观念和文体的变革。然而，30年代中期以后，这种现代意识却猝然断裂了。随着散文整体上的式微，我们看到，自30年代后期至80年代后期的小品文，其实又回到了当年周作人批判过的“载道的散文”或“赋得的散文”的老路上，即便在小品文复兴的90年代，仍然有不少“感恩”“颂圣”的小品文。这类小品文在思维模式上是反现代性的，在立意结构、语言表达、情调意蕴上则体现出封闭性的特征，而作家的人格主体也是萎缩的。面对这样的尴尬局面，笔者认为当下的小品文亟须来一番精神和思维方式上的换血，这就是去除狭隘保守的传统散文观念，以及奴性的感恩和宗道意识，代之以理性的精神、独立而开放的现代意识和批判质疑态度。倘若21世纪的小品文能朝着这样的方向发展，则不仅意味着21世纪的小品文在真正意义上向着“五四”时期的小品文回

---

① 周作人：《〈中国新文学大系·散文一集〉导言》，俞元桂等选编《中国现代散文理论》，广西人民出版社1984年版，第436页。

归，同时预示着21世纪的小品文具有超越晚明小品的可能性。

第三点思考，是关于自由性的问题。晚明小品留给现代小品文的一笔宝贵遗产，就是确立了“自由性”这一散文的本质特征。的确，晚明小品的一个最突出的特征，就是自由随意。作家们不屑于固守原有的文类规则，大胆追求“法外之法”“味外之味”和“韵外之韵”。而落实在用笔上，则是自由挥洒、随意点染、独抒性灵。现代小品文深受晚明小品这一特质的影响，作家们以其独立的主体人格和自由精神，彻底打破“美文不能用白话的迷信”。对散文自由精神的皈依，使现代小品文获得了文体的大解放，同时其自由随意、真诚轻松的谈话风又拉近了散文与读者的距离。事实证明：自由性是散文的本体特征，而小品文则是最适宜自由表达的文学载体。人类的精神在本质上是独立而自由的，而散文特别是小品文则不仅是“文学发达的极致”，而且是人类心灵的最高表现形态，是精神与生命借助语言文字的最为直接的呈现，这就决定了独立和自由是小品文旗帜上最为耀眼的标志。如果当下的小品文作者能够像晚明或20世纪二三十年代的散文作者那样，在“王纲解纽”的时代里敢于反传统，同时尽可能使自己成为独立而自由的人，并因此进行自由而真诚的写作，努力开拓一条小品文创作的审美新途径，那么，21世纪小品文在精神生命的质量，在文化品格以及文体形式的创新等方面，将有一个新的样貌。

最后，是关于“趣”的问题。晚明小品尚真重趣。陆云龙说：“率真则性灵现，性灵现则趣生。……然趣近于谐，谐则韵欲其远，致欲其逸，意欲其妍，语不欲其拖沓，故予更有取于小品。”①陆云龙认为小品既要有远韵、逸致、妍意、简洁，还要有谐趣。小品文这种审美与消遣的双重统制，正是晚明小品的特色，也是它大受欢迎的内在原因。应该说，20世纪20—40年代的散文就继承了晚明小品重趣的传统。周作人、林语堂、梁实秋以及后来的钱锺书、王了一等，他们不仅主张小品文要有趣，而且身体力行，写作了大量富于情趣的小

① 陆云龙：《翠娱阁评选袁中郎先生小品》。

品文。但在后来的很长时间里，小品文的这一优良传统中断了。直到出现了贾平凹、王小波、韩少功、流沙河、孙绍振、南帆、韩石山等人之后，“趣”这一小品文的优良传统才有所恢复。但应看到，这种恢复还远远不够，而且只是局部性的。因为重“趣”还未成为当下散文创作者和研究者的共识，同时时下还有大量“无趣”的小品文存在着。所以，在谋求小品文发展的同时，我们要重视晚明小品和现代小品文这一重要资源，在“真”“情”“理”之后再加上“趣”字。“趣”是小品文的一个重要元素，有趣则小品文生机盎然，娱人心情，悦人耳目；反之则面目可憎，刻板乏味。当然，“趣”若能与散文的智性、丰厚的精神、高贵的心灵达到深度的交融，则这种“趣”就更有味和有品了。

考察、比较晚明小品与现代小品的传承与流变，我们可以获得这样的认知：其一，现代小品文是现代知识者对自己、对社会、对世界进行思考和自由表现的重要载体，并由此确立其思想和艺术价值。因此，小品文应高扬现代理性批判精神，以独立的人格、自由的精神介入现实人生，以真诚、情趣和性灵征服读者。在笔者看来，现代小品文既可以开展“社会批评”和“文明批评”，也可以亲情爱情友情、饮茶喝酒养花养草、谈禅说道修身养性为其内容，但不论写什么题材，都应以独立自由、真诚情趣和坚守小品文的纯洁性为旨归。中国近百年来小品文的发展证明了这样一个真理：无论任何时期，小品文只要拥有了上述元素，小品文就必然兴旺繁荣，反之便是一片冷寂凋零。其二，小品文是散文的正宗，是散文这一文体艺术纯度最高的品种。现代意义上的散文，虽然与小说、诗歌、戏剧并列，也有属于自己的辉煌，但由于其门槛较低，加之体质不纯，这样就难免经常被人讥为“准文学”。作为散文精华部分的小品文，它“短而隽异”，既可张扬自我个性，又可自由随意挥洒；既可讲“情”讲“韵”，又可讲“趣”讲“智”；既可激发灵感，又可诉诸想象，还可追求语言的精妙、形式的完美。因此，衡量一个时代散文的繁荣与否、艺术成就的高低，最为主要的标尺，就是看小品文达到了何种的高度。正因小品文在散文中居于如此重要的地位，所以将两个不同时代的小品文放在一起比较，回顾现代小品文走过的路程，探讨文体传承与流变的内因与外因，总结其盛衰的历史经验，重新确认小品文的审美特质及其创作规律，对推动当代散文创作的发展，既有理论的价值，也有不容忽视的现实意义。

结 语
散文文化与当代文化建设

散文在中国源远流长、历史悠久、积累丰厚。它不仅博大精深，是中国的特产，是受西方文艺思潮影响最小的文体，而且是中国人的文化读本，也是中华民族精神的主要载体。可以说，中国散文在中国文化中占有重要的地位，是中国最大的一笔文学遗产。但是，过去我们对散文研究不够，更没有从民族复兴，从当代文化建设，尤其是从国家文化战略，从文化自信的高度来研究散文。有鉴于此，本书立足于传统与现代、历史与现实，将散文看作一种精神纽带，将其同当代文化建设、民族复兴、文化自信以及整个中华民族国民素质、精神文明水平的提高联系起来。

本书的逻辑起点，是中国散文与中国文化的一种内在逻辑关系。这种关系主要体现在三个层面：一是中国文化为散文的发展提供了丰厚的土壤，而中国散文则是中国文化的组成部分，是中国文化的一种载体，或者说是将中国文化具体化、书面化和审美化的一种文体（散文既是一种文体，也是一种文化）。二是散文与文化处于一种共构共荣、相长相生的状态，它们共同承载着一个民族、一个国家的精神追求，体现着一个社会共同的价值标准，而且是现代人的精神、感情和心灵的栖息地。三是中国文化和中国人文精神唯有在散文这种文体里，才能得到最充分、最扎实的传承和发展，这是其他文体所无法比拟的。

我们知道，当前中国的经济和文化正处于转型期，而转型期的当代文化建设的一个重要方面，就是建构一种适合时代要求，能有效完善国民精神和审美感知的审美文化。而中国古典散文的审美范式，正好可以纳入当代文化的审美建构框架中。当前的中国文化最大的问题是低俗文化、娱乐文化泛滥，高格调、高品位，既能给人以思想滋养，又能提升当代人的审美情趣的优质文化太少。人们过度追求物质享受和平面文化，审美感知日渐迟钝和粗糙，感情和心灵也越来越沙化，正由于优质文化在粗鄙文化面前相继沦陷，我们当代的文化建设从来没有像今天这样迫切需要审美的介入和支持。笔者认为，所谓审美文化，指的是从文化的本质上，认定文化就是审美的。审美既是文化的起点，也是文化的终点，是文化建设的目标和旗帜。文化建设如果没有审美的介入和渗透，那么这种文化建设只能停留于方针和政策的显层次上，或者只是一些了无生气、冰冷僵硬的统计数据和建筑物的堆砌和组合。而有了审美文化的滋润，文化建设便不仅有血有肉、有声有色、有情有味，而且可以使国民的审美感知变得精致敏感，从而提高他们分辨优质文化和劣质文化的能力，并由此迈向良性健康的审美之途，进入一种安详和谐、宁静澄澈的真善美境界。在当代审美文化的建构过程中，散文的确可以大显身手，充分发挥其审美上的优势。我们且不论灿若星河的古典散文，仅就现代散文来说，朱自清的《荷塘月色》《背影》不知影响了多少读者，陶冶了多少人的心灵。散文集《目送》出版后短短两年间就重印十多次，累计印数达到五十多万册。《目送》与《背影》一样写的是亲情题材，但因作者抓住了人类共有的普遍情感和价值观，加之情思内敛、文字优美，文化与审美达到了高度统一，因此《目送》受到了读者的广泛欢迎。可惜长期以来，我们在文化建设中，往往忽视了散文的审美价值，没有很好地去挖掘散文这一块富矿，更没有很好地加以利用。如果我们在当代文化建设中高度重视审美文化的建构，同时注重挖掘散文的思想和审美资源，则我们的当代文化建设有可能呈现出另一种面貌。

前面说过，散文是最具日常性和平民性的文体，它从中国文化最根基的方面，真实记录了人民大众的生活和情感。散文的这一文化特性，在互联网时代更不可小视。

当前，随着网络发展的日新月异，文学已迅速进入了“全民写作”的时代，散文创作更是如此。网络写作给散文的观念、形式、内容等各个方面都带来了深刻的变化。它使原来基本上由少数精英掌握话语权的散文一跃成为一种普及的、大众的、草根的，人民都能参与，都可以各抒己见、表达个性自我的文体。网络的实时更新和交互性，充分调动了创作者和阅读者的热情与积极性，形成“全民写作”和“全民阅读”共生共荣的现象。散文在“全民写作”时代如鱼得水。由此可见，网络的发展和社交媒体的普及，确实为散文的全民写作提供了空前的便捷和巨大的动力。不同的写作者以五花八门、无拘无束的言说，使散文拥有了丰富和斑驳的精神与文化。他们对人生、社会、时代、现实的感悟表达，不仅将散文刻录个体性灵的优势发挥到极致，而且无形中构建了一个众声喧哗的现场。因此，研究网络散文的兴起，以及全民写作与社会文化生态的和谐问题，已是摆在散文工作者面前的新课题。

就网络散文和“全民写作”这方面看，我认为散文对当代文化建设的作用主要体现在自我和谐与社会生态文化建设两方面。一个和谐社会既要讲社会生态的和谐、人与自然的和谐，还应讲人与自我的和谐，只有每一个人做到自我和谐，这个社会才能变得美好和谐；而只有自觉主动地参与到和谐社会的建设之中，我们每个人才能达到真正的自由与和谐。那么，在建设和谐社会的大语境下，网络时代的“全民写作”何为？笔者认为，要做好这一课题，首先应从道德角度完善创作主体的人格修养。和谐社会的构想有着很高的道德追求，而散文从内在价值来说，正是一种追求精神质量，讲究感情纯度，推崇生命和谐的文体。现代散文家梁遇春曾在《小品文选·序》中说：“小品文的妙处也全在乎我们能够从一个具有美好性格的作者的眼里去看一看人生。”这十分明确地揭示出实现散文内在价值的途径，就是作家的自我和谐。梁遇春的散文创作主体是自我和谐的，所以他的散文小品有一种道德感召力。汪曾祺也是自我和谐的，所以他的散文顺应人情，重视常识，讲究中庸之道，体现了儒家民胞物与的现世精神，不仅受到了广大读者的欢迎，而且在进行当代文化建设中体现出它的作用和价值。

当今，随着文化自信思想的深入人心和当代人文化素质的提高，人们有理由要求散文作者尤其是网络散文作者提高自身的道德和精神境界，加强自身的社会责任感和使命感，具备良性文化的自觉和人文主义的关怀，从而使网络散文写作参与到不同层次的文化建设以及当代精神与价值的对话中。在高扬文化自信的背景下，散文一方面应以自身的文体优势主动融入这一语境；一方面又要发挥其“人民的文体”的作用，为社会文化生态的良性发展提供精神的支援，展示其应有的价值。

网络散文写作如何在当代文化建设中提供优质的感情和精神支持，发挥更大的作用？笔者认为其中一个关键的问题，就是要重视网络写作的经典化。当今的网络散文写作成为全民散文写作已是事实，但在表面繁花似锦的背后，却是精英散文家的不在场和经典性散文的缺失。而散文要对广大民众的精神和审美取向进行有效引领，要更有效地参与到当代文化建设中，关键就要在“全民写作”中发现网络散文的经典。一个民族或一个时代的散文写作，要有经典作为创作的坐标。经典能提升散文的内在价值，吸引更多的人来关注、阅读、欣赏散文，从而在潜移默化中陶冶性情，提高他们的审美品位和文化趣味。所以，当前的散文研究者，既要看到散文“全民写作”的积极意义，又应重视这种写作的经典化问题。

散文是一门“慢”的艺术，它不是冲刺，不是马拉松，而是心闲气定的散步。在今天这样一个走得太快、心浮气躁的时代，散文这种以“慢”为特征的文体，能起到别的文体所不能起的作用，它在滋润人的感情，净化人的灵魂，对中国文化和中国人文精神高地的守护等方面，的确可以发挥更大的作用。有不少人预言，21世纪的文学，散文将成为主流，笔者对此深信不疑。发现散文的价值，发掘古典优秀散文的艺术特质，为当代散文的发展提供有益的思想和美学借鉴，同时抵御现代工业化进程中各种虚浮的泡沫以及消解、颠覆高雅文化和人文精神的低俗化的东西，重新建构社会的理想和信仰，提高整个社会的道德和精神文明水平，这是我们研究散文的意义所在。